Robin Benway

Wir drei verzweigt

Für meinen Bruder
und
Bungee-Buddy

Robin Benway

Wir drei verzweigt

aus dem Englischen von
Jessika Komina und Sandra Knuffinke

magellan

Freier Fall

Grace

Grace hatte sich nicht allzu viele Gedanken über den Schulball gemacht.

Dass sie teilnehmen würde, war selbstverständlich. Wahrscheinlich würden sie und ihre beste Freundin Janie vorher gemeinsam zum Friseur gehen und sich fertig machen. Sie wusste, ihre Mom würde sich bemühen, cool zu bleiben und nicht zu viel Hektik zu verbreiten, aber trotzdem Grace' Dad drängen, die teure Kamera aufzuladen – nicht bloß das iPhone – und Fotos von Grace und ihrem Freund Max zu machen, mit dem sie seit fast einem Jahr zusammen war.

Er würde super in seinem Smoking aussehen – natürlich geliehen, denn wozu sollte Max einen Smoking im Schrank haben? –, und sie war sich nicht ganz sicher, ob sie zusammen eng tanzen würden oder nur mit den anderen quatschen oder so. Sie hatte sich nie eine Vorstellung von dem Ganzen gemacht, abgesehen davon, dass es toll werden würde.

So ging Grace mehr oder weniger alles in ihrem Leben an. Der Schulball war einfach etwas, von dem sie wusste, dass es kommen würde. Also dachte sie nicht viel darüber nach.

Umso überraschender, dass sie, als es schließlich so weit war, doch kein schickes Kleid trug, nicht verstohlen an Max' Flachmann nippte, nicht mit Janie tanzte oder für kitschige Fotos posierte, sondern auf der Entbindungsstation des St.-Catherine's-Krankenhauses ihre Tochter zur Welt brachte.

Es hatte eine Weile gedauert, bis Grace begriff, dass sie schwanger war. Früher hatte sie bei Realityshows immer »Du bist schwanger, du doofe Nuss, kapierst du's denn nicht?« Richtung Fernseher geschrien, wenn die Darstellerinnen mal wieder die unglaubwürdigsten Seifenopern aufführten. Damit, so dachte Grace später, hatte ihr das Karma einen beachtlichen Arschtritt verpasst. Aber ihre Periode war schon immer unregelmäßig gewesen. Und die Morgenübelkeit fing genau zu der Zeit an, als in der Schule die Grippe umging. Erst als in der zwölften Woche (von der sie in dem Moment ja noch nicht wusste, dass es die zwölfte Woche von irgendwas war) ihre Lieblingsjeans zu eng wurde, wurde sie misstrauisch. In der dreizehnten Woche (für die das Gleiche galt wie für die zwölfte) überredete sie ihren Freund Max schließlich, mit ihr zu einer zwanzig Minuten entfernten Drogerie zu fahren, um zwei Schwangerschaftstests zu kaufen, in der Hoffnung, dort niemanden zu treffen, den sie kannten.

Wie sich herausstellte, waren diese Tests ziemlich teuer. So teuer, dass Max noch schnell seinen Kontostand checken musste, als sie an der Kasse anstanden, um sicherzugehen, dass er sie auch bezahlen konnte.

Als Grace endlich dämmerte, was los war, war sie also bereits bei Tag fünf des zweiten Schwangerschaftsdrittels angelangt.

Laut Google war das Baby jetzt so groß wie eine Kiwi.

Grace war sofort klar, dass sie Kiwi nicht behalten konnte. Es ging einfach nicht. Sie half neben der Schule in einer kleinen Boutique aus, deren Kundinnen vierzig Jahre älter waren als sie und sie »Schätzchen« nannten. Aber damit verdiente sie nicht gerade die nötigen Summen, um ein Kind großzuziehen.

Es lag nicht daran, dass Babys weinten oder in die Windeln machten oder spuckten. Das stellte sie sich gar nicht so schlimm vor. Aber sie *brauchten* einen. Kiwi würde Ansprüche an Grace stellen, die sie einfach nicht erfüllen konnte, und so saß sie abends in ihrem Zimmer, hielt sich den immer runder werdenden Bauch und murmelte »Es tut mir leid, es tut mir leid, es tut mir leid«, Gebet und Buße zugleich, weil Grace der erste Mensch war, den Kiwi je brauchen würde, und auch der erste, der sie im Stich ließ.

Der Anwalt, der mit der Vermittlung der Adoption beauftragt war, schickte eine dicke Mappe mit möglichen Familien, eine erwartungsvoller als die andere. Grace und ihre Mom blätterten sie durch wie einen IKEA-Katalog.

Niemand war gut genug für Kiwi. Nicht der potenzielle Vater, der Ähnlichkeit mit einem Hamster hatte, und erst recht nicht die Mutter, die anscheinend seit 1992 dieselbe Frisur trug. Ein Paar fiel durch, weil dessen kleiner Sohn irgendwie bissig aussah, und ein weiteres, weil es noch nie weiter östlich als Colorado gewesen war. Grace war zwar selbst noch nicht sonderlich weit gereist in ihrem Leben, aber Kiwi verdiente *mehr*. Sie verdiente Gipfelstürmer und Weltenbummler, Menschen, die den ganzen Globus nach dem Allerbesten absuchten, denn genau das war Kiwi.

Grace wünschte sich furchtlose Abenteurer, die sich der Goldader, auf die sie bald stoßen würden, als würdig erwiesen.

Catalinas Familie stammte aus Spanien, daher sprach sie fließend Spanisch und auch Französisch. Sie arbeitete bei einer Onlinemarketingfirma, betrieb aber nebenbei ein Foodblog und träumte davon, ein Kochbuch zu veröffentlichen. Daniel war Webdesigner und arbeitete zu Hause. Er würde sich in den ersten drei Monaten um Kiwi kümmern, was Grace ziemlich lässig fand. Sie hatten einen Labrador namens Dolly, der lieb und ein bisschen treudoof guckte.

Auf sie fiel Grace' Wahl.

Sie schämte sich keine Sekunde, nicht mit Kiwi im Bauch. Sie beide waren ein Team. Sie schliefen und aßen, machten jede Bewegung gemeinsam, und alles, was Grace tat, wirkte sich auf Kiwi aus. Sie sahen viel fern auf Grace' Laptop, und Grace erzählte ihr von den Sendungen, von Catalina und Daniel und dem tollen Zuhause, das sie bei den beiden finden würde.

Kiwi war der einzige Mensch, mit dem Grace wirklich reden konnte. Ihre Freundinnen zogen sich mehr und mehr zurück. Grace sah es in ihren Augen, diese Unsicherheit, was sie zum stetig wachsenden Bauch ihrer Freundin sagen sollten, die Erleichterung, dass es Grace getroffen hatte und nicht sie. Ihre Kameraden aus dem Crosslauf-Team hatten zunächst noch versucht, sie mit Wettkampfberichten und Lästereien über die anderen Mannschaften auf dem Laufenden zu halten, aber Grace merkte schon bald, wie sich der Neid in ihr aufstaute, bis sie das Gefühl hatte zu explodieren. Selbst Nicken und Schweigen wurde irgendwann schwierig, und als sie gar keine Reaktion mehr zeigte, erzählten ihr die anderen auch nichts mehr.

Manchmal wenn sie schon fast schlief und Kiwi sich unter ihre Rippen kuschelte, als wäre es dort besonders gemütlich, merkte Grace, wie ihre Mom im Türrahmen stand und sie beobachtete. Sie tat dann immer so, als würde sie schlafen, und nach einer Weile verschwand ihre Mutter wieder.

Aber ihr Dad … Er konnte Grace kaum in die Augen sehen. Sie wusste, dass sie ihn enttäuscht hatte und dass sie, obwohl er sie immer noch liebte, für ihn zu einem anderen Menschen geworden war, den er nie wieder so sehen würde wie früher. Ihm musste es vorkommen, als hätte jemand seine Tochter gegen ein verändertes Modell ausgetauscht (»Neu! Jetzt mit Baby!«), eine Grace 2.0.

Das wusste Grace so genau, weil es ihr selbst nicht anders ging.

Als der Schulball kam, war Grace vierzig Wochen und drei Tage schwanger. Janie hatte immer wieder gefragt, ob sie nicht mitkommen wolle, sie könnten doch alle zusammen als Clique hingehen. Was vermutlich das Naivste und zugleich das Liebenswerteste war, was Grace je gehört hatte. In ihren Worten schwang immer der Hauch einer Entschuldigung mit, als wüsste sie, dass sie das Falsche sagte, könnte aber einfach nicht anders. **Komm schon, das wird lustig!**, schrieb sie Grace, aber Grace antwortete nicht.

Nach den Sommerferien ging die Schule ohne Grace wieder los. Sie war zu rund, zu erschöpft, zu schwanger. Außerdem war das Risiko zu groß, dass sie mitten in der Chemiestunde Wehen bekam und ihre gesamte Klasse traumatisierte. Nicht dass es ihr sonderlich leidgetan hätte. Am Ende des letzten Schuljahrs hatte sie gründlich die Nase voll davon gehabt, sich wie ein Zirkusfreak zu fühlen, um den die Leute auf dem Flur einen riesigen Bogen machten. Sie konnte sich nicht mal mehr erinnern, wann sie das letzte Mal jemand berührt hatte, und sei es nur aus Versehen.

Kiwi kam um drei Minuten nach neun am Abend des Schulballs zur Welt, im selben Moment, in dem Max zum Ballkönig gekrönt wurde, denn Jungs, die Mädchen schwängerten, dachte Grace verbittert, galten als Helden, während Mädchen, die sich schwängern ließen, schlicht Schlampen waren. Tja, aber nun stahl Kiwi Max die Show. Kaum auf der Welt, zeigte sie schon allen, wo es langging. Grace war so stolz. Es war, als hätte Kiwi ganz genau gewusst, dass sie die Thronerbin war, und wäre gekommen, um ihre Krone einzufordern.

Kiwi brach aus ihr hervor, als stünde sie in Flammen. Grace bekam ein Wehenhormon, und kurz darauf fuhr ihr ein glühender Schmerz durch Wirbelsäule, Rippen und Hüften, der ihr die Knochen zu zermalmen schien. Ihre Mutter, die die ganze Zeit ihre

Hand hielt, strich ihr das schweißnasse Haar aus der Stirn und störte sich kein bisschen daran, dass Grace sie »Mommy« nannte, wie damals mit vier Jahren. Kiwi drängte und wand sich aus ihr heraus, als wüsste sie, dass Grace nur ein Gefäß war und vor der Tür ihre echten Eltern, Daniel und Catalina, darauf warteten, sie mit nach Hause in ihr wahres Leben zu nehmen.

Kiwi war verabredet, wurde bereits sehnlichst erwartet, und mit Grace war sie fertig.

Manchmal wenn Grace nachts wach lag und an jenen dunklen Ort in ihrem Geist abdriftete, kam ihr der Gedanke, dass alles gut geworden wäre, wenn sie Kiwi nur nie im Arm gehalten hätte, wenn sie nie ihre Haut gespürt, an ihrem Köpfchen gerochen oder gesehen hätte, dass sie Max' Nase und ihr eigenes dunkles Haar geerbt hatte. Doch die Krankenschwester hatte gefragt, ob sie das Baby einmal halten wolle, und Grace hatte den besorgten Blick ihrer Mutter und die Art, wie sie die Zähne in die Unterlippe grub, ignoriert. Sie hatte Kiwi von der Krankenschwester entgegengenommen, und es ließ sich nicht anders beschreiben: Kiwi schmiegte sich genauso weich und mühelos in ihre Armbeuge wie zuvor unter ihre Rippen. Und obwohl Grace' Körper sich anfühlte wie ein Schlachtfeld, schien es ihr in diesem Moment, als sei ihr Kopf zum ersten Mal seit zehn Monaten wieder völlig klar, wie durchgespült.

Kiwi war perfekt. Grace war es nicht.

Und Kiwi hatte etwas Perfektes verdient.

Catalina und Daniel nannten sie natürlich nicht Kiwi. Von diesem Kosenamen wusste niemand etwas außer Grace. Und Kiwi selbst. Stattdessen nannten sie sie Amelía Marie, kurz: Milly.

Sie hatten immer wieder beteuert, dass sie sich eine offene Adoption wünschten, besonders Catalina. Insgeheim glaubte Grace ja, dass Catalina ein schlechtes Gewissen hatte, weil Kiwi nun ihr Baby sein würde. »Wir können Besuchszeiten vereinbaren«, schlug Catalina bei einem Treffen in der Adoptionsvermittlungsagentur vor. »Oder wir schicken Fotos. Je nachdem, womit du dich am wohlsten fühlst, Grace.«

Aber nachdem Kiwi – *Milly* – geboren war, traute Grace sich selbst nicht mehr über den Weg. Sie konnte sich nicht vorstellen, ihr Kind wiederzusehen, ohne es zurückzuwollen. Direkt nach der Geburt, als Grace dermaßen unter Adrenalin stand wie sonst wohl nur Spitzensportler, war sie kurz davor gewesen, aufzuspringen, sich Kiwi unter den Arm zu klemmen und wie ein Quarterback auf die Endzone zuzustürmen. Vermutlich hätte sie mit ihr einen Marathon hinlegen können. Doch was ihr wirklich Angst machte, war das Wissen, dass sie Kiwi nie zurückgebracht hätte.

Grace erinnerte sich nicht daran, wie sie Kiwi – *Milly* – an Daniel und Catalina übergeben hatte. Gerade hatte sie ihre Tochter noch auf dem Arm gehabt, und im nächsten Moment war sie fort gewesen, mit Fremden davongefahren, das Kind anderer Leute, auf das Grace keinen Anspruch mehr hatte.

Ihr Körper aber erinnerte sich an alles. Schließlich hatte er Kiwi zur Welt gebracht, und jetzt, als Grace aus dem Krankenhaus entlassen wurde, trauerte er um sie. Zu Hause schloss sie sich in ihrem Zimmer ein und krümmte sich vor Schmerz, in der Faust eine von Kiwis Babydecken, um ihre Schreie darin zu ersticken. Die Schluchzer erfüllten ihre Brust, krallten sich in ihr Herz, als wollten sie es zerreißen. Sie verlangte nicht mehr nach ihrer Mutter. Diese Schmerzen würde sie nicht lindern können, genauso wenig wie ein Arzt. Grace' Körper wand sich auf dem Bett, wie er es nicht mal während der Wehen getan hatte, die Zehen verkrampft, die Hände gespreizt, als fragte er verzweifelt, wohin Kiwi verschwunden war. Grace hatte Kiwi entbunden, aber erst jetzt spürte sie, dass sie nicht mehr mit ihr *ver*bunden war, dass sie wurzellos von ihr fortschwebte.

Eine Weile blieb Grace einfach in ihrem Zimmer. Nach zehn Tagen hörte sie auf zu zählen.

Nach zwei Wochen in der Dunkelheit ging sie schließlich die Treppe herunter und überraschte ihre Eltern beim Frühstück. Die beiden starrten sie an, als hätten sie ihre Tochter noch nie gesehen, und auf gewisse Weise stimmte das sogar. Aber Grace 3.0 (»Neu! Jetzt ohne Baby!«) war nun da. Für immer.

Und dann sprach sie die Worte aus, vor denen sich ihre Eltern sechzehn Jahre lang, seit dem Tag von Grace' Geburt, gefürchtet hatten. Nicht »Ich bin schwanger« oder »Meine Fruchtblase ist geplatzt« oder »Ich hatte einen Unfall«.

Grace trat vor ihre Eltern, mit leerem Magen und zerzaustem Haar, und sagte: »Ich will meine leibliche Mutter finden.«

Grace hatte immer gewusst, dass sie adoptiert war. Daraus hatten ihre Eltern nie ein Geheimnis gemacht. Aber sie redeten auch nicht wirklich darüber. Es war eben einfach so.

Jetzt, am Frühstückstisch, schraubte ihre Mom wie mechanisch den Deckel des Erdnussbutterglases zu und wieder auf. Nach dem dritten Mal nahm ihr Dad es ihr weg. »Das ist wohl ein Fall für den Familienrat«, stellte er fest, während ihre Mom nach einer Serviette griff.

Der letzte Familienrat hatte stattgefunden, als Grace ihnen ihre Schwangerschaft verkündet hatte. Wenn das so weiterging, würden ihre Eltern wohl nie wieder einen einberufen.

»Okay«, sagte Grace. »Heute.«

»Morgen.« Wie es schien, hatte ihre Mom ihre Stimme wiedergefunden. »Ich habe heute noch ein Meeting und wir müssten …« Sie warf ihrem Dad einen Blick zu. »… wir müssten vorher noch einiges an Dokumenten für dich raussuchen. Die sind im Safe.«

Zwischen Grace und ihren Eltern hatte es immer eine stillschweigende Übereinkunft gegeben. Sie würden ihr alles erzählen, was sie über ihre leibliche Familie wussten, aber nur wenn sie selbst danach fragte. Grace hatte schon zuvor ein paarmal die Neugier gepackt – zum Beispiel, als sie in Biologie Genetik durchnahmen, oder einmal in der zweiten Klasse, als sie von Alex Petersons zwei Müttern erfahren und sich gefragt hatte, ob das bei ihr auch so sein könnte – aber das hier war anders. Grace wusste, dass es irgendwo auf der Welt eine Frau gab, die womöglich genauso gelitten hatte (oder sogar heute noch litt) wie sie selbst. Sie kennenzulernen, würde ihr Kiwi nicht zurückbringen oder auch nur die Risse in ihrem Inneren kitten, aber es wäre besser als gar nichts.

Grace musste wieder eine Verbindung zu jemandem spüren.

Ihre Eltern wussten nur sehr wenig über ihre Mutter. Das überraschte Grace nicht unbedingt, denn die Adoption war komplett über eine Agentur und Anwälte gelaufen. Der Name ihrer Mutter war Melissa Taylor und Grace' Eltern hatten sie nie kennengelernt. Melissa selbst hatte das nicht gewollt.

Es gab kein Foto von Melissa, keine Fingerabdrücke, nicht die winzigste Notiz oder sonstige Andenken, bloß ein unterzeichnetes offizielles Dokument. Der Name war so verbreitet, dass Grace vermutlich stundenlang hätte googeln können, ohne zu einem Ergebnis zu gelangen, aber es schien ja sowieso, als hätte Melissa nicht gefunden werden wollen. »Wir haben ihr mal über unseren Anwalt einen Brief zukommen lassen«, sagte Grace' Mutter und reichte ihr einen dünnen Umschlag. »Kurz nach deiner Geburt, um ihr unsere Dankbarkeit zu zeigen. Aber der ist wieder zurückgekommen.« Letzteres hätte sie gar nicht hinzufügen müssen. Grace hatte den roten »Unzustellbar«-Stempel auf dem weißen Papier längst gesehen.

Doch gerade als eine neue, andersartige (wenn auch nicht schlimmere) Verzweiflung von ihr Besitz ergreifen wollte, weil es offenbar gar keine Frau gab, die sich nach ihr gesehnt hatte wie Grace sich nach Kiwi, die sich gewunden und gelitten hatte und alles über sie hatte wissen wollen, sagten Grace' Eltern etwas, das das schwarze Loch, das sie zu verschlingen drohte, auf einen Schlag wieder verschloss.

»Grace«, sagte ihr Vater so behutsam, als fürchtete er, mit seiner Stimme eine Bombe hochgehen zu lassen und sie alle in die Luft zu sprengen, »du hast Geschwister.«

Nachdem Grace ins Gästebad gerannt war, um sich zu übergeben, holte sie sich ein Glas Wasser und kam zurück an den Tisch. Die besorgte Miene ihrer Mutter machte sie ganz kribbelig.

Mit sanften und ganz offensichtlich einstudierten Worten schilderten sie ihr die Sachlage: Joaquin war ihr Bruder. Bei Grace' Geburt war er ein Jahr alt gewesen und ein paar Tage, nachdem ihre Eltern sie mit nach Hause genommen hatten, in eine Pflegefamilie gekommen. »Sie haben uns gefragt, ob wir ihn auch aufnehmen wollten«, erläuterte Grace' Mutter, und noch jetzt, sechzehn Jahre später, konnte Grace die Spuren der Reue in ihrem Gesicht sehen. »Aber ein neugeborenes Baby und – auf *zwei* Kinder waren wir einfach nicht eingestellt. Und deine Großmutter hatte gerade ihre Diagnose bekommen …«

Diesen Teil kannte Grace schon. Bei ihrer Großmutter Gloria Grace, von der sie ihren Namen hatte, war einen Monat vor Grace' Geburt Bauchspeicheldrüsenkrebs im fortgeschrittenen Stadium festgestellt worden. Kurz nach Grace' erstem Geburtstag war sie gestorben. »Unser schönstes und schlimmstes Jahr«, beschrieb Grace' Mutter es, wenn sie überhaupt darüber sprach. Und Grace hütete sich, zu viele Fragen zu stellen.

»Joaquin«, wiederholte sie nun und probierte das Wort im Mund aus.

Ihr wurde klar, dass sie noch nie zuvor einen Joaquin gekannt, noch nicht mal den Namen ausgesprochen hatte.

»Damals hieß es, er sei zu einer Pflegefamilie gekommen, die auch schon einen Adoptionsantrag gestellt hatte«, berichtete ihr Vater. »Aber mehr wissen wir nicht über ihn. Wir haben uns bemüht, ihn nicht aus den Augen zu verlieren, aber … diese Verfahren sind einfach zu unübersichtlich.«

Grace nickte, während sie alles in sich aufnahm. Wäre ihr Leben ein Film, dann würde jetzt wahrscheinlich melancholische Musik erklingen. »Ihr habt *Geschwister* gesagt. Mehrere also?«

Ihre Mutter nickte. »Nach dem Tod von Gloria Grace« – niemand nannte sie je anders – »rief der Anwalt an, der uns damals auch geholfen hat, dich zu bekommen. Es gebe noch ein weiteres Baby, ein Mädchen, aber wir konnten nicht …« Wieder suchte ihr Blick den von Grace' Vater, wie um ihn zu bitten, die Lücken zwischen den einzelnen Worten zu schließen. »Wir konnten nicht, Grace«, wiederholte ihre Mutter mit bebender Stimme. Dann räusperte sie sich. »Sie wurde von einer Familie ganz in der Nähe adoptiert, nur zwanzig Minuten von hier. Wir haben ihre Kontaktdaten. Damals haben wir uns darauf geeinigt, dass wir einander Bescheid geben, wenn eine von euch sich bei der anderen melden möchte.«

Sie schoben ihr ein Zettelchen mit einer E-Mail-Adresse zu. »Ihr Name ist Maya«, sagte ihr Vater. »Sie ist fünfzehn. Wir haben gestern Abend schon mit ihren Eltern gesprochen und die mit ihr. Sie erwartet deine Mail, wenn du ihr schreiben möchtest.«

An diesem Abend saß Grace vor ihrem Laptop, starrte auf den blinkenden Cursor und überlegte, was sie Maya schreiben sollte.

Liebe Maya, ich bin deine Schwester und

Nein. Viel zu vertraut.

Hi, Maya, meine Eltern haben mir gerade von dir erzählt – wow!

Grace hätte sich am liebsten selbst ins Gesicht geboxt, als sie las, was sie geschrieben hatte.

Hi, Maya, wie geht's? Ich habe mir schon immer eine Schwester gewünscht und jetzt habe ich eine

Vielleicht sollte sie einen Ghostwriter engagieren. Schließlich, nach einer halben Stunde Tippen, Löschen und wieder Tippen, kam sie zu einem einigermaßen annehmbaren Ergebnis.

Hi, Maya,

ich heiße Grace und habe gerade herausgefunden, dass du und ich dieselbe leibliche Mutter haben. Meine Mom und mein Dad haben mir heute von dir erzählt, und ich muss zugeben, dass ich ein bisschen unter Schock stehe, aber ich bin auch ganz schön aufgeregt. Sie meinten, dass du schon von mir weißt, darum hoffe ich, du fühlst dich nicht allzu überrumpelt von dieser Mail. Was ich nicht weiß, ist, ob deine Eltern dir auch von Joaquin erzählt haben. Der ist unser Bruder, wie es aussieht. Ich fände es toll, wenn wir vielleicht zusammen versuchen könnten, ihn zu finden, was meinst du?

Meine Eltern haben gesagt, du wohnst nur zwanzig Minuten von uns entfernt, also könnten wir uns ja vielleicht mal auf einen Kaffee treffen? Natürlich nur, wenn du mich kennenlernen willst – ich will auf jeden Fall. Aber fühl dich nicht unter Druck gesetzt. Ich weiß, das hier könnte alles ziemlich schräg werden.

Liebe Grüße, ich hoffe wir hören bald voneinander!

Grace

Sie las die Mail noch dreimal durch und klickte auf »Senden«.

Jetzt blieb ihr nichts mehr übrig, als abzuwarten.

Maya

Als kleines Mädchen war Mayas Lieblingsfilm »Alice im Wunderland« gewesen. Vor allem wegen des weißen Kaninchens mit dieser winzigen Weste und Brille, und der Vorstellung, durch seinen Bau ins Ungewisse zu plumpsen.

Aber ihre absolute Lieblingsszene war die, in der Alice zu groß wurde, um ins Haus des Kaninchens zu passen. Ihre Arme und Beine durchstießen die Fenster, dass das Glas nur so splitterte, und ihr Kopf schoss bis unters Dach. Was für ein Wirbel, was für ein Geschrei – Maya war begeistert. Wieder und wieder mussten ihre Eltern das Video zurückspulen, während sie sich kugelte vor Lachen.

Heute, wenn ihre Eltern mal wieder Zoff hatten und die Wände um sie so eng wurden, dass sie am liebsten die Fenster einschlagen und fliehen würde, kam ihr ein zerstörtes Zuhause gar nicht mehr so witzig vor.

Maya konnte sich überhaupt nicht mehr an eine Zeit erinnern, in der ihre Eltern sich nicht gestritten hatten. Als ihre Schwester Lauren und sie noch jünger gewesen waren, hatte sich das Ganze noch gedämpft hinter verschlossenen Türen abgespielt, und am nächsten Morgen hatten die beiden mit angespanntem Lächeln am Frühstückstisch gesessen. Mit den Jahren jedoch waren die Stimmen immer lauter geworden, bis sie sich aus voller Kehle anschrien.

Das Geschrei war schlimm, schrill und durchdringend, die Art

Geräusch, bei der man sich am liebsten die Ohren zuhalten und dagegen anbrüllen würde.

Oder weglaufen.

Maya und Lauren entschieden sich für Letzteres. Maya war dreizehn Monate älter als Lauren, daher fühlte sie sich für sie verantwortlich. Oft schnappte sie sich die Fernbedienung und stellte den Fernseher lauter, bis niemand mehr sagen konnte, wer den Krachwettbewerb gewann. »Macht sofort den Fernseher leiser!«, hatte ihr Dad mehr als einmal geschrien, was ihr extrem unfair vorkam. Schließlich hatten sie den Ton nur lauter gestellt, weil er selbst so einen Krawall machte.

Mittlerweile waren Maya und Lauren fünfzehn und vierzehn.

Und es wurde lauter gestritten denn je.

Es hörte und hörte nicht auf.

Du machst nichts anderes als arbeiten! Nie bist du hier, und wenn –

Für dich! Und die Mädchen! Für unsere Familie! Das ist doch irre, immer willst du alles haben, und wenn ich mich abmühe, damit wir es uns leisten können, dann –

Maya war alt genug, um zu durchschauen, dass das Gestreite viel mit dem Wein zu tun hatte: ein Glas vor dem Essen, zwei bis drei während des Essens, und wenn Mayas Dad auf Dienstreise war, wurde sogar noch ein fünftes eingeschenkt. Nie sah Maya leere Flaschen im Altglas und die Regale in der Vorratskammer waren stets gefüllt. Sie fragte sich, vor wem ihre Mom eigentlich die Indizien verbarg: vor ihren Töchtern, vor ihrem Mann oder vor sich selbst?

Wenn ihre Mutter davon ruhig und friedlich – *müde*, verdammt! – geworden wäre, hätte sie von Maya aus drei Flaschen pro Abend trinken können.

Aber der Wein brachte ihre Eltern erst richtig auf Touren. Wie zwei Rennautos, deren Fahrer die Motoren aufheulen ließen, bis die Startflagge geschwenkt wurde, und *wrummmm* ging es los. Maya und Lauren hatten gelernt, sich bei den ersten Anzeichen in ihre Zimmer zu verkriechen oder zu Freunden zu flüchten oder vielleicht auch nur zu behaupten, sie gingen zu Freunden, und sich stattdessen im Garten zu verstecken, bis die Luft wieder rein war. Zwar wurden ihre Eltern nie handgreiflich, aber Worte konnten mehr Scherben hinterlassen als ein Glas, das an einer Wand zersplitterte, schlimmer wehtun als eine Faust, die einem die Zähne ausschlug.

Die Auseinandersetzungen folgten einem klar erkennbaren Muster. Maya war inzwischen überzeugt, dass sie ihnen die passenden Dialoge schreiben könnte. Wenn das Geschrei einmal angefangen hatte, verging meist keine Viertelstunde, bis ihre Mutter ihren Vater beschuldigte, fremdzugehen. Maya hatte keine Ahnung, ob das stimmte, und ehrlich gesagt war es ihr auch egal. Sollte er doch, wenn es ihn glücklich machte. Insgeheim hegte sie den Verdacht, dass ihre Mutter begeistert wäre, sollte es sich eines Tages als wahr herausstellen. Als hätte sie endlich das Rennen gewonnen, das sie nun schon seit Jahrzehnten gegeneinander fuhren.

Wäre es denn so furchtbar, wenn du mal vor acht Uhr abends nach Hause kommen würdest? Na? Sag schon!

Wer wollte denn so dringend eine neue Küche? Meinst du, die bezahlt sich von selbst?

Als es an ihre Tür klopfte, sah sie hoch. Fast erwartete sie Claire, obwohl sie eigentlich wusste, dass das nicht sein konnte. Sie waren jetzt seit fünf Monaten zusammen und Claires Arme waren ein besserer Zufluchtsort als alle Gartenverstecke der Welt. Claire bedeutete Sicherheit. Claire, so dachte Maya manchmal, war ihr Zuhause.

Aber an der Tür war Lauren. »Hey«, sagte sie, als Maya öffnete. »Kann ich ein bisschen hier bei dir bleiben?«

»Klar«, erwiderte Maya.

Irgendwann, Maya wusste es nicht mehr genau, hatten ihre Gespräche sich gewandelt, von albernem Gekicher zu geflüsterten Geheimnissen zu knappen Sätzen und schließlich Ein- oder Zweiwortbemerkungen. Die dreizehn Monate, die sie voneinander trennten, waren zu einer gähnenden Kluft geworden, die unaufhaltsam weiter wurde.

Maya hatte immer gewusst, dass sie adoptiert war. In einer Familie, die sonst nur aus Rothaarigen bestand, war das mehr als offensichtlich. Als Maya noch klein gewesen war, hatte ihre Mom ihr abends beim Zubettgehen immer von dem Tag erzählt, an dem sie sie im Krankenhaus abgeholt hatten. Natürlich hatte sie diese Gutenachtgeschichte schon tausendmal gehört, aber nie genug davon bekommen. Ihre Mom konnte super erzählen (sie hatte während ihres Studiums als Moderatorin beim Uni-Radio gearbeitet) und machte immer eine richtige Show daraus, mit witzig übertriebenen Gesten. Wie viel Angst sie gehabt hatten, Maya zum ersten Mal in ihre Babyschale im Auto zu legen, oder wie sie sämtliche Desinfektionsmittelvorräte des Supermarkts aufgekauft hatten.

Aber am besten hatte Maya immer das Ende gefallen. »Und dann«, sagte ihre Mom, zog die Decke ein Stückchen höher und strich sie glatt, »bist du mit uns nach Hause gekommen. Wo du hingehörst.«

Zuerst schien es keine Rolle zu spielen, dass Maya adoptiert war und Lauren nicht. Sie waren Schwestern, Punkt. Aber dann hatten andere Kinder sie aufgeklärt.

Andere Kinder konnten echte Arschlöcher sein.

»Wahrscheinlich hätten sie sich dich gar nicht geholt, wenn

Lauren als Erste geboren worden wäre«, hatte in der dritten Klasse Mayas damalige beste Freundin Emily Whitmore verkündet. »Lauren ist nämlich ihr *leibliches* Kind« – sie sprach das Wort aus, als hätte es ihr gerade erst jemand beigebracht – »und du nicht. Das ist einfach eine Tatsache.« Maya wusste noch genau, wie Emily sie angesehen hatte, während sie ihr die »Tatsachen« erläutert hatte, und wie dringend ihr Bedürfnis gewesen war, Emily ihre kleine Achtjährigenfaust ins selbstzufriedene Gesicht zu rammen. Damals fand Emily Ehrlichkeit *total* wichtig, was womöglich der Grund war, warum sie jetzt, auf der Highschool, nicht sonderlich viele Freunde hatte. (Selbstzufrieden wirkte sie allerdings immer noch. Und Maya hatte immer noch das Bedürfnis, ihr eine reinzuhauen.)

Aber in einem Punkt hatte Emily recht gehabt: Drei Monate, nachdem ihre Eltern Maya zu sich geholt hatten, stellte ihre Mutter fest, dass sie mit Lauren schwanger war. Fast zehn Jahre lang hatten sie sich vergeblich ein Baby gewünscht und mit einem Mal wurden sie gleich mit zweien gesegnet.

Na ja, als *gesegnet* würde Maya es nicht immer bezeichnen.

»Und welche von euch ist jetzt adoptiert?«, fragten die Leute manchmal, worauf Lauren und Maya sie nur verwirrt anstarrten. Anfangs hatten sie den Witz nicht verstanden, aber Maya begriff wesentlich schneller als Lauren. Und das musste sie auch. Sie fiel auf, hatte als Einzige keine blasse Haut, Sommersprossen und bernsteinfarbenes Haar. Der dunkle Fleck auf jedem der Familienfotos an der Treppe.

Wenn ihre Eltern sich stritten, stellte Maya sich manchmal vor, wie sie das Haus in Brand setzte. Und dabei schüttete sie immer das meiste Benzin über besagte Fotos.

Schon mit fünf Jahren wurde Maya bewusst, dass sie anders war. Als sie im Kindergarten »Star der Woche« war, fragten die anderen sie bloß, warum sie adoptiert war, wo ihre »echte Mama« war und ob man sie weggegeben hatte, weil sie böse gewesen war. Niemand wollte etwas über ihre Schildkröte Scooch wissen oder ihre Kuscheldecke, die ihre Uroma Nonie für sie gestrickt hatte. Später weinte sie, ohne dass sie hätte erklären können, warum.

Dabei liebte sie ihre Eltern so sehr, dass es ihr beinahe Angst machte.

Manchmal träumte sie von denen, die sie fortgegeben hatten, und schreckte nassgeschwitzt aus dem Schlaf hoch, in dem sie vor zwei gesichtslosen braunhaarigen Leuten geflüchtet war, die die Arme nach ihr ausstreckten. Ihre Eltern waren – wenn man mal den Wein, die Streitereien und die erdrückende *Erwachsenheit* von Küchenrenovierungen und Hypotheken beiseiteließ – gute Menschen. Wirklich gute Menschen. Und sie liebten sie heiß und innig. Aber Maya fiel auf, dass die Erziehungsratgeber, die sie lasen, immer nur von adoptierten und nie von leiblichen Kindern handelten. Sie wendeten so viel Mühe dafür auf, ihr ein normales Leben zu ermöglichen, dass Maya stattdessen das Gefühl hatte, alles andere als normal zu sein.

Sie räumte einen Platz auf dem Bett für Lauren frei. »Was hast du da?«

»Mathehausaufgaben«, antwortete Lauren. Lauren war grottenschlecht in Mathe, zumindest verglichen mit Maya. Insgesamt trennte sie nur ein Schuljahr, aber in Mathe war Maya bereits drei Klassen weiter. »Und du?«

»Aufsatz.«

»Ah.«

Maya arbeitete tatsächlich an einem Aufsatz. Wenn auch nicht im Moment. Genau genommen schrieb sie schon seit einer Woche daran und vor drei Tagen wäre er fällig gewesen. Aber sie wusste, dass ihre Lehrerin sie damit davonkommen lassen würde. Lehrer liebten Maya. Sie hatte einfach eine Art, sie um den Finger zu wickeln und am Ende noch Extrapunkte abzustauben, ohne auch nur die eigentliche Aufgabe erledigt zu haben. Außerdem wartete die Welt ja nun auch nicht gerade mit angehaltenem Atem auf einen weiteren Aufsatz über die Bedeutung der Figurenzeichnung in »Die Toten von Spoon River«.

In Wirklichkeit chattete sie mit Claire.

Claire war letzten März neu an ihre Schule gekommen. Maya erinnerte sich noch genau, wie sie über den Rasen vor dem Gebäude gelaufen war, ihren Rucksack lässig über eine Schulter geschlungen.

Maya hatte sie sofort gemocht.

Sie mochte es, dass Claires Nagellack immer, aber auch wirklich *immer* abgesplittert war, sie dafür jedoch nicht den Hauch von Spliss hatte. Sie mochte es, dass Claires Socken nie zusammenpassten, sie aber stets die coolsten Schuhe trug. (Maya beneidete sie zutiefst um ihre Doc Martens und verfluchte ihre eigenen Füße, die zwei Nummern größer waren als Claires.)

Sie mochte das Gefühl von Claires weicher Hand in ihrer, und ihre Haut, die zu berühren manchmal ein nahezu elektrisches Kribbeln in ihr auslöste, wie Maya es noch nie erlebt hatte. Sie mochte Claires Lachen (es war tief und klang – ohne Witz – als würde eine Gans stranguliert werden) und Claires Mund und die Art, wie Claire ihr manchmal über den Kopf streichelte, als wäre sie das niedlichste, zauberhafteste Wesen, das ihr je begegnet war.

Da hatte Maya von klein auf darüber nachgegrübelt, wohin sie eigentlich gehörte, nur um jetzt zu erleben, wie Claire passgenau die Lücke an ihrer Seite füllte, als hätten sie beide nur darauf gewartet, einander zu finden.

Mayas Eltern, die zum Glück nicht von vorvorgestern waren,

hatten kein Problem damit, dass sie lesbisch war. Genauer gesagt hatten sie nicht nur kein Problem damit, sondern waren regelrecht stolz. Ihr Dad klebte sogar einen Regenbogensticker auf sein Auto, was die Nachbarschaft in leichten Aufruhr versetzte, bis Maya ihm vorsichtig erklärte, ein solcher Aufkleber signalisiere für gewöhnlich, dass man *selber* homosexuell sei, weswegen die Leute eventuell einen falschen Eindruck bekommen hätten.

Aber lieb gemeint war es trotzdem. Ihre Eltern spendeten Geld an eine Organisation für Schwule und Lesben und sie und ihr Dad nahmen miteinander an einem Zehnkilometerlauf für einen wohltätigen Zweck teil. Was dieses Thema anging, bekam Maya wirklich alle Unterstützung, die sie sich nur wünschen konnte, und dafür war sie auch dankbar. Noch lieber wäre es ihr allerdings gewesen, wenn ihre Eltern sich ein bisschen mehr um ihre eigene Beziehung kümmern würden, anstatt sich auf Mayas zu konzentrieren.

Wieder knallte eine Tür zu und Lauren zuckte zusammen. Kaum sichtbar, aber Maya bemerkte es trotzdem.

Interessierst du dich überhaupt noch für deine Töchter?

Wie kannst du so was auch nur denken*?*

Du hast Maya ja noch nicht mal gefragt, ob –

Die beiden Schwestern sahen einander an. »Hast du schon was von diesem Mädchen gehört?«, erkundigte sich Lauren schließlich.

Maya schüttelte den Kopf. »Nö.«

Am Abend zuvor hatten Mayas Eltern sich mit ihr hingesetzt – es war das erste Mal seit Monaten gewesen, dass sie sie zusammen erlebt hatte, ohne dass sie einander an die Gurgel gingen – und ihr von einem Mädchen namens Grace erzählt. Das Mayas Halbschwester war und mit seinen Eltern zwanzig Minuten entfernt wohnte. Wie es schien, hatte Grace zum allerersten Mal überhaupt nach ihrer leiblichen Familie gefragt. Offenbar gab es auch noch einen Jungen, einen angeblichen Halbbruder namens Joaquin, aber von dem schien niemand zu wissen, wo er war. Als wäre er ein verlegter Schlüsselbund. »Wäre es dir recht, wenn wir Grace deine Mailadresse geben?«, hatte ihr Vater gefragt.

Maya hatte nur mit den Schultern gezuckt. »Klar, warum nicht.«

Es war ihr nicht recht gewesen, nicht so ganz jedenfalls, aber sie wusste mittlerweile nicht mehr, wie viel sie ihren Eltern zumuten konnte. Die beiden rissen sich ja im Umgang miteinander schon kaum noch zusammen – wie viel Kraft blieb da noch für sie übrig? Auf keinen Fall wollte sie vor ihnen zu weinen anfangen oder Fragen stellen oder ihnen auch nur den winzigsten Einblick in ihre Gedanken geben. Solange sie sich benahmen wie die Elefanten im Porzellanladen, würde sie ihnen nichts mehr von sich anvertrauen. Also blieb sie lieber auf Distanz – und schützte sich vor Verlusten.

In der Nacht darauf hatte sie einen schrecklichen Albtraum gehabt: Wieder hatten die großen, dunkelhaarigen Leute nach ihr gegriffen und versucht, sie aus ihrem Zimmerfenster zu zerren. Mit einem Keuchen war sie wach geworden, und ihre Hände hatten so stark gezittert, dass sie nicht mal Claire eine Nachricht schreiben konnte. Sie war sich nicht ganz sicher, was unheimlicher gewesen war: dass die Fremden sie entführen wollten oder dass ein Teil von ihr sich möglicherweise gewünscht hatte, es würde ihnen gelingen.

Ans Einschlafen war jedenfalls nicht mehr zu denken gewesen.

Du weißt doch, wie Maya ist. Von sich aus erzählt sie nichts, man muss sie schon fragen! Sie ist nicht wie Lauren. Wenn du auch nur ein bisschen Zeit mit ihnen verbringen würdest –

Es war nicht so, als fände Maya es besonders toll, adoptiert zu sein, aber bei solchen Gelegenheiten war sie irgendwie schon froh, dass diese Leute nicht ihre richtigen Eltern waren. (*Schon scheiße, du zu sein, Lauren*, dachte sie manchmal, wenn das Geschrei zu laut wurde, zu nahe kam.) Es war leichter, sich eine Welt voller Möglichkeiten vorzustellen, in der so ziemlich jeder mit ihr verwandt sein konnte. Aber eine solche Welt konnte schnell zu groß werden, und dann fühlte Maya sich wurzellos, als wäre sie mit nichts und niemandem verbunden und könnte einfach so davongeweht werden. In solchen Momenten griff sie nach Claires Hand und umklammerte sie, bis sie wieder festen Boden unter den Füßen spürte.

»Meinst du, sie lassen sich scheiden?«, hatte Lauren vor ein paar Monaten gefragt, nachdem ihr Dad aus dem Haus gestürmt und ihre Mom nicht mal gekommen war, um nach ihnen zu sehen. In dieser Nacht hatten die beiden Mädchen zum ersten Mal, seit sie keine Kinder mehr waren, gemeinsam in einem Bett geschlafen.

»Sei nicht albern«, hatte Maya geantwortet, doch die Vorstellung hatte sie die ganze Nacht wach gehalten. Wenn ihre Eltern sich trennten, für wen würden sie sich dann entscheiden? Lauren war ihr leibliches Kind, wie schon Emily Whitmore angemerkt hatte. Und Maya nicht.

Klar war das ein blöder Gedanke.

Aber trotzdem.

Abends, nachdem sich alle in ihre Zimmer verzogen hatten, nachdem auch Lauren ihre Tür hinter sich zugemacht und Maya sich noch weit über ihre erlaubte Handyzeit hinweg mit Claire geschrieben hatte **(lol, meine eltern lassen sich hundertpro scheiden)**, ohne dass jemand gekommen war, um sie daran zu hindern, lag sie noch lange wach.

Um drei Uhr nachts wirkte alles unerträglich. Das war einfach eine Tatsache.

Plötzlich gab ihr Handy ein *Ping* von sich – eine neue E-Mail – und sie griff danach. Irgendwo hatte sie mal gelesen, dass man angeblich für jede Minute, die man im Bett aufs Handy guckte, eine Stunde Schlaf verlor. Damals hatte sie das für Blödsinn gehalten, aber jetzt kam es ihr doch nicht ganz so abwegig vor.

Schwester?, lautete der Betreff.

Die Mail war nicht von Lauren.

Maya öffnete sie.

Joaquin

Den frühen Morgen mochte Joaquin am liebsten.

Er mochte es, wie sich an klaren Tagen langsam der Himmel verfärbte, von Rosa zu Gelb und schließlich zu Blau. Und wenn es nicht klar war, mochte er auch den Nebel, der sich wie eine Decke über die Stadt breitete und so dick über den Hügeln und Straßen hing, dass Joaquin fast meinte, ihn berühren zu können.

Er mochte die Stille zu dieser Tageszeit und dass er auf seinem Skateboard die Straße entlangfahren konnte, ohne orientierungslosen Touristen oder kleinen Kindern ausweichen zu müssen, die sich von ihren Eltern losgerissen hatten. Er war gern allein, ohne andere Leute um sich, denn so fühlte sich das Alleinsein mehr an, als sei es seine Wahl. Es war angenehmer als das Alleinsein inmitten von Menschen, das sich einstellte, sobald der Rest der Welt und mit ihm die Realität erwachte. Sobald die Sonne die Nebeldecke schmolz.

Joaquin lehnte sich nach links und sauste bergab Richtung Kulturzentrum. Sein Board hatte neue Rollen, ein Geschenk – »einfach nur so« – von seinem achtzehnten Paar Pflegeeltern.

Mark und Linda waren in Ordnung. Joaquin lebte seit fast zwei Jahren bei ihnen und er mochte sie. Linda hatte ihm in ihrem Uralt-Van das Autofahren beigebracht und sich kein bisschen um die kleine Beule geschert, die die hintere rechte Tür davongetragen hatte. Und Mark war allein diesen Sommer mit ihm zu sechs Baseballspielen gegangen, wo sie schweigend nebeneinandersaßen und sich nur hin und wieder zufrieden zunickten, wenn der Schiedsrichter eine gute Entscheidung traf. »Toll, wenn Vater und Sohn sich zusammen ein Spiel ansehen«, hatte ein älterer Mann bei einer dieser Gelegenheiten zu ihnen gesagt, und als Mark daraufhin grinsend den Arm um Joaquins Schultern gelegt hatte, war dieser so rot geworden, als hätte er Fieber.

Er konnte sich nur noch an wenig aus seiner frühen Kindheit erinnern. Seine Mutter hatte ihn weggegeben, als er ein Jahr alt war. Einmal hatte er seine Geburtsurkunde gesehen, daher wusste er, dass sie Melissa Taylor hieß und sein Vater mit Nachnamen Gutierrez, aber das war ungefähr zehn Sozialarbeiter her, und Melissas elterliche Befugnisse hatten schon lange keine Geltung mehr. Von ihrem Besuchsrecht hatte sie nie Gebrauch gemacht. Manchmal fragte sich Joaquin, ob er wohl das schlimmste Kind der Welt gewesen war, wenn nicht mal seine eigene Mutter sich für ihn interessierte.

Über seinen Vater wusste er nichts, außer seinem Nachnamen und dass er nicht weiß gewesen war – das bewies spätestens ein Blick in den Spiegel. »Du siehst mexikanisch aus«, hatte mal ein ehemaliger Pflegebruder zu ihm gesagt, nachdem Joaquin erklärt hatte, nicht zu wissen, woher er stammte. Dem hatte nie jemand widersprochen, womit die Sache geklärt war. Joaquin war Mexikaner.

Was die Pflegefamilien und Heime anging, so hatte es darunter gute und schlechte gegeben. Wie die Pflegemutter, die die Beherrschung verloren und Joaquin mit ihrer hölzernen Haarbürste einen so harten Schlag auf den Hinterkopf versetzt hatte, dass er buchstäblich Sterne gesehen hatte wie eine Comicfigur. Oder das ältere Ehepaar, das ihm aus unerfindlichen Gründen die Finger der linken Hand mit Klebeband fixierte, sodass er gezwungen gewesen war, die rechte zu benutzen (was aber nicht geholfen hatte,

Joaquin war und blieb Linkshänder). Oder der Pflegevater, der Joaquin immer im Nacken gepackt und so fest zugedrückt hatte, dass Joaquin meinte, die Wirbel knirschen zu hören. Oder die Familie, die sein Essen in einem anderen Fach der Vorratskammer aufbewahrte als ihres: seine Billigprodukte direkt unter den Markencornflakes der eigenen Kinder.

Aber da war auch Juanita gewesen, die Pflegemutter, die ihm übers Haar gestrichen und ihn *cariño* genannt hatte, als er einmal im Winter mit Darmgrippe im Bett gelegen hatte. Oder Evelyn, die mit ihm Wasserbombenschlachten im Garten veranstaltet und ihm abends ein Schlaflied über drei kleine Küken vorgesungen hatte, die sich unter den Flügel ihrer Mutter kuschelten. Oder Rick, der Pflegevater, der Joaquin ein riesiges Set Ölkreiden kaufte, weil er ihn für so »verflucht talentiert« hielt. (Ein halbes Jahr später war Rick betrunken in eine Prügelei mit seinem Nachbarn geraten und Joaquin hatte sein vorübergehendes Zuhause samt seiner Kreiden verlassen müssen. Über letzteren Verlust war er noch immer nicht ganz hinweg.)

Mark und Linda waren seine aktuellen Pflegeeltern und sie wollten Joaquin adoptieren.

Am Abend zuvor, als er am Küchentisch saß und die frischen Rollen an sein Board schraubte, hatten sie ihn gefragt. Sie hatten sich ihm gegenübergesetzt und einander bei den Händen genommen, und Joaquin war sofort klar gewesen, dass sie ihm eröffnen würden, er müsse gehen. Das war schließlich schon siebzehn Mal so gewesen, darum erkannte er die Anzeichen auf den ersten Blick. Es gab Ausreden und Entschuldigungen, manchmal sogar Tränen (wenn auch nie von Joaquins Seite), aber am Ende lief es immer auf dasselbe hinaus: Joaquin packte seine paar Habseligkeiten in einen Müllsack und wartete darauf, dass seine Sozialarbeiterin kam und ihn abholte. (Eine Sozialarbeiterin hatte ihm mal einen richtigen Koffer geschenkt, aber der war gleich in seinem nächsten Zuhause kaputtgegangen, als zwei der anderen Kinder sich stritten. Die Müllsäcke waren Joaquin lieber. So hatte er wenigstens nichts zu verlieren.)

»Joaquin«, fing Linda an, aber Joaquin unterbrach sie. Er mochte Linda und wollte nicht, dass seine letzte Erinnerung an sie aus weinerlichen Entschuldigungen und halbherzigen Versprechen bestand.

»Schon gut«, erklärte er. »Ich versteh ja, ist in Ordnung. Ist es wegen der Delle in der Autotür? Nur weil … das könnte ich wieder in Ordnung bringen.« Wie genau er das bewerkstelligen wollte, wusste er selbst nicht – sein Job im Kulturzentrum würde so schnell keinen Millionär aus ihm machen, und er hatte auch keine Ahnung, wie man so etwas selbst reparierte, aber hey, wofür gab es schließlich YouTube?

»Was? Nein«, erwiderte Linda, und Mark rückte mit seinem Stuhl ein Stück näher zu Joaquin, woraufhin dieser sich ein bisschen zurücklehnte. »Mach dir doch keine Sorgen wegen des Autos, Schätzchen, deswegen wollten wir nicht mit dir reden.«

Normalerweise ließ sich Joaquin nicht so leicht aus dem Konzept bringen. Meistens hatte er eine Ahnung, was andere Leute vorhatten oder wie sie reagieren würden, und wenn er ihr Verhalten nicht vorhersagen konnte, war er zumindest ziemlich geübt darin, es zu provozieren. Die Therapeutin, zu der Mark und Linda ihn schickten, nannte das einen Abwehrmechanismus, und Joaquin fand, dass das genau wie etwas klang, was jemand sagen würde, der in seinem ganzen Leben noch nie irgendwelche Abwehrmechanismen gebraucht hatte.

Aber Linda hielt sich nicht an das Drehbuch, das Joaquin inund auswendig kannte.

Mark streckte die Hand aus und drückte Joaquin leicht den

Unterarm. Joaquin machte das nichts aus – er wusste, dass Mark ihm nie wehtun würde, und falls er es doch versuchen sollte, wäre Joaquin ihm um acht Zentimeter und etwa fünfzehn Kilo überlegen und der Kampf damit schnell entschieden. Doch es fühlte sich eher an, als wollte Mark ihm Halt geben. »Kumpel«, sagte Mark. »Deine M– Linda und ich würden gern was Wichtiges mit dir besprechen. Wenn du nichts dagegen hast … also, wenn es dir recht ist, würden wir dich nämlich gern adoptieren.«

Linda nickte mit feuchten Augen. »Wir haben dich so lieb, Joaquin«, ergänzte sie. »Du … du bist wie ein Sohn für uns, und wir können uns einfach nichts Schöneres vorstellen, als das offiziell zu machen.«

Das Summen in Joaquins Kopf machte ihn ganz benommen, und als sein Blick auf die Skateboardrollen in seiner Hand fiel, merkte er, dass er seine Finger nicht spürte. So hatte er sich erst ein einziges Mal gefühlt, damals, als Mark und Linda ihm (ganz beiläufig – beiläufiger ging's gar nicht) eröffnet hatten, er könne sie Mom und Dad nennen. »Nur wenn du willst, natürlich«, hatte Linda gesagt, und obwohl sie von Joaquin abgewandt gesessen hatte, war das Zittern in ihrer Stimme nicht zu überhören gewesen.

»Du entscheidest, Kumpel«, hatte Mark, der an der Kücheninsel saß und auf seinen Laptop starrte, hinzugefügt. Joaquin war jedoch aufgefallen, dass er nie etwas anklickte, sondern immer nur auf derselben Seite auf und ab scrollte.

»Okay«, hatte Joaquin geantwortet und später am Abendbrottisch vorgegeben, ihre enttäuschten Gesichter nicht zu bemerken, als er Linda bei ihrem Namen rief, als wäre nichts gewesen.

Joaquin hatte noch nie jemanden Mom oder Dad genannt. Nur beim Vornamen oder, in den strengeren Haushalten, Mr und Mrs Soundso. Großeltern, Onkel, Tanten oder Cousins und Cousinen, wie manche andere Pflegekinder sie hatten, hatte er nie kennengelernt.

Dabei *wollte* er Linda und Mark Mom und Dad nennen. So sehr, dass ihm die unausgesprochenen Worte in der Kehle brannten. Es wäre so leicht, es würde die beiden so glücklich machen und ihn endlich zu einem Jungen mit einer Mutter und einem Vater, zu denen er gehörte.

Aber es waren eben nicht bloß Worte. Joaquin wusste, so klar, wie er alles Wahre wusste, dass diese beiden Worte ihn verändern würden, sobald er sie aussprach. Wenn sie jemals seinen Mund verließen, müsste er sie schon für den Rest seines Lebens aussprechen dürfen, und er hatte nun mal auf die harte Tour gelernt, dass auf Menschen kein Verlass war, dass sie manchmal etwas sagten, aber etwas ganz anderes meinten. Er glaubte zwar nicht, dass Mark und Linda ihm so etwas antun würden, aber er wollte es lieber nicht darauf ankommen lassen. Einmal, in der zweiten Klasse, hatte er all seinen Mut zusammengenommen und seine Mathelehrerin Mom genannt, nur um das Wort einmal auszuprobieren, um zu testen, wie es sich auf seiner Zunge anfühlte und in seinen Ohren klang. Doch die Betretenheit der anderen Kinder war so spürbar, so überdeutlich gewesen, dass ihm heute noch ganz heiß wurde, wenn er daran dachte.

Und das damals war nur ein kleines Experiment gewesen. Wenn Joaquin jetzt anfing, Linda und Mark Mom und Dad zu nennen, dann würde das Joaquins Herz so verwundbar machen, dass es sich niemals wieder zusammensetzen lassen würde, wenn es zerbrach, und das wollte – konnte – er sich nicht noch einmal antun. Er hatte noch immer nicht alle Scherben vom letzten Mal wieder aufgesammelt, und so waren in seinem Herzen ein, zwei Löcher geblieben, durch die kalt der Wind pfiff.

Mark und Linda wollten ihn adoptieren. Die Skateboardrollen ratterten unter Joaquins Füßen, als er an der Bücherei scharf rechts abbog. Mark und Linda würden seine Mom und sein Dad sein, ob er sie nun so nannte oder nicht. Er wusste, dass die beiden keine eigenen Kinder bekommen konnten. (»Unfruchtbar wie ein Backstein!«, hatte Linda einmal gesagt, auf diese übertrieben fröhliche Art, hinter der die Menschen ihren tiefsten Kummer verbargen.)

Als er an der Bücherei vorbeiraste, sah er in einem der Fenster ein Werbeplakat: »Mama & Papa & ich lesen Geschichten«.

Darüber, dass er keine Eltern hatte, war Joaquin schon lange hinweg. Er war nicht mehr so dumm wie als kleiner Junge, als er versucht hatte, so witzig und niedlich wie die Kinder aus den Sitcoms mit den albernen Lachkonserven zu sein, wo die Eltern nur nachsichtig seufzten, wenn ihre Sprösslinge das Auto durch die Küchenwand fuhren oder sonst irgendwelchen Blödsinn anstellten. Mit fünf Jahren wechselte er so oft die Pflegefamilie, dass er in drei verschiedene Kindergärten ging, wodurch ihm zumindest diese brutale »Star der Woche«-Geschichte erspart blieb, bei der Kinder von ihrem Zuhause, ihren Familien und ihren Haustieren erzählten, alles Dinge, von denen Joaquin nur zu schmerzlich bewusst war, dass er sie nicht besaß.

Einmal, in der zehnten Klasse, musste Joaquin einen Aufsatz darüber verfassen, was er tun würde, wenn er rückwärts durch die Zeit reisen könnte. Er schrieb, dass er den Dinosauriern einen Besuch abstatten würde, was die vermutlich größte Lüge seines Lebens war. Wenn Joaquin eine Zeitreise unternehmen könnte, würde er sein zwölfjähriges Ich ausfindig machen, den Jungen schütteln, bis ihm die Zähne klapperten, und ihm zuknurren: »Du versaust uns alles.« Das war nämlich seine schlimmste Zeit gewesen, in der er viel zu oft dem Zorn nachgegeben hatte, der in ihm brodelte. Damals wand er sich und schrie und jaulte, bis das

Ungeheuer sich erst einmal zufriedengab und Joaquin ausgelaugt und erschöpft zurückblieb und weder Trost noch Bestrafung zu ihm durchdringen konnten. Niemand wollte so ein Kind, das war Joaquin heute klar, schon gar nicht, wenn es dazu auch noch jede Nacht ins Bett machte.

Mit acht Jahren wusste Joaquin, wie es lief. Seine geraden Milchzähne waren ausgefallen und hatten Hasenzähne und Lücken zurückgelassen, seine rundlichen Wangen waren vorpubertär abgemagert. Er hatte kein niedliches Babygesicht mehr, aber Tatsache war nun mal, dass potenzielle Eltern Babys wollten.

Er wusste, dass vermutlich niemand zu seinen Elternsprechtagen gehen würde, um sich anzuhören, wie der Lehrer sein künstlerisches Talent pries. In der vierten Klasse war niemand da, um ein Foto von ihm und der blauen Schleife zu machen, die sein Bild beim Malwettbewerb der Schule gewonnen hatte, und niemand fuhr ihn in der Fünften zu einer Geburtstagsparty am anderen Ende der Stadt. Manche seiner Pflegeeltern hatten sich natürlich Mühe gegeben, aber auch die hatten weder Zeit noch Geld zu verschenken gehabt, und eines hatte Joaquin schon vor langer Zeit begriffen: Wenn er nicht erwartete, dass jemand da war, dann war er auch nicht enttäuscht, wenn keiner kam.

Aber die blaue Schleife hatte er behalten, sie lag tief vergraben ganz hinten in seiner Sockenschublade, die Ränder ausgefranst nach den anderthalb Jahren, die Joaquin sie unter seinem Kopfkissen aufbewahrt hatte.

Viel Glück hatte er nicht gehabt in seinem Leben, aber damit, dass er keine Geschwister hatte, schon. Das war Joaquin klar. Er hatte gesehen, was derartige Situationen mit anderen Kindern anrichteten, die darum kämpften, zusammenzubleiben, und dann am Boden zerstört waren, wenn sie am Ende doch getrennt wurden. Er hatte miterlebt, wie große Brüder sich verzweifelt darum bemühten, von Familien adoptiert zu werden, die eigentlich nur kleine Schwestern wollten; er hatte große Schwestern gesehen, die von ihren kleinen Brüdern weggerissen wurden, weil im Haus der Pflegefamilie kein Platz für drei Kinder war. Und manchmal trennte das Jugendamt auch einfach nach Geschlecht. Es fiel Joaquin schon schwer genug, auf sich allein aufzupassen und den Kopf über Wasser zu halten in einem Strudel, der unbarmherzig versuchte, ihn in die Tiefe zu reißen. Niemals hätte er sich dabei noch um jemand anderen kümmern können, und er war froh, es nicht zu müssen, froh, dass er ungebunden war, wurzellos. Auch wenn er manchmal fürchtete, einfach davongetrieben zu werden, ohne dass irgendwer merkte, dass er verschwunden war, ohne dass jemand nach ihm suchte.

Mark und Linda würden vermutlich nach ihm suchen, ging es Joaquin durch den Kopf, als das Kulturzentrum vor ihm auftauchte und die Sonne durch die Wolken brach. Aber adoptieren würden sie ihn nicht, das hatte er beschlossen.

Joaquin war schon einmal adoptiert worden.

Und das würde er kein zweites Mal geschehen lassen.

Grace

Nachdem Grace ihren Eltern die Sache mit der Schwangerschaft gebeichtet hatte, hatten diese auf einem Treffen mit Max' Eltern bestanden.

»Bloß zum Reden«, hatte ihr Dad gesagt. »Wir müssen schließlich über unsere Möglichkeiten diskutieren.«

Aber in der vierzehnten Schwangerschaftswoche, das wusste Grace, gab es nicht mehr viele Möglichkeiten, über die man hätte diskutieren können.

Und Max' Eltern hatten sowieso kein Interesse an einer Diskussion. Das Treffen fand im Wohnzimmer statt, das Grace und ihre Eltern kaum je benutzten, weil der Fernseher nicht dort stand, sondern im Hobbyraum. Und nun hockten sich Max und Grace dort gegenüber wie damals, als sie sich in der Politik-AG kennengelernt hatten. Grace musste die ganze Zeit innerlich darüber schmunzeln, dass die diplomatischen Beziehungen zwischen Maxistan und Graceland wohl ein bisschen *zu* gut gewesen waren, aber den Witz behielt sie lieber für sich. Sie hatte nicht das Gefühl, dass irgendjemand – weder ihre noch Max' Eltern noch Max selbst – ihn lustig finden würde. War er vermutlich auch einfach nicht.

Max' Vater war so wütend, dass er zitterte. Selbst an einem Samstagnachmittag trug er Hemd und Jackett und nahm die ganze Zeit nicht ein Mal die Hand von Max' Schulter, was jedoch kein bisschen tröstend oder beruhigend wirkte. Eher wie »Du sitzt hier so lange, wie ich es dir sage«. Max hasste seinen Dad. Hinter seinem Rücken bezeichnete er ihn immer als Arschloch.

»Ihre Tochter hat meinen Sohn –«

»Ich glaube wirklich nicht, dass Anschuldigungen uns hier –«, fing Grace' Mom an und legte Grace nun ebenfalls die Hand auf die Schulter. Sie war warm, zu warm, und Grace fühlte sich sowieso schon bedrängt, besonders von innen, wo Kiwi wuchs. Also schüttelte sie die Hand ab. Sie wollte von niemandem berührt werden, nicht mal von Max.

Erst recht nicht von Max.

»Max hat sein ganzes Leben noch vor sich«, sagte dessen Dad, während seine Mutter still danebensaß. »Er geht mal auf die UCLA. Das hier passt nicht in seinen Plan.«

Grace' Eltern schwiegen. Grace hatte sich nächstes Jahr in Berkeley bewerben wollen, aber von einer Campusbesichtigung war schon lange nicht mehr die Rede. (Außerdem wusste Grace, dass Max bei seinem Collegeeignungstest in Französisch geschummelt hatte, aber auch das behielt sie für sich.)

»Grace hat ihr ganzes Leben auch noch vor sich«, versuchte ihr Dad schließlich, Max' Dad zu übertönen. Die beiden sahen aus wie zwei Eishockeyspieler, zwischen denen jeden Moment eine Keilerei ausbrechen könnte. »Und sie und Max sind gleichermaßen verantwortlich –«

»Ich weiß ja nicht, was Ihre Tochter meinem Sohn eingeredet hat, aber wenn Sie meinen, Sie bekommen auch nur einen Cent von mir …« Max' Dad führte den Satz nicht zu Ende. Seine Nasenflügel blähten sich. Bei Max war es genauso, wenn er sich aufregte. Manchmal nannte Grace ihn Paff, den Zauberdrachen, aber nur im Stillen und auch nur, wenn sie wirklich sauer auf ihn war.

»Es geht doch hier um das Baby«, unterbrach ihre Mutter. »Und um Max und Grace.«

»*Max und Grace* gibt es nicht«, blaffte Max' Dad. Seine Mom sagte noch immer nichts. Es war gruselig. Anscheinend, dachte Grace, lernte man die Familie seines Freundes erst so richtig kennen, wenn man von ihm schwanger war. »Max ist jetzt mit einem anständigen Mädchen zusammen.«

Einem anständigen Mädchen. Die Worte hingen zwischen ihnen in der Luft, und Grace blickte Max fragend an, doch er starrte zu Boden. »Max?«, fragte sie.

Er sah sie nicht an. Sah Kiwi nicht an.

Das anständige Mädchen war natürlich Stephanie. Grace hatte keine Ahnung, wie es um deren Anstand bestellt war, aber für Max' Dad war das wichtigste Kriterium dafür offenbar ein unbewohnter Uterus. Wenn es also nach seiner Definition ging, ja, dann war Stephanie zu 99,99 Prozent ein anständiges Mädchen. Und Grace zu hundert Prozent nicht.

Und damit war es offiziell vorbei zwischen Grace und ihrem Freund.

Sie waren fast ein Jahr zusammen gewesen, in etwa so lange, das wurde Grace später klar, wie es gedauert hatte, bis Kiwi in ihr herangewachsen war. Aber so konnte sie nicht darüber denken, auf keinen Fall. Sie konnte überhaupt nicht an Kiwi denken, ohne dass ein scharfer Schmerz sie durchfuhr und sie aufzureißen schien wie im Kreißsaal. Grace hätte nicht geglaubt, dass irgendetwas je schlimmer werden könnte als jener Abend, ihre Hand in der ihrer Mutter, umringt von Krankenschwestern, die sie zum Pressen drängten, aber sie wurde eines Besseren belehrt.

Janie hatte Max immer Grace' Filmboy genannt, weil er genauso war wie diese Jungs aus den Highschool-Komödien: Footballspieler, Zahnpastalächeln, bei allen beliebt … nur manchen ein besserer Freund als anderen. Damals war Grace sich dessen noch nicht bewusst gewesen, aber eigentlich hatte sie ihn nur gemocht, weil er sie mochte, und wenn die Brandung stark war, bot ein solcher Fels einfach nicht genug Halt. Natürlich war sie heute schlauer, wie man es hinterher immer war. Max und Kiwi waren fort, und sie stand allein da, mit leeren, zerkratzten Händen, weil sie sich zu fest an etwas geklammert hatte, das sie niemals hätte berühren dürfen.

»Hör auf zu zappeln«, sagte Grace' Mom.

»Ich zappele doch gar nicht, du zappelst«, erwiderte sie.

»Ihr zappelt alle beide«, sagte ihr Dad. »Schluss jetzt.«

»Aber du hast da einen Fussel am –«, unterbrach ihre Mom und streckte die Hand nach seinem Hemdkragen aus. Spielerisch schlug er sie weg.

»Zappelliese«, sagte er.

Sie standen zu dritt auf einer steinernen Veranda, dicht aneinandergedrängt, obwohl um sie jede Menge Platz war. Grace hätte vermutlich ein Rad schlagen können, ohne ihren Eltern einen Tritt unters Kinn zu verpassen.

Und es war nicht irgendeine Veranda. Sondern Mayas. Oder, genau genommen, die von Mayas Familie. Eine Woche nach ihrem und Grace' E-Mail-Austausch hatten Mayas Eltern sie alle zum Essen eingeladen und sie hatten zugesagt. Denn, nun ja, so eine Einladung konnte man wohl schlecht ausschlagen.

Maya und Grace hatten sich noch mehrmals geschrieben, nachdem Grace Mayas Antwort auf ihre erste Mail bekommen hatte: *Wurde auch Zeit.* Kurz und auf den Punkt, was, wie Grace mittlerweile begriffen hatte, Mayas bevorzugte Art der Kommunikation war. Sie benutzte auch keine Emojis oder Smileys aus Klammern und Semikolons. Grace fing an, sich zu fragen, ob ihre Schwester vielleicht in Wahrheit ein Roboter war, aber wahrscheinlich wussten selbst die, wie man Zwinkersmileys verschickte. Vielleicht verstand Maya, was Technik anging, einfach keinen Spaß. Oder sie gehörte zu den Menschen, die Schreibmaschinen sammelten und eins dieser altmodischen schwarzen Telefone mit Wählscheibe zu Hause hatten.

Grace hatte eine Menge Fragen an (und zu) Maya, allerdings keine Ahnung, wie sie auch nur eine davon formulieren sollte.

Als sie vor dem Haus hielten, stieß ihr Dad einen gedämpften Pfiff aus, und ihre Mom sagte: »Oh Gott, hättest du mal doch lieber den Anzug angezogen.«

»Dad hasst Anzüge«, hätte Grace angemerkt, wenn sie nicht so sehr damit beschäftigt gewesen wäre, das Haus anzustarren. Oder eher die Villa – ein Türmchen mehr und sie wäre glatt als Disneyschloss durchgegangen.

Hier lebte also Maya.

»Ich hasse Anzüge«, sagte ihr Dad. Sie saßen immer noch im Auto. Grace war mit ihrer Nase so dicht am Fenster, dass die Scheibe beschlug. Nach ein paar weiteren Minuten hatten sie es endlich auf die Riesenveranda geschafft, und als ihre Mom auf die Klingel drückte, ertönte im Haus die »Ode an die Freude«.

»Sind wir aus Versehen zur Kirche gefahren?«, flüsterte Grace.

»Alles in Ordnung mit dir?«, wandte ihr Dad sich an sie, während die Klingel noch immer vor sich hin dudelte.

»Klar.«

»Sicher?«

»Frag mich in einer Stunde noch mal«, murmelte Grace. In diesem Moment wurde die Tür aufgerissen und ein lächelndes Paar begrüßte sie. Beide hatten rote Haare. Und der Mann trug einen Anzug.

Grace hörte ihre Mom leise fluchen.

»Da sind Sie ja, hoffentlich haben Sie gut hergefunden!«, rief die Frau. »Kommen Sie rein, kommen Sie rein!« Sie war »von allem zu viel«, wie Janie immer zu sagen gepflegt hatte. (Tat sie vermutlich immer noch. Grace hatte seit … Längerem nicht mehr mit Janie gesprochen.)

»Es freut mich so, Sie kennenzulernen!«, sagte die Frau. »Ich bin Diane und das ist Bob.«

Die beiden strahlten Grace an, als wollten sie sie mit Haut und Haaren verschlingen.

Grace strahlte zurück.

Hinter ihren Eltern betrat sie das Haus, das blitzte und blinkte und durch den vielen Marmor ein bisschen was von einem Mausoleum hatte. Eine Doppeltreppe führte hinauf zu einer Galerie, ebenfalls in Marmor gehalten, und an der Wand dahinter konnte Grace jede Menge professionell gerahmter Familienporträts ausmachen.

Nirgends war auch nur ein Staubkörnchen zu entdecken.

»Was für ein schönes Haus«, schwärmte Grace' Mutter, die Wohnzeitschriften verschlang wie andere Leute – nein, eigentlich hatte Grace noch nie jemanden irgendetwas derart verschlingen sehen wie ihre Mutter Wohnzeitschriften. Kurz gesagt, sie war im siebten Himmel. Grace konnte förmlich sehen, wie ihre Mutter in Gedanken zu Hause den Wohnzimmerteppich rausriss, einen gesamten Flügel anbaute oder einfach direkt ihren Vater verließ, um stattdessen hier einzuziehen. »Einfach umwerfend.«

Grace hatte ihre Mutter noch nie etwas als »umwerfend« bezeichnen hören.

»Ja, herzlichen Dank für die Einladung«, übernahm nun ihr Dad das Ruder. »Grace war schon ganz aufgeregt.«

Das war sie wirklich gewesen, allerdings mehr wie vor einer Achterbahnfahrt. Wenn man sich fragte, wie vertrauenswürdig die Sicherheitsgurte waren oder wann das letzte Mal jemand die Schienen kontrolliert hatte.

Zum Glück erinnerte sie sich gerade noch rechtzeitig an ihre guten Manieren und streckte Diane die Hand hin. »Ich bin Grace«, stellte sie sich vor. »Schön, Sie kennenzulernen.«

Dianes Augen schimmerten feucht, als sie ihr die Hand schüttelte. »Grace«, wiederholte sie und ihre Stimme kippte ein bisschen. »Ich freue mich so, so sehr. Und Maya sich auch, das weiß ich. Ich glaube, das hier wird ihr richtig guttun.«

Ihr guttun? Grace witterte Unheil.

»Sie sieht ihr so ähnlich«, sagte Bob. »Ist das nicht verrückt, Di?«

Grace, die nicht wusste, was sie antworten sollte, lächelte wieder. Schließlich hatte sie keine Ahnung – Maya und sie hatten noch keine Fotos ausgetauscht, und sie hatte sich nicht überwinden können, bei Facebook nach ihr zu suchen.

Warum, wusste sie selbst nicht so genau.

In diesem Moment kam ein Mädchen um die Ecke, ebenfalls rothaarig. Ohne es zu merken, schnappte Grace nach Luft. *War das Maya? Hatte sie rote Haare?* Bob hatte doch gerade gesagt, sie sähe Maya ähnlich, aber dieses Mädchen und Grace könnten kaum unterschiedlicher sein.

»Das ist unsere Tochter Lauren«, erklärte Diane und zog das Mädchen mit einem Arm an sich. »Mayas Schwester.«

Lauren und Grace lächelten sich zu. Lauren war so eindeutig Dianes und Bobs leibliche Tochter, dass es fast schon zum Lachen war. Wie das wohl sein mochte, überlegte Grace, in einem Haus zu leben, dessen andere drei Bewohner kein bisschen so aussahen wie man selbst, so als wäre man in einer Endlosschleife von »Was gehört nicht in diese Reihe?« gefangen.

»Ich dachte, Maya wäre auf dem Weg nach unten«, sagte Diane und machte einen Schritt Richtung Treppe, ohne Lauren loszulassen. »Maya! Grace und ihre Eltern sind hier!«

Nach ein paar Sekunden erschien Maya oben auf dem Treppenabsatz. Sie trug abgeschnittene Jeansshorts und ein lockeres Tanktop. Die Haare hatte sie zu einem Knoten geschlungen, wie ihn Grace bei sich schon hundertmal probiert, aber nie hingekriegt hatte, weil ihre Haare einfach nicht lang genug waren. Maya sah aus, als hätte jemand sie aus heiterem Himmel ins Leben dieser drei gut gekleideten rothaarigen Fremden plumpsen lassen.

Was in gewisser Hinsicht ja auch zutraf, wie Grace klar wurde.

»Hi«, sagte sie und winkte kurz. »Ich bin Grace.«

»Hi«, erwiderte Maya mit seltsam ausdrucksloser Stimme. Aber vielleicht wollte sie auch nur lässig wirken.

Als Maya am Fuß der Treppe angekommen war, standen sie beide einen Moment voreinander und schauten sich an. Grace hörte alle vier Eltern unterdrückt hinter sich schniefen, während sie die erste Begegnung ihrer beiden Kinder mitverfolgten. Maya sah Grace tatsächlich ähnlich, daran bestand kein Zweifel. Augenfarbe, Haarfarbe, dieselbe ulkige Stupsnase. Sie war ein bisschen kleiner als Grace, aber plus-minus ein paar Sommersprossen war es, als blickte sie in einen Spiegel.

Und Grace fühlte absolut gar nichts.

»Hi«, wiederholte sie. »Entschuldige, ich weiß irgendwie nicht, was ich sagen soll.« Sie kicherte nervös und hasste sich dafür, aber es war einfach alles so absurd! Da stand sie in diesem Märchenschloss! Vor ihrer Schwester, die sie anstarrte und genauso aussah wie sie! Und deren Dad einen *Anzug* anhatte!

Maya musterte Grace nur und wandte sich dann ihrem Dad zu. »Wieso hast du denn einen Anzug an?«

»Weil wir Besuch haben«, antwortete er, bevor er ihr die Hände auf die Schultern legte und sie ins Wohnzimmer lotste. Grace bekam den Verdacht, dass er es gewohnt war, Maya von allem Möglichen wegzulotsen – eine Ablenktaktik, die man eigentlich bei Kleinkindern einsetzte. Davon hatte sie in einem Baby-Ratgeber gelesen, den sie mal in einer fünfzehn Meilen entfernten Buchhandlung aufgeschlagen hatte, wo niemand sie kannte.

»Bitte hier lang zum Aperitif!«, trällerte Diane und gestikulierte, noch immer den Arm um Laurens Schulter, Grace' Eltern zu. Grace fiel auf, dass sich die beiden Schwestern zu ignorieren schienen. Als Einzelkind hatte sie schon immer besonders darauf geachtet, wie Geschwister miteinander umgingen. Ein bisschen wie bei diesen Naturdokus über exotische Tierarten, die ihr Dad sich so gern ansah.

»Nach Ihnen«, sagte Grace' Mom und folgte Mayas Mutter dann ins (ebenfalls weiße und ebenfalls makellose) Wohnzimmer. »Na komm«, meinte sie zu Grace, die zwischen ihren Eltern lief.

Im Gehen flüsterte ihr Dad ihr ins Ohr: »Du musst nur ein Wort sagen und ich hole das Auto. Dann machen wir uns sofort aus dem nicht vorhandenen Staub.«

Grace lächelte und schlug scherzhaft nach ihm, bevor ihre Mom etwas mitbekam.

Das Essen war die reinste Qual.

Das heißt, die Speisen selbst waren natürlich in Ordnung; es war nicht so, als müssten sie Kutteln runterwürgen oder Ähnliches. (Grace hatte einmal in ihrem Leben Kutteln probiert, bevor sie erfahren hatte, was sich hinter diesem harmlos klingenden Namen verbarg.)

Aber hier saßen nun mal sieben Fremde zusammen in einem Esszimmer, das vornehmer war als so ziemlich jedes Restaurant, in das Grace je einen Fuß gesetzt hatte, und zwei von ihnen waren verwandt und hatten sich erst vor zwanzig Minuten kennengelernt. Schlimmer machten das Ganze nur noch die hohen Decken, die die Stille regelrecht widerhallen ließen. Gabeln kratzten über

Teller, dass es klang, als risse jemand die Nadel von einer Schallplatte.

»Wir sind so froh, dass ihr beide euch endlich kennengelernt habt«, sagte Diane etwas lauter als nötig.

Grace' Mom spielte den Ball brav zurück, wie Mütter das nun mal so machten.

»Oh ja, wir auch!«, stimmte sie zu und strahlte Maya und Grace an. »Ihr beide seht euch wirklich unglaublich ähnlich. Und Grace hat sich schon immer eine Schwester gewünscht.«

Grace sah ihre Mom an und zog ganz leicht die Augenbraue hoch. *Seit wann das denn?* Aber dann merkte sie, dass Maya sie beobachtete, und machte schnell wieder ein unschuldiges Gesicht.

»Wenn du so dringend eine Schwester willst, hätte ich ein Angebot für dich«, meldete sich Maya zu Wort und deutete auf Lauren. »Wir legen sogar noch ein Messerset gratis drauf, aber nur, wenn du gleich zuschlägst. Unsere Hotline ist ab sofort offen.«

Lauren zog eine Grimasse, und obwohl Bob und Diane lachten, entgingen Grace nicht die finsteren Blicke, die sie Maya zuwarfen. Aber auch sie lachte. Sie konnte nicht anders. Jetzt begriff sie, warum Maya keine E-Mails wie ein normaler Mensch schrieb: Ihr Humor war einfach zu bösartig.

»Maya und Lauren sind abwechselnd entweder beste Freundinnen oder Todfeindinnen«, erklärte Diane und griff nach ihrem Weinglas, nur um es gleich wieder abzustellen, während sich Maya einen Bissen Hühnchen in den Mund schob. »Wir haben damals, drei Monate nachdem wir Maya nach Hause geholt hatten, erfahren, dass ich mit Lauren schwanger war. Davor hatten wir es fast zehn Jahre vergeblich versucht, und dann so was! Zwei Wunder in drei Monaten! Wir konnten unser Glück kaum fassen.«

Grace sah, wie ihr Dad von Maya zu Lauren und wieder zurück sah, und fragte sich, ob er wohl dasselbe dachte wie sie: dass die beiden nur ein Dessert von einem ausgewachsenen Boxmatch entfernt waren. Entweder litt Diane unter Wahnvorstellungen, oder – was weit wahrscheinlicher war – sie wollte ihre Kinder davon abhalten, dieses Treffen zu ruinieren.

»Und, Grace, wie ist es so als Einzelkind?«, wollte Lauren wissen. »Schön? Ich stell's mir jedenfalls *super* vor.«

Mayas Mom räusperte sich und trank einen großen Schluck Wein.

»Äh.« Grace starrte auf ihren Teller, dann wieder hoch in Laurens Gesicht. »Ruhig.«

Die Erwachsenen am Tisch lachten und Grace lächelte.

»Es ist schon in Ordnung, würde ich sagen. Keine Ahnung.«

»Dürfen Grace und ich aufstehen?«, wandte Maya sich an ihre Eltern, während sie weiter Grace ansah. »Wir haben schließlich fünfzehn Jahre geschwisterliche Bindung nachzuholen.«

»Sicher, warum nicht?«, antwortete ihre Mom. »Aber nimm deinen Teller mit, ja? Du isst mir nicht genug.«

»Dir ist schon klar, dass der Spruch direkt aus dem ›Wie verpasse ich meiner Tochter eine Essstörung‹-Handbuch stammt, oder?«, erwiderte Maya, die jedoch bereits ihren Stuhl zurückschob, sich ihren Teller schnappte und Grace ein Zeichen gab, ihr zu folgen.

Grace sah ihre Mom an. Die Achterbahn nahm jetzt die große Steigung. »Geh ruhig«, sagte ihre Mom.

Grace ließ ihren Teller stehen und hastete hinter Maya die Treppe hoch, wobei sie ein wenig auf dem Marmor ins Rutschen geriet.

Die Fotowand, die Grace schon beim Reinkommen gesehen hatte, war aus der Nähe noch eindrucksvoller. Langsam ging sie daran vorbei. Es war eine Mischung aus Schnappschüssen und professionellen Porträts, von Maya und Lauren als Babys bis hin zum anscheinend aktuellsten Bild vom letzten Weihnachtsfest. Auf jedem einzelnen Bild stach Maya, die einzige Brünette in einer Familie voller Rothaariger, sofort ins Auge, während ihr Lächeln von Jahr zu Jahr schmaler wurde.

In ihrem Zimmer angekommen, drückte Maya die Tür hinter ihnen zu und seufzte tief. »Mann, tut mir so leid, das war echt brutal da unten«, sagte sie und löste ihren Dutt. Ihre Haare waren wirklich viel länger als Grace', die nun überlegte, ob sie ihre auch wieder wachsen lassen sollte.

»Ach, war – war doch in Ordnung.« Grace sah sich im Zimmer um und betrachtete ein paar blaue Schleifen, Trophäen für … irgendwas Sportliches wohl. »Deine Eltern sind nett.«

Maya warf ihr im Spiegel einen Blick zu. »Diese Schleifen kriegt man schon für die bloße Teilnahme, das weißt du, oder?«

»Oh«, erwiderte Grace.

Maya strich sich das Haar über die Schulter nach vorn und warf es dann wieder zurück. »Ich habe meinen Eltern ungefähr eine Million Mal gesagt, macht bloß kein vornehmes Essen, lasst uns einfach Pizza bestellen oder so, Hauptsache, nicht krampfig. Und was machen sie? Krampfkrampfkrampf.«

»So schlimm war's nun auch wieder nicht.«

»Grace. Mein Dad hat einen Anzug an.«

»Okay, das hat tatsächlich Krampfpotenzial.«

Im Vergleich zum Rest des Hauses sah Mayas Zimmer aus, als wäre dort eine Farbbombe explodiert. Eine Wand war dunkelblau gestrichen, eine zweite hellgelb, die anderen beiden weiß. Alles war mit Postern zutapeziert, hauptsächlich von Bands, neben Dutzenden Polaroidfotos, die mit leuchtend blauem Klebeband befestigt waren. »Hast du die gemacht?«, fragte Grace und beugte sich vor, um ein Bild von Maya zu betrachten, auf dem sie die

Arme um ein Mädchen geschlungen hatte und es auf die Wange küsste, während das Mädchen mit geschlossenen Augen lächelte.

Wieder sah Maya kurz zu ihr rüber. »Ja«, antwortete sie. »Das ist meine Freundin Claire.«

»Süß«, merkte Grace an. »Sieht aus wie Tinkerbell.«

Maya hielt inne. »Du weißt, was ich mit Freundin meine, oder? Wir sind nicht bloß BFFs. Sie ist meine *Freundin.*«

Grace nickte. »Hab ich schon kapiert.« Sie nahm an, dass das ein Test war, mit dem Maya feststellen wollte, ob ihre neu entdeckte Verwandte ein homophober Höhlenmensch war. »*Freundin*. Wie lange seid ihr schon zusammen?«

»Knapp ein halbes Jahr«, antwortete Maya und wirkte zum ersten Mal beinahe entspannt und nicht wie eine Laborratte, die nicht wusste, was als Nächstes mit ihr angestellt werden würde. »Sie ist toll. Wir haben uns in der katholischen Schule kennengelernt.«

»Du bist katholisch?«

»Nö.« Maya ließ sich aufs Bett plumpsen und strich mit dem Daumen über Claires Gesicht auf dem Foto. »Das ist einfach die beste Privatschule hier in der Gegend, darum haben unsere Eltern Lauren und mich dort angemeldet. Wir sündigen uns da quasi so durch. Ist super.«

Grace setzte sich auf die Bettkante und betrachtete weiter Mayas Polaroids. Überbelichtete Bilder von Rosen, zum Gebet gefalteten Händen, noch mehr Selfies von Maya und Claire. »Wie ist das mit dir und Lauren, hasst ihr euch wirklich, oder was?«

»Du meinst das rothaarige Goldkind?«

Damit hatte Grace wohl ihre Antwort.

Maya rollte sich herum, bis sie Grace auf dem Kopf sah. »Und du bist geschwistermäßig leer ausgegangen?«

»Jepp«, sagte Grace. Mayas Decke fühlte sich weich an unter ihrem Bein, und der verschlissene Stoff erinnerte sie an all die Tage und Nächte, die sie nach Kiwi in ihrem Bett verbracht hatte, Schutz suchend in die Laken gehüllt.

»Warum guckst du denn so traurig?« Maya legte den Kopf schief, was sie aus diesem Winkel ein bisschen wie ein Wellensittich aussehen ließ.

»Ähm, nur weil … na ja, es war schon irgendwie blöd, als Einzelkind aufzuwachsen«, log Grace schnell.

Mit einem Stöhnen rollte sich Maya auf die andere Seite. »Willst du *meine* Schwester?«, fragte sie. »Letzte Chance, Supersonderangebot!«

»Jetzt kommst du schon wieder damit. Ist sie denn echt so schrecklich?«, fragte Grace. Erst dann fiel ihr auf, dass unter all den Fotos kein einziges von Mayas Familie war.

»Nein, nur schrecklich nervig«, antwortete Maya. »In jeder Klasse gibt es doch diesen einen Klugscheißer, der immer alles weiß und als Aufpasser eingesetzt wird, wenn der Lehrer mal kurz wegmuss, stimmt's?« Maya bog den Rücken durch, sodass sie Grace wieder auf dem Kopf ansehen konnte. »Das ist Lauren.«

»Ist bestimmt ein Fest, mit so jemandem zusammenzuleben«, sagte Grace.

Maya lächelte. »Anscheinend haben wir beide das Sarkasmus-Gen geerbt. Gut.« Dann setzte sie sich seufzend auf. »Meine Eltern kapieren meistens gar nichts, wenn ich sarkastisch bin. Was so einiges verkompliziert.«

»Ach, wo wir gerade vom Erben sprechen«, sagte Grace, woraufhin Maya erstarrte wie ein Reh im Scheinwerferlicht. »Ich meine kein Geld oder so was, aber ich würde gern unsere leibliche Mutter ausfindig machen.«

Wieder seufzte Maya tief und ließ sich zurück aufs Bett sinken. »Puh. Na dann viel Spaß.«

»Du bist also nicht dabei?«

Maya rollte sich auf den Bauch, sodass sie einander ins Gesicht sehen konnten. Sie schien ein ziemliches Energiebündel zu sein. Oder war sie einfach nervös? »Pass auf«, sagte sie dann. »Ich weiß, wir sitzen im selben Boot, also tu, was du nicht lassen kannst, aber sie hat uns damals einfach weggegeben. Husch, husch, verschwindet. Warum sollte ich nach einer Frau suchen, die mich gar nicht haben wollte?«

»Aber das weißt du doch gar nicht!«, protestierte Grace, lauter als beabsichtigt. Mit einem Mal kam es ihr furchtbar heiß im Zimmer vor. »Was, wenn sie einfach nur zu jung war, oder Angst hatte? Was, wenn ihre Eltern sie gezwungen haben, uns wegzugeben?«

»Und wieso hat *sie* sich dann nicht auf die Suche nach *uns* gemacht?«, fragte Maya, aber es war klar, dass sie keine Antwort darauf erwartete. »Tja, der Punkt geht an mich, würde ich sagen.«

»Vielleicht wollte sie uns nicht verunsichern oder –«

»Grace, wenn du sie suchen willst, dann mach doch. Aber ohne mich. Ich will einfach bloß die Schule hinter mich bringen und dann weg hier, mit Claire nach New York, endlich mein eigenes Leben anfangen. Jetzt den Rückwärtsgang einzulegen, daran hab ich kein Interesse, okay?«

Grace merkte, wie wütend Maya auf ihre leibliche Mutter war. Und zog daraus die Konsequenz, dass sie Maya besser nicht von Kiwi erzählte.

»Aber treffen können wir uns natürlich«, fügte Maya hinzu, und Grace fragte sich, was sie wohl gerade für ein Gesicht machte, wenn Maya sich veranlasst fühlte, so etwas anzubieten. »Du scheinst nett zu sein, und deine Eltern sind auch ganz in Ordnung, und für den Fall, dass ich mal 'ne Niere oder Blutspende brauche, schadet es sicher nicht, wenn wir in Kontakt bleiben.« Sie lächelte schmal. »Und umgekehrt natürlich genauso, obwohl ich Spritzen überhaupt nicht gut abkann.«

Grace nickte. Was blieb ihr auch anderes übrig – sollte sie eine nahezu Fremde zwingen, sich mit ihr in dieses aussichtslose Unterfangen zu stürzen? »Okay«, sagte sie. »Wenn du das so siehst.«

»Wie, im Ernst?« Maya umschlang ihr Kissen mit den Armen. »Das war ja leicht. Lauren hätte jetzt so lange rumgejammert, bis ich doch Ja sage.«

»Tja, das scheint eher so ein Schwesternding zu sein. Gib mir ein bisschen Zeit, ich arbeite dran.«

»Das heißt, falls du unseren Bruder finden willst, da wäre ich möglicherweise mit an Bord«, erklärte Maya.

Grace nickte. Sie hatte niemandem davon erzählt – und auch nicht vor, das zu ändern –, aber sie wurde immer wieder von Albträumen gequält, in denen Kiwis neue Eltern sie weggaben, in denen sie sich noch weiter von ihr entfernte, bis sie in den Windungen eines Systems verloren ging, das bereits Joaquin verschlungen hatte. Aber das alles sprach sie nicht aus, sondern zog stattdessen ihr Handy aus der Tasche. »Ich hab letzte Woche mit seiner Sozialarbeiterin gesprochen. Meine Eltern haben mir geholfen, sie ausfindig zu machen, und sie meinte, wir könnten ihm mailen.«

»Echt?« Maya legte ihr Kissen hin und beugte sich vor. »Warum hat er denn eine Sozialarbeiterin?«

»Weil er, na ja ...« Grace wand sich. Mit einem Mal war die Decke gar nicht mehr so gemütlich. »... weil er nicht adoptiert worden ist. Nie. Er wohnt jetzt bei einem Paar etwa eine Stunde von hier, aber davor war er bei ganz vielen verschiedenen Familien.«

Mayas Augen weiteten sich und mit einem Mal sah Grace doch einen Hauch von Kleine-Schwester-Potenzial in ihr. Sie konnte sich vorstellen, wie Maya hinter ihr herstolperte, ihr auf die Nerven ging, sie an den Haaren zog und ihre Sachen ausborgte, ohne zu fragen. Sie erzählte Maya nicht von all den Leuten, die sie angerufen hatte, in der Hoffnung, eine siebzehn Jahre alte Spur aus Brotkrumen wiederzufinden, die der Wind zum größten Teil längst verwirbelt und dabei Joaquin mit fortgerissen hatte. Sie erzählte ihr nicht, wie unfreundlich manche dieser Leute gewesen waren, wie herzzerreißend hilfsbereit dagegen andere, und dass Joaquins Stammbaum viel zu viele dürre, verworrene Zweige aufwies, aber nicht genug Wurzeln, die man brauchte, wenn ein Sturm aufzog.

»Super, los, wir mailen ihm!«, sagte Maya und warf in ihrer Aufregung ihr Kissen nach Grace. »Mach du. Du bist echt gut im Schreiben von ›Hallo! Ich glaube, wir sind verwandt!‹-Mails.«

»Hab mal ’nen Kurs gemacht«, sagte Grace und freute sich, als Maya über ihren Witz lachte.

Und so kam es, dass Grace schon wieder eine E-Mail an ein unbekanntes Geschwisterkind verfasste.

Hi, Joaquin,

du kennst mich nicht, aber ich glaube, wir sind verwandt. Deine Sozialarbeiterin hat dir ja sicher schon erzählt, dass wir dir schreiben wollten. Wir, das heißt, Maya und ich, sind beide adoptiert und haben uns gerade kennengelernt, nachdem wir rausgefunden hatten, dass wir Schwestern sind. Jetzt haben wir ein bisschen recherchiert und sind zu dem Schluss gekommen, dass du möglicherweise unser Bruder bist.

Hättest du vielleicht Lust, dich mal mit uns zu treffen? Wir wohnen ungefähr eine Stunde entfernt von dir, das wäre also gar kein Problem. Sag einfach, wo es dir am liebsten wäre.

Herzliche Grüße,

Grace & Maya

»Herzliche Grüße?«, schnaubte Maya, als sie die Mail las. »Nicht dein Ernst.«

»Das ist freundlich, aber nicht zu persönlich«, erklärte Grace schulterzuckend.

»Freundlich, aber nicht zu persönlich«, wiederholte Maya. »Wow, okay.«

»Wie ist es eigentlich so, in einer Familie voller Rothaariger zu leben?«, versuchte Grace, das Thema zu wechseln.

Maya stieß ein heiseres Lachen aus. »Hast du die Porträtgalerie da draußen gesehen?«, fragte sie und trällerte dann: »I'm not like everybody else …«

»Finden deine Eltern es okay, dass du lesbisch bist?« Mit einem Mal erwachte Grace' Beschützerinstinkt, wie damals bei Kiwi.

»Machst du Witze? Das sind ihre fünfzehn Minuten Ruhm. Die zwei sind quasi schon in eine Homo-Rechte-Organisation eingetreten, da war ich noch gar nicht ganz fertig mit meinem Coming-out. Mein Dad – du glaubst es nicht –, der wollte sogar mit mir zum Christopher Street Day.«

Grace musste wider Willen kichern, während ihr ein erstaunlich dicker Stein vom Herzen fiel, weil Maya offenbar nicht furchtbar unterdrückt wurde. »Na ja, ist doch toll, oder?«, fragte sie. »Dass sie dich so unterstützen?«

»Klar, das ist super. Nur …« Zum ersten Mal, seit sie hier oben waren, schienen Maya die Worte zu fehlen. »Ja, alles super«, sagte sie schließlich, und Grace beschloss, nicht nachzubohren.

Sie tauschten Handynummern aus, hörten ein bisschen Musik (Mayas) und redeten über Claire. Gut, dass Grace sowieso nicht von Max oder Kiwi erzählen wollte, sie wäre nämlich kaum dazwischengekommen. Und als sie später mit ihren Eltern nach Hause fuhr, genoss sie die relative Stille in ihrem Toyota Camry (mal abgesehen von den quietschenden Bremsen).

»Okay!«, rief ihr Dad nach einer Minute und klatschte in die Hände. »Tops und Flops!«

Grace stöhnte. Das war bei ihnen früher eine Tradition gewesen: Abends nach der Schule beziehungsweise Arbeit musste jeder von seinen Tops und Flops des Tages berichten. Nachdem Grace verkündet hatte, dass sie schwanger war (Flop), war das Ganze jedoch mehr oder weniger eingeschlafen. »Ach, Dad …«

»Ich fange an!«, sagte er. »Mein Top war, miterleben zu dürfen, wie du und Maya euch zum ersten Mal begegnet seid. Das … na ja, das hat mir als dein Vater einfach viel bedeutet.«

»Mann, Dad, ich kann diesen Monat echt nicht mehr weinen. Ich bin schon total ausgetrocknet.«

»Okay, okay, schon gut. Mein Flop war, als mir klar geworden ist, dass ich ab jetzt wohl jedes Mal im Dreiteiler auflaufen muss, wenn wir uns mit dieser Familie treffen.« Er seufzte. »Ich kam mir da am Tisch vor wie ein Bauer.«

Grace klopfte ihm vom Rücksitz aus auf die Schulter. »Ich weiß deinen Einsatz sehr zu schätzen.«

Zur Antwort tätschelte er ihr die Hand.

»Jetzt ich«, meldete sich ihre Mom auf dem Fahrersitz zu Wort. »Top fand ich, wie du oben mit Maya geplaudert und gelacht hast. Ist lange her, dass wir dich haben lachen hören, Grace.«

»Vielleicht seid ihr einfach nicht mehr so witzig wie früher«, erwiderte Grace. Sie wusste, dass ihre Mom den Scherz verstehen und nicht beleidigt sein würde.

»Und mein persönlicher Flop war, als ich mit meinem Messer die Hühnerbrust vom Teller geschossen habe. Da wäre ich am liebsten tot umgefallen.« Grace' Dad fing an zu lachen. »Das ist nicht lustig, Steve! Dieses ganze Haus sah aus wie ein Mausoleum –«

»Genau das hab ich auch gedacht!«, rief Grace.

» – und wer kleckert als Erste die Tischdecke voll? Ich natürlich.« Ihre Mom verzog gequält das Gesicht. »Aber Diane hat die Sache ja sehr liebenswürdig überspielt.«

»Wo ist eigentlich *unsere* weiße Tischdecke?«, wollte Grace wissen. »Haben wir überhaupt eine?«

»Nicht mehr, seit dein Dad sie letztes Thanksgiving aus Versehen in Brand gesteckt hat.«

»Ach, stimmt ja.« Dieser Tag war ein wahres Wechselbad der Tops und Flops gewesen. Und ziemlich verraucht.

»Okay, du bist dran«, sagte ihre Mom und warf Grace im Rückspiegel einen Blick zu.

»Tja, schätze, Top war das Treffen mit Maya. Und dass sie so normal ist. Also zumindest keine Massenmörderin oder so was in der Art.«

»Und dein Flop?«, fragte ihr Dad nach einer Weile.

»Hm, sie ist schon ein bisschen nervig«, antwortete Grace. Das war ihr gar nicht klar gewesen, bis sie es ausgesprochen hatte. »Sie hat mich andauernd unterbrochen, die ganze Zeit nur über sich geredet und war insgesamt ziemlich pampig, um ehrlich zu sein.«

»Schätzchen?«, sagte Grace' Mutter.

»Ja?«

»So ist das nun mal unter Schwestern.«

Maya

Es dauerte fast eine Woche, bis Joaquin auf die Mail reagierte.

Maya war empört.

Schließlich kam aber doch eine Antwort.

Maya war zu Hause, so wie eigentlich immer momentan, weil sie unter Hausarrest stand, nachdem sie sich nachts, als ihr Dad auf Geschäftsreise gewesen war und sie gedacht hatte, ihre Mom schliefe, zu Claire geschlichen hatte. Und mit *schliefe* meinte sie *Saufkoma*, was aber auch egal war, weil ihre Mom nun mal weder geschlafen noch im Saufkoma gelegen hatte, als Maya sich um zwei Uhr nachts wieder reinschlich.

Sie hatten einander angestarrt, dann hatte Mayas Mom mit dem Finger auf sie gezeigt und gesagt: »Hausarrest. Eine Woche«, bevor sie nach oben gegangen war. Maya hatte so den Verdacht, wenn sie mit einem Jungen zusammen wäre, hätte es ein wesentlich größeres Theater samt Geschrei, Drohungen, der alten Tot-im-Graben-Leier und Statistiken zu Teenagerschwangerschaften gegeben.

Als wäre Maya so blöd, sich schwängern zu lassen.

Aber offenbar machte es ihren Eltern wesentlich weniger Angst, wenn sie sich mit einem Mädchen traf.

So ein Glück aber auch.

Maya öffnete Joaquins E-Mail.

Hey, Grace und Maya,

klar, klingt gut. Wie wär's mit nächstem Wochenende? Ich arbeite Samstag im Kulturzentrum, aber nur bis eins, danach habe ich frei. Wäre cool, euch zu treffen und ein bisschen zu quatschen.

»Das ist alles?«, regte sich Maya am Telefon auf. Sie hatte Grace vom Festnetz aus angerufen, weil als Teil ihrer Strafe auch ihr Handy einkassiert worden war. Sie kam sich vor wie in einem Achtzigerjahre-Film. »›Wäre *cool*, euch zu treffen‹? Hält der das Ganze für ein Date oder was?«

»Oh Gott, hoffentlich nicht«, erwiderte Grace. Sie klang irgendwie abgelenkt, was Maya nervte. Da hatte sie Grace erst einmal gesehen, Joaquin noch nie, und schon gingen ihre Geschwister ihr auf den Keks. War ja klar.

»Wenn er es für ein Date hält, haben wir ganz andere Probleme«, fügte Grace dann hinzu. »Sag mal, wieso rufst du eigentlich an, statt zu schreiben?«

»Wieso, kann man denn nicht einfach mal miteinander reden, so von Mensch zu Mensch? Bisschen persönlicher Kontakt?«

»Netter Versuch. Hausarrest?«

»Jepp. Meine Eltern haben mein Handy und den Computer darf ich nur für Schulkram benutzen.« Maya seufzte lautstark, als ihre Mom an der Küchentür vorbeilief, und dann – viel half bekanntlich viel – gleich noch ein zweites Mal. »Meine *Gefängniswärter* lassen mich gnädigerweise für fünf Minuten das Festnetz benutzen. Das *Festnetz*. Sind wir hier bei den Pilgervätern, oder was? Ich hab ihnen erzählt, ich hätte eine Frage zu meinen Hausaufgaben.«

»Und wie hast du dann die E-Mail – ach, ist auch egal, ich will's gar nicht wissen. Also, sollen wir uns mit ihm treffen?«

»Aber hallo, und ob!« Maya wickelte sich das Telefonkabel

um den Finger, ein seltsam beruhigendes Gefühl. Ihre Fingerspitze verfärbte sich rot, und sie löste das Kabel, nur um gleich wieder draufloszuwickeln. »Du fährst«, sagte sie dann. »Und ich sitze vorne!«

»Außer uns ist doch sowieso niemand mit im Auto, wieso –«

Manchmal tat Grace Maya richtig leid. Was für eine Vorstellung: Ohne Geschwister aufzuwachsen und keinen Schimmer zu haben, warum man auf alle Fälle immer sofort den Beifahrersitz beanspruchen musste – da hatte Grace echt einiges verpasst. Maya fragte sich, wie sie sich als Kind auf langen Fahrten wohl die Zeit vertrieben hatte.

Auf dem Rückweg kam Mayas Mutter durch die Küche und Maya setzte ihre beste Unschuldsmiene auf. (Sie hatte vor dem Spiegel geübt. Was unumgänglich war, wenn man so oft über die Stränge schlug wie sie.)

»Aha, und das ist dann die quadratische Gleichung?« Mayas Stimme war urplötzlich zu einer niedlich-naiven Karikatur ihrer selbst geworden. »Jetzt kapier ich. Okay.«

Schweigen am anderen Ende. Dann: »Hast du gerade einen Mathe-Schlaganfall?«

Ach, Grace. So rührend unschuldig. Maya musste sie definitiv ein bisschen abhärten.

Mayas Mutter fing ihren Blick auf und deutete auf ihre Armbanduhr. »Noch eine Minute«, formte sie mit den Lippen.

»Ich weiß, ich weiß«, sagte Maya, und ihre Mom riss noch einmal warnend die Augen auf, bevor sie wieder ging.

»Will ich wissen, warum du Hausarrest hast?«

Maya konnte Grace auf einer Tastatur herumtippen hören. Frechheit. »Ich hab mich letzte Woche rausgeschlichen, um mit ein paar Leuten, die ich draußen auf dem Maisfeld kennengelernt habe, ein bisschen den Teufel anzubeten.« Diesmal schlang Maya das Telefonkabel um ihre ganze Faust. »Schillernde Konversation kann man von denen jetzt nicht erwarten, aber wenn man mal von den rituellen Opfern absieht, sind sie ganz in Ordnung.«

Diesmal lachte Grace, was Maya freute. Ihre Familie war ihren eigenartigen Humor schon dermaßen gewohnt, dass sie ihn einfach gar nicht mehr beachtete. Mit Grace hatte Maya das Gefühl, endlich ihr perfektes Publikum gefunden zu haben.

»Okay, ich muss jetzt auflegen«, sagte Grace. »Ich hole dich dann am Samstag um halb zwölf ab. Und zwar pünktlich – wehe, du bist nicht fertig. Grüß mir die Satanisten.«

Irgendwie wärmte es Maya das Herz, dass Grace sie ermahnte, pünktlich fertig zu sein. Ihr war, als hätte sie das ihr Leben lang Lauren gepredigt, sie von A nach B gescheucht und zur Eile gedrängt. Schön, wenn zur Abwechslung mal jemand anderes die Zügel übernahm, auch wenn dieser Jemand im Grunde immer noch eine komplett Fremde war.

»Ich leg auf dem Maisfeld ein gutes Wort für dich ein«, sagte Maya und hängte auf, bevor Grace antworten konnte.

Maya erzählte ihren Eltern nichts von dem geplanten Treffen mit Joaquin, hauptsächlich, weil sie keine Lust hatte, darüber ausgefragt zu werden. Ihre Eltern wollten *immer* alles ausdiskutieren. Gefühle in Worte fassen zu müssen – als wäre das so einfach –, stresste Maya. Lauren war gut darin; sie konnte alles, was ihr auf dem Herzen lag, so mühelos beschreiben, dass jeder sie verstand, aber für Maya war es, als versuchte sie, Farben zu beschreiben: das Sonnenuntergangsrosa und -rot der ersten Liebe, die stürmischen Blautöne, die ihren Kopf umwölkten, wenn sie traurig oder wütend war.

Claire hatte ihr Spektrum von Anfang an kapiert, sie hatte die Farben wie durch ein Prisma gesehen und einzuordnen verstanden, sodass sie stets wusste, wie es Maya ging, ganz ohne Worte. In der Nacht, als Maya erwischt worden war, hatten sie und Claire sich im Park getroffen und einen Joint geraucht, den Claire ihrem großen Bruder Caleb gemopst hatte. (Sie hatte noch zwei jüngere Geschwister, Cassandra und Christian. Ihre Eltern hießen Cara und Craig, aber Craig hatte sich vor fünf Jahren aus dem Staub gemacht und zählte nicht. Noch nie zuvor hatte eine Alliteration bei Maya Brechreiz ausgelöst.)

Eine Weile hatten sie einfach nur schweigend geraucht, eine von Mayas Lieblingsbeschäftigungen.

Danach hatten sie sich ins feuchte Gras gelegt, Mayas Kopf auf Claires Bauch. »Ich glaube, die Sterne bewegen sich«, sagte sie zu Claire. Ihre Stimme klang dick wie Sirup in ihren Ohren, so als könnte sie sie ausgießen.

»Wir bewegen uns, nicht die Sterne«, merkte Claire an. Ihre Hand lag weich auf Mayas Haar. »Das ist der Lauf der Welt.«

»Meinst du, Joaquin will sich überhaupt mit Grace und mir treffen?«

»Keine Ahnung«, erwiderte Claire. »Das kann nur er beantworten.«

»Ich würde mich nicht treffen wollen«, meinte Maya. »Ich könnte mich nicht leiden, wenn ich er wäre.«

»Dann ist es ja gut, dass du nicht er bist«, erwiderte Claire und beugte sich vor, um Maya zu küssen, was hinter deren geschlossenen Lidern gelbe Funken sprühen ließ.

Mayas Eltern hatten immer mit ihr über ihre Adoption reden wollen, besonders als sie noch kleiner war. Maya hatte den Verdacht, dass das alles vorbeugende Maßnahmen waren, um sicherzugehen, dass sie sie nicht komplett verkorksten. Für den Fall, dass sie irgendwann mal ausrastete und einen Haufen Leute abschlachtete, konnten ihre Eltern die Hände heben und sagen:

»Wir haben's versucht, ehrlich.« Sie war zur Therapie gewesen, in Gruppensitzungen mit anderen adoptierten Kindern, geführten Einzelgesprächen mit ihren Eltern, während Lauren bei Freundinnen spielte. »Denkst du manchmal über deine leibliche Mutter nach?«, fragten sie, worauf Maya »Ja?« antwortete, weil sie glaubte, das sei die richtige Antwort. Aber die Wahrheit reichte eigentlich viel tiefer. Die Wahrheit bestand aus allen Farben des Regenbogens, und Maya fehlten die Worte, um auszudrücken, was sie empfand.

Also sagte sie gar nichts. Es war einfacher so.

Um kurz vor zwölf fuhren sie am Samstag los. Maya hatte nämlich verschlafen und war um halb zwölf noch nicht fertig, und als sie endlich runterkam, fühlte sie sich wie ein gereizter Tornado, ein Wirbel aus Grautönen. (Irgendwo steckte dadrin sicher ein »Fifty Shades of Grey«-Kalauer, aber sie war zu müde, um danach zu suchen.) »Starbucks«, sagte sie zu Grace und setzte ihre Ray Ban auf, obwohl sie noch im Haus waren.

»Okay«, antwortete Grace. Maya war sich ziemlich sicher, dass sie nur deshalb nicht widersprach, weil sie zu viel Angst vor ihr in ihrem unterkoffeinierten Zustand hatte.

»Hast du eigentlich einen Freund?«, fragte Maya, als sie mit einem Monsterfrappuccino in der Hand wieder im Auto saß.

»Nein«, antwortete Grace knapp. Irgendetwas lauerte unter der Oberfläche dieses Wörtchens, aber Maya wusste nicht, was.

»Oder 'ne Freundin?«, fragte sie weiter. »Bist du vielleicht genauso veranlagt wie dein kleines Schwesterchen?«

Diesmal lächelte Grace. »Nee. Das kommt wohl ganz aus dir selbst.«

»Hattest du denn mal?«

»Was?«

»Einen Freund. Oder ’ne Freundin.«

»Ja. Und nein.«

Maya fragte sich, ob Grace log. Sie wirkte wie eins von diesen Mädchen, die bis zur Hochzeitsnacht warteten und Artikel wie »So verpasst du ihm den Blowjob seines Lebens!« in der »Cosmopolitan« lasen, aber das Wort »Blowjob« niemals aussprechen würden.

Was ja auch völlig in Ordnung war – Maya würde niemandem vorschreiben, was er mit seinem Körper anstellte –, aber neben jemand so Perfektem zu sitzen, löste in ihr den Drang aus, noch chaotischer, noch dreckiger, noch lauter zu sein.

Verdammt, dachte Maya, Grace’ Haltung war ja sogar beim Autofahren tadellos.

»Aber du willst nicht über diesen Freund reden?«, fragte Maya.

»Wer sagt das denn?«

»Na ja, deine Antworten klingen, als müsstest du vor Gericht aussagen.«

»Wenn du mich so ins Kreuzverhör nimmst?«

»Da ist aber jemand empfindlich«, murmelte Maya und schob ihre Sonnenbrille höher. »Schlimme Trennung?«

»Kann man so sagen.« Grace lachte wieder. »Kann man definitiv so sagen.«

Maya nickte. »Ja, so was hatte ich auch, vor Claire. Sie hieß Julia. Oh Mann, die war übel. Keine Ahnung, was ich an der gefunden habe.«

»Hmm«, machte Grace, genau wie Mayas Mom, wenn ihr Dad irgendwas erzählte, was sie nicht interessierte.

»Ich meine, natürlich weiß ich, was ich an ihr gefunden habe«, redete Maya weiter und fuhr das Fenster runter. »Nur war das eben nicht das, was zählt, verstehst du?«

Grace warf ihr einen Blick zu. »Also war sie heiß, ja?«

»Und wie«, bestätigte Maya. »Apropos, kannst du vielleicht mal die Klimaanlage anmachen? Du fährst wie meine Mom.«

»Irgendwie hab ich das Gefühl, das ist kein Kompliment«, sagte Grace.

»Da hast du wohl recht.«

Grace seufzte und stellte die Temperatur ein. »Sonst noch Wünsche?«

»Können wir was anderes hören?« Maya drehte an den Radioknöpfen. »Ich weiß ja nicht, ob es dir aufgefallen ist, aber ich bin nicht fünfundfünfzig. Ich hab keine Lust auf Bildungsfunk, Oma.«

Maya wusste auch nicht, warum sie nicht einfach den Mund hielt. Sie mochte Grace. Grace war in Ordnung. Sie hatte nichts getan, als Maya durch die Gegend zu kutschieren und ihr sogar noch unterwegs einen Kaffee zu kaufen. Aber Maya passierte schon wieder dasselbe wie bei ihrem ersten Treffen bei ihr zu Hause, wo sie eine Wortsalve nach der anderen abgefeuert, über Lauren und ihre Eltern gelästert und Grace mit keiner Silbe hatte dazwischenkommen lassen. *Bitte finde mich nett*, hatte sie eigentlich sagen wollen. *Bitte sei meine Freundin.*

Maya hatte nicht viele Freunde. In der Schule gab es ein paar Mädchen, die sie ganz okay fand, aber im Grunde sagten sie einander bloß auf dem Flur Hallo und quatschten ein bisschen, bevor die Stunde anfing. Vorher, vom Kindergarten bis zur achten Klasse, waren Lauren und sie noch unzertrennlich gewesen. Sogar in den gleichen Klamotten waren sie rumgelaufen. Sie hatte nicht viele Freunde gebraucht, weil sie immer Lauren gehabt hatte.

Am ersten Tag der neunten Klasse, als sie plötzlich auf verschiedene Schulen gingen, hatte sich jedoch alles verändert, und Maya hatte sich in der Rolle der Außenseiterin wiedergefunden, umgeben von Mädchen, die einander seit dem Sandkastenalter kannten.

Und wenn man eine Mom hatte, die trank, konnte man nun mal nicht so einfach jemanden nach der Schule mit nach Hause bringen oder zum Schwimmen im Pool einladen, zu Pyjamapartys. Maya hatte schon seit Jahren keinen Besuch mehr von Freunden gehabt. Claire war eine Ausnahme, aber selbst sie kam nur selten.

In den ersten Monaten hatte Maya ziemlich oft die Mittagspause allein verbracht. Das Kichern der anderen Mädchen ließ ihr die Nackenhaare zu Berge stehen. *Machen die sich lustig über mich?*, fragte sie sich jedes Mal.

Wie sich herausstellte, war sie längst nicht die einzige homosexuelle Schülerin, und niemand ärgerte oder mobbte sie deswegen – aber sie wusste einfach nicht, wie sie sich den anderen Mädchen gegenüber verhalten sollte. Würden sie denken, sie wollte sie anbaggern, wenn sie sie zur Begrüßung umarmte? Würde man sie komisch finden, wenn sie einfach sie selbst war? Bei Lauren hatte das alles keine Rolle gespielt, aber an der neuen Schule blieb Maya zurückhaltend und setzte anstelle von Freundlichkeit Sarkasmus ein, bis eine Gewohnheit daraus wurde, bis sie nicht mehr anders konnte.

»Bist du eigentlich immer so?«, riss Grace sie aus ihren Gedanken. »Ehrlich, sag mal. Wenn ja, fahre ich nämlich sofort rechts ran und stecke dich in den Kofferraum.«

Maya schlürfte bloß ihren Frappuccino. Falls Grace glaubte, sie sei die Einzige, die schon mal gedroht hatte, Maya in den Kofferraum zu stecken, weil sie sich auf einer Autofahrt unmöglich benahm, dann lag sie aber so was von daneben. »Wie bin ich denn?«

»Nervig«, antwortete Grace.

Schulterzuckend wandte Maya sich zum Fenster. »Ja.«

»Vielleicht solltest du mal deinen Koffeinkonsum ein bisschen zurückschrauben.«

»Du bist nur nicht dran gewöhnt, eine Schwester zu haben«, erwiderte Maya, lehnte sich zurück und legte die Füße aufs Armaturenbrett. Grace schob sie wieder herunter.

»Hörst du dich eigentlich selbst reden?«, fragte sie. »Du hast mich gerade deine Schwester genannt.«

Maya stieß einen gespielt glücklichen Seufzer aus. »Hey, als Nächstes gehen wir bestimmt zusammen Lidschatten shoppen, quatschen über Jungs – na ja, du zumindest – und leihen uns gegenseitig Klamotten. Wie im Film.« Sie nahm noch einen Schluck von ihrem Kaffee. Er hatte jetzt die perfekte Schmelzstufe erreicht, wo Zucker und Koffein sich zu einer herrlichen Adrenalinspirale vereinten. Noch fünf Minuten und Maya würde durchstarten Richtung Mond.

»Ist das dein Ernst?«, fragte Grace.

»Was, das mit den Klamotten? Nee, war nur Quatsch.« Ihr Blick wanderte von Grace' Schuhen (Flipflops von Target; Maya hatte die gleichen in Blau) über ihre Jeans (viel zu weit, was sollte das denn?) zu ihrem Pullover (im beigesten Beige, das Maya je gesehen hatte). »Aber wenn du dir ein bisschen was Neues zum Anziehen zulegen willst, kann ich dir gerne behilflich sein. Hab ich bei Lauren auch gemacht. Hat ihr Leben verändert.«

»Du hältst jetzt echt besser die Klappe.«

»Ich meine ja nur –«

»Kofferraum.«

Maya hob die Hände. »Okay, okay, dann bin ich jetzt ganz still. Ich sitze einfach nur hier rum. Sage kein Wort. Und höre Radio. Vielleicht kann ich mich ja sogar noch weiterbilden. Allerdings –«

»Fünf Minuten!«, rief Grace. »Mehr verlange ich gar nicht!«

»Aber –«

»Maya, ich schwör's dir –«

Maya deutete aus dem Fenster. »Unsere Ausfahrt.«

»Was? Ach Mist!« Sofort schwenkte Grace über vier Spuren und wich dabei nur knapp zwei anderen Autos (darunter glücklicherweise null Polizeiwagen) aus. Maya klammerte sich an dem Griff über der Beifahrertür fest, während sie Richtung Ausfahrt rasten, aber als sie im Seitenspiegel einen Blick auf sich selbst erhaschte, hatte sie ein wildes Grinsen im Gesicht.

»Na also, geht doch!«, johlte sie. »Das war ja wie bei ›The Fast and the Furious‹!«

Grace sah sie einfach nur an.

»Bin ja schon still«, versprach sie, verschloss pantomimisch ihre Lippen und warf den Schlüssel weg.

Am Strand war es selbst für einen Samstag ziemlich voll, und je näher sie dem Kulturzentrum kamen, desto langsamer schlichen sie dahin. »Och nee, Stau«, meckerte Maya, verstummte jedoch gleich wieder, als Grace ihr einen strengen Blick zuwarf. Niemand hatte sie je *wirklich* in den Kofferraum gesperrt, und sie kannte Grace noch nicht gut genug, um einschätzen zu können, wann bei ihr das Maß endgültig voll war. Darum war Schweigen jetzt definitiv Gold.

Als sie einen Parkplatz fanden, war es fast eins, und Maya stöhnte beim Aussteigen. »Wir haben doch gerade mal eine Stunde im Auto gesessen«, sagte Grace und blinzelte in die Sonne. Maya verstand nicht, wieso sie keine Sonnenbrille aufsetzte.

»›Gerade mal‹? Ich brauche Platz, ich bin schließlich noch im Wachstum. Hoffe ich zumindest.« Maya wurmte es, dass sie so klein war. (Oder na ja, zumindest nicht groß.) Sie sah sich um. »Jepp, jede Menge Kultur hier.«

»Dann ist der Name ›Kulturzentrum‹ also nicht bloß eine clevere Tarnung.«

»Hey, das mit dem Sarkasmus ist *mein* Job«, beschwerte sich Maya und schlang sich ihre Tasche über die Schulter, während Grace ihre Tür zuknallte und sich noch mal versicherte, dass der Wagen verriegelt war.

»Wieso Sarkasmus? Ich meinte nur –«, fing Grace an.

Maya schob ihre Sonnenbrille ein Stück runter und sah sie über den Rand hinweg an.

Grace seufzte. »Ich bin bloß nervös.«

»Das hab ich mir schon zusammengereimt, als du gedroht hast, mich in den Kofferraum zu sperren«, schnaubte Maya.

»Das …« Grace holte tief Luft und schüttelte die Arme aus. »Bist du echt überhaupt nicht aufgeregt, ihn zu treffen?«

Maya zuckte mit den Schultern und warf ihren leeren Starbucks-Becher in eine Recyclingtonne. Sie war sich nicht sicher, was sie fühlte, aber es war leuchtend orange, wie eine Warnung oder eine Frage. »Nicht so richtig. Wenn er der totale Freak oder Psychokiller oder sonst was ist, können wir ja einfach einen auf ›Ups, da haben die im Labor wohl die DNA-Testergebnisse vertauscht, tschö mit ö!‹ machen, und dann gehen wir halt nicht mehr ans Telefon oder antworten auf seine E-Mails. Oh, guck mal, da hat einer einen Wal aus Kaugummipapier gebastelt! Ist ja cool.«

Grace folgte Mayas Blick und sah in der Tat einen Wal aus Kaugummipapier. »Aha, so schnell wärst du also bereit, unseren Bruder in den Wind zu schießen. Hättest du das mit mir auch so gemacht?«

»Klar, aber nur, wenn du eine Irre gewesen wärst, die abwechselnd wie eine Rentnerin und dann wie eine Stuntfrau Auto fährt und dazu noch Nerdradio hört.« Grace verzog keine Miene, und Maya fragte sich, ob ihre positive Reaktion auf ihren Humor nur eine einmalige Angelegenheit gewesen war. »War nur ein Witz!«, sagte sie schließlich. »Na los, möge die Familienvereinigung beginnen!«

Sie bezahlten Eintritt (»Wie, kein Rabatt für Familienmitglieder?«, fragte Maya die Frau an der Kasse) und betraten das Zentrum. Drinnen war es heiß und voll, und es dauerte ein paar Minuten, bis sie den Infoschalter fanden. »Hi«, sagte Maya, lehnte sich auf den Tresen und schob ihre Sonnenbrille hoch auf den Kopf. »Kennen Sie zufällig einen Joaquin?«

»Klar«, antwortete der Typ. »Der ist drüben im Töpferpavillon.«

»Töpfern. Na, das ist doch mal was Handfestes«, befand Maya und sah Grace an. »Er kommt wohl nach mir.«

Grace drängte Maya beiseite. »Und wo ist der Töpferpavillon?«

Er deutete über Grace' Kopf hinweg in die Mitte des Geländes. »Da, bei der langen Kinderschlange«, erklärte er. »Gar nicht zu verfehlen.«

»Danke, Sie sind ein Schatz«, säuselte Maya.

»Hey, wartet mal! Seid ihr seine Schwestern?«

Maya schob sich wieder nach vorne. »Kann schon sein«, erwiderte sie. »Wieso, was wissen Sie?«

Der Mann lächelte. »Er hat nur erwähnt, dass ihn heute seine beiden Schwestern besuchen kommen.«

Jetzt streckte Maya die Hand aus. »Hi, ich bin Maya. Und das ist Grace.«

»Hi«, sagte Grace, aber erst, nachdem Maya ihr einen Stoß mit dem Ellbogen versetzt hatte.

»Gus«, stellte sich der Mann vor. »Ihr habt's gut, einen Bruder wie Joaquin zu haben. Ja, wie gesagt, er betreut den Töpferstand.«

»Würden Sie behaupten, er hat künstlerisches Talent?«, erkundigte sich Maya. »Auf einer Skala von normal bis, sagen wir, Charles Manson, wie würden Sie –«

»Vielen Dank!«, unterbrach Grace Maya und zog sie mit sich. »Dann gehen wir ihn mal suchen.« Nach ein paar Schritten machte Maya sich los. »Wie wär's, wenn du deine Sorge, Joaquin könnte ein Psychopath sein, vielleicht nicht sofort *jedem* auf die Nase bindest?«

»Pfft, Gus war doch okay. Mit dem könnte man bestimmt cool abhängen.« Maya rückte ihre Sonnenbrille zurecht und blickte sich um. »Und vielleicht will das Schicksal ja auch nur, dass wir Joaquin treffen, damit wir Gus kennenlernen und uns mit ihm anfreunden, wer weiß? Du musst das große Ganze betrachten, Grace. So, dann mal ran an die Keramik!«

Sie fanden den Pavillon schnell. Gus hatte recht gehabt: Eine Riesenschlange von Kindern wand sich einmal außen herum, und alle guckten gespannt zu, wie drinnen zwei Freiwillige je einem Kind halfen, eine Töpferscheibe mit einem Klumpen Lehm darauf zu drehen. Eine von ihnen war eine ältere Frau, vielleicht schon Großmutter, der andere hatte dunkles, zu einem kurzen Pferdeschwanz gebundenes Haar. Obwohl er saß, konnte Maya erkennen, wie groß er war.

Als er zu ihr und Grace aufsah, keuchten sie beide leise auf.

Das war Joaquin.

»Der sieht ja aus wie *du*«, stießen sie gleichzeitig hervor und damit lag wohl keine von ihnen falsch.

Die drei starrten einander eine Minute lang an, während Kinder und Eltern mit Tonschüsseln zwischen ihnen auf und ab wuselten. Joaquin war eindeutig dunkelhäutiger als seine Schwestern, aber er hatte Mayas braune Augen und lockiges dunkles Haar und Grace' entschlossen vorgerecktes Kinn. Maya spürte, wie sich in ihrem Brustkorb etwas regte und zusammenzog, wie ein Muskel, den sie noch nie zuvor benutzt hatte. Das Gefühl war grün, wie Gras, wie ein Sämling, der sich durch die Erde der Sonne entgegenschob.

Maya lächelte ihn an und er lächelte zurück. Sie hatten auch dieselben etwas krumm gewachsenen Schneidezähne, von denen sich einer leicht über den anderen schob. Das heißt, Joaquin hatte sie noch, Mayas Eltern dagegen hatten ihr für zwei Jahre eine Zahnspange verpassen lassen, um die Fehlstellung zu korrigieren. Schade, dachte sie nun. Sie wollte gern diesen Menschen ähnlich sehen, durch deren Adern dasselbe Blut floss wie durch ihre. Sie wollte, dass die Leute sie auf der Straße ansprachen: »Ihr drei seid doch sicher verwandt.« Sie wollte zu ihnen gehören und dass die beiden zu ihr gehörten wie niemand sonst auf der Welt.

Grace neben ihr schniefte leise. »Geht's noch?«, zischte Maya, während Joaquin die internationale Geste für *Sekunde noch, bin gleich bei euch* machte. »Wieso heulst du denn jetzt?«

»Klappe«, murmelte Grace und wischte sich die Augen. »Das sind bloß die Hormone.«

»Sag bloß, unsere Zyklen haben sich schon aneinander angepasst?« Maya riss die Augen auf. »Ich kriege nämlich voraussichtlich morgen meine Tage und –«

»Hey«, sagte jemand. Maya sah zur Seite – und dann hoch und noch höher, während ihre Hoffnungen, wenigstens in einer Familie mal nicht die mit Abstand Kleinste zu sein, zu Staub zerbröselten. »Hey, ich bin Joaq.« Es klang wie *Uak*.

Maya versuchte, sich nicht anmerken zu lassen, wie sehr ihre Hand zitterte, als sie seine schüttelte. Sie hatte nicht oft mit Jungs zu tun und fragte sich, ob deren Hände sich immer so trocken anfühlten. Unterdessen tupfte Grace sich an ihren Augen herum, und als Joaquin sich ihr zuwandte, schlang sie die Arme um ihn. »Hi!«, sagte sie. »Ich freue mich so, dich kennenzulernen!«

Joaquin guckte wie ein Tier, dem gerade klar wurde, dass es nicht der Jäger war, sondern die Beute, aber er fing sich schnell wieder. »Hey«, sagte er abermals und tätschelte Grace unbeholfen die Schulter. »Hey.«

»Warum hast du nicht geflennt, als du mich zum ersten Mal gesehen hast?«, schimpfte Maya, die Hände in die Hüften gestemmt, bevor sie sich wieder zu Joaquin umdrehte. »Nicht eine einzige Träne. Kannst dich glücklich schätzen.«

»Tu ich auch! Ehrlich«, sagte er und klopfte dabei immer noch auf Grace' Schulter. Schließlich gelang es Maya, sie von ihm wegzuzerren.

»Du machst ihm Angst«, raunte sie. »Reiß dich mal zusammen.«

»Sollen wir vielleicht was essen gehen?«, schlug Joaquin vor und zeigte zum Ausgang. »Für heute bin ich fertig. Oder …?« Er ließ die Frage offen, als wäre er sich nicht sicher, ob sie angemessen war.

»Nein, essen ist super«, erwiderte Grace. »Gehen wir.«

Maya sah, wie sich ihre drei Schatten genau gleichzeitig in dieselbe Richtung wandten.

Joaquin

Schon vor dem Treffen mit seinen Schwestern war Joaquin klar gewesen, dass sie weiß sein würden.

Vor einigen Wochen hatte sich seine Sozialarbeiterin Allison bei ihm, Mark und Linda gemeldet. Sie hatten bei Chips mit Salsa an der Kücheninsel gesessen, während Allison ihnen behutsam die Situation erklärt hatte – dass Joaquin nicht nur eine, sondern gleich zwei Schwestern hatte, alle von derselben Mutter, dass die Mädchen nach ihrer Geburt adoptiert worden waren, aber gerade erst von ihm erfahren hatten und nun gern Kontakt zu ihm aufnehmen würden.

Da wusste Joaquin Bescheid.

Er war schließlich nicht naiv. Ihm war klar, dass weiße, weibliche Neugeborene auf der Wunschkindliste der meisten Menschen an oberster Stelle standen. Außerdem war ihm klar, dass sie teurer waren, weil die Leute für weiße Babys an die zehntausend Dollar Rechtskosten mehr auf sich nahmen, was ihm wiederum verriet, dass die Adoptiveltern dieser Mädchen Geld hatten. Na ja, schön für die beiden. Das konnte Joaquin seinen Schwestern nun wirklich nicht übel nehmen.

Seinen *Schwestern.*

Oh Mann.

Joaquin saß schweigend da, während Mark und Linda nickten und Allison weitererzählte. »Ja klar«, antwortete er, als Allison fragte, ob Grace und Maya ihm eine E-Mail schreiben dürften.

Dann schob er Hausaufgaben vor und ging nach oben, um Musik zu hören, ein paar Kohlezeichnungen auf seinem neuen Skizzenblock anzufertigen, absolut null Hausaufgaben zu machen und erst recht nicht darüber nachzudenken, dass es mindestens zwei Menschen auf der Welt gab, die mit ihm verwandt waren, und sich somit eine seiner größten Ängste gleich doppelt bewahrheitet hatte.

Mark und Linda wussten, dass sie ihn nicht drängen durften, also hielten sie sich zurück. Und als Joaquin die E-Mail bekam, las er sie dreimal, schloss sie, las sie noch zweimal und schloss sie wieder. Er war sich nicht sicher, ob er antworten sollte. Wenn er sich mit diesen Mädchen traf, würde er sie vielleicht wie ein Klotz am Bein runterziehen, sie aus ihrer perfekt elliptischen Himmelslaufbahn katapultieren und damit das kosmische Gleichgewicht durcheinanderbringen.

»Hast du schon was von Grace und Maya gehört?«, erkundigte sich Linda eines Abends, als sie gemeinsam die Spülmaschine einräumten. Joaquin merkte, dass sie und Mark dieses Gespräch vorher eingeübt hatten, aber das störte ihn nicht. Ihm gefiel es sogar, dass sie solche Sachen erst mal ausprobierten, dass sie mit ihm alles richtig machen wollten. Es war eine nette Geste. Manchmal fühlte er sich wie ein Vater bei einer Schulaufführung, als müsste er den Daumen heben und ihnen »Ihr macht das ganz prima!« zuzischen, so wie er es bei anderen Eltern und ihren Kindern beobachtet hatte.

»Ja«, sagte Joaquin und schaltete den Müllschlucker ein. Erst als absolut nichts mehr übrig war, womit er ihn hätte füttern können, stellte er ihn wieder ab. Linda war immer noch da.

»Hast du zurückgeschrieben?«, fragte sie.

Joaquin sah sie nur an.

»Schon gut, ich frag ja gar nicht«, sagte sie und versetzte ihm mit dem Spülhandschuh einen spielerischen Klaps auf die Schulter. (Als sie das in seiner ersten Woche bei ihnen zu Hause gemacht hatte, war Joaquin vor Schreck zusammengezuckt.) »Mark und ich sind eben ein bisschen neugierig.«

»Sie klingen ganz nett«, berichtete Joaquin und reichte ihr eine Handvoll Löffel. »Aber ziemlich mädchenhaft.«

»Tja, manchmal sind Mädchen mädchenhaft«, erwiderte Linda. »Ist doch okay.«

»Meinst du, die wollen mich wirklich kennenlernen?«

Linda schwieg einen Moment. »Ich würde sagen, wenn einem jemand schreibt, dass er einen gern kennenlernen will, dann ist das schon mal ein ziemlich sicheres Zeichen.«

Joaquin schüttelte den Kopf. »Nein, ich meine … *mich.*«

Wieder schwieg Linda kurz, und als sie dann etwas sagte, klang ihre Stimme sanft. »Ich glaube, dich wollen eine ganze Menge Leute kennenlernen«, sagte sie und legte ihm eine warme, seifige Hand auf die Schulter. »Du weißt es nur noch nicht.«

Also schrieb er zurück.

Er versuchte, alles ganz locker und lässig zu halten, als verabredete er sich ständig mit irgendwelchen neu entdeckten Geschwistern. Ob es ihm gelungen war, konnte er nicht sagen, aber sie antworteten gleich am nächsten Tag (Grace schien die Wortführerin zu sein, woraus Joaquin schloss, dass sie die Ältere war), dass sie gern am Samstag zum Kulturzentrum kämen.

So weit, so gut.

In der Nacht vor dem Treffen konnte Joaquin lange nicht einschlafen. Er hatte nicht im Internet nach seinen Schwestern gesucht, wollte nicht wissen, wie sie waren, bis er sie tatsächlich kennenlernte. Aber damit blieb in seinem Kopf zu viel leerer Raum übrig und es war eher, als triebe er dahin, anstatt zu schlafen. Um drei Uhr nachts ging er nach unten und aß Cornflakes, genau wie Mark das immer machte, wenn er nicht schlafen konnte, und eine Viertelstunde später gesellte Mark sich zu ihm.

»Ist noch Crunchy Nut da?«, fragte Mark nur und Joaquin schob ihm die Schachtel rüber. »Kannst du nicht schlafen?«

»Nee.« Joaquin schüttelte den Kopf und schob die Milch hinterher.

Mark leerte anständigerweise seine halbe Schüssel, bevor er die nächste Frage stellte. »Bist du aufgeregt wegen Grace und Maya?«

Noch vor zwei Jahren hätte Joaquin wieder »Nee« geantwortet, aber es war eben nicht mehr vor zwei Jahren. »Was, wenn die mich nicht mögen?«, fragte er und schaufelte sich einen Riesenlöffel Cornflakes in den Mund.

Mark nickte nur nachdenklich. »Tja, wenn sie dich nicht mögen, dann wirst du dich leider mit der traurigen Tatsache abfinden müssen, dass du mit Idioten verwandt bist. Tut mir leid. Andererseits gilt das wohl für die meisten von uns, also befindest du dich in guter Gesellschaft.«

Joaquin versuchte, sein Lächeln zu verbergen, indem er weiteraß, aber Mark sah es trotzdem. »Okay, Spaß beiseite«, sagte er. »So eine erste Begegnung ist nie leicht. Aber die beiden sind deine … na, jedenfalls bist du mit ihnen verwandt. Ihr habt alle ein Recht darauf, einander kennenzulernen. Trefft euch erst mal, dann könnt ihr ja immer noch entscheiden, wer wen mag.«

Mark griff wieder nach der Cornflakesschachtel und sah dann ihn an. »Wieso ist die eigentlich schon fast wieder leer?«

»Nahacht!«, rief Joaquin, stellte seine Schüssel in die Spüle und hechtete, immer zwei Stufen auf einmal, die Treppe hoch.

Am nächsten Tag am Töpferstand hatte er so viel zu tun, dass er Maya und Grace tatsächlich mal für ein paar Minuten vergaß. Er arbeitete mit Bryson, einem kleinen Jungen, der sich weigerte, irgendetwas anderes als Vasen herzustellen, die am Ende zu Stiftehaltern wurden, aber seine Eltern schienen über jeden einzelnen begeistert zu sein. Joaquin fragte sich, ob sie in ihrem Haus wohl ein ganzes Zimmer voller schiefer Stiftehalter hatten, und gerade, als er sich das vorzustellen versuchte, sah er auf und direkt in die Gesichter zweier Mädchen, die ihn ihrerseits anstarrten. Eins mit feuchten Augen und das andere – tja, ängstlich vielleicht?

Es war das erste Mal, dass Joaquin jemandem gegenüberstand, der mit ihm verwandt war.

Sie waren weiß – er hatte recht gehabt –, aber die Kleinere hatte dickes, lockiges Haar, das aussah wie seins, und ihre Nasenspitze zeigte leicht nach links, genau wie bei ihm. Die Größere hingegen, die verzweifelt ihre Tränen zu unterdrücken versuchte, besaß seine ausgeprägte Kieferpartie. Joaquin wusste auf den ersten Blick, dass sie ein Geheimnis hütete. Ihre Haltung war zu gerade, ihr Rücken zu straff. Tja, wenn's weiter nichts war. Joaquin hatte schließlich auch Geheimnisse. Vielleicht konnten sie ja alle die Privatsphäre der anderen respektieren und nicht darin rumwühlen.

Er hatte vorgeschlagen, etwas essen zu gehen, und bereute es, kaum dass die Worte über seine Lippen waren. Maya hingegen, die Jüngere und Kleinere der beiden, schien nie eins der Worte zu bereuen, die ihren Mund verließen. Obwohl es eine Menge waren.

»Also, am Anfang war ich echt ganz schön durch den Wind«, verkündete sie, während sie zwischen Joaquin und dem anderen Mädchen, Grace, das nach seinem anfänglichen Gefühlsausbruch noch nicht viel gesagt hatte, dahinschlenderte.

»Ich meine, ich hab schließlich schon eine Schwester, Lauren. Sie ist das Wunderbaby – meine Eltern haben sie direkt nach mir bekommen, *toll*, was? –, und manchmal kann sie einem echt auf den Keks gehen, darum dachte ich erst mal *Noch so eine? Hm, ich weiß ja nicht.* Und als ich dann auch noch von *dir* erfahren habe, hab ich nur gesagt: ›Wie jetzt?!‹ Ich meine, voll die Instantfamilie, stimmt's? Einfach Wasser hinzufügen. Wie bei diesen Urzeitkrebsen.«

Joaquin nickte. Es war, wie einer Comicfigur auf Helium zuzuhören, und er bekam nur jedes dritte Wort mit. *Wunderbaby, Instantfamilie.*

»Maya«, mahnte Grace.

»'tschuldigung, ich muss immer reden, wenn ich nervös bin«, sagte sie und schob die Hände in die Tasche ihres Kapuzenpullis.

»Schon okay«, erwiderte Joaquin, dann deutete er die Straße runter. »Hinter dem Hügel da ist ein Burgerschuppen, die machen ganz gute Pommes. Es sei denn, eine von euch isst kein Fleisch? Oder Pommes?«

»Immer her mit der Kuh«, entgegnete Maya.

»Pommes klingen super«, meinte Grace und lächelte ihn an, wobei sich ihre Nase ein bisschen kräuselte. Joaquin wusste, dass es bei ihm genauso war, weil seine Freundin Birdie immer sagte, wie süß sie das fand.

Nein, halt. Seine *Ex*-Freundin Birdie. Das vergaß er irgendwie immer.

Dabei war er es doch gewesen, der mit ihr Schluss gemacht hatte.

Als sie das erste Mal miteinander geredet hatten, wusste Joaquin schon seit 127 Tagen, wer Birdie war. Da er so oft hatte umziehen müssen, kannte er nicht viele Leute, aber Mark und Linda hatten ihn zur elften Klasse an einer Highschool mit dem besonderen Schwerpunkt Kunst angemeldet, und Birdie war von Anfang an in seinem Mathekurs gewesen. Was natürlich noch längst nicht bedeutete, dass sie wusste, wer er war.

Kurz vor den Weihnachtsferien in jenem Jahr nahm ihn seine Geschichtstutorin beiseite und hielt ihm einen Zwanzigdollarschein hin. »Hey, Joaquin«, sagte sie lächelnd. Sie hieß Kristy und war immer nett zu ihm. Von Leuten, die nett zu ihm waren, ließ Joaquin sich schon immer viel zu leicht einwickeln. Das war seine größte Schwäche.

»Ich wollte fragen, ob ich deiner Familie vielleicht ein paar Weihnachts-Tamales abkaufen könnte.«

Zuerst wusste Joaquin nicht, was er sagen sollte. Mark und Linda waren für ihn das, was einer Familie am Nächsten kam, und Mark, der jüdisch war, aß kein Schweinefleisch, Linda dagegen ging jeden Vollmond zu einem Trommelkreis am Strand. Keiner der beiden hätte Tamales zustande gebracht, nicht mal mit einer YouTube-Anleitung und einem Hilfskoch an ihrer Seite.

Und dann begriff Joaquin: Kristy wusste nicht, dass er ein Pflegekind war. Sie dachte, er käme aus einer großen mexikanischen Familie, die zu Weihnachten traditionellerweise Berge von Tamales herstellte.

Er brachte es einfach nicht über sich, ihr die Wahrheit zu sagen.

Am nächsten Tag saß er am Computer, um nach Imbissen zu suchen, die für ihre Tamales bekannt waren, und kurz vor Weihnachten reihte er sich mit Kristys Zwanziger in der Hoodietasche in eine lange Warteschlange ein. Der Mann hinter der Theke sprach ihn auf Spanisch an, sodass Joaquin, wie so oft, *»No español«* antworten musste. »Für die einen bist du zu viel und für die anderen zu wenig«, hatte Eva, eine seiner älteren Pflegeschwestern, einmal zu ihm gesagt. »Weiße werden dich immer nur als Mexikaner sehen, dabei sprichst du nicht mal Spanisch.«

Ihr Tonfall machte deutlich, dass das für sie ein unüberwindbarer Makel war.

Dem hatte Joaquin nichts entgegenzusetzen gehabt.

Schließlich ging er mit seinen Tamales nach Hause und verstaute sie ganz hinten im Gefrierfach, wo Mark und Linda sie nicht entdecken würden. Kristy war entzückt, als er sie am Montag nach den Ferien mit in die Schule nahm, und Joaquin hasste, hasste, hasste sie dafür, dass sie ihn in diese Lage gebracht hatte.

Kurz darauf sprach Birdie ihn an.

»Du machst Tamales?«, fragte sie, nachdem Kristy im Lehrerzimmer verschwunden war. (Das Joaquin erst ein einziges Mal betreten hatte. Mann, war das eine Enttäuschung gewesen.)

»Nein«, antwortete Joaquin. Er hatte gar nicht gemerkt, dass Birdie hinter ihm stand. Sie war so still gewesen wie ein Habicht auf der Lauer und plötzlich fühlte er sich wie eine winzige Maus. »Ich hab die nur für sie gekauft.«

»Wow, das ist ja nett von dir«, sagte Birdie und lächelte ihm zu. »Frohes neues Jahr, Joaquin.«

Die nächsten 263 Tage waren sie ein Paar.

Joaquin war nie glücklicher gewesen.

Birdie mochte Menschen, sie mochte es, wenn jemand peinliche Sachen machte, wie aus Nervosität zu viel reden oder vor Schüchternheit kaum ein Wort rausbringen. Sie lachte viel, meinte es aber nie böse, nur manchmal, wenn sie müde war, wurde sie launisch und schnippisch, wofür Joaquin sie nur noch mehr gernhatte.

Ihm war gar nicht klar gewesen, wie sehr ihm das gefehlt hatte – etwas zu mögen, egal, was. Ana, die Therapeutin, zu der Mark und Linda ihn schickten, hatte einmal erklärt, er hätte sich selbst betäubt, um nie wieder Schmerz empfinden zu müssen. Erst Birdie hatte Joaquin bewusst gemacht, dass er gleichzeitig auch aufgehört hatte, Freude zu empfinden. Dass die kleinen Wärmekringel, die seine Wirbelsäule emporkrochen, wenn sie ihn anlächelte, brannten, aber sich dennoch gut anfühlten. Wie ein Eiswürfel, der in seiner Hand schmolz. Das war eine völlig neue Erfahrung für Joaquin.

Schritt für Schritt verliebte er sich in Birdie, hüpfte von einem Stein zum nächsten, bis er es ans sichere Ufer ihrer Arme geschafft hatte, und zum ersten Mal glaubte er zu verstehen, was die Leute meinten, wenn sie sagten, ihr Zuhause sei ein Mensch und kein Ort. Für ihn war Birdie vier Wände und ein Dach, ein Unterschlupf, den er nie wieder verlassen musste.

Aber Birdie hatte Wünsche, die Joaquin glaubte, ihr nicht erfüllen zu können. Sie wollte nach New York ziehen und im Finanzwesen arbeiten. Sie wollte an der Wharton BWL studieren. Sie wollte Italienisch lernen und mindestens ein Jahr lang in Rom leben. Das alles erzählte sie ihm, als wüsste sie ganz genau, dass es so kommen würde und er dabei an ihrer Seite wäre. Doch wenn Joaquin in die Zukunft blickte, sah er rein gar nichts.

Einmal war er bei ihr zu Hause zum Abendessen eingeladen. Ihre Eltern waren immer sehr nett zu ihm, aber Joaquin sprach sie beharrlich mit Mr und Mrs Brown an, so oft sie ihn auch baten, sie Judy und David zu nennen. Nach dem Essen holte Mrs Brown ein paar Fotoalben hervor, und obwohl Birdie »Oh Gott, *Mom*« stöhnte, merkte er ihr an, dass sie sich freute.

Joaquin betrachtete all die Babyfotos, die ersten Schultage, Weihnachtsbescherungen und Halloweenkostüme. Birdie mit zwei fehlenden Schneidezähnen, Birdie, verkleidet als Cheerleaderin, dann als Wissenschaftlerin. Birdie, deren Lächeln niemals gestellt wirkte, die sich nie fragen musste, ob wohl jemand zu ihrem Vorlesewettbewerb auftauchen würde, die nie in einem Haus aufwachte und in einem anderen schlafen ging.

Und Joaquin hatte das furchtbare Gefühl, ihr niemals ein solches Leben bieten zu können. Es gab niemanden, der ihr von ihm erzählen konnte, niemanden, der ihr Babyfotos zeigen oder sie mit peinlichen Geschichten aus seiner Kindheit unterhalten konnte. Natürlich hatten Mark und Linda ein paar Bilder, aber das war nicht dasselbe. Birdie wollte – nein, *brauchte* – die ganze Welt. Nicht mehr und nicht weniger. All diese Fotos waren ihre Landkarte, Joaquin dagegen wusste, dass er völlig orientierungslos war und sie bloß in die Irre führen würde.

Er wusste, was für ein Gefühl es war, wenn man sich nicht frei entfalten konnte.

Er liebte Birdie zu sehr, um ihr das anzutun.

Am nächsten Tag machte er mit ihr Schluss.

Es war grauenhaft. Zuerst hielt Birdie es für einen Witz, dann weinte sie, dann schrie sie, und Joaquin entschuldigte sich nicht mal, weil Entschuldigungen für etwas da waren, was man falsch gemacht hatte, und er wusste, er hatte nichts falsch gemacht. Er versuchte, Birdie in den Arm zu nehmen, aber sie verpasste ihm einen Boxhieb auf die Schulter. Es schmerzte mehr als alles, was er je erlebt hatte, und als er nach Hause kam, ging er schnurstracks in sein Zimmer und zog sich die Bettdecke über den Kopf.

Später kamen Mark und Linda und setzten sich jeder auf eine Bettkante. »Judy Brown hat gerade angerufen«, sagte Mark leise. »Alles in Ordnung?«

»Ja«, sagte Joaquin, ohne unter der Decke hervorzukommen. Er wünschte, sie würden gehen, denn nichts war schlimmer, als wenn einen jemand zum Reden bringen wollte, wenn die Worte, die man gebraucht hätte, noch nicht mal erfunden waren. Und nach einer Weile gingen sie wirklich, woraufhin er sich noch einsamer fühlte, aber zumindest war das eine vertraute Empfindung. Fast schon tröstlich.

Natürlich sah er Birdie in der Schule, aber sie warf ihm bloß finstere Blicke aus verquollenen Augen zu. »Du bist echt ein Arschloch, weißt du das?«, sagte ihre beste Freundin Marjorie eines Morgens an seinem Spind zu ihm, und als Joaquin »Ich weiß« antwortete, guckte sie kurz überrascht, bevor sie davonstapfte.

Am nächsten Tag kam seine Sozialarbeiterin Allison und eröffnete ihm, dass er zwei Schwestern habe, die ihn gern kennenlernen wollten.

Zwei leere Zweige anstelle eines Vögelchens.

»Schon komisch, oder?«

Grace saß neben Joaquin, während Maya an der Theke Servietten holte und sie auf ihre Bestellung warteten. »Ich meine, wir haben uns gerade erst kennengelernt, und jetzt sitzen wir hier und essen zusammen Burger, als wäre überhaupt nichts dabei.«

Joaquin setzte sich noch gerader hin. Angesichts Grace' steifer Haltung kam er sich vor wie der absolute Schluffi. »Willst du keinen Burger?«, fragte er. »Auf der anderen Straßenseite ist auch ein Burritoladen oder …«

»Nein, nein, das meinte ich gar nicht«, erwiderte sie. Ihr Lächeln hatte einen eisenharten Kern, wie in Feuer geschmiedet. Joaquin respektierte das. Und er würde sich hüten, darüber Fragen zu stellen.

»Nur dass das halt alles seltsam ist, mehr nicht«, fuhr sie fort, als Maya wiederkam, einen Stapel Servietten unter den Arm geklemmt und die Hände voller Dips und Soßen in kleinen Pappbechern. »Ich hab das Gefühl, ich müsste wissen, was ich sagen soll, weiß ich aber nicht.«

»Geht mir genauso«, stimmte Joaquin zu. Maya ließ sich mit einem Seufzer neben ihn fallen und zog ein Bein unter sich. »Ich, äh, ich hab sogar ein bisschen gegoogelt«, gestand er.

»Echt?« Maya kicherte. »Ich auch.«

Joaquin war sich sicher, dass ihre Suchen ziemlich unterschiedlich ausgefallen waren, aber er sagte nichts.

Wie ist es, wenn man Schwestern hat?

Werden meine Schwestern mich hassen?

Was ist das für ein Gefühl, wenn jemand deine Schwester ist?

Warum wollte jemand meine Schwestern, aber nicht mich?

Wie redet man mit seinen Schwestern, damit sie einen mögen?

»War gar nicht mal so hilfreich«, sagte Maya und reihte die Soßen vor sich auf.

»Hey«, sagte Joaquin und zeigte auf die Becherchen. »Du hast ja zweimal Mayonnaise geholt.«

»Jaja, ich weiß«, erwiderte Maya. »Zu Hause nennen mich alle nur noch Mayo-Maya. Was soll ich machen, ich liebe das Zeug einfach –«

»Ich auch!«, fiel Joaquin ihr ins Wort. Bei Maya kam man schwer dazwischen. Sie redete in einem einzigen fortlaufenden Satz ohne Punkt und Komma.

»Verarsch mich nicht!«

»Ich auch«, meldete sich Grace zu Wort. »Total. Meine Eltern finden Mayo eklig.«

Die drei sahen einander schweigend an, bis ein breites Lächeln Mayas Gesicht erhellte. »Und zack, haben wir die erste Gemeinsamkeit gefunden!«, sagte sie. »Frittensoße!«

»Ist doch immerhin ein Anfang«, antwortete Joaquin, und Grace stand auf, um noch mehr Mayonnaise zu holen.

Als die Burger kamen und sie essen konnten, anstatt zu reden, wurde es einfacher. Joaquin hatte noch immer keine Ahnung, was er sagen sollte, also hörte er die meiste Zeit den Mädchen zu, die über Familie und Schule plauderten, und nickte bloß hin und wieder.

»Uäh, am Montag muss ich wieder in die Schule«, maulte Grace, während sie mit zwei Pommes, die sie wie Essstäbchen hielt, nach einer Gurkenscheibe angelte.

»Wieso, warst du krank?«, erkundigte sich Joaquin. Er war ziemlich gut darin, offene Fragen zu stellen, damit die Leute über sich redeten und er selbst nichts erzählen musste. Seine Therapeutin hielt das für eine Vermeidungsstrategie, aber Joaquin fand es hauptsächlich höflich. Am Ende hatte er sich mit ihr darauf geeinigt, dass sie sich in dieser Hinsicht nicht einigen konnten.

Grace' Gesicht verzog sich zu einem einzigen »Oh nein!«, als wäre etwas Unerwünschtes aus dem Hochsicherheitstrakt nach außen gelangt. Aber dann glättete sich ihre Stirn rasch wieder. »Ja, über einen Monat«, sagte sie. »Pfeiffersches Drüsenfieber.«

»Du Glückliche«, sagte Maya. »Ich würde töten für einen Monat schulfrei.«

»Genau, ich Glückliche«, schnaubte Grace. »Das war wie Ferien auf Hawaii.«

Maya verdrehte die Augen. Joaquin konnte nur staunen, wie mühelos die beiden miteinander umgingen, als hätten sie bereits einen gemeinsamen Rhythmus gefunden. Vielleicht weil sie Mädchen waren? Oder vielleicht war auch einfach etwas in ihm kaputt, etwas, was jeder sehen konnte außer ihm selbst und –

Das wiederum nannte seine Therapeutin Schwarzmalerei. Eine, wie Joaquin fand, ziemlich plakative Bezeichnung.

»Einen Monat frei hätte ich trotzdem gern.« Maya zuckte mit den Schultern. »Schule ist echt übel. Das einzig Gute ist, dass ich da jeden Tag meine Süße sehe.«

Joaquin erkannte sein Stichwort.

»Wie lange seid ihr schon zusammen?«, fragte er. Ihm war klar, dass Maya auf Krawall gebürstet war, aber seinetwegen würde es nicht zu einer Schlägerei kommen.

»So sechs Monate«, antwortete sie und wurde rot.

»Und deine Eltern …« Joaquin ließ den Rest Cola in seinem Becher kreisen. »Na ja, die haben kein Problem damit?«

Maya richtete sich gerade auf. »Nö. Überhaupt nicht. Immerhin sind sie damit zu den coolsten Eltern der ganzen Nachbarschaft aufgestiegen.«

»Eine meiner liebsten Pflegeschwestern war lesbisch«, berichtete Joaquin. »Wir haben ein halbes Jahr zusammen bei einer Familie abgesessen, aber dann hat unsere Pflegemutter es rausgefunden und hat sie zurückgebracht.«

Plötzlich wirkte Maya ganz klein. »Weil sie lesbisch war?«

Joaquin nickte, bevor ihm aufging, dass das womöglich die falsche Anekdote gewesen war. »Sie war echt nett. Ich vermisse sie total. Meeka hieß sie. Sie hat damals ihren iPod dagelassen und manchmal höre ich mir immer noch ihre Musik an. Super Playlists. Sie wollte DJane werden.«

Maya nickte, ihre Augen tellerrund. »Wow. Cool.«

»Erzähl Joaquin doch mal, wie Claire und du euch kennengelernt habt«, ermunterte Grace sie und Joaquin widmete sich wieder seiner Cola.

Mit glühenden Wangen erzählte Maya von Claire. Hin und wieder biss sie sich auf die Lippe und grinste versonnen vor sich hin, obwohl das Restaurant proppenvoll war und Joaquin und Grace direkt vor ihr saßen.

Er fragte sich, ob er genauso albern und rührselig gewirkt hatte, wenn er von Birdie redete. »Oh Mann, dich hat's aber schwer erwischt«, hatte Mark gesagt, als Joaquin nach seinem ersten offiziellen Date mit ihr nach Hause gekommen war (sie waren im Kino und danach Frozen Yogurt essen gewesen), und Joaquin hatte sich gefragt, woher Mark das wusste, ohne dass er auch nur einen Ton gesagt hatte.

Doch jetzt, als er Maya über Claire reden sah, wurde es ihm klar.

Und es tat so weh, dass Joaquin wünschte, er hätte den Eiswürfel nie in die Hand genommen.

Erst nach dem Essen (als die Mayonnaise bis auf den letzten Klecks verputzt war) kam die Frage auf. Sie waren gerade unten am Strand. Joaquin hatte gewusst, dass sie kommen würde. Darum erzählte er so ungern, dass er ein Pflegekind war. Früher oder später wurden die Leute unweigerlich von ihrer Neugier überwältigt und dann fühlte er sich wie ein Experiment aus dem Labor, eine Gruselgeschichte auf zwei Beinen.

»Und, wie ist es so, ein Pflegekind zu sein?«, fragte Maya im Gehen. Beide Mädchen hatten ihre Schuhe an der Treppe stehen lassen, Joaquin dagegen trug seine in der Hand. Er besaß nicht viel, und was er hatte, wollte er lieber nicht zur freien Mitnahme für andere herumstehen lassen.

»Maya«, stöhnte Grace.

»Ganz okay«, sagte er. Denn er wusste, das war es, was jeder hören wollte, dass es nicht so schlimm war, wie es in den Nachrichten hieß, dass ihn niemand geschlagen oder ihm sonst irgendwie wehgetan hatte, und er umgekehrt genauso wenig. Die Menschen glaubten bloß immer, sie wollten die schmutzigen Details hören – bis man ihnen tatsächlich welche lieferte. »Meine jetzigen Pflegeeltern, Mark und Linda, mag ich sehr. Die sind echt cool.« So viel stimmte zumindest.

Maya sah mit besorgtem Blick zu ihm hoch. »Ich hab ein total schlechtes Gewissen, weil du nicht adoptiert worden bist«, gestand sie. Sie hatte ihr Handy aus der Tasche geholt und schoss hin und wieder ein Foto von ihnen. »Ist das blöd? Darf man das sagen? Ist halt wirklich so.«

»Nein, ist nicht blöd«, versicherte er ihr und das war es tatsächlich nicht. So etwas hatte noch nie jemand zu ihm gesagt. »Als Baby wäre ich beinahe adoptiert worden. Ich bin mehr oder weniger direkt bei diesem einen Paar gelandet, aber kurz bevor der Papierkram durch war, wurde die Frau schwanger, und da sie nur ein Kind wollten, war's das für mich.«

Joaquin zuckte mit den Schultern. Er erinnerte sich nicht mehr an die Russos, aber er kannte die Akte.

Maya dagegen war entsetzt. »Aber warst du nicht quasi schon so gut wie ihr Kind?«

»Leiblich sticht Pflege«, erläuterte Joaquin. In einer Welt, in der sich die Regeln von Haus zu Haus änderten, hatte diese eine überall Bestand. Joaquin erinnerte sich noch an die Familie, deren ältester leiblicher Sohn die Pflegekinder mit »Ich bestimme, ob du bleibst oder nicht«, begrüßt hatte. Und genauso war es gewesen. Nach einem Monat hatte Joaquin seine Sachen packen müssen.

Maya wirkte kein bisschen beruhigt. »Aber das ist doch … Puh.«

Joaquin war sich nicht sicher, wann genau er die unsichtbare Grenze überschritten und zu viel enthüllt hatte, aber das hatte er offenbar. »Na ja, das war nur diese eine Familie. Es gab ja noch andere. Die waren zum größten Teil in Ordnung.«

»Aber warum bist du denn dann nicht adoptiert worden? Du bist doch ein netter Kerl.«

Joaquin entschloss sich zu lügen. Er betrachtete sich eigentlich nicht als Lügner, nicht so richtig jedenfalls, aber er konnte gut abschätzen, wann man besser etwas verschwieg. »Keine Ahnung«, sagte er. »Wahrscheinlich war ich einfach schon zu alt. Die meisten Leute wollen Babys. Und Mädchen.«

»Wie uns«, murmelte Grace.

»Scheint so«, sagte Joaquin. »Aber bei euch ist alles gut, oder? Also, die sind nett zu euch und so?«

Bis er das fragte, war es Joaquin nicht klar gewesen, aber wenn irgendjemand einem dieser Mädchen etwas antat, würde er Kleinholz aus ihm machen.

»Jaja, alles gut«, versicherte Grace und Maya auf seiner anderen Seite nickte. »Unsere Eltern sind nett.«

»Das heißt, meine lassen sich höchstwahrscheinlich scheiden«, sagte Maya und kickte die Fußspitze in den nassen Sand. »Aber nett sind sie trotzdem. Nachdem ich ihnen erzählt hatte, dass ich lesbisch bin, hat mein Dad einen Regenbogensticker auf sein Auto geklebt. Natürlich hielt die ganze Nachbarschaft sofort *ihn* für schwul, bis ich es ihm erklärt habe.«

So sicher aufgefangen zu werden, egal, was für waghalsige Sprünge man veranstaltete, das ging komplett über Joaquins Vorstellungskraft. Wieder musste er an seine Pflegeschwester denken. Sie hatte geweint bei ihrem Rausschmiss, hatte die Familie angefleht, sie bleiben zu lassen. Natürlich wurde niemand gern zurückgeschickt – ein neues Zuhause war immer wie eine Partie russisches Roulette. Maya hatte wirklich Glück gehabt, aber das würde Joaquin ihr lieber nicht auf die Nase binden. Manchmal war es besser, wenn man gar nicht erfuhr, wie knapp man davongekommen war.

»Das ist gut«, sagte er darum nur. »Das ist gut.«

»Darf ich … ähm, erinnerst du dich an unsere Mom?«, fragte Grace.

Joaquin blieb stehen, nicht wegen der Frage, sondern weil sie das Ende des Plankenwegs erreicht hatten. Entweder mussten sie jetzt umdrehen oder über einen Haufen rutschig aussehender Felsen kraxeln. Maya und Grace hielten ebenfalls an und einen Moment lang blickten sie alle drei raus aufs Meer. Sie hatten die

Touristen und Strandbesucher hinter sich gelassen, und das Wasser war ziemlich ruhig, weshalb auch nicht viele Surfer unterwegs waren. Nur ein Junge und ein Mädchen saßen weit draußen auf ihren Boards. Das Mädchen lachte über irgendetwas, aber Joaquin hörte nicht, was.

»Ein bisschen vielleicht«, antwortete er schließlich. »Eher an ihre Anwesenheit. Weniger sie selbst.«

»Weißt du noch, wie sie aussah?«, wollte Grace wissen und klang so hoffnungsvoll, dass Joaquin sie nicht enttäuschen wollte.

»Sie hatte braune Haare«, sagte er. »Mit Locken, wie wir. Und sie hat viel gelächelt.« Das war frei erfunden, Joaquin beschrieb lediglich das Gesicht, das er sich immer vorgestellt hatte, wenn er an seine Mom dachte. Manchmal träumte er auch von dieser Frau, die ihn anlächelte.

»Hast du sie noch mal gesehen, nachdem …?«

»Du kannst es ruhig aussprechen«, ermunterte Joaquin Grace. »… nachdem sie mich weggegeben hat?«

»Ja«, sagte Grace. »Genau.«

»Am Anfang hatte sie noch ein Besuchsrecht, aber dann hat sie es verloren.« Was Joaquin nicht erwähnte, war, dass sie zu keinem dieser Termine je aufgetaucht war. Er wusste noch genau, wie er auf dem Amt durch den Raum getigert war und nach einer Frau gesucht hatte, die er wahrscheinlich sowieso nicht erkannt hätte. Seine damalige Pflegemutter hatte versucht, ihn mit sauren Drops aus dem Snackautomaten zu besänftigen, aber er hatte sich unter den Tisch verkrochen und geweint, bis sie ihn schließlich hervorzerrte und nach Hause brachte.

Joaquin konnte saure Drops noch immer nicht ausstehen. Und Snackautomaten genauso wenig.

»Sie war schön«, sagte Joaquin jetzt. »Echt wunderschön.«

Zurück am Kulturzentrum, wo sie das Auto hatten stehen lassen, spürte Joaquin einen Sonnenbrand auf der Nase und Sand zwischen den Zehen. Er musste sich nachher ordentlich die Füße sauber machen, damit er das Zeug nicht auf Lindas geliebtem Holzboden verteilte.

»Ich wollte noch was sagen«, meldete sich Grace zu Wort und Maya drehte sich zu ihr um. Joaquin wusste, was kommen würde. Er hatte es von der Sekunde an gewusst, in der sie ihre gemeinsame Mutter erwähnt hatte, und wünschte nun, sie würde es nicht aussprechen.

»Ich finde, wir sollten nach unserer Mom suchen«, sagte sie und rang dabei tatsächlich die Hände. Joaquin hatte in Büchern davon gelesen, es aber noch nie wirklich jemanden tun sehen. Es sah aus, als wäre es ziemlich unangenehm.

Maya schwieg. Joaquin war sich relativ sicher, dass Schweigen kein gutes Zeichen war. Es schien wie der Moment zwischen dem Abfeuern einer Pistole und dem darauffolgenden Knall.

Er hatte recht. Wie so oft.

»Das ist echt bescheuert«, fauchte Maya. »Was wollen wir denn eigentlich von ihr? Sie hat uns weggegeben, hat in Kauf genommen, dass Joaquin bei irgendwelchen *Fremden* gelandet ist.«

»Vor über sechzehn Jahren«, protestierte Grace. »Damals war sie so alt wie ich. Oder Joaquin. Jedenfalls noch ein Kind! Vielleicht wüsste sie ja gern, wie es uns geht. Nur weil …« Sie schwieg kurz. »Ich bin mir sicher, dass sie uns noch liebt.«

Joaquin lachte los, er konnte nicht anders. Er beneidete Grace um ihren Glauben, dass sich da draußen noch irgendjemand Gedanken um sie machte. »'tschuldigung«, sagte er, als beide Mädchen ihn ansahen. »Ich … Ich will nicht nach ihr suchen. Ihr zwei könnt natürlich machen, was ihr wollt, aber ohne mich.«

»Dito«, sagte Maya.

Grace sah aus, als würde sie jeden Moment in Tränen ausbrechen, und Joaquin spürte, wie Panik in ihm aufstieg. Aber dann blinzelte sie und ihr Gesicht wurde wieder eisern und ausdruckslos. »Na gut«, sagte sie. »Ihr müsst ja nicht. Aber ich werd's tun.«

»Mach das«, antwortete Maya.

»Ist doch okay«, schloss Joaquin sich an.

»Okay«, meinte Grace.

Es war ein seltsames Ende für den Tag. Sie wussten nicht, ob sie einander umarmen, die Hand geben oder einfach nur zuwinken sollten, also wurde die Verabschiedung eine unbeholfene Mischung aus allem.

Joaquin war nicht sonderlich gut im Umarmen, aber er gab sich Mühe.

Grace

Es dauerte ganz schön lange, bis Grace sich entschlossen hatte, was sie am Montag zur Schule anziehen sollte.

Hauptsächlich, weil ihre Sachen entweder superweit, superschwangerschaftstauglich oder viel zu eng waren. Ihr Bauch war immer noch ein bisschen … tja, das einzig passende Wort war wohl *schwabbelig*. Am liebsten hätte sie einfach ihre Pyjamahose anbehalten, aber sie war sich ziemlich sicher, dass ihre Mutter sie niemals in kariertem Flanell in die Schule lassen würde, Baby hin oder her.

Schließlich entschied sie sich für eine Boyfriend-Jeans und ein bordeauxrotes Hemd, das sie ganz hinten im Schrank gefunden hatte. Genauso rot wie die hektischen Flecken, die sich auf ihrer Brust und ihrem Hals auszubreiten begannen.

Ihrer Mom fiel es natürlich auch auf.

»Bist du sicher, dass du schon wieder bereit bist?«, fragte sie, einen Thermobecher mit Kaffee und ihren Autoschlüssel in der Hand. »Du hast ja eine stressige Woche hinter dir, mit Maya und Joaquin und allem.«

»Bin ich«, sagte Grace und schnappte sich ihren Rucksack, der sich viel zu leicht anfühlte. »Zu Hause kann ich jedenfalls nicht mehr hocken und Maya und Joaquin haben gar nichts damit zu tun.« Grace brachte ihre Namen kaum über die Lippen, ohne das Gesicht zu verziehen. Sie hatte die beiden angelogen. Nachdem sie Joaquin gerade mal eine Stunde kannte. Und das Schlimmste war, dass sie ihr das mit dem Pfeifferschen Drüsenfieber auch noch abgenommen hatten. Sie hatten sie *bemitleidet.*

Grace fragte sich, ob sie wohl von ihrem Posten als Schwester zurücktreten konnte oder ob jemand ihn ihr einfach aberkennen würde, wie wenn Schönheitsköniginnen plötzlich in einen Nacktfotoskandal verwickelt waren.

Ihre Mom ließ den ganzen Weg zur Schule das Radio laufen, lachte über einen Witz des Moderators und spähte zu Grace herüber, um zu sehen, ob sie ihn auch lustig fand. Nein (der Moderator war ein frauenfeindliches Arschloch, mit dessen Humor Grace noch nie etwas hatte anfangen können), aber sie schenkte ihrer Mom ein sorgfältig eingeübtes »Ich bin ein normaler Mensch und das hier ist mein normales Lächeln«-Lächeln. Definitiv nicht das Lächeln von jemandem, der vor gerade mal vier Wochen ein Baby zur Welt gebracht hatte.

»Schätzchen«, sagte ihre Mom, als sie vor der Schule hielten, und legte ihr die Hand auf den Arm, »soll ich mit reinkommen?«

»Ist das dein Ernst?«, fragte Grace. »Nein. *Bloß nicht.*«

»Aber –«

»Mom«, schnitt Grace ihr das Wort ab. »Irgendwann musst du mich loslassen.«

Grace hatte das wörtlich gemeint, auf die Situation bezogen, aber ihrer Mom war deutlich anzumerken, dass sie es metaphorisch auffasste, und ihre Augen füllten sich hinter der Sonnenbrille mit Tränen, als sie sich vorbeugte und Grace einen Abschiedskuss gab. »Okay.« Ihre Mom schniefte und räusperte sich dann. »Okay, du hast ja recht. Dein Dad hat mich noch gewarnt, dass ich bloß nicht weinen soll, und jetzt flenne ich doch.« Sie lachte leise. »Ruf an, wenn du irgendwas brauchst, ja?«

»Ist gut«, sagte Grace, obwohl sie das natürlich nicht tun würde. Ihre Mutter wusste längst nicht von allem, was die anderen in der Schule ihr während der Schwangerschaft an den Kopf geworfen hatten. »Schlampe«, »Miss Baby-an-Bord«, »Moby Dick« – die Liste war endlos. Grace hatte ihr nichts davon erzählt, weil sie wusste, dass sie den Direktor eingeschaltet hätte, woraufhin die Sprüche nur noch gemeiner geworden wären. Aber sie hatte auch nichts gesagt, weil sie ihrer Mom sonst leidgetan hätte.

Mitleid war das Gegenteil von Stärke, und Grace fiel es auch so schon schwer genug, sich zu beherrschen. Sie wollte nicht, dass ihre Eltern *und* sie zusammenbrachen, nicht alle gleichzeitig.

Vorsichtig stieg sie aus und warf sich ihren leeren Rucksack über die Schulter. In der ersten Stunde hatte sie Englisch. Es war ein bisschen, als ginge sie auf ein Erschießungskommando zu, nur schlimmer, denn anstatt gleich zu sterben und es hinter sich zu haben, musste sie den ganzen Tag überleben. Und dann den nächsten.

Das erste Augenpaar, das sie anstarrte, bestätigte ihren Verdacht, dass das Erschießungskommando die bessere Alternative gewesen wäre.

Grace war fürs Erste von den Hausaufgaben befreit – sie musste nur bis zum Ende des Jahres den Stoff nachholen, kein Problem soweit –, doch als sie an den anderen Schülern vorbeiging, sah sie Textmarker, Karteikarten und all die Sachen, die sie selbst bei Lernmarathons benutzte. Ihre beste Freundin Janie hatte sich immer über ihre vielen Gedächtnisstützen lustig gemacht.

»Also«, hatte Janie Grace einmal aufgezogen, als sie für Geschichte büffelten. »Napoleon war klein, was mich an einen Tintenfisch erinnert. Tintenfische sind lila, genau wie unsere Couch, und neben dem Laden, aus dem wir die Couch haben, war ein Brezelstand. Und Brezeln sind deutsch, darum …« Grace hatte sich vor Lachen den damals noch flachen Bauch gehalten.

»Grace.«

Abrupt aus ihrem Tagtraum gerissen, blieb sie stehen. »Janie«, sagte sie. »Hi.«

Sie hatten sich nicht mehr gesehen, seit Janie sie besuchen gekommen war, zwei Tage nach Millys Geburt. Viel wusste Grace von diesem Besuch nicht mehr, nur dass sie auf Netflix »Friends« geguckt hatten. Aber sie war zu diesem Zeitpunkt auch halb wahnsinnig vor Kummer gewesen, daher war die Erinnerung, vorsichtig ausgedrückt, ein bisschen verschwommen.

»Hi«, sagte Janie jetzt und legte den Kopf schief. Grace hatte das akute Gefühl, etwas falsch gemacht, irgendwie den Freundschaftskodex verletzt zu haben, aber sie wusste nicht, wodurch. Wahrscheinlich waren es sowieso viel mehr Übertretungen als nur eine.

»Du hast ja gar nicht erzählt, dass du ab heute wieder zur Schule kommst.«

Aha!

»Äh, ja«, antwortete Grace und versuchte sich an einem Lächeln, aber es fühlte sich eher an, als fletschte sie die Zähne, eine Warnung an ihre Freundin, sich fernzuhalten. »Hab ich gestern Abend beschlossen. Ich hatte einfach keine Lust mehr, zu Hause rumzusitzen, weißt du?« Grace zuckte mit den Schultern, als wäre überhaupt nichts dabei, ein Baby zu bekommen und seiner besten Freundin nicht zu erzählen, dass man wieder in die Schule kam.

»Ach so«, sagte Janie. »Na, jedenfalls schön, dass du hier bist, guten Start! Gut siehst du aus.«

Janie benutzte nie das Wort »gut«, oder zumindest nicht auf die Art und schon gar nicht zweimal hintereinander. Das war, tja, *gar nicht* gut.

»Danke«, erwiderte Grace, bevor ihr Blick auf das Mädchen

neben Janie fiel. Beide trugen eine Handtasche und ihre Bücher und Ordner in die linke Hüfte gestemmt, während Grace' Rucksack ihr schlaff von der Schulter hing. Wann hatte Janie denn ihren Rucksack abgeschafft?

Das Mädchen neben Janie hieß Rachel. »Hi«, sagte Grace zu ihr. »Ich bin Grace.«

»Ich *weiß*.« Die Antwort klang, als hätte Grace sich gerade als Rasputin oder Voldemort vorgestellt. Die, deren Name nicht genannt werden durfte.

»Ich find's wirklich gut, dass du wieder da bist, Grace«, sagte Janie.

Das dritte »gut«. *Eins, zwei, drei, vorbei*, dachte Grace unwillkürlich. Janie lächelte ihr zu. »Wenn du heute Mittag noch da bist, setz dich doch zu uns, ja?« Dann ging sie mit Rachel weiter.

Bis zur Mittagspause hatte Grace noch gar nicht gedacht. Aber jetzt wünschte sie, sie hätte es getan. Sie war seit der dritten Klasse mit Janie befreundet und hatte sich nie Sorgen machen müssen, mit wem sie die Pause verbrachte oder wo sie sitzen würde. Jetzt jedoch kam ihr das Schulgelände plötzlich viel größer vor, riesig, endlos. So was träumte sie manchmal, dass sie an einem fremden Ort umherirrte und nicht mehr zurückfand.

Während sie Janie und Rachel hinterhersah, hakte Grace die Daumen unter die Träger ihres Rucksacks, von dem sie sich mit einem Mal verraten fühlte. Dann ließ sie die Hände wieder sinken und ging los in Richtung ihres Englischraums. Aus irgendeinem Grund erschien ihr der Weg bergauf sogar noch anstrengender als in der Schwangerschaft. In ihrem letzten Schulmonat hatte sie sich nur noch schnaufend von A nach B geschleppt (und zwischendurch schätzungsweise 982.304.239 Mal pro Tag zur Toilette, da Kiwi offenbar ihre Blase als Kopfkissen benutzte), aber jetzt waren ihre Beine so bleischwer, als wollten sie partout nicht in den Englischkurs und versuchten, ihr Hirn zu warnen, sich nur ja von dort fernzuhalten.

Zu spät wurde Grace klar, dass sie besser darauf gehört hätte.

Als sie kurz vor dem Klingeln in die Klasse schlüpfte, starrten sie alle an, aber darauf war Grace vorbereitet. So gut man eben auf dreißig Augenpaare, die sich plötzlich auf einen richteten, vorbereitet sein konnte. Sie lächelte die Wand hinter Zach Andersons Kopf an, sodass hoffentlich alle dachten, sie lächelte irgendeinem von ihnen zu, und dann kam auch schon Mrs Mendoza zu ihr und legte ihr die Hand auf die Schulter. »Wie schön, dich zu sehen, Grace«, sagte sie, und Grace musste sich im Stillen ermahnen *Nicht weinen, nicht weinen*, bis es funktionierte und die Tränen aus ihrer Kehle zurück in ihre Magengrube rutschten.

»Danke.« Mehr brachte sie nicht heraus, bevor sie sich setzte. In das Holzimitat ihres Pults hatte jemand das Wort »NUTTE« geritzt, aber sie war sich nicht sicher, ob das an sie gerichtet war oder ein anderes Mädchen oder einfach das Werk eines gelangweilten Elftklässlers mit beschränktem Wortschatz und zu viel Zeit. *Ich meine*, dachte Grace bei sich, *das hier ist immerhin ein Englischkurs. Da sollte man doch wohl ein paar originellere Synonyme erwarten dürfen. Flittchen vielleicht oder Bordsteinschwalbe oder Dirne?*

»Grace?«

Sie sah hoch. Mrs Mendoza lächelte auf sie herab wie ein Priester am Krankenbett. Gütig, aber doch mit dem geheimen Wunsch nach Desinfektionsmittel.

»Ich sagte nur gerade, wenn du die nächsten Tage lieber in die Bibliothek gehen und den versäumten Stoff nachholen möchtest, wäre das völlig in Ordnung.«

»Ah«, sagte sie. »Nein, schon gut.«

Gekicher hinter ihr. Es klang nach Zach. Und Miriam Wiehieß-sie-noch-gleich. Wenn man die Kicherquelle blind identifizieren konnte, wurde man definitiv schon zu lange hinter seinem Rücken ausgelacht. »Oh Mann, schade, dass ich kein Baby kriegen kann«, sagte die eine Stimme. Grace hatte richtig gelegen – es war Zach. »Wenn man dafür freikriegt. Kein schlechter Deal.«

»Blödmann.« Das war Miriam. Zuerst dachte Grace, sie wollte sie verteidigen. Doch gerade, als sie sich umdrehen wollte, wurde ihr klar, *wie* Miriam es gesagt hatte. Wie Mädchen so was eben sagten, wenn sie eigentlich meinten: »Du bist ein Blödmann, aber ich würde trotzdem sofort was mit dir anfangen, auch wenn du in etwa so feinfühlig bist wie ein Sack Blumenerde.«

Aber Grace konnte sich wohl kaum ein Urteil erlauben. Der letzte Junge, den sie selbst gemocht hatte, hatte sie geschwängert und dann sitzen lassen und war, während sie im Kreißsaal lag, mit einem anderen Mädchen zum Schulball gegangen.

Sollte Miriam doch tun, was sie nicht lassen konnte.

Was Maya wohl in dieser Situation zu Zach gesagt hätte? Zwar kannten sie sich noch nicht lange, aber Grace war ziemlich sicher, dass Maya am Tag ihrer Rückkehr die Schule gestürmt hätte wie eine Löwin das Kolosseum: mit gefletschten Zähnen und ausgefahrenen Krallen.

Davon ließ Grace sich nun inspirieren. »Wow«, sagte sie, während sie sich zu Zach umdrehte. »Dir entgeht aber auch nichts, hm? Was für ein aufmerksames Kerlchen.«

Grace war sich sicher, dass sie statt einem Löwen eher einem miauenden Kätzchen ähnelte.

Zach grinste nur, nahm die Baseballkappe ab, strich sich übers Haar und setzte sie wieder auf. »Ganz ruhig, Teen Mom«, sagte er.

»Zach!«, tadelte Miriam scherzhaft. Grace hätte sie am liebsten bei den Schultern gepackt und geschüttelt, bis sie Sternchen sah.

Aber dann sagte Mrs Mendoza etwas (»Zach, nimm die Kappe ab, du kennst die Regeln«) und Grace kramte einen Stift hervor und schlug ihren Block auf. *Verhalt dich einfach ganz normal*, ermahnte sie sich.

Sie hielt durch, während Englisch und danach Chemie, aber dann, in der dritten Stunde, stürzte alles in sich zusammen. Und zerkrümelte in mikroskopisch kleine Teile.

In der dritten Stunde hatte sie Geschichte.

Zusammen mit Max.

Seinem Gesichtsausdruck nach zu schließen, war Janie nicht die Einzige, die nicht damit gerechnet hatte, dass Grace so schnell wieder zur Schule kommen würde. Er lachte gerade mit seinem Freund Adam über irgendetwas, als Grace die Klasse betrat – woraufhin seine Augen hervorquollen wie bei einer Comicfigur. Hätte Grace ihn nicht so sehr verabscheut, hätte sie den Anblick wahrscheinlich witzig gefunden, aber so verspürte sie nur eine ziemlich kranke Schadenfreude darüber, ihn derart überrascht zu sehen. Ihr gefiel die Vorstellung, ständig aufzutauchen, wo er sie am wenigsten erwartete, ihn heimzusuchen wie ein Geist aus Fleisch und Blut, der ihm für den Rest seines Lebens hinterherspukte.

Grace wusste, dass es vermutlich Einbildung war, aber es kam ihr vor, als würden alle abrupt verstummen und erwartungsvoll zwischen Max und ihr hin und her blicken. Wie in einer Soap, in der die längst tot geglaubte böse Zwillingsschwester plötzlich zurückkehrte.

Sie setzte sich auf ihren gewohnten Platz, der sich unglücklicherweise genau neben Max' befand. Was auch der Grund gewesen war, warum sie ihn sich Anfang letzten Schuljahres ausgesucht hatte, denn so konnten sie miteinander quatschen. Jetzt verfluchte sie die Grace der Vergangenheit für diese dämliche

Entscheidung. Wie sich herausstellte, war die Grace der Vergangenheit eine Vollidiotin.

Adam kicherte und raunte immer wieder »Alter, Alter«, als hätte er Max ein Geheimnis anzuvertrauen.

»Klappe«, zischte Max. Adam war schon immer dumm wie Brot gewesen, einer dieser Typen, die sich für einen Starfootballer hielten, obwohl sie in Wahrheit dauernd auf der Bank saßen und bloß ihre Teamkollegen abklatschten, die die wichtigen Punkte holten. Grace hatte ihn nie gemocht und Max wusste das.

Anders als die ersten beiden Lehrer an diesem Tag schenkte Mr Hill Grace' Rückkehr keine Beachtung und kam direkt zur Sache, was sie zu schätzen wusste. Mitleid war manchmal schlimmer, als nicht beachtet zu werden. »So, liebe Meute«, sagte er.

(Mr Hill nannte die Klasse immer seine »Meute«, und heute kamen die anderen Grace noch mehr als sonst wie eine Horde geifernder Bluthunde vor.) »Konzentration bitte!«

Grace kramte nach ihrem Stift und zwang sich, Max mit Verachtung zu strafen, allerdings fiel ihr Blick auf seine Füße, und er trug neue Schuhe. Das haute sie um. Während sie seine Tochter zur Welt gebracht, ihre Halbgeschwister kennengelernt und nach langer Zeit wieder in die Schule zurückgekehrt war, hatte Max nichts Besseres zu tun gehabt, als sich neue Schuhe zu kaufen, als führte er immer noch ein ganz normales Leben, als hätte sich nichts geändert.

Aber genauso war es wohl. Irgendwo saß ein fremdes Paar und zog Max' leibliche Tochter auf. Und *er* hatte neue Schuhe.

Als Grace endlich ihren Stift fand, waren ihre Wangen knallrot. Der Drang, Max' neue Schuhe damit vollzukritzeln, war stark, beinahe übermächtig, aber sie legte den Stift einfach aufs Pult und blickte nach vorn.

»Hey«, flüsterte Adam von schräg hinter ihr, als sich Mr Hill zum Whiteboard umgewandt hatte. »Psst! Grace!«

Sie drehte sich nicht um. Sie wusste, dass Adam sich nicht erkundigen wollte, wie es ihr ging, oder ihr einen schönen ersten Tag wünschen oder ihr gar bei irgendwas seine Hilfe anbieten wollte.

»Grace! Hey, hast du jetzt Hängetitten?«

Jemand – Grace konnte die Stimme nicht einordnen – hinter ihr kicherte, und über das Rauschen in ihren Ohren hörte sie Max »Ach komm, Alter« sagen. Grace hätte es vorgezogen, wenn Max Adam »Game of Thrones«-mäßig den Kopf abgerissen und auf einen Pfahl gespießt hätte, aber mehr als »Ach komm, Alter« war wohl nicht drin.

Grace klammerte sich an ihren Stift und fragte sich, wann genau Max sich eigentlich in so einen Schwächling mit einem Rückgrat aus Zuckerwatte verwandelt hatte. Vielleicht war es ja passiert, als sie an jenem Tag in der Drogerie in der Schlange gestanden hatten, um die Schwangerschaftstests zu kaufen, oder als sein Dad von dem »anständigen Mädchen« erzählt hatte, mit dem Max jetzt zusammen war. Oder vielleicht war es auch seit dem Schulball so, als Grace einen kleinen Menschen aus ihrem Körper gepresst und er mit einer billigen Plastikkrone auf dem Kopf die Tanzfläche unsicher gemacht hatte.

Das war nicht mehr der Max, mit dem Grace zusammen gewesen war, der Max, mit dem sie geschlafen und den sie geliebt hatte. Es kam ihr völlig verrückt vor, dass es da draußen ein Kind gab, das halb sie und halb er war, während sie es kaum noch ertrug, mit ihm im selben Raum zu sein.

»Grace!«, zischte Adam wieder.

Mr Hill stand noch immer an der Tafel und schien entschlossen, einen ganzen Monolog zu schreiben, also wandte sich Grace schließlich Max zu. Selbst sein Gesicht strahlte Schwäche aus. Wie hatte sie jemanden mit so einem Kinn je attraktiv finden können? Hoffentlich hatte Kiwi es nicht geerbt.

»Würdest du deinem Kumpel bitte sagen, er soll verdammt noch mal die Schnauze halten?«, zischte Grace Max zu. Sie sah, dass es ihm leidtat, es stand ihm überdeutlich in die jämmerliche Visage geschrieben. Mit hochrotem Kopf, als hätte sie Fieber, drehte sie sich zurück nach vorn.

In dem Moment kam ein Geräusch aus Adams Handy. Babygeschrei. Es klang wie Kiwi, wie der allererste Laut, den Grace von ihr gehört hatte, ein zutiefst verletzliches Wehklagen, das ihre Ankunft in der Welt verkündete.

Grace wusste nicht, was zuerst reagierte, ihr Körper oder ihre Hand, als sie auch schon über ihr Pult hechtete, die Faust vorgereckt, die kurz darauf mit voller Wucht in Adams Gesicht landete. Er stieß schnaufend die Luft aus, als hätte jemand ein Ventil geöffnet, und als er mitsamt seinem Pult nach hinten kippte, war Grace über ihm und schlug erneut zu.

So einen Adrenalinschub hatte sie seit Kiwis Geburt nicht mehr verspürt. Es fühlte sich gut an. Sie lächelte, als sie Adam einen dritten Hieb verpasste.

Am Ende mussten Max, Mr Hill und ein Typ namens José (ein *echter* Footballer) sie mit vereinten Kräften von Adam herunterzerren. José umschlang Grace, hob sie ein Stück hoch und drehte sich mit ihr, bevor er sie so hart absetzte, dass ihre Zähne aufeinanderschlugen. Grace rannte los und ließ ihren Rucksack, Adam, Max und alle anderen im Geschichtsraum zurück.

Sie stolperte in die Toilette am Ende des Flurs, die niemand je benutzte, weil sie hinter dem Bioraum lag, aus dem manchmal Formaldehydgestank durch die Lüftung herüberzog. Es war wirklich ekelhaft, aber das war ihr egal. Sie brauchte bloß vier Wände, die dem Tornado in ihrer Brust standhalten würden, wenn er aus ihr hervorbrach.

Kiwis Geschrei gellte noch immer in ihren Ohren und sie stimmte mit ein.

Dann ließ sie sich neben dem am weitesten von der Tür entfernten Waschbecken zu Boden sinken und zog die Knie an die Brust. Die Fliesen waren kalt, was gut war, weil Grace' Haut sich anfühlte, als stünde sie in Flammen. Außerdem pochte ihre Hand. Wie sich herausstellte, tat es höllisch weh, jemandem einen Fausthieb ins Gesicht zu verpassen, und sie zischte erschrocken, als sie die Fingerknöchel gegen die Wand presste.

Sie rang nach Luft, genau wie bei Kiwis Geburt, als ihr Körper völlig losgelöst von ihrem Gehirn funktioniert hatte. Mit geschlossenen Augen versuchte sie, ihre Atemzüge unter Kontrolle zu bringen. Um sie war es kühl und ruhig, und wahrscheinlich suchten draußen gerade zwanzig Leute nach ihr, aber das war ihr egal.

Sie wollte einfach noch ein bisschen Ruhe.

Nach ein paar Minuten ging die Tür auf und ein Junge kam herein. Grace hatte ihn noch nie gesehen, aber sie war auch nicht besonders gut informiert über die neusten Entwicklungen an der Schule.

Jedenfalls war es offensichtlich, dass der Typ nicht damit gerechnet hatte, sie hier auf dem Boden zu finden.

»Oh, tut mir leid, ich wusste nicht, dass jemand hier …«, fing er an und sah dann zurück zur Tür. »Moment mal, ist das hier das Mädchenklo …?«

Noch immer weinend, schüttelte Grace den Kopf. Am Anfang hatte sie die Tränen gar nicht bemerkt, aber ihre Wangen waren nass, und ihr Haar blieb daran kleben, wenn sie den Kopf bewegte.

»Bist du …?« Der Junge wich zurück, um gleich wieder einen Schritt nach vorn zu machen, wie ein Cha-Cha-Cha in Zeitlupe.

»Mist, sorry, ich weiß nie, was ich machen soll, wenn ich jemanden weinen sehe. Alles … alles okay bei dir?«

»Alles gut«, sagte Grace, und anscheinend war heute Gegenteiltag, denn im Moment war so ziemlich gar nichts gut.

Er blieb an der Tür stehen. »Ich will ja nicht behaupten, dass du lügst oder so, aber das kommt mir nicht gerade so vor.«

Frische Tränen schossen ihr in die Augen.

»Was ist denn mit deiner Hand?«

»Ich hab Adam Dupane dreimal in die Fresse gehauen«, erklärte sie. Es hatte keinen Zweck, das vornehm zu umschreiben, also versuchte sie es gar nicht. Rausfinden würde er es sowieso. Wahrscheinlich konnte man online längst ein Video davon bewundern. Ihr wurde klar, dass sie von der Schule fliegen würde, und sie stellte überrascht fest, wie angenehm ihr diese Vorstellung erschien.

»Wow.« Der Junge riss die Augen auf. »Also, ich kenne diesen Adam Dupane zwar nicht, aber du wirkst nett, also hatte er es vermutlich nicht besser verdient.«

»Er ist ein Arschloch«, erklärte Grace.

»Ein totales Arschloch«, stimmte der Junge zu. Sie war sich nicht sicher, ob er ihr einen Gefallen tun wollte oder sich über sie lustig machte, aber wen kümmerte das schon?

»Hm, das solltest du wohl besser kühlen«, sagte er mit einer Geste auf ihre geschwollene Hand, setzte seinen Rucksack ab und befeuchtete ein paar Papiertücher mit kaltem Wasser. »Hier.« Er reichte sie Grace. »Nicht gerade ein Eisbeutel, aber ein bisschen hilft's vielleicht.«

Grace starrte ihn einfach nur an. »Wer bist du?«, fragte sie schließlich. Ihre Nase lief und ihr war überdeutlich bewusst, wie verrotzt und eklig sie wirken musste – und wie blöd es war, sich dafür zu schämen.

»Ach so, ich bin Raphael. Raphael Martinez. Aber nenn mich ruhig Rafe, muss ja nicht so formell sein. Ich tu auch nichts, keine Sorge. Wobei, du bist ja diejenige von uns, die gerade jemanden geschlagen hat, darum machst du dir wahrscheinlich eh keine Sorgen. Vielleicht sollte ich mir welche machen. Glaub mir, ich bin ein totales Weichei.« Er tränkte ein weiteres Papiertuch und gab es ihr. »Wenn ich Blut sehe, falle ich in Ohnmacht, Tatsache. Hey, darf ich dich was fragen?«

Dieser Rafe machte sie ganz duselig. »Ja?«

»Was stinkt hier eigentlich so erbärmlich?«

»Formaldehyd.« Grace war sich nicht sicher, wann ihr die Fähigkeit abhandengekommen war, vollständige Sätze zu bilden. »Tote Katzen. Nebenan.«

»Bio?«, riet er.

Sie nickte.

»Ah ja.«

Grace zuckte zusammen, als ihre Hand unter den kalten Tüchern wieder zu pochen anfing. Alles tat weh – ihr Kopf, ihr Arm, ihr Kreuz –, und sie versuchte vergeblich, eine weitere Tränenflut zu unterdrücken.

Und Rafe, ihr neuer Held, schloss einfach die Toilettentür ab und setzte sich neben sie. Grace merkte, dass er sorgsam darauf achtete, sie nicht versehentlich zu berühren, was sie aus unerfindlichen Gründen traurig machte. »So«, sagte er im Plauderton, als hätten sie sich bloß übers Wetter unterhalten. »Adam ist also ein Arschloch.«

»Max hat die ganze Zeit neben ihm gesessen und keinen Ton gesagt«, berichtete Grace, und sie weinte nicht, oder zumindest nicht richtig.

Ihr Gesicht war nur nass und in ihrem Hals hatte sich ein beängstigender Klumpen gebildet.

»Aber ehrlich«, seufzte Rafe. »So ein Schwein.«

»Du weißt doch gar nicht, wovon ich rede!«, protestierte Grace. »Warum stimmst du mir zu?«

»Na, weil du traurig bist«, antwortete Rafe leicht verwirrt. »Soll ich dir lieber widersprechen? Kann ich gerne machen, wenn du dann aufhörst zu weinen. Moment, los geht's.« Er räusperte sich. »Du liegst komplett falsch. Adam ist ein Supertyp.«

»Nein«, schniefte Grace. »Ich … ich brauche nur ein bisschen Ruhe, okay?«

»Okay«, sagte er. »Kein Problem.« Aber Grace bekam dieses Babyweinen nicht aus dem Kopf, Kiwis Schrei, der sofort alles andere, ihr Herz mit eingeschlossen, bezwungen hatte, und als Grace nun doch wieder zu weinen anfing, lehnte Rafe sich vorsichtig herüber, bis ihre Schultern sich berührten.

Ansonsten ließ er sie in Ruhe.

Grace wusste nicht, wie lange sie so dagesessen und geweint hatte, als es schließlich an der Tür klopfte und jemand fragte: »Gracie?«

»Das ist meine Mom«, erklärte sie und wischte sich die Augen.

»Kriegst du jetzt Ärger?«, fragte Rafe. »Ich kann dir Deckung geben, und du versteckst dich in einer von den Kabinen, wenn du willst.«

Mit einem Mal sehnte sich Grace so sehr nach ihrer Mutter, dass es wehtat. »Nein, lass sie rein«, sagte sie. »Ist schon in Ordnung.«

»Ach, Schätzchen«, sagte ihre Mom nur, als sie sie sah. »Komm, wir gehen nach Hause.«

Und das war Grace' letzter Tag in der elften Klasse.

Maya

Nach dem Treffen mit Joaquin konnte Maya nicht schlafen.

Die Pflegemutter hat rausgefunden, dass sie lesbisch war, da hat sie sie zurückgebracht.

Leiblich sticht Pflege.

Und ja, Maya war bewusst, dass sie rechtmäßig adoptiert und kein Pflegekind war, dass sie direkt aus dem Krankenhaus geholt worden war, dass ihre Eltern sich für *sie* entschieden, *sie* gewollt hatten. Das hatten sie immer wieder betont: *Wir wollten dich, weil du etwas Besonderes bist.*

Aber sie war nun mal nicht Lauren.

Nachts um drei lag Maya noch immer wach und sah zu, wie das Scheinwerferlicht der Autos von draußen über ihre Zimmerdecke wanderte, den Raum erhellte und dann wieder der Dunkelheit überließ.

Sie nahm das Handy und surfte im Internet. (Sie hatte jetzt mindestens dreimal das »In welches Hogwarts-Haus gehörst du?«-Quiz gemacht und immer war Hufflepuff herausgekommen, was sie tierisch auf die Palme brachte.)

Dann las sie alte Nachrichten von Claire, voller Emojis und Küsschen und Gedanken, die so privat waren, dass Maya ihr Handy eher ins Klo werfen würde, bevor jemand etwas davon zu lesen bekam. Sie scrollte ganz bis ans Ende, in der Hoffnung, dass die Sprechblase mit den Pünktchen aufploppte, was bedeuten würde, dass Claire ihr gerade schrieb, weil sie irgendwie gespürt hatte, wie allein Maya sich fühlte und dass das mitten in der Nacht noch tausendmal schlimmer war.

Aber Claire schlief natürlich, und es war albern, deswegen beleidigt zu sein. Claire brauchte ihren Schlaf. Genau wie Maya. Die Erschöpfung ribbelte ihr Hirn auf wie ein Kätzchen eine Wolldecke, zupfte ausgerechnet an den wichtigsten Fäden, bis gar nichts mehr funktionierte. Zweimal war sie diese Woche schon in Geschichte eingeschlafen, was aber wohl eher der monoton dröhnenden Stimme ihres Lehrers zuzuschreiben war.

Zumindest versuchte sie, sich das einzureden.

In der Mittagspause legte sie sich ins Gras, den Kopf in Claires Schoß, und ließ sich von ihr übers Haar streicheln. Wenn man sowieso irgendwann sterben musste, dachte Maya, wäre das hier nicht der schlimmste Moment dafür, die Sonne im Gesicht und den Kopf im Schoß von jemandem, den man liebte.

»Hmm?«, machte Claire.

»Ich hab nichts gesagt«, erwiderte Maya, ohne die Augen zu öffnen. Die Sonne schien blutrot durch ihre Lider und ließ sie an Stammbäume und rechtmäßige Familienzugehörigkeiten denken.

Dann schlug sie die Augen auf, rollte sich auf den Bauch und schmiegte das Gesicht an Claires Oberschenkel.

»Nein, *gesagt* hast du nichts«, stimmte Claire zu. »Aber gedacht.«

»Ich denke die ganze Zeit«, sagte Maya. »Weil ich so clever bin. Darum liebst du mich ja so.«

»Dazu ist das letzte Wort noch nicht gesprochen«, entgegnete Claire. Dann schob sie die Hand unter Mayas Shirt und legte sie ihr auf den Rücken, wie um sie zu erden. »Claire an Maya, bitte kommen«, murmelte sie.

Wo immer Maya auch hingehörte, jetzt war sie hier.

Und das war genug.

Ein paar Tage darauf fand Maya die Weinflasche.

Sie hatte sich ein paarmal mit Grace geschrieben oder vielmehr auf deren etwas verkrampfte Nachrichten geantwortet. **Hi! Was macht die Schule?**

Verursacht Brechreiz (mir), hatte Maya zurückgeschrieben, es jedoch bereut, als Grace sich in den nächsten Tagen nicht wieder meldete.

Mit Joaquin hatte sie keinen Kontakt, aber nicht, weil sie nicht gewollt hätte. Maya wusste bloß nicht, was sie schreiben sollte. Die richtigen Worte zu finden war schwer, wenn man selbst adoptiert war und der Bruder nicht, und das aus schierem Glück beziehungsweise Pech. Es war bescheuert, deswegen ein schlechtes Gewissen zu haben, ermahnte Maya sich manchmal, wenn es langsam von drei auf vier Uhr nachts zuging und sie immer noch die Scheinwerferlichter an der Decke beobachtete. Dann aber stellte sie sich Joaquin als Baby vor, wie er wartete, auf eine Familie, auf irgendjemanden, und ein schreckliches Gefühl wallte in ihr auf, von ihrem Herzen bis hoch in die Kehle, wo es sie zu ersticken drohte.

Dort, wo es in ihr am allerdüstersten war, lauerte die Furcht, ihr könnte dasselbe zustoßen, und genau wie Joaquin hatte sie keine Ahnung, wie sie es verhindern sollte.

Mayas Geschichtskurs übte gerade ein Theaterstück über die Französische Revolution ein (was sie sehr passend fand, angesichts der Menge an Mitschülern, die sie liebend gern unter die Guillotine geschickt hätte), und da Maya ums Verrecken nicht schauspielern konnte, war sie zur Kostümbildnerin abgestellt worden. *Pillepalle*, hatte sie gedacht und war nach oben gegangen, um den Schrank ihrer Mutter nach möglichen Requisiten zu durchwühlen.

Die Weinflasche (eigentlich waren es zwei, aber eine war noch nicht geöffnet worden, also beschloss Maya, dass die nicht zählte) steckte in einem Paar alter Stiefel, wie gemacht für Marie Antoinette. Als sie sie anhob, waren sie schwer, viel schwerer, als Stiefel sein dürften, und nachdem sie sie endlich aus dem Schrank gezerrt hatte, rollte eine Flasche Merlot raus.

Maya starrte lange darauf, bevor sie die Hand in den anderen Stiefel schob und eine halb volle Flasche Zinfandel zutage förderte. Billiges Gesöff, das erkannte Maya am Etikett – und aus irgendeinem Grund machte sie das noch trauriger. Wenn ihre Mom schon Wein im Schrank versteckte, dann hätte sie doch wenigstens was Anständiges kaufen können anstatt dieser Supermarktplörre.

»Hey«, sagte jemand, und Maya fuhr so abrupt herum, dass sie beinahe die Flasche fallen gelassen hätte. Lauren stand in der Tür und zupfte an ihrer Unterlippe. Maya hasste es, wenn sie das tat. »Was machst du?«

»Nichts«, antwortete Maya, was so ziemlich das Blödeste war, was sie hätte sagen können, denn immerhin stand sie im Schlafzimmer ihrer Eltern, durchwühlte unerlaubt den Schrank ihrer Mutter und hielt eine halb leere Weinflasche in der Hand. »Nichts Spannendes«, korrigierte sie sich. Eine Winzigkeit besser.

»Was machst du denn mit dem Wein?«, fragte Lauren. »Hast du den getrunken?«

Sie lagen nur dreizehn Monate auseinander, aber Lauren war eindeutig jünger als sie. Das spürte Maya in jedem Knochen, genauso wie ihr bewusst war, dass Grace und Joaquin älter waren als sie. Es spielte keine Rolle, ob sie blutsverwandt waren oder nicht: Maya war verantwortlich für ihre kleine Schwester. Sie musste sie beschützen.

»Raus hier«, sagte sie zu ihr. »Verschwinde, Lauren, ich mein’s ernst.«

»Aber warum –«

»Raus«, wiederholte Maya und gestikulierte mit der Weinflasche (schlechte Idee) Richtung Tür. »Das hier hat ausnahmsweise mal nichts mit dir zu tun.«

Laurens Blick würde Maya noch lange, lange im Gedächtnis bleiben. Und wenn sie ihn das nächste Mal um drei Uhr nachts hinter geschlossenen Lidern vor sich sah, würde sie sich noch einsamer fühlen als sonst.

»Ist das … ist das Moms?«, fragte Lauren.

Maya umklammerte die Flasche fester und sagte nichts.

»Hast du die in ihrem Schrank gefunden?«, bohrte Lauren weiter – und ließ dann selbst eine beträchtliche Bombe platzen. »Weil ich nämlich eine in der Garage gefunden habe.«

Maya kam sich absolut blöd vor, wie sie dastand und das Beweisstück in der Hand hielt, während sie es gleichzeitig zu verstecken versuchte.

»Die war in einer alten Einkaufstasche«, fuhr Lauren fort. »Ich glaube, sie hat die gestern leer getrunken.«

Die Sekunden zogen sich hin, während die beiden Schwestern einander gegenüberstanden. Schließlich kam Lauren ganz ins Zimmer. »Im alten Schmortopf unten in der Küche ist auch noch eine«, sagte sie.

Maya ließ sich aufs Bett sinken, weil sie nicht sicher war, ob ihre Knie sie noch lange aufrecht halten würden. »Wie lange weißt du schon, dass sie …?«

»Einen Monat vielleicht? Vielleicht auch ein bisschen länger. Keine Ahnung.«

»Warum hast du mir nichts gesagt?«

Lauren zuckte mit den Schultern. »Weil du so mit Grace und Joaquin beschäftigt warst und – ich weiß auch nicht, ich wollte dich halt nicht belasten. Du hast schon genug um die Ohren.«

Lauren setzte sich neben sie, Schulter an Schulter. »Du hättest es mir sagen sollen«, befand Maya nach einer Minute.

»Wieso?«, fragte Lauren. Darauf hatte Maya keine Antwort.

»Glaubst du, Dad weiß davon?«, fragte Maya.

»Nein«, antwortete Lauren. »Der ist doch ständig auf Dienstreise. Und in seiner Freizeit guckt er bestimmt nicht in Moms Stiefel.«

»Meinst du, sie fährt Auto?«, überlegte sie. »Du weißt schon, wenn sie …?« Sie schüttelte die Flasche. Maya war es nicht gewohnt, ihrer Schwester solche Fragen zu stellen. Normalerweise war sie es, die alles wusste, die das Sagen hatte, die sich die Regeln für ihre Spiele ausdachte und bestimmte, wer gewann oder verlor.

»Keine Ahnung«, sagte Lauren. »Glaube ich aber nicht. Als sie mich gestern von der Schule abgeholt hat, wirkte sie ganz normal.«

Mom kann auch beim Mittagessen trinken, dachte Maya jedoch. Zwei Gläser Wein, ein Salat und ein kleines Brotkörbchen. Total unauffällig.

Sie stellte die Flasche Zinfandel, die sie noch immer in der Hand hielt, vorsichtig auf den Boden, als könnte sie plötzlich zersplittern und den Teppich mit all den dunklen Geheimnissen dieser Familie beflecken.

»Sollen wir sie zurückstellen?«

»Nein, gib her«, sagte Lauren und Maya reichte ihr die Flasche. Als Lauren nicht wiederkam, folgte Maya ihr nach unten und fand sie in der Küche. In einer Hand hielt sie den Korken, während sie mit der anderen den Inhalt der Flasche in den Ausguss schüttete.

»Was –«, fing Maya an.

»Was soll sie denn machen?«, unterbrach Lauren sie. »Sauer

werden, weil wir ihren Geheimvorrat wegkippen? Wird sie nicht. Kann sie auch gar nicht. Dann müsste sie ja zugeben, was hier läuft.«

Eine Weile sah Maya ihre Schwester an, dann ging sie nach oben und holte die zweite Flasche, die Lauren ebenfalls öffnete und ausschüttete. Sie sahen zu, wie der Wein durchs Spülbecken wirbelte, bis sie den Wasserhahn aufdrehten und alles im Abfluss verschwand.

Als ihre Eltern schließlich die große Neuigkeit verkündeten, war keine von ihnen sonderlich überrascht. Später dachte Maya, dass es sich eher angefühlt hatte, wie ein riesiges Pflaster abzureißen – unvermeidlich, auch wenn einem klar war, dass es höllisch wehtun würde.

Sie saß gerade an ihren Physikhausaufgaben, als es klopfte. Bislang war der Abend ruhig verlaufen, viel zu ruhig, und Maya rechnete schon zum vierten Mal dieselbe Aufgabe, ohne auf die richtige Lösung zu kommen. Echt krank, dass sie offenbar besser arbeiten konnte, wenn ihre Eltern sich stritten. Vermutlich würde sie jeden Abend eine Kernexplosion brauchen, wenn sie es durch die Highschool schaffen wollte.

Super Aussicht.

»Ja«, sagte sie, und ihre Eltern kamen ins Zimmer, beklommen und nervös. Wie Kinder. So hatte Maya sie noch nie erlebt. Hinter ihnen entdeckte sie Lauren, und Maya brauchte keinen Spiegel, um zu wissen, dass auf ihrem Gesicht derselbe Ausdruck lag wie auf dem ihrer Schwester.

»Dad und ich müssen mit euch reden«, sagte ihre Mutter. Lauren drängelte sich an ihnen vorbei und setzte sich auf Mayas Bett. Maya, die ausnahmsweise mal an ihrem Schreibtisch Hausaufgaben gemacht hatte, stand auf und hockte sich neben ihre Schwester. Plötzlich wünschte sie, auch ihre *andere* Schwester wäre da, und ihr Bruder. Und Claire. Am liebsten hätte sie eine Armee gehabt, die mit gezogenen Schwertern hinter ihr stand.

Aber natürlich kam niemand.

»Kommt ihr bitte mit runter?« Ihre Mom klang ein wenig erstickt, und auch Maya war plötzlich, als drückte ihr jemand die Kehle zu. Ihr Drei-Uhr-nachts-Gefühl.

»Es ist alles in Ordnung«, versicherte ihre Mom rasch. »Nur ein kleiner Familienrat.«

So etwas hatte es nicht mehr gegeben, seit Maya acht gewesen war und Lauren sie beschuldigt hatte, ihren Goldfisch umgebracht zu haben. (Maya würde noch heute auf einen ganzen Stapel Bibeln schwören, dass sie dieses gruselige Schuppenvieh nicht angerührt hatte. Lauren war einfach paranoid und noch dazu eine miserable Fischmutti, fertig.)

»Aber meine Hausaufgaben«, fing Maya an zu protestieren und betete plötzlich um Massenträgheit. *Das Bestreben von physikalischen Körpern, in ihrem Bewegungszustand zu verharren, solange keine äußeren Kräfte oder Drehmomente auf sie einwirken.* So stand es in ihrem Physikbuch. Sie wollte, dass alles blieb, wie es war. So schlimm die Streitereien auch waren, wenigstens waren sie vertraut. Maya war noch nicht bereit für eine solche Veränderung, für all das, was dann werden würde.

»Maya«, sagte ihre Mutter. »Bitte.«

Mehr war nicht nötig.

Unten setzten sich Maya und Lauren nebeneinander auf die Couch, während ihre Eltern zu ausschweifenden Erklärungen ansetzten.

»Wie ihr wisst, verstehen wir uns schon seit einer Weile nicht mehr gut. «

»Es ist besser für uns alle. «

»Die Wochenenden könnt ihr mit eurem Dad verbringen, nur ihr drei. «

»Ihr werdet viel glücklicher sein.«

Lauren weinte. Natürlich. Sie war schon immer die Emotionalere von ihnen gewesen (vergleiche: Familienrat wegen eines toten *Goldfischs*), diejenige, mit der man bei traurigen Filmszenen aus dem Kino flüchten musste, weil sie so laut schluchzte, dass sich die anderen Zuschauer beschwerten.

Maya hingegen saß mucksmäuschenstill da, während ihre Eltern erklärten, dass ihr Dad ausziehen würde, dass sie ihre beiden Mädchen so unglaublich liebten, dass das alles nichts mit ihnen zu tun hatte und weder Mayas noch Laurens Schuld war.

»Natürlich nicht«, murmelte Maya, denn das war das Dämlichste, was sie seit Langem gehört hatte. »*Wir* keifen uns ja auch nicht seit zehn Jahren an.« *Oder verstecken Wein im Schrank*, hätte sie fast hinzugefügt, überlegte es sich jedoch im letzten Moment anders. Lauren weinte noch immer und Maya wollte ihr nicht zusätzlich wehtun.

Ihre Mutter blinzelte und ihr Vater räusperte sich. »Da … da hast du recht«, sagte ihr Dad schließlich. »Da hast du vollkommen recht.«

»Ihr beide bleibt mit mir zusammen hier«, erläuterte ihre Mutter. »Aber ihr könnt euren Dad besuchen, wann immer ihr wollt.«

»Was, wenn wir lieber bei Dad wohnen wollen?«, fragte Maya. Sie war sich nicht mal sicher, ob sie das wollte, verspürte jedoch den überwältigenden Drang, sich zwischen die beiden zu stellen, um zu sehen, wer von ihnen sie an sich ziehen würde. Sie wollte wissen, ob einer von ihnen um sie kämpfen würde, nachdem sie sich vor fünfzehn Jahren so sehr bemüht hatten, sie zu bekommen.

»Über das alles können wir noch reden«, sagte ihr Dad. Mayas

Mom, die gerade zu sehr damit beschäftigt war, ihre Tränen wegzublinzeln, konnte gerade nicht antworten und legte stattdessen den Arm um Lauren. Mit dem anderen versuchte sie, Maya zu umschlingen, aber diese rutschte ans Ende der Couch, bis zwischen ihnen eine gähnende Lücke klaffte. Sie wollte jetzt nicht berührt werden.

»Wir werden alles tun, um es für euch so einfach wie möglich zu machen, versprochen«, fügte ihr Dad hinzu.

Maya stieß ein bitteres, abgehacktes Lachen aus. Sie konnte nicht anders. »Ich würde sagen, *einfach* ist hier schon lange nichts mehr.«

»Maya«, fing ihr Dad an, aber sie hob die Hand.

»Nein. Ich will –« Mit einem Mal blieben ihr die Worte im Hals stecken, die Wände waren zu nah, die Luft zu dünn. Sie fühlte sich wie in einer Filmszene, auf der Flucht vor einer Explosion. Nur wenige Schritte hinter ihr zerbröselte die Straße zu grauer Asche, und sie mühte sich, dem Abgrund zu entkommen, der nach ihr zu greifen schien, sie einzusaugen versuchte wie eine Teergrube, wie ein schwarzes Loch, das alles Licht verschluckte.

»Ich muss hier weg«, sagte sie, schnappte sich ihr Handy und rannte aus der Tür, durch den Vorgarten, die Einfahrt. Erst am Ende der Straße wurde ihr klar, dass sie weder Schuhe noch Strümpfe trug und ihre Füße schon nach diesem kurzen Wegstück schmerzten, aber es war ihr egal.

Sie schrieb Claire. **Treffen im Park? Brauche dich.**

Ihr Herzschlag pochte durch ihren ganzen Körper, während sie auf die Sprechblase wartete, und da antwortete Claire auch schon, verlässlich und ruhig wie immer. **Schon unterwegs. Alles o.k.?**

Maya schrieb nicht zurück, sie rannte einfach los. Als sie den Park erreichte, fühlte er sich grün an, scharf und schneidend unter ihren Füßen. Ihre Lungen brannten grau, wie Rauch, den sie nicht ausatmen konnte.

Sie rannte noch schneller.

Claire stieg gerade aus dem Auto, als Maya um die Ecke auf den Parkplatz gestürmt kam. »Hey«, sagte Claire und wich einen Schritt zurück, als Maya sich ihr in die Arme warf, aber nur weil der Schwung sie beide aus dem Gleichgewicht brachte.

»Hey … hey, *hey*«, sagte Claire wieder und dann fing Maya an zu weinen und konnte nichts sagen. Nicht weil sie nicht wusste, was, sondern weil es einfach zu viel war. Kein Wörterbuch der Welt hätte diese Dunkelheit erklären können, die Angst davor, so allein wie Grace zu sein, so unerwünscht wie Joaquin.

Eine Weile blieben sie mitten auf dem Parkplatz stehen und Claire hielt Maya im Arm. »Nicht gehen«, war das Erste, was sie schließlich herausbrachte.

»Ich gehe nirgendwohin«, flüsterte Claire zurück.

Ihre Stimme war tröstlich wie ein Gebet.

Joaquin

Joaquins erste Sitzung mit der Therapeutin, die Mark und Linda ihm nach seinem Einzug gesucht hatten, war nicht gut verlaufen.

Ihre Praxis befand sich in einem Wolkenkratzer, der so hoch war, dass Joaquin von dort aus das Meer sehen konnte. Allein davon wurde ihm schon ein bisschen schwindelig und die Praxis – weiß, modern, blitzsauber – machte es nicht besser. Der einzige Farbklecks war eine lila Orchidee (in einem weißen Topf natürlich) auf Anas Schreibtisch, und all das strahlende Weiß weckte in Joaquin Erinnerungen an dünne weiße Laken auf einer spartanischen Pritsche, an Fixiergurte und aufgescheuerte Handgelenke, an die medikamentenbedingte Benommenheit, durch die er kaum mehr gewusst hatte, ob er schlief oder wachte. Es war so still in der Praxis, dass er sogar das leise Surren der Klimaanlage hörte.

Ganze zwei Minuten lang hatte Joaquin es dort ausgehalten, dann war er geflohen, mit schweißnasser Stirn und zitternden Händen.

»Ich will da nicht mehr hin«, eröffnete er Mark und Linda. Es war das erste Mal, dass er etwas zu ihnen sagte, was sie nicht würden hören wollen. Bislang hatte er sich ununterbrochen bemüht, sie glücklich zu machen, sie davon zu überzeugen, dass sie ihn behalten wollten, aber nichts auf der Welt würde ihn zurück in diesen Raum bringen.

Sie setzten sich mit ihm auf die Bordsteinkante, bis er wieder

Luft bekam. Marks Hand lag sachte auf seiner Schulter, während sein Herz langsam zu seinem normalen Rhythmus zurückfand. Fast zwanzig Minuten hockten sie so da und warteten schweigend, dass Joaquin etwas sagte, und als er sich nicht erklärte, weil er nicht *konnte*, fingen sie an, ihm Fragen zu stellen. Manchmal mochte er es, wenn sie das taten, manchmal nicht. Manchmal kam es ihm einfach vor, als würden sie ihn erdrücken, als wollten sie ihn verhören.

»War zu sehr wie im Krankenhaus«, brachte Joaquin schließlich heraus. Diesmal störten ihn die Fragen nicht.

»Oh«, sagte Linda.

»Kapiere«, stimmte Mark zu.

In der Woche darauf trafen Ana und er sich in einem Diner in der Nähe von Mark und Lindas Zuhause. (Joaquin bezeichnete es noch heute nicht als »mein Zuhause« oder »unser Zuhause«, es war immer »ihr Zuhause«. Was okay war, denn er fühlte sich trotzdem wohl dort. Es musste nicht ihm gehören, damit er dort leben konnte.) »Ist das hier besser?«, erkundigte sich Ana, als sie sich ihm gegenüber in der Sitznische niederließ. »Ich habe gehört, meine Praxis war dir ein bisschen zu antiseptisch.«

»Klar, so ist's in Ordnung«, sagte Joaquin.

»Dir ist schon bewusst, dass ›in Ordnung‹ für Leute wie mich so was wie Kryptonit ist, oder?«, erwiderte Ana und bestellte beim Kellner eine Limonade. »Ist bloß ein anderer Ausdruck für verkorkst, verunsichert, neurotisch, instabil«, zählte sie an den Fingern ab. »Therapeutensprache für Anfänger.«

Und ob Joaquin das bewusst war. Einer seiner älteren Pflegebrüder hatte sich ein Tattoo quer über die Schulterblätter stechen lassen: »ALLES IN ORDNUNG!!!« Joaquin war sonnenklar, was für Abgründe sich hinter der Floskel verbargen. »Stimmt aber nun mal«, antwortete er und Ana lächelte.

Joaquin hatte zuerst trotzdem nicht wiederkommen wollen, obwohl Ana nett war und es Linda nicht verriet, wenn er drei Becher Cola hintereinander trank. (In dem Diner gab es Nachschlag umsonst.) Aber dann hatte er begriffen, dass Mark und Linda Ana aus eigener Tasche bezahlten, also war er es ihnen wohl schuldig, zumindest hinzugehen. Pflegeeltern waren knauserig mit ihrem eigenen Geld und Joaquin wollte sein Glück nicht zu sehr auf die Probe stellen.

Auch achtzehn Monate später trafen sich Ana und Joaquin noch jeden Freitag nach der Schule in dem Diner. Sie bestellten immer dasselbe – Cobb Salad und Limonade für Ana; Veggieburger, Pommes und Cola für Joaquin – und saßen in derselben Nische ganz hinten, wo die seltsame Akustik das Diner viel belebter klingen ließ, als es war.

»Und«, fing Ana gleich an, als sie sich am Freitag nach seinem ersten Treffen mit Maya und Grace auf die Bank ihm gegenüber fallen ließ, »wie war's?«

Es hatte eine Weile gedauert, aber inzwischen wusste Joaquin Anas geradlinige Art zu schätzen. Sie fluchte häufig und derb, was ihm gefiel. Hin und wieder ließ sie sogar eine F-Bombe platzen, während die meisten Therapeuten eher *ihn* behandelten, als wäre er eine Bombe, die jeden Moment hochgehen könnte – na ja, um ehrlich zu sein, fühlte er sich meistens tatsächlich so.

Trotzdem.

»War in Ordnung«, antwortete Joaquin und grinste dann, als sie ihn finster anstierte. »Kleiner Scherz. Es war nett.« Wenn ›in Ordnung‹ Anas Aufreger Nummer eins war, dann stand ›nett‹ definitiv auf Platz zwei.

»Sie sind weiß«, fügte Joaquin hinzu und befreite seinen Strohhalm von der Papierhülle, nachdem die Kellnerin ihre Getränke gebracht hatte. Sie musste gar nicht mehr fragen, was die beiden wollten; Ana und Joaquin hatten seit drei Monaten nicht mehr in die Speisekarte geguckt.

»Das hattest du dir ja schon gedacht«, sagte Ana. »Und wie sind sie so? *Nett*?«

Joaquin lächelte. »Sie sind witzig. Und verstehen sich ziemlich gut. Was ich«, kam er Anas Frage zuvor, »total in Ordnung finde. Freut mich, dass sie einander mögen.«

»Und dich, mögen sie dich auch?«

Joaquin zuckte mit den Schultern und trank einen Schluck Cola. »Glaub schon. Wir haben jetzt einen Gruppenchat. Und am Sonntag treffen wir uns wieder.«

»Das ist gut«, sagte Ana. *Gut, nett, in Ordnung*. Ana versuchte da, einen sehr unebenen Weg zu pflastern, das war Joaquin klar.

»Nur –«, fing er an und griff abermals nach seiner Cola.

Ana zog eine Augenbraue hoch.

»Nur …?«, hakte sie nach.

Joaquin strich mit dem Daumen über das Glas, hinterließ einen durchsichtigen Streifen im Kondenswasser. »Sie sind beide adoptiert, verstehst du? Ihre Eltern haben jede Menge Kohle hingelegt, um sie zu kriegen.«

Ana nickte. »Vermutlich.«

Als Joaquin nichts mehr sagte, fügte sie hinzu: »Macht dir das zu schaffen?«

»Nicht ihretwegen«, antwortete er und zeichnete einen weiteren Streifen auf das Glas. »Nur … bei mir wurden Leute bezahlt, damit sie mich *behalten*, und das hat anscheinend immer noch nicht gereicht.«

Ana musterte ihn über den Tisch hinweg. »Und was für ein Gefühl löst das in dir aus?«

Wieder zuckte Joaquin mit den Schultern. Er wollte nicht mehr über seine Schwestern reden. Ihm fehlten noch immer die Worte, um seine Gefühle ihnen gegenüber zu beschreiben, aber er wusste, dass Ana ihm Zeit lassen würde, bis er die richtigen fand.

»Ich hab mich von Birdie getrennt«, gestand er stattdessen. Bei ihrem letzten Treffen hatte er nichts davon gesagt, wegen der Geschichte mit Maya und Grace und weil er einfach nicht über Birdie hatte reden wollen. Es ging doch nichts über die Entdeckung zweier neuer Schwestern, um ein heikles Thema zu umschiffen.

Ana blinzelte. Sie aus der Ruhe zu bringen, war schon eine Leistung. Joaquin hatte sie in den letzten anderthalb Jahren nie anders als beherrscht erlebt; sie jetzt derart überrumpelt zu sehen, war ein seltsamer kleiner Triumph, wenn auch ein teuer erkaufter. »Wow«, sagte sie nach bestimmt zehn Sekunden. Während der letzten neun davor waren Joaquin schon wieder Zweifel über seine Entscheidung, Birdie zu erwähnen, gekommen.

»Erzählst du mir, warum?« Die Überraschung war verflogen und Ana hatte wieder ihre normale Therapeutinnenmiene aufgesetzt. »Ich dachte, du magst sie wirklich.«

»Tu ich auch«, erwiderte Joaquin. »Darum habe ich ja Schluss gemacht.«

Ana legte den Kopf schief. »Das klingt mir eher wie etwas, was der Joaquin von vor achtzehn Monaten sagen würde.«

»Ich bin immer noch derselbe«, hielt Joaquin dagegen. Er konnte es nicht leiden, wenn Ana versuchte, seine Vergangenheit von der Gegenwart zu trennen. Joaquin wusste, dass das unmöglich war, dass er auf ewig mit den Dingen verflochten bleiben würde, die er getan hatte, mit den Familien, in denen er gewesen war. Und das wusste er deshalb so genau, weil er jahrelang versucht hatte, davor wegzulaufen. »Mir ist einfach klar geworden, dass das mit uns keine gute Idee ist, fertig.«

»Letzten Monat hast du mir noch erzählt, dass Birdie dich glücklicher macht als jeder andere Mensch in deinem Leben.«

Manchmal wünschte Joaquin, Ana hätte nicht so ein gutes Gedächtnis.

»So ist es auch – so *war* es«, berichtigte er sich. »Aber dann … Sie hat diese ganzen Babyfotos.«

Ana ließ sich gegen die Rückenlehne der Bank sinken und griff nach ihrer Limonade. »Und du nicht.«

Joaquin rutschte unbehaglich hin und her. Wo blieb das Essen? Er war am Verhungern. Wie eigentlich immer. Mark und Linda hatten anfangs oft über die Mengen gewitzelt, die er vertilgen konnte, was er für einen Wink mit dem Zaunpfahl gehalten und daraufhin seinen Appetit gezügelt hatte. Als sie irgendwann rausbekamen, dass er sich nicht satt aß, waren sie entsetzt. Jetzt machte niemand mehr solche Scherze. Stattdessen lag immer ein Extralaib Brot im Tiefkühler, nur für ihn.

»Joaquin«, sagte Ana. »Nur weil du keine Babyfotos hast, heißt das nicht, dass du keine Vergangenheit hast.«

»Das weiß ich«, sagte Joaquin. »Meinst du, das weiß ich nicht? Wir treffen uns jede Woche hier und reden über meine Vergangenheit. Aber das ist eben nicht das, was ich mir für Birdie wünsche.«

Ana wartete einen Moment und erwiderte dann: »Und was wünschst du dir für *dich*?«

»Das spielt keine Rolle. Sie ist wichtiger.«

»Wichtig seid ihr beide, Joaquin. Weiß Birdie, was war, bevor du zu Mark und Linda gekommen bist?«

Joaquin verdrehte schnaubend die Augen. »Na klar«, sagte er sarkastisch. »Ich hab ihr gleich brühwarm erzählt, dass ich mit zwölf in der Psychiatrie war. Die Mädels stehen total auf diese Story, besonders die hübschen.«

»Was ist mit –«

»Birdie *will* so viel, okay?«, unterbrach Joaquin sie. Manchmal war es echt frustrierend, mit Ana zu reden. Nie sah sie mal etwas von seinem Standpunkt aus. Wenn irgendwer ein Experte in Bezug auf Joaquins Leben war, dann doch wohl er selbst, oder? »Ich meine, nicht *zu* viel oder so, aber halt ein Leben … Das könnte ich ihr niemals bieten.«

»Sagt sie das?«, feuerte Ana zurück. »Oder du?«

Joaquin sah zur Seite. Sie kannten beide die Antwort.

»Was ist mit Maya und Grace?«, fragte Ana. »Willst du denen erzählen, was passiert ist?«

»Nein«, erwiderte er knapp und blickte aus dem Fenster. Ein Van voller Jungs und Mädchen fuhr an ihnen vorbei, aus dem Kofferraum ragten Surfbretter. Joaquin meinte, ein paar Leute darunter zu erkennen. Er beneidete sie und hätte zugleich nie dazugehören wollen.

»Glaubst du, sie würden es nicht verstehen?«, riss Ana Joaquin aus seinen Gedanken, zurück ins Diner und zu seinem Essen, das die Kellnerin endlich brachte.

»Natürlich würden sie es nicht verstehen!«, antwortete Joaquin, sobald sie wieder weg war. »Mit ihrer Familienidylle, ihrem perfekten Leben. Was soll ich denn sagen? Dass ihr großer Bruder, der ihnen nicht mal ähnlich sieht, übrigens ein bisschen plemplem ist?«

Wieder zog Ana die Augenbraue hoch. Sie konnte dieses Wort nicht ausstehen.

»'tschuldigung«, sagte Joaquin.

»Ich kenne deine Schwestern ja nicht, aber ich kann dir versichern, dass auch sie kein perfektes Leben führen«, widersprach Ana sanft. »Vielleicht sind eure Probleme nicht dieselben, aber die beiden haben auch ihr Päckchen zu tragen, das garantiere ich dir.«

Joaquin verschränkte die Arme.

»Bist du traurig, weil deine Schwestern adoptiert worden sind und du nicht?«

»Was hätte ich denn davon, wenn ihr Leben mies verlaufen wäre, nur weil es bei mir so war? Ist doch albern. Sie verdienen gute Familien. Sie *haben* gute Familien.« Er zögerte kurz und erzählte dann: »Grace – die Ältere – will, dass wir uns auf die Suche nach unserer leiblichen Mom machen.«

»Und was sagst du dazu?«

»Danke, kein Bedarf. Genau wie Maya. Genau genommen hat sie gesagt: ›Sie hat Joaquin irgendwelchen *Fremden* überlassen.‹« Joaquin versuchte, Mayas Empörung zu imitieren, die Art, wie sie das Wort ausgespien hatte wie einen Fluch, als wäre es das Schlimmste auf der Welt, seine Familie nicht zu kennen. »Das muss Grace wohl alleine durchziehen.«

»Hat Grace erklärt, warum sie nach ihr suchen will?«

Joaquin zuckte mit den Schultern. »Keine Ahnung. Das Päckchen kann sie bei ihrer eigenen Therapeutin abladen.«

Ana lächelte und Joaquin lächelte zurück. »Können wir noch mal kurz zurück zu Birdie?«, fragte sie.

»Klar, aber wohl nur metaphorisch.«

»Der war gut. Fehlt sie dir?«

Ihm fehlte alles an Birdie. Der Duft ihrer Haut, wie ihr Haar über seinen Arm fiel, wenn sie den Kopf an seine Schulter legte. Ihm fehlte ihr Lachen und wie sie manchmal in Rage geriet, wenn jemand etwas sagte, mit dem sie nicht einverstanden war.

»Ein bisschen«, sagte er. »Manchmal.«

Sie fehlte ihm in jeder einzelnen Minute des Tages.

»Und was ist mit deinen Schwestern?«, wollte Ana wissen. »Stößt du die auch beiseite, wenn ihr euch erst mal besser kennt? Rennst du dann vor ihnen weg, genau wie vor Birdie, weil du denkst, du wärst nicht gut genug für sie, für niemanden?«

Joaquin steckte sich zwei Pommes in den Mund und antwortete nicht. Kalte Pommes waren das Ekelhafteste, was es gab, aber diese hier waren heiß und knusprig. Er aß gleich noch ein paar.

»Dann muss ich dir nämlich was eröffnen«, fuhr Ana fort. »Seine Familie kann man nicht einfach so wegstoßen. Mit der ist man für immer verbunden.«

Joaquin malte mit dem Kondenswasser von seinem Glas ein Muster auf den Tisch. »Ach ja?«, entgegnete er. »Erzähl das mal meiner Mom.«

»Joaquin«, sagte Ana und jetzt war ihre Stimme ganz sanft. »Du verdienst es, diese Menschen in deinem Leben zu haben. Auch Mark und Linda. Du musst dir verzeihen, was passiert ist.«

»Kann ich aber nicht«, platzte es aus ihm heraus. »Ich kann es mir nicht verzeihen, weil ich nicht mal weiß, wer ich damals war. Ich kenne diesen Jungen nicht. Der war nichts als ein verschissener Idiot, der alles verkackt hat.«

Ein Hauch von Traurigkeit stahl sich in Anas Blick. Natürlich kannte sie die Wahrheit. Sie hatte die Akten aus der Psychiatrie und von der Polizei gesehen, die Aussagen der Buchanans, Joaquins Adoptivfamilie.

»Ich will einfach so tun, als wäre es nie passiert«, sagte er nach einer Weile.

»Ach so«, schnaubte Ana. »Und, klappt das gut so weit?«

»Eher nicht«, antwortete er und musste wider Willen lachen. »Aber wenigstens bin ich diesmal der Einzige, dem es wehtut.«

»Bist du dir da so sicher?«, fragte Ana.

Joaquin sah aus dem Fenster und antwortete nicht.

In der Nacht schreckte er aus einem Albtraum hoch, Laken und T-Shirt schweißnass, und sein Blut pulsierte so heftig unter seiner Haut, dass es sich anfühlte, als schüttelte ihn jemand durch.

»Hey, Kumpel. Hey, ist ja gut.« Marks Hand lag warm auf seinem Rücken, seine Finger übten einen leichten Druck aus und holten Joaquin zurück auf die Erde. »Ist ja gut, wach auf.«

»'n Ordnung«, nuschelte Joaquin. Die Farben hinter seinen Lidern waren zu grell gewesen, so scharfkantig, als wollten sie seine Haut durchstoßen.

Linda, die neben Mark stand, reichte Joaquin ein Glas Wasser. Nachts, ungeschminkt und mit offenen Haaren, wirkte sie immer weicher.

»Tut mir leid«, sagte Joaquin. »Tut mir leid. Alles in Ordnung. Ich wollte euch nicht wecken.«

Mark und Linda setzten sich jeder auf eine Bettkante. Joaquin hätte sich denken können, dass sie nicht einfach so wieder abziehen würden. Da hatte er sich siebzehn Jahre lang jemanden gewünscht, der bei ihm blieb, und jetzt, wo es jemand tat, wollte er nur allein sein.

»Willst du drüber reden?«, fragte Mark. Anfangs hatte Joaquin es nicht ertragen, wenn Mark nach einem Albtraum bei ihm im Zimmer war. Das würde Ana wohl als »Fortschritt« bezeichnen.

»Ich … ich kann mich nicht erinnern.« Joaquin rieb sich übers Gesicht. Er brauchte ein frisches T-Shirt. Besser noch ein frisches Gehirn. »Ich bin einfach aufgewacht.«

Natürlich stimmte das nicht. Im Traum hatte er seine Schwestern gesehen. Maya und Grace, die in der Brandung standen und nach ihm riefen, während die Wellen immer heftiger an den Strand krachten. Er versuchte, sie zu erreichen, aber seine Füße steckten im Sand fest, und er konnte nur zusehen, wie die beiden von der Flut ins Meer gezogen wurden.

»Du hast nach Grace und Maya gerufen«, sagte Linda sanft. »Hast du von ihnen geträumt?«

Joaquin zuckte mit den Schultern. »Keine Ahnung.«

Er brauchte nicht aufzusehen, um zu wissen, dass Mark und Linda sich über seinen Kopf hinweg einen vielsagenden Blick zuwarfen. Wenn er einen Dollar für jedes Mal bekäme, dass sie das taten, könnte er sich eine eigene Wohnung leisten. Und ein Auto.

Womit er zwei weitere Menschen erfolgreich weggestoßen hätte.

»Meinst du, du kannst wieder einschlafen?«, fragte Mark, nachdem eine Weile Schweigen geherrscht hatte. Seine Hand lag immer noch auf Joaquins Rücken. Joaquin mochte sie beide, aber an Mark mochte er besonders, dass er einfach mal den Mund halten konnte und nicht immer sofort eine Antwort brauchte. Mark schien zu begreifen, dass es Joaquin viel leichter fiel, sich ohne Worte auszudrücken.

»Ja, mir geht's gut«, sagte Joaquin und trank noch einen Schluck Wasser. »'tschuldigung noch mal.«

»Du musst dich nicht entschuldigen«, entgegnete Linda. »Mark war sowieso noch wach. Wahrscheinlich hat er sich wieder irgendwelchen Quatsch im Internet angeguckt.«

Joaquin lächelte, nicht weil ihm danach war, sondern weil er wusste, dass Linda das erwartete.

Grace

Adams Mom verzichtete darauf, Grace anzuzeigen, was nett von ihr war. Bei tätlicher Gewalt verstand die Schule normalerweise keinen Spaß, ebenso wenig allerdings in Bezug auf Mobbing, und da Adam unbestreitbar angefangen hatte, wurde beschlossen, dass er sich das Ganze selbst zuzuschreiben hatte. (Außerdem war Adams Mutter alleinerziehend und absolut entsetzt, als sie erfuhr, dass er Grace mit Babygeschrei schikaniert hatte. Möglicherweise war es im Schulleiterbüro ziemlich laut geworden, nachdem sie in der Schule eingetroffen war. Und möglicherweise hatte Grace alles mit angehört, als ihre Mutter sie im Sekretariat abmeldete.)

Natürlich war die Schule auch von Grace' Verhalten nicht begeistert, aber sie hörte ihre Mom durch ihre Zimmertür am Telefon etwas von »Hormonen« und »Baby« sagen, Worte, die der Verwaltung offenbar eine Heidenangst einjagten. Grace war überzeugt, dass sie die erste schwangere Schülerin in der Geschichte ihrer Highschool war, und wusste, dass Schulen mit einer hohen Schwangerschaftsrate nicht gerade Pluspunkte sammelten.

Am Ende schloss man einen Kompromiss. Grace würde für den Rest des elften Schuljahrs zu Hause unterrichtet werden und im folgenden Herbst pünktlich zur zwölften Klasse zurückkehren. Wenn Grace ehrlich war, klang das weniger nach einem Kompromiss als vielmehr nach einem Geschenk. Sie hätte nichts dagegen gehabt, diese Flure nie wieder betreten zu müssen. Beinahe hoffte sie, ihre Eltern würden sie auf eins der Internate an der Ostküste schicken, wie sie sie aus Filmen kannte. Ein kompletter Neuanfang. Dann könnte sie ihr altes Ich und all dessen falsche Entscheidungen hinter sich lassen und zu jemand völlig anderem werden.

Aber ihr war klar, dass sie nicht vor ihrer Vergangenheit weglaufen konnte. Oder vor Kiwi. Vor Kiwi würde sie niemals weglaufen können.

Am Samstagvormittag gegen elf wurde Grace von ihrer Mutter nach unten gerufen. Vermutlich hatte sie die Nase voll davon, dass Grace nur im Bett lag und sich miese Fernsehsendungen reinzog. Am Tag zuvor hatte sie sie schon mit den Worten »Hier riecht's ja wie in einer Hobbithöhle« (Grace' Mom hatte ihre Abschlussarbeit über Tolkien geschrieben, daher kam der Vergleich mit der Hobbithöhle häufig. Grace und ihr Dad hatten sich daran gewöhnt.) gezwungen, die Bettwäsche zu wechseln und zu lüften.

»Hier«, sagte sie, als Grace nach unten kam. »Wäre schön, wenn du das hier für mich zurückbringen könntest.« Sie drückte ihr eine Tüte von Hot Pans, einem Haushaltswarenladen, in die Hand.

Grace spähte in die Tüte. »Was ist das?«

»Etwas, das zurückgebracht werden muss.«

Grace ignorierte sie und durchwühlte das Seidenpapier. »Was denn?«

»Du stellst ganz schön viele Fragen.«

Grace ignorierte sie weiter und förderte ein winziges Porzellanspiegelei in einer ebenso winzigen Porzellanpfanne zutage. »Sind das …? Das sind Salz- und Pfefferstreuer!« Grace hielt das Ei hoch. »Ich weiß nicht, ob die grauenhaft oder großartig sind.«

»War ein Schlaflosigkeitskauf«, sagte ihre Mom. Sie litt unter Schlafstörungen und shoppte deswegen oft um drei Uhr nachts im

Internet, meist Sachen, die postwendend wieder zurückgeschickt wurden, sobald sie sie im schonungslosen Tageslicht sah. (Grace hatte den Verdacht, dass ihre Mom es nur dank ihrer Schlafstörungen durch all die Tolkienbücher geschafft hatte.)

»Grauenhaft«, entschied Grace nun. »Dad wird aus den Latschen kippen.«

»Ist er schon!«, rief ihr Vater aus der Küche.

Ihre Mom zog die Augenbraue hoch, als wollte sie sagen: *Siehst du, was ich hier erleiden muss?* »Bring sie bitte einfach zurück«, blaffte sie dann und drückte Grace einen Zwanziger in die Hand. »Und kauf dir einen großen Kaffee mit allem Drum und Dran oder einen Frozen Yogurt oder was auch immer.«

Ihre Mom hatte Glück, dass Grace bestechlich war. Sie nahm die Salz- und Pfefferstreuer. Und das Geld. Und die Autoschlüssel.

Als sie am Einkaufszentrum hielt, wurde ihr klar, dass es ein Fehler gewesen war, hierherzukommen, ein weit größerer als der Kauf eines kitschigen Salz-und-Pfefferstreuer-Sets. Es war Samstag und damit schulfrei. Noch schien es nicht allzu voll zu sein, und sie erkannte keins der Autos vom Schulparkplatz wieder, doch das mulmige Gefühl blieb. Schließlich hatten Grace' Klassenkameraden sie zum letzten Mal gesehen, als sie gerade einem von ihnen eine Abreibung verpasst hatte. Das wollte sie um keinen Preis wiederholen.

Wenn ihre Mutter das Ganze absichtlich eingefädelt hatte, nur damit sie »mal aus dem Haus kam«, würde Grace sie leider umbringen müssen.

Sie setzte ihre Sonnenbrille auf und schlich über den Parkplatz, dann nahm sie den Weg hintenrum, anstatt an den hübschen Springbrunnen mit den spielenden Kindern vorbeizugehen. Grace fürchtete, dass sie sich, wenn sie die vielen Kleinen quietschend im Wasser planschen sah, automatisch vorstellen würde, wie Kiwi wohl in dem Alter sein würde. Immer wenn ein Baby im Fernsehen kam, schaltete sie um. Es war jedes Mal wie ein Stich ins Herz, ein Stich aus unermesslicher Liebe, und egal, woher er kam, der Schmerz war einfach zu groß, um ihn zu ertragen.

Als Grace endlich den Laden erreichte, war es dort ziemlich leer (anscheinend entsprach Haushaltswarenshopping nicht gerade jedermanns Vorstellung von einem idealen Samstagmorgen). Sie stellte sich an der Kasse hinter einer Frau an, die per Scheck bezahlte. Per *Scheck.*

Ob sie den Ochsenkarren wohl draußen in zweiter Reihe geparkt hatte?

Doch gerade, als die Verkäuferin sich ihr zuwenden wollte, sah Grace zwei Mädchen hereinkommen. Zwar wusste sie nicht, wie sie hießen, aber sie erkannte sie aus der Schule. Die beiden hatten eigentlich immer ganz nett gewirkt, aber trotzdem wäre Grace am liebsten in einen Kaninchenbau gefallen und im Wunderland verschwunden, bevor jemand sie sah. Ihr Herz klopfte so heftig, dass es sich wie der Startschuss zu einem Wettrennen anfühlte, und schien mit jedem Schlag »Lauf« zu rufen

Sie lief nicht, aber sie verließ die Kassenschlange und marschierte lächerlich schnellen Schritts in die hinterste Ecke des Ladens, wo die reduzierten Waren standen und manchmal Kochkurse abgehalten wurden. Dort war es wie ausgestorben und außerdem kühler. Im Luftzug einer Klimaanlage blieb sie stehen und versuchte, ruhig zu atmen.

Das war doch albern. Die zwei wussten wahrscheinlich nicht mal, wer sie war, und falls doch, wen interessierte es? Schließlich hatten sie sie nicht gerade auf frischer Tat dabei ertappt, wie sie mit vorgehaltener Waffe den Laden ausraubte.

Das alles war Grace bewusst, aber ihr Herz brauchte noch ein kleines bisschen Zeit, um zu ihrem Hirn aufzuholen.

»Kann ich Ihnen – oh, hallo.«

Grace drehte sich um und wollte dem Verkäufer gerade erklären, sie brauche keine Hilfe und wolle sich nur umsehen – was auch immer nötig war, damit er sich wieder verzog –, doch da erkannte sie ihn: Rafe, der Typ aus dem Formaldehydklo.

Na klar, dachte sie, *wer auch sonst?*

»Ach, hi«, sagte sie stattdessen. »Hey. Ich wollte nur, äh, was zurückgeben.«

»Mhmm«, machte er, ohne sich vom Fleck zu rühren. Die grüne Schürze, die seine Arbeitsuniform darstellte, ließ seine Augen noch brauner wirken, aber vielleicht lag das auch an der Beleuchtung. Oder an der Reflexion der Teflonpfannenvitrine. Genau, das musste es sein.

»Ja«, sagte Grace wieder. Mann, klang sie intelligent. Ein wahres Wunder der Redegewandtheit. »Du, äh, du arbeitest also hier?« Dafür hatte sie Konversationsgold verdient, so viel stand fest!

»Nee, ich trag bloß gern Schürze«, erwiderte Rafe. So ernst, dass sie erst mal blinzeln musste und sich fragte, ob sie einem Psychopathen mit einer übertriebenen Backleidenschaft gegenüberstand. Dann grinste er. »Kleiner Scherz«, meinte er. »Sorry, irgendwie versteht keiner meinen Humor. War wirklich nur ein Scherz. Ja, ich arbeite hier. Aber die Schürze mag ich tatsächlich. Verrat's keinem, okay?«

Grace nickte, während sie überlegte, wie sie so schnell wie möglich vor dieser Unterhaltung und aus dem Laden fliehen konnte. »Die hat eine Tasche«, lobte Grace. »Das ist nie verkehrt.«

»Stimmt«, sagte Rafe, steckte die Hand in die Tasche und posierte kokett. »Platz für all meine Geheimnisse. 'tschuldigung, schon wieder ein Humorversuch, falls du ihn nicht als solchen erkannt hast.«

Irgendwie war er eine Mischung aus peinlich und charmant. Grace konnte nicht sagen, ob sie ihn mochte oder eher ein bisschen bemitleidete. »Doch, doch, diesmal hab ich's kapiert«, sagte sie.

»Du willst also was zurückbringen?«, fragte er. Okay, Grace musste ihm seinen Einsatz wirklich hoch anrechnen. Leicht war es bestimmt nicht, Small Talk mit einem Mädchen zu halten, das man zuletzt weinend auf dem Boden einer Toilette gefunden hatte, nachdem es gerade einen anderen Jungen verprügelt hatte – während nebenan im Namen der Wissenschaft tote Tiere zerlegt wurden.

»Genau«, sagte Grace und hob die Tüte. »Für meine Mom. Sie hat Schlafstörungen und kauft dann oft online ein, nur um den Kram anschließend wieder zurückzugeben.«

»Ah. Da kann ich helfen. Was die Rückgabe angeht, nicht bei den Schlafstörungen.«

Grace spähte verstohlen in den vorderen Ladenteil. »Könnten wir das, äh, vielleicht hier hinten machen?«, fragte sie.

Rafe folgte ihrem Blick und sah dann zurück zu ihr. »Ist da vorne ein fieser Kunde?«, wollte er wissen. »Einer, der stinkt oder so?«

»Nein, bloß … na ja, Leute aus der Schule.«

»Verstehe«, meinte er. »Die hat man sowieso fünf Tage die Woche an der Backe, da will man wenigstens am Wochenende seine Ruhe, stimmt's?«

»So was in der Art«, erwiderte Grace, aber sein Lächeln ließ sie zweifeln, ob er nicht doch den wahren Grund kannte, warum sie nicht nach vorne wollte.

»Freut mich, dich wiederzusehen«, sagte er, während er sie zur hinteren Kasse führte. »Und diesmal ohne Formaldehydmief.«

»Du hättest ja gehen können«, erwiderte sie. »Aber du wolltest ja nicht.«

»Ja, das war eine rundum interessante Erfahrung.« Ohne Grace in die Augen zu sehen, nahm er ihr die Tüte ab. »Was ist *das* denn bitte?«

»Salz- und Pfefferstreuer«, erklärte sie. »Ich sag's ja, Schlafstörungen. Die kommen anscheinend gepaart mit Geschmacksverirrung.«

»Ich weiß gar nicht, ob ich die Dinger grauenhaft oder großartig finden soll.«

»Genau das hab ich auch gesagt!«, rief Grace. »Aber Dad war für grauenhaft, deshalb …«

Ihr Handy vibrierte in ihrer Hosentasche, aber sie beachtete es nicht.

»Und?«, fragte Rafe. »Wen hast du in letzter Zeit noch so vermöbelt? Man muss ja im Training bleiben. Ein Ninja hat nie Feierabend.«

»Ich bin kein Ninja.«

Rafe tippte etwas auf der Tastatur vor ihm. »Woher willst du das wissen?«

»Braucht man dafür nicht irgendein Zertifikat? Eine Dienstmarke oder ein Diplom?«

»Keine Ahnung. Bevor ich fragen kann, sind die immer schon wieder weg.«

Wider Willen musste Grace lächeln. »Also jedenfalls habe ich seitdem niemanden mehr vermöbelt«, erklärte sie. »Das war eine einmalige Angelegenheit.«

»Haben deine Eltern dir für den Rest deines Lebens Hausarrest verpasst?«

»Nein.« Sie sah zu, wie er die Retoure eingab und dabei lässig wie ein Profikoch mit einer Bewegung aus dem Handgelenk das winzige Spiegelei in der Pfanne wendete. »Meine Eltern fassen mich gerade ziemlich mit Samthandschuhen an.«

»Ach echt?« Er sah von der Kasse auf. »Warum das denn? Haben die Angst, dass du ihnen auch eine reinhaust?«

»Hat dir das keiner erzählt?«, fragte Grace schließlich. »Ehrlich nicht?« Wieder vibrierte ihr Handy. Und wieder ignorierte sie es.

»Was erzählt?« Rafe händigte ihr den Kassenbon aus. »Das Geld wird zurück auf das Konto deiner Mom gebucht.«

»Moment mal, du hast allen Ernstes keinen Schimmer, warum ich diesen Typen geschlagen habe, und …?«

»Tja, das ist einer der vielen Nachteile, wenn man der Neue an der Schule ist. Man hat keine Freunde, die einem den ganzen Klatsch und Tratsch erzählen.«

Grace wurde das Herz schwer. Kein Wunder, dass er so nett zu ihr war. Er war völlig ahnungslos. »Ist kein großer Verlust«, brummte sie.

»Weißt du, *was* ein großer Verlust wäre? Meine ganze Pause hier zu verquatschen. Lass uns doch einen Frozen Yogurt essen gehen, und du erzählst mir alles, was ich wissen muss. Meine ganz persönliche rasende Reporterin.«

Das letzte Mal, dass Grace Frozen Yogurt gegessen hatte, war noch vor Kiwi gewesen. Während der Schwangerschaft war ihr allein beim Gedanken an den säuerlich-beerigen Geschmack schlecht geworden, aber jetzt klang der Vorschlag gar nicht so übel.

Nur: Frozen Yogurt *mit einem Jungen*, das war was anderes. Was ganz anderes. Das *war* übel.

»Hör mal, ich muss noch was klarstellen«, sagte Grace und sah Rafe direkt an. In letzter Zeit fand sie es irgendwie schwierig, Leuten in die Augen zu sehen. Ihr Kopf fühlte sich dann mit einem Mal so schwer an, dass sie das Gefühl hatte, sofort nach unten oder zur Seite gucken zu müssen, um nicht das Gleichgewicht zu verlieren.

»Oh, oh, das hat nie was Gutes zu bedeuten.«

»Ich … ich hab gerade kein Interesse an einer Beziehung oder Dates, okay? Das will ich einfach nicht.«

»Wow, ganz langsam.« Rafe hob die Hände und sah sich um, als hätte Grace ihn mit einer Waffe bedroht und aufgefordert, die Kasse zu leeren. »Wer hat denn von Beziehungen oder Dates geredet? Ich hab ›Yogurt‹ gesagt. Das reimt sich ja noch nicht mal!«

Wieder brachte er Grace zum Lächeln. Es war einmal, vor langer, langer Zeit, da war Max das auch gelungen.

»Ich esse einfach gern Frozen Yogurt und dachte mir, du vielleicht auch«, fuhr er fort. »Und außerdem hab ich nur eine halbe Stunde Pause, das wäre ein ganz schön schäbiges Date. Geh also bloß nie auf ein Date mit mir – lohnt sich nicht.«

»Du bist echt seltsam«, sagte Grace nach ein paar Sekunden.

Er zuckte mit den Schultern. »Meine Geschwister sind wesentlich älter als ich, daher bin ich quasi Einzelkind. Die meiste Zeit führe ich Selbstgespräche.«

»Ich bin auch Einzelkind«, antwortete Grace, bevor ihr mit einem Schlag klar wurde, dass das ja nicht stimmte – nicht mehr. »Das heißt, auch eher *quasi*. Lange Geschichte.«

Rafe guckte fragend, drängte sie aber nicht. »Frozen Yogurt?«

»Na schön«, sagte Grace. »Aber ich zahle selbst.«

»Das ist eh klar. Hallo, ich verkaufe Suppenkellen – meinst du, ich bin Krösus, oder was?«

Erfreulicherweise mussten sie im Frozen-Yogurt-Laden nicht Schlange stehen. Grace war sich nicht sicher, was sie tun würde, wenn sie noch jemanden aus der Schule sähe. Oder Janie. Oder Max. Allein bei dem Gedanken lief es ihr kalt den Rücken hinunter.

Rafe stand vor ihr und erkundete die Toppings. »Was meinst du? Joghurtchips?«

Grace schüttelte den Kopf. »Nee, die kleben immer so an den Zähnen.«

»Du bist so weise.« Er entschied sich für Fruchtflakes und Gummibärchen. Grace nahm Granatapfelkerne und griff dann nach den Erdbeeren. In dem Moment wurde ihr klar, dass sie unbewusst Sachen auswählte, die gut für Kiwi wären. Nachdem ihre ganze Welt aus den Fugen geraten war, hatte Grace nichts anderes tun können, als dafür zu sorgen, dass sie und das Baby gesund blieben, also hatte sie sich über Antioxidantien, Omega-3-Fettsäuren und Folsäure schlaugemacht.

Sie stellte die Erdbeeren zurück und nahm stattdessen Cookie Dough Bits.

»Dir ist schon klar, dass da rohes Ei drin ist? Davon kann man Salmonellen kriegen und –«

Diesmal sah Grace Rafe unverwandt in die Augen und steckte sich eine Kugel Keksteig in den Mund.

»Kapiert«, sagte er. »Schön, dass wir das geklärt haben.«

Grace reichte dem Kassierer den Zwanziger von ihrer Mom. »Halt, ich dachte, das hier ist kein Date!«, protestierte Rafe. »Du kannst nicht bezahlen.«

»Kleine Aufmerksamkeit von meiner Mom«, erwiderte Grace. »Und ihren Schlafstörungen.«

»Nicht schlecht«, sagte Rafe. »Dann bestell ihnen mal herzlichen Dank. Jetzt ärgere ich mich, dass ich nicht noch mehr Gummibärchen genommen habe.«

»Macht dir doch nichts aus, oder?« Grace nahm das Wechselgeld entgegen. »Mein letzter Freund hat immer für alles bezahlt.« Sie steuerte die hinterste Sitznische an, so weit wie möglich von den Frontfenstern entfernt.

»Oho. Ist Mister Spendierhosen auch auf unserer Schule?«

Grace nickte.

»Und mittlerweile ist er dein Ex?«

Grace nickte wieder.

»Macht echt Spaß, mit dir Scharade zu spielen. Gib mir doch mal einen Tipp – Anfangsbuchstabe?«

Grace lächelte und nahm den Löffel aus dem Mund. »Der Typ, den ich geschlagen habe, ist sein bester Freund.«

Rafes Augen weiteten sich. »Wow. Du bist echt eiskalt.«

»Er hatte es verdient.« Grace sah einer Mutter nach, die eilig ihren Kinderwagen am Fenster vorbeischob.

Rafe fing an, die Fruchtflakes unter seinen Joghurt zu rühren, sodass ein Wirbel in allen Regenbogenfarben entstand. »Und, erzählst du mir jetzt, warum du den besten Freund von deinem Ex geschlagen hast und warum deine Eltern dir dafür keinen Hausarrest gegeben haben und warum du nicht mehr zur Schule kommst?«

»Woher weißt du denn, dass ich nicht mehr zur Schule komme?« Wieder vibrierte Grace' Handy mahnend.

Rafe grinste. »Mir entgeht halt nichts.«

»Willst du's wirklich wissen?«

Er nickte.

Grace atmete tief durch und sah wieder zum Fenster hinüber. Die Mutter mit dem Kinderwagen war weg. »Weil ich schwanger war und letzten Monat ein Baby bekommen habe.« Die Worte purzelten ihr aus dem Mund, als hätten sie die ganze Zeit nur auf eine Gelegenheit gewartet zu entkommen.

Rafe blinzelte. »Du hast ein Baby?«

»Ich *hatte* eins. Ich habe es zur Adoption freigegeben. *Sie.*« Diese Worte hingegen musste Grace förmlich nach draußen zwingen. »Die Familie ist aber echt nett.«

Wieder fuhr ihr diese scharfe Mischung aus Liebe und Schmerz zwischen die Rippen.

Rafe nickte nachdenklich. Er rührte immer noch in seinem Joghurt, der langsam eine rosagräuliche Tönung annahm. »Wow. Okay. Wow.«

»Der Typ, den ich geschlagen habe, das ist Adam – wie gesagt, der beste Kumpel von meinem Exfreund Max –, und am ersten Tag, als ich wieder da war, hat er mir auf dem Handy Babygeschrei vorgespielt.« Grace zuckte mit den Schultern, als wäre das etwas, was normalen, durchschnittlichen, *netten* Menschen jeden Tag passierte. »Da ist mir einfach 'ne Sicherung durchgebrannt.«

»Wie heißt sie?«

Grace sah auf. Diese Frage hatte ihr noch keiner gestellt. Überhaupt hatte sich seit Kiwis Geburt niemand nach ihr erkundigt. »Milly«, antwortete sie. »Amelia. Aber ich hab sie immer, äh, Kiwi genannt. Insgeheim nenne ich sie immer noch so.«

»Fehlt sie dir?«

Grace nickte und aß schnell einen Löffel Joghurt, bevor Rafe ihr Kinn zittern sah. »Jeden Tag.«

»Und dein Ex?«

»Der wollte nichts mit ihr zu tun haben. Seine Eltern haben sich komplett quergestellt. Keine zwei Sekunden nachdem er das mit ihr erfahren hatte, hat er schon unterschrieben, dass er auf alle seine Rechte verzichtet.«

»Ist das derselbe Typ, der bei euren Dates immer für alles bezahlt hat?« Als Grace nickte, lehnte Rafe sich zurück und stieß einen lang gezogenen Seufzer aus. »Tja, scheint echt so, als gäbe es keine Kavaliere mehr auf dieser Welt. Wer will denn einen Typen, der einem Frozen Yogurt kauft, aber sich nicht ums Baby kümmert?«

»Du hast mir noch nicht mal einen Frozen Yogurt gekauft«, merkte sie an.

»Auch wieder wahr«, sagte er. »Heutzutage kann man sich halt auf niemanden mehr verlassen.« Seine Stimme klang sanft, und Grace wusste, dass er es nicht böse meinte. Mittlerweile war sie ganz gut darin, gewisse Untertöne in den Stimmen anderer Leute rauszuhören. Manche zum Beispiel sagten: »Ach, du bist schwanger!«, während es bei anderen eher wie »Ach. Du bist schwanger.« klang.

Rafe stibitzte ihr eins von ihren Cookie Dough Bites und steckte es sich in den Mund. »Jetzt bin ich echt froh, dass du diesem Typen eine verpasst hast. Aber deinen Ex hättest du dir vielleicht direkt mit vorknöpfen sollen.«

Grace hob ihren Plastiklöffel. »Darauf lass uns anstoßen«, sagte sie und er tippte seinen Löffel dagegen. »Nächstes Mal, versprochen.«

»Und wie fühlt man sich so … danach? Komisch?«

Grace ließ den Löffel sinken. »Löcherst du alle fremden Leute so?« Nicht mal ihre eigenen Eltern hatten ihr diese Frage gestellt. Wenn sie genau darüber nachdachte, hatte eigentlich niemand irgendwelche Fragen gestellt. Was vermutlich gar nicht so dumm gewesen war. Denn Rafe machte sich gerade mit Hammer und Meißel an einem Staudamm zu schaffen, und da lauerte eine Menge Wasser hinter dieser Wand, das nur darauf wartete, hervorzubrechen.

Doch Rafe zuckte nur mit den Schultern. »Antwortest du immer so bereitwillig, wenn Fremde dich löchern?«

In ihrer aktuellen Verfassung hätte Grace wohl selbst der Parfümerieverkäuferin Fragen nach dem Fusselsieb ihres Wäschetrockners beantwortet. Sie war völlig ausgehungert nach sozialem Kontakt.

»Komisch ist es nicht, aber irgendwie ist alles anders. Ich meine, ich hab keine Freunde mehr, meine Eltern veranstalten den totalen Eiertanz um mich, niemand schreibt mir –«

»Ach nein? Und warum vibriert dann die ganze Zeit dein Handy?«

»Das ist wahrscheinlich nur meine Mom. Oder Maya, meine …« *Schwester.* Noch so ein Wort, das sich seltsam in ihrem Mund anfühlte. »Ist 'ne lange Geschichte.«

Rafe hielt inne, den Löffel auf halbem Weg zum Mund. »Die mag ich am liebsten.«

»Sie ist meine leibliche Schwester. Wir haben uns gerade erst kennengelernt. Und unseren Bruder Joaquin auch.«

»Deine leib– Wow.« Rafe fing an zu lachen. »Echt, Grace, ich weiß ja nicht, was du so für nächstes Jahr geplant hast, aber um das alles zu toppen, muss es schon was ziemlich Grandioses sein. Ein Fallschirmsprung, während dich Piranhas zerfleischen, oder so.«

»Danke, darauf verzichte ich lieber«, antwortete sie. Irgendwie bekam ihr der Joghurt immer noch nicht so gut, obwohl Kiwi nicht mehr da war. »Aber Maya ist auch so ziemlich die Einzige, die mir gerade schreibt.«

»Keine Freunde, keine Nachrichten. Hört sich ja an wie bei mir.«

»Wir sind ganz schön erbärmlich.«

»Jepp.« Er biss einem Gummibärchen den Kopf ab und seufzte. »Noch nicht mal ein Date kriegen wir auf die Reihe. Zum Heulen.«

Grace musste lächeln.

»So«, sagte Rafe mit einem Blick auf sein Handy. »Ich habe noch genau vier Minuten, bis ich mich im Laden wieder einstempeln muss. Bringst du mich zurück?«

Grace tat, als wäre sie hin- und hergerissen.

»Du darfst auch mal die Schürze umbinden.«

»Kein Bedarf«, sagte sie, stand jedoch auf und folgte ihm nach draußen.

Er hielt ihr die Tür auf. Das hatte Max früher auch getan.

Grace wartete, bis sie wieder im Auto saß, die Türen verriegelt und alle Fenster hochgefahren hatte, bevor sie auf ihr Handy guckte. Es war heiß im Auto, kein Lüftchen regte sich, und die Geräusche der Leute draußen drangen nur gedämpft zu ihr herein.

Sie hatte das Gefühl, kaum atmen zu können.

Die Nachricht war von ihrer Mom.

Du hast Post.

Grace fuhr im Schneckentempo los – eine Schnecke mit Führerschein, die eigentlich gar nicht nach Hause wollte. Ihr war klar, was für Post dort auf sie wartete. Sie wusste es, genau wie sie von Anfang an gewusst hatte, dass sie Kiwi nicht würde behalten können.

Als sie ankam, stand ihre Mom in der Küche. Auf der Theke hob sich ein kleiner gelber Umschlag von den weißen Fliesen ab. Grace starrte darauf und dann wieder hoch zu ihrer Mom.

»Für dich«, sagte ihre Mom, und Grace wusste, dass ihr die Adresse des Absenders, der Adoptionsagentur, aufgefallen sein musste. Daniel und Catalina hatten versprochen, Grace im ersten Jahr über Kiwi auf dem Laufenden zu halten, daher war Grace nicht allzu überrascht über dieses erste Update.

Ohne die Blicke ihrer Mom zu beachten, schnappte Grace sich den Umschlag und nahm ihn mit nach oben. Ihr war klar, dass ihre Mutter es lieber gehabt hätte, wenn sie in der Küche geblieben wäre, schließlich war sie genauso neugierig darauf, was der Brief enthielt. Aber Grace fürchtete, dass sie, sobald sie ihn öffnete, in tausend Stücke zersplittern würde, und dabei wollte sie lieber allein sein.

Es war jetzt über dreißig Tage her, dass sie Kiwi an Daniel und Catalina übergeben hatte. Über dreißig Tage, in denen sie Kiwi hätte zurückfordern und die Adoption rückgängig machen können, in denen sie sich ihre Tochter hätte holen und in die Arme schließen können. An jenem dreißigsten Tag hatte Grace sich im Bett verkrochen und die Uhr beim Herunterzählen der Minuten beobachtet. Als ihr Handy schließlich 00:01 Uhr anzeigte, war etwas in Grace gestorben.

Dreißig Tage waren vergangen. Die Adoption war offiziell. Und Kiwi war wirklich und wahrhaftig fort.

In ihrem Zimmer schaffte Grace Platz auf ihrem unaufgeräumten Boden – inmitten schmutziger Sachen, die sie nicht in die Wäsche geworfen, Büchern und Zeitschriften, die sie nicht gelesen hatte –, setzte sich im Schneidersitz hin und schlitzte den Umschlag mit dem Daumen auf. Den Schmerz, als sie sich unweigerlich mit dem Papier in den Finger ritzte, beachtete sie nicht.

Ein Brief und zwei Fotos fielen heraus, und Grace fing eines davon auf, bevor es auf dem Boden landete. Es war das Foto eines Babys, pausbäckig und nicht mehr so rot und faltig, wie Grace es in Erinnerung hatte.

Kiwi, die mit kühlem, klarem Blick in die Kamera sah. Sie war perfekt.

Grace starrte eine geschlagene Minute lang auf das Bild, bevor sie nach dem Blatt Papier auf dem Boden griff. Es war personalisiertes Briefpapier; »Milly Johnson« stand in einer modernen, pinkfarbenen Schrift obenan, und Grace brauchte einen Moment, bis ihr klar wurde, wer diese Milly Johnson war.

Kiwi hatte ihr eigenes Briefpapier. Grace wäre nie darauf gekommen, ihr so was zu besorgen. Sie fragte sich, woran sie wohl noch alles nicht gedacht hätte – Wichtiges und Kleinigkeiten, Dinge, von denen sie womöglich nicht mal gewusst hätte, dass Kiwi sie brauchte, bis es zu spät war.

Liebe Grace, fing der Brief an.

Eigentlich hatten wir ja ausgemacht, dass wir dir regelmäßig E-Mails schicken, aber wir fanden einen handgeschriebenen Brief als erstes Update viel netter. Alles andere kam uns einfach zu unpersönlich vor.

Wir können dir gar nicht genug danken für das wundervolle, kostbare Geschenk, das du uns gemacht hast. Von der allerersten Minute an hat uns Milly nichts als Freude bereitet und unsere Liebe für sie wird mit jedem Tag tiefer und größer. Wir können es gar nicht erwarten zu erleben, wie sie sich verändert und zu was für einem Menschen sie werden wird. Unsere Herzen fließen über vor Glück. Wir sind dir unendlich dankbar für das Opfer, das du für unsere Familie gebracht hast. Jeden Tag erzählen wir Milly von ihrer wunderschönen, tapferen leiblichen Mutter, die sie unbeschreiblich liebt. Wir wollen, dass sie dich kennt und dass sie alles über dich und deine Selbstlosigkeit weiß, durch die sie überhaupt erst auf dieser Welt ist.

Wir können uns kaum vorstellen, was für ein Gefühlschaos du in den letzten dreißig Tagen durchmachen musstest, aber wir möchten dir versichern, dass Milly für uns das Wichtigste auf der ganzen Welt ist. Sie ist jetzt unser kleines Mädchen, aber zuerst war sie deines, und das werden wir dir nie vergessen.

Unsere allerherzlichsten Wünsche und nochmals unsere tiefste Dankbarkeit für dich und deine Familie.

Daniel, Catalina und Amelía (Milly)

Grace las den Brief ein zweites Mal, dann ein drittes. Es fühlte sich an, als würde sich ihr jedes einzelne Wort direkt ins Herz brennen, und sie griff nach dem zweiten Foto und drehte es um. »Amelía Johnson, vier Wochen alt«, stand in sorgfältiger Schreibschrift auf der Rückseite. Es zeigte Kiwi in einem kleinen Matrosenoutfit, komplett mit Hütchen und winzigen Bootsschuhen. Grace nahm beide Fotos und presste sie unter ihrem Shirt auf ihren Bauch, dorthin, wo Kiwi einmal gewesen war.

Sie wusste, dass es absurd war, dass es nur Fotos waren und Kiwi niemals mehr derart in ihr verankert sein würde, aber sie versuchte sich dennoch an das Gefühl zu erinnern, an den Stoß eines kleinen Fußes gegen ihre Rippen, an das Trommeln winziger Fäuste um drei Uhr nachts.

Aber am Ende waren es eben nur Fotos. Grace legte sie in eine Schublade und kam sich absolut dämlich vor. Am liebsten hätte sie für immer darauf gestarrt und sie gleichzeitig nie wieder angesehen. Den Brief faltete sie zusammen und steckte ihn ganz hinten in die Schublade, in der ihr Lieblingspullover lag, der, den sie während ihrer Schwangerschaft getragen hatte, weich, wollig und warm.

Grace war klar, dass es kein Zurück mehr gab, doch als sie nun in ihrem unordentlichen Zimmer stand, die Hand auf ihrem Bauch, als könnte sie Kiwi auf diese Weise dort festhalten, dämmerte ihr, dass sie auch keine Ahnung hatte, wie es vorangehen sollte.

Maya

Am Sonntagmorgen zog Mayas Dad aus.

Dabei hatte er zuerst versprochen, es wäre noch lange nicht so weit, sie stünden schließlich noch ganz am Anfang der »Lösungsphase«, was sich in Mayas Ohren eher nach irgendwelchen komplizierten chemischen Prozessen als nach Scheidung anhörte.

Aber dann fand er eine günstige Wohnung, die nur zehn Minuten entfernt lag, also unterschrieb er den Mietvertrag, kam eines Abends mit einem Stapel Umzugskartons unter dem Arm nach Hause und verschwand wortlos nach oben.

Es war eine Zweizimmerwohnung, womit wohl auch die Frage, ob Maya und Lauren bei ihm jede ihr eigenes Reich bekämen, beantwortet war. »Darfst du da einen Hund halten?«, fragte Maya, die im Türrahmen lehnte, während er Bücher einpackte. Maya hatte sich immer einen Hund gewünscht, aber ihre Mom war der Meinung, die täten nichts als haaren und sabbern und auf den Teppich kotzen. »Lauren auch nicht, aber die habt ihr behalten«, hatte Maya mehr als einmal dagegengehalten, aber der Witz war mittlerweile ausgelutscht, und sie fragte einfach nicht mehr.

»Leider nicht«, sagte ihr Dad. »Aber wie wär's mit einem Goldfisch?«

»Goldfische haben ja bei uns nicht gerade die längste Lebenserwartung«, wandte Maya ein und beobachtete, wie ihr Dad sich auf die Zehenspitzen stellte, um Bücher vom obersten Regalbord zu holen. Als sie noch klein gewesen war, hatte sie ihn für den größten Mann auf der Welt gehalten. Und noch heute, wenn sie mitten in der Nacht aufwachte, beruhigte sie der Gedanke daran, dass ihr Dad im Haus war und jegliche Einbrecher, Bären oder Monster in die Flucht schlagen würde.

Jetzt jedoch, als er sich nach einem Buch ganz am Ende des Bords reckte, wirkte er mit einem Mal klein. Hass wallte in ihr auf, weil er sie so unvermittelt verließ, so überstürzt, als könnte er es gar nicht erwarten, sie alle loszuwerden.

Sie überlegte, ob ihm wohl bewusst war, dass in diesem Moment eine zimmerwarme Flasche Sauvignon Blanc in der Kommode lag. Und ob sie es ihm sagen sollte. Würde er dann trotzdem ausziehen? Lauren und sie mitnehmen? Wer würde dann auf ihre Mom aufpassen?

Am Tag seines Auszugs war Maya mit Grace und Joaquin verabredet. Das war ihre Abmachung: jeden Sonntag. Unwillkürlich fragte sie sich, wie lange es dauern würde, bis einer von ihnen mal keine Zeit hatte, bis jemand etwas Besseres zu tun hatte, sich mit spannenderen Leuten treffen wollte. Wann der Reiz neuer Geschwister sich abnutzen würde. Dann würden sie genauso schnell wieder ihrer eigenen Wege gehen, wie sie zusammengefunden hatten.

Wenn sie einen Tipp abgeben sollte, würde sie sagen, Grace wäre die Erste, die die Flatter machte. Das Mädchen hatte so was von schwache Nerven. Typisch Einzelkind, dachte Maya. Gewohnt, immer alles für sich allein zu haben – nur ja nicht teilen. Doch dann bekam sie ein schlechtes Gewissen, dass sie so gemeine Sachen über jemanden dachte, der bislang nur nett zu ihr gewesen war.

Maya war sich nicht sicher, warum, aber sie spürte, wie sich etwas Düsteres zwischen sie und die Menschen schob, die sie liebte. Klar, Lauren ging ihr sowieso immer auf die Nerven, jetzt aber lag darunter so eine schneidende Gereiztheit, wie wenn man mit dem Finger einen Umschlag aufschlitzte und sich einem die Kante des Papiers in die Haut grub.

Ihre Mom – Maya schaffte es kaum, sie auch nur anzusehen, ohne an all die Flaschen zu denken, die im Haus verteilt waren, sowohl ganz offen als auch versteckt, und sich zügig leerten.

Und ihr Dad war ein Schwächling, weil er ging und Maya und Lauren mit dem Chaos allein ließ, das er verursacht hatte.

Am schlimmsten jedoch war es mit Claire. Maya liebte sie von ganzem Herzen, bis zur letzten Zelle, als wäre ihr Körper ein Puzzle, das allein sie zusammensetzen durfte. Aber langsam bekam Maya das Gefühl, als könnte sie diese Teile auch ganz anders anordnen, als bräuchte sie nur die Faust auf das fertige Bild niederdonnern lassen und es würde sich in alle Winde verstreuen, bis nichts mehr übrig war als die Splitter der Person, die Claire für sie gewesen war.

Ihr war nie klar gewesen, dass Liebe viel mit Macht zu tun hatte. Zuerst hatte sie sie für eine Quelle der Kraft gehalten, aber jetzt begriff sie, dass diese Macht in den falschen Händen oder am falschen Tag groß genug sein konnte, um genau das zu zerstören, woraus sie gewachsen war. Wenn Maya Claire ansah, würde sie am liebsten rufen: »Lauf weg, solange du noch kannst«, aber sie hielt den Mund und fühlte, wie die Düsternis sie umschlang und gefangen hielt, während alle anderen unaufhaltsam von ihr wegzutreiben schienen.

Maya dachte, sie würde weinen, als ihr Dad auszog.

Tat sie aber nicht.

Lauren dagegen schon, mit lauten, abgehackten Schluchzern, wie damals, als sie klein war und Wutanfälle bekam, wenn Maya nicht mit ihr spielen wollte. Aber Lauren war schließlich die Jüngere und es gewohnt, dass alle nach ihrer Pfeife tanzten.

Ihr Dad jedoch belud unbeirrt das Auto mit Kleidern und Kisten und Büchern. Er drückte Lauren fest an sich und murmelte etwas in ihr Haar, dann ließ er sie los, um Maya zu umarmen. Die Düsternis hielt Maya aufrecht, und sie stand still und reglos da, als ihr Dad auch ihr etwas zuflüsterte. »Ich hab dich so lieb«, sagte er. »Bis bald. Ich rufe heute Abend an. Hab dich lieb.«

Maya spürte, wie sie an seiner Brust nickte, bevor er sich wieder aufrichtete. Das Ganze kam ihr so gezwungen vor, so kitschig. Sie hatte das Gefühl, in einem Film mitzuspielen, oder zu träumen, oder davon zu träumen, dass sie in einem Film mitspielte. Hinter ihr auf der Veranda stand ihre Mom und beobachtete die Szene, ihren Bademantel eng um den Körper gezogen. An der Art, wie sie mit hochgezogenen Schultern in die Sonne blinzelte, erkannte Maya, dass sie verkatert war.

Sie fragte sich, ob der Sauvignon Blanc noch in der Kommode lag oder schon ausgetrunken war.

Mayas Dad versuchte, sie noch länger festzuhalten, aber sie wich zurück, bis ihre Fersen an die unterste Verandastufe stießen. Neben ihr wischte Lauren sich mit dem Ärmel ihrer Kapuzenjacke das Gesicht ab, und Maya dachte nur: *Igitt.*

»Pass gut auf deine Schwester auf«, sagte ihr Dad, und sie sah, wie auch sein Kinn zu zittern anfing. Natürlich hatte sie ihren Vater schon weinen sehen, aber nur bei Filmen oder rührseliger Werbung, nicht über irgendwas im echten Leben. Ob er wohl geweint hatte, als er sie zum ersten Mal gesehen hatte, oder Lauren oder ihre Mom? Na ja, bei Letzterer vermutlich eher nicht. Wie schräg wäre das denn – ein Date mit einem Typen, der sofort anfing zu flennen. Dafür hatte Mayas Mom wohl hoffentlich einen zu guten Geschmack.

»Maya.« Lauren stupste sie an und riss sie aus ihren Gedanken.

»Was?«

Ihre Schwester deutete auf ihren Dad, der jeder von ihnen ein Päckchen reichte. »Oh«, sagte Maya und nahm ihres entgegen.

»Die könnt ihr aufmachen, wenn ich weg bin«, erklärte er. »Ich will nur, dass ihr mich nicht vergesst, das ist alles.«

»Ist ja nicht, als würdest du sterben«, erwiderte Maya. Es hatte ein Scherz sein sollen, um die Stimmung ein bisschen aufzulockern, aber ihre Worte klangen spitz, beinahe wie ein Vorwurf, dass er *nicht* starb. »Du ziehst nur aus. Wenn wir wollten, könnten wir dich heute schon wieder zum Abendessen sehen.«

Sie wartete darauf, dass er sagte: *Kommt doch heute zum Abendessen zu mir.*

Tat er aber nicht.

Stattdessen gab er ihnen noch einen Abschiedskuss, bei dem seine unrasierte Wange über Mayas kratzte, stieg ins Auto und fuhr los. Lauren winkte, Maya nicht. Eine Spur aus Blautönen zog vor ihrem inneren Auge vorbei, als das Auto um die Ecke bog, dann wehte sie davon und verschwand, genau wie er.

»Maya, Lauren«, sagte ihre Mom, aber Maya drängte sich an ihr vorbei und ging ins Haus. Sie wollte keine Ansprache von ihr hören, nicht jetzt und auch nicht in Zukunft.

»Meine Eltern«, sagte Maya, als Joaquin und Grace ihr im Café gegenübersaßen, »lassen sich scheiden.«

Den Satz hatte sie morgens unter der Dusche geübt. Zuerst war es ihr schwergefallen, die Tatsache auszusprechen, aber dann hatte sie einfach das heiße Wasser abgedreht, bis die Kälte die Worte aus ihr heraustrieb. Am Ende klapperten ihr die Zähne und ihre Lippen waren blau.

»Puh«, sagte Joaquin, aber allzu schockiert wirkte er nicht. Objektiv betrachtet, dachte Maya, war ihr Halbbruder ein ziemlich gut aussehender Typ, nur sein Blick war so unstet und schwirrte pausenlos durch den Raum, von Menschen zu Gegenständen und zurück. Irgendwie erinnerte er sie an eine Katze, die einem Laserpointer folgte und unermüdlich den kleinen roten Punkt zu erwischen versuchte, aber das verriet sie Joaquin nicht. Sie war sich nicht sicher, ob er es witzig finden würde.

»Oh Mann, echt?«, sagte Grace, die, okay, schon ziemlich baff wirkte. Sie kaute ununterbrochen auf dem Strohhalm ihres Eiskaffees herum, dessen Ende inzwischen ganz ausgefranst und mit rosa Lipgloss verschmiert war. »Wann haben sie es euch gesagt?«

»Letzte Woche schon«, gestand Maya. »Aber mein Dad ist erst heute Morgen ausgezogen.« Sie zuckte mit den Schultern und nahm sich noch ein Stück von dem Riesenkeks, den sie sich eigentlich alle hatten teilen wollen, aber von dem Maya bereits den Löwenanteil vertilgt hatte.

»Ja, er hat nur zehn Minuten entfernt eine Wohnung gefunden. Behauptet er jedenfalls. Schätze, er konnte es gar nicht erwarten, von uns wegzukommen.« Den letzten Satz hatte sie ebenfalls zu üben versucht, ihn aber nicht mal mit Unmengen von Eiswasser über die Lippen gebracht. Auch jetzt taten die Worte noch weh.

»Dreht deine Mom jetzt am Rad?«, erkundigte sich Joaquin, während Grace fragte: »Hat das eigentlich Auswirkungen auf die Adoption?«

»Was?«, kreischte Maya. »Wieso sollte das denn Auswirkungen auf die Adoption haben? Ehrlich mal, ich bin *fünfzehn*! Die Sache ist gelaufen!«

»Ich meine ja nur –« Grace' aufgerissene Augen zeugten von schlechtem Gewissen, nicht von Unschuld. »Das macht es nicht ungültig, oder? Eltern können sich scheiden lassen, ohne dass das was ändert.«

Maya verdrehte die Augen. »Joaquin, hilf mir doch mal«, sagte sie und deutete auf Grace. »Sag ihr, dass das keine Auswirkungen auf die Adoption hat.«

Joaquin sah von einer Schwester zur anderen. »Es hat keine Auswirkungen auf die Adoption«, sagte er. »Glaube ich jedenfalls. Aber ich bin in der Hinsicht auch nicht gerade Experte.«

Maya und Grace senkten den Blick. Es war manchmal einfach zu leicht zu vergessen, dass Joaquin nicht schon immer bei Mark und Linda, seinen Pflegeeltern, gelebt hatte. Die beiden hatten Joaquin am Café abgesetzt, unter dem Vorwand, dass sie in der Nähe einkaufen gehen wollten, Maya jedoch war sich zu neunundneunzig Prozent sicher, dass sie sie und Grace nur mal in Augenschein hatten nehmen wollen.

Aber sie waren echt nett gewesen. Mark war riesengroß, noch viel größer, als Maya es von ihrem Dad geglaubt hatte, als sie klein war. Er hatte Grace und ihr die Hand geschüttelt und gelächelt wie ein stolzer Vater. Linda machte einen warmherzigen, liebenswürdigen Eindruck und strich Joaquin sachte über den Arm, bevor sie gingen. »Bleib so lange, wie du möchtest«, sagte sie und Joaquin nickte. Sie wirkten wie Eltern. Joaquin wirkte wie ihr Kind.

Im Moment jedoch zerpflückte er methodisch seine Serviette in gleich große Quadrate. Anscheinend war Maya die Einzige von ihnen, die keine so unliebsame Angewohnheit hatte. *Glück gehabt*, dachte sie, als Grace ihren Strohhalm wieder in den Mund steckte und weiter zu Fetzen zerkaute.

»Tut mir leid«, meinte Grace, und man musste ihr zugestehen, dass sie ehrlich zerknirscht wirkte. »Ich wollte nur sichergehen, dass mit dir alles okay ist, das ist alles.«

»Alles in Ordnung«, sagte Maya, worauf Joaquin aufsah und eine Augenbraue hochzog. »Im Ernst«, sagte sie. »Die beiden haben sich immer gestritten wie die Irren. Ich freue mich schon richtig auf heute Abend, wenn sich keiner so laut anschreit, dass die Wände wackeln. Vielleicht kann ich sogar mal wieder anständig schlafen.«

Grace nickte, schien jedoch nicht ganz überzeugt. Maya sah Hilfe suchend zu Joaquin, sie wollte endlich das Thema wechseln. »Und du, wie geht's dir?«, fragte sie. »Gibt's was Neues?«

»Mark und Linda wollen mich adoptieren«, offenbarte Joaquin.

Maya verschluckte sich an einem Kekskrümel.

»Was?«, rief Grace und riss den Strohhalm aus dem Mund. »Im Ernst? Joaquin, das ist ja der Wahnsinn!«

Joaquin zuckte mit den Schultern. »Ja. Die beiden sind cool. Und nett.«

»*Echt* nett«, sagte Maya und beugte sich vor. Aus irgendeinem Grund hätte sie Joaquin gern in eine Decke gewickelt. Er wirkte immer, als würde er frieren, so zusammengekauert, wie er dasaß. Sie fragte sich, wie er wohl vor Mark und Linda gewesen war, aber dann wurde ihr rasch klar, dass sie das gar nicht wissen wollte.

»Im Ernst, Joaq, ist ja schon fast unheimlich, wie nett die sind«, bekräftigte Maya noch mal.

»Du magst sie doch auch, oder?«, wollte Grace wissen. »Also, behandeln sie dich gut und so?« Sie guckte, als hinge das Schicksal der ganzen Welt von seiner Antwort ab.

»Nein klar, sie sind super«, sagte Joaquin. »Es ist nur … ja. Einfach viel. Ich muss das erst mal verdauen.«

»Siebzehn Jahre sind eine lange Zeit, wenn man auf eine Familie wartet«, sagte Maya und versuchte, den gleichen ermutigenden Tonfall anzuschlagen wie Grace sonst, wenn Maya sich mies oder irgendwie aufgewühlt fühlte. Joaquins Mundwinkel verzogen sich zu einem Lächeln, das ihn weder fröhlich noch traurig aussehen ließ.

»Hast recht«, stimmte er zu und lachte ein bisschen. »Eine verschissen lange Zeit.«

»Habt ihr die Formulare schon ausgefüllt?«, fragte Grace. »Dürfen wir mit zum Gericht kommen?«

»Grace, steig mal auf die Bremse«, mahnte Maya.

»'tschuldigung.«

»Ich weiß noch nicht, ob ich Ja sagen soll«, gestand Joaquin. »Sie haben mich schon vor einem Monat gefragt, die Entscheidung liegt bei mir.«

Grace und Maya wechselten einen Blick. »Warum … warum solltest du nicht?«, traute Maya sich zu fragen. »Du hast doch gerade selbst gesagt, dass sie super sind.«

Joaquin rutschte auf seinem Platz hin und her, öffnete den Mund, schloss ihn, öffnete ihn wieder. »Keine Ahnung«, sagte er. »Da gibt es einfach eine Menge zu bedenken.«

Maya hätte Joaquin am liebsten gepackt und all die Gedanken, die er für sich behielt, aus ihm herausgeschüttelt wie Süßigkeiten aus einer Tüte.

Grace war die Erste, die wieder etwas sagte. »Aber was könnte denn dagegensprechen? Ich meine … Du kannst es uns ruhig erzählen. Ich will mir gar kein Urteil erlauben oder so, ich bin nur neugierig.«

Joaquin wirkte, als wünschte er sich verzweifelt, eine Abrissbirne würde durch das Schaufenster des Cafés krachen und der Unterhaltung ein Ende setzen. »Schwer zu erklären«, sagte er. »Es ist einfach so viel. Zu viel.«

Maya sah, wie Grace' Mund wieder aufklappte, und kniff sie verstohlen ins Bein, wie sie es immer bei Lauren gemacht hatte, als sie noch klein waren.

»Autsch!«, quietschte Grace.

»Mir ist die Hand abgerutscht«, behauptete Maya.

»Stimmt doch gar nicht. Du hast mich gekniffen!«

Maya zuckte mit den Schultern. »Damit du endlich aufhörst, Joaquin mit deinem Gequatsche zu belästigen. Lass ihn doch einfach in Ruhe.«

»Oh«, sagte Grace. »Tut mir leid.« Aber so, wie sie sich auf die Unterlippe biss, war Maya klar, dass da noch etwas kommen würde – bis zum nächsten Knaller konnte es nicht mehr lange dauern.

»Ich finde immer noch, wir sollten uns mit unserer leiblichen Mom treffen«, sagte Grace.

Und da haben wir's auch schon, dachte Maya entnervt.

»Scheiße, nein!«, entgegnete sie. »Absolut nicht. Fang doch nicht wieder davon an – das wird langsam echt lächerlich.«

»Ist es überhaupt nicht«, protestierte Grace. »Sondern einfach nur vernünftig.«

Maya sah Joaquin an, der jetzt so aussah, als wäre er lieber in irgendeiner Schrottkarre auf dem Highway gestrandet als hier mit ihnen beiden. »Sag ihr doch mal, dass ich recht habe«, forderte sie ihn auf.

Joaquin sah Grace nur an und deutete auf Maya. »Ich soll dir sagen, dass sie recht hat.«

»*Danke*«, seufzte Maya, lehnte sich zurück und griff nach ihrem Becher.

»Nein.« Langsam wirkte Grace ernsthaft wütend. »Sag mir, warum *du* nicht willst, Joaquin. Einfach nur nachplappern lasse ich nicht gelten. Das ist unfair. Schließlich ist das auch deine Mutter.«

»Ist sie nicht«, murmelte Joaquin. »Schon lange nicht mehr.«

Maya warf Grace einen eindringlichen Blick zu, der *Na, was hab ich gesagt?* bedeutete.

»Wenn du willst, Grace, dann mach ruhig«, fügte Joaquin hinzu. »Ich halte dich nicht zurück. Mir ist das eigentlich alles egal, ich will bloß nichts damit zu tun haben. Und ich will auch nichts über sie wissen. Ich merke, wenn ich irgendwo unerwünscht bin, okay?«

»Grace, erzähl doch lieber mal, wie deine Woche so war«, schlug Maya vor. »Meine Eltern lassen sich scheiden, Joaquins Eltern wollen ihn adoptieren, also solltest du auch besser eine coole Story auf Lager haben. Und fang jetzt ja nicht mit ›Ich will meine leibliche Mutter finden‹ an, sonst kneife ich dich wieder, aber diesmal richtig.«

Grace' Gesichtsausdruck wandelte sich von verärgert zu nachdenklich. Schließlich sagte sie: »Ich hab einem Jungen in der Schule eine reingehauen und jetzt werde ich für den Rest des Schuljahrs zu Hause unterrichtet.«

Hätte Grace erzählt, sie wäre wegen einer illegalen Elefantenzucht in ihrem Garten verhaftet worden, hätte Maya nicht überraschter sein können.

»Du hast was?«, platzte es aus ihr heraus. »Nein, hast du nicht. Ich glaub dir kein Wort. Und Joaquin auch nicht.«

»Doch«, sagte Joaquin leise und deutete auf Grace' rechte Hand. Ihr Daumen war blau angelaufen und über einen Fingerknöchel zog sich eine verkrustete Wunde. »Du hast den Daumen nach innen genommen. Anfängerfehler.«

Grace zuckte mit den Schultern. »Es ging alles ziemlich schnell.«

»Du hast allen Ernstes jemandem eine reingehauen?« Maya wünschte, sie hätte davon gewusst, bevor sie Grace gekniffen hatte. »Und was soll das mit dem Daumen heißen? Ist Grace jetzt in einem geheimen Fight Club oder wie?«

Grace lachte, klang jedoch nicht sonderlich amüsiert und schirmte dann ihre Augen mit der Hand ab. »Geheim ist da definitiv nichts geblieben.«

»Wenn man eine Faust macht, um jemanden zu schlagen, legt man den Daumen außen über Zeige- und Mittelfinger. Guck mal, so.« Joaquin hob die Hand, um es Maya zu zeigen. »So landet man einen besseren Treffer, ohne sich selbst dabei wehzutun. Na ja, nächstes Mal dann.«

»Es wird kein nächstes Mal geben«, beteuerte Grace, aber Maya neben ihr nickte, begeistert über diese neue Information.

Sie war schwer beeindruckt, dass Joaquin solche Sachen wusste. So hätte es sein können, wenn sie miteinander aufgewachsen wären, mit einem großen Bruder, der sie beschützte und ihr beibrachte, sich selbst zu verteidigen, jemandem, der die Last mittrug und leere Weinflaschen von unter dem Bett und aus dem Kühlschrank entsorgte. Erst gestern hatte Maya eine weitere im Putzeimer unter dem Waschbecken im Bad gefunden. Sie hatte Lauren noch nicht davon erzählt.

»Warum hast du das gemacht?«, fragte Maya. »Hat der dich begrapscht?« Wenn das der Fall sein sollte, war Maya drauf und dran, den Typen aufzuspüren und ihm im Namen von Grace noch eine zu verpassen. (Sie würde auch an den Daumentrick denken.)

»Er hat …« Grace schien sich plötzlich genauso unwohl zu fühlen wie Joaquin zuvor. Sie wand sich hin und her und kaute auf ihrer Unterlippe. »Er hat einfach ein paar ziemlich fiese Sachen über meine Familie gesagt, das ist alles. Das konnte ich ihm nicht durchgehen lassen.«

»Familie ist wichtig«, pflichtete Joaquin bei.

Maya nickte, obwohl sie sich insgeheim fragte, wie wichtig eine Familie denn sein konnte, da sich ihre eigene gerade in ihre Einzelteile auflöste.

An diesem Abend erfüllte eine herrliche Stille das Haus, als Maya ins Bett ging. Lauren schlief schon. Vorher hatten sie zusammen ferngesehen, während ihre Mom oben telefonierte. Maya hatte ihre Stimme hören können, jedoch nicht die einzelnen Worte, weswegen sie nicht sagen konnte, ob sie lallte oder nicht. Lauren hatte sich neben ihr auf der Couch eingerollt und nicht protestiert, als Maya von einer Hochzeitsshow zu einer romantischen Komödie umschaltete, irgendeinem Kitsch, den sie beide schon fünfzig Mal gesehen hatten.

Sie hatte Claire geschrieben, die jedoch nicht reagierte, und Maya fühlte, wie sich die Dunkelheit um ihr Handy schlang, als wäre sie es, die Claires Antwort von ihr fernhielt.

Sie wusste, dass es eine Million gute Gründe gab, warum Claire nicht zurückschrieb – Schulkram, Hausarrest, Akku leer, Kinobesuch mit ihrer Oma, alles Mögliche eben –, aber Maya guckte trotzdem ständig auf das Display und wurde mit jedem Mal, das ihr **heute ist mein dad ausgezogen** unbeantwortet blieb, wütender.

Als ihr Kopf schließlich aufs Kissen sank, war Maya völlig erschöpft. Wie schön, dachte sie zunächst, einmal ohne die gedämpfte Geräuschkulisse eines Streits einschlafen zu können, aber nach einer Stunde Hin-und-her-Wälzen wurde ihr klar, dass die Stille im Haus einfach zu laut war. Plötzlich hörte Maya *alles*, unter anderem lauter Geräusche, die klangen, als bräche jemand ins Haus ein. Was natürlich Quatsch war. Sie wohnten in einer der sichersten (manche Leute, Maya eingeschlossen, hätten hinzugefügt *und langweiligsten*) Gegenden Amerikas. Niemand würde in ihr Haus einbrechen. Aber zuvor hatte Maya sich eben noch nie Gedanken um diese potenzielle Gefahr gemacht. Schließlich war immer ihr Dad da gewesen, um sie zu beschützen. Selbst wenn er unterwegs auf Dienstreise war, hatte sie gewusst, dass er irgendwann wiederkommen würde.

Und jetzt?

Nie hätte sie geahnt, dass Stille so Furcht einflößend sein könnte.

Irgendwann sank sie doch in unruhigen Schlaf, nur um vom Vibrieren ihres Handys geweckt zu werden. Eine Nachricht von Claire: **Tut mir so leid!**, schrieb sie. **Ich war mit meiner Familie campen. Sind gerade erst in die Zivilisation zurückgekehrt. Geht's dir gut?**

Den Campingausflug hatte Maya komplett vergessen und kam sich jetzt ziemlich blöd vor, dass sie sich so einen Kopf über Claires Funkstille gemacht hatte. Lange schwebte ihr Finger über der Tastatur. Es war, als gäbe es nicht genug Buchstaben im Alphabet für all das, was sie zu sagen hatte, für all die Worte, die kurz davor waren, aus ihr herauszubrechen.

Wo warst du?

Ich hätte dich gebraucht.

Ich brauche dich.

Es macht mir Angst, wie sehr ich dich brauche.

Stattdessen antwortete sie: **Alles in Ordnung. Muss jetzt schlafen. Lass uns morgen reden.** Dann suchte sie einen Song auf ihrem Handy, den sie sich jahrelang nicht angehört hatte, noch aus der Zeit vor Claire. Zu diesen Klängen schlief sie ein, und der Text erfüllte die Stille im Raum und das Loch, das sich in ihr aufgetan hatte und immer tiefer in ihr Herz zu graben schien.

Joaquin

»Und, wie geht's Maya und Grace so?«, fragte Mark vom Fahrersitz. Linda fuhr nicht auf der Autobahn, wenn es sich vermeiden ließ. Dabei würde ihr immer angst und bange, behauptete sie. Im Stillen dachte Joaquin, dass es ihren Passagieren bei Lindas Fahrkünsten auch nicht besser ging.

»Bei denen ist alles in Ordnung«, sagte Joaquin und fügte dann hinzu: »Mayas Eltern lassen sich scheiden«, da ihm klar war, dass »alles in Ordnung« nicht reichen würde, nicht bei Mark und Linda. Die erwarteten mehr.

»Na, das klingt ja nicht so schön«, meinte Linda und drehte sich auf ihrem Sitz um. Joaquin wusste nicht, wie sie das schaffte. Ihm wurde immer gleich schlecht, wenn er im Auto nach hinten guckte.

»Ja gut, dann ist vielleicht nicht *alles* in Ordnung«, revidierte Joaquin. »Ich meinte nur, dass sie noch alle ihre Gliedmaßen haben und so.«

»Dein Standard für ›alles in Ordnung‹ ist ja ziemlich niedrig«, bemerkte Mark lachend und wechselte die Spur.

»Und Grace hat einen Jungen geschlagen«, erzählte Joaquin.

»Bist du sicher, dass du dein ›alles in Ordnung‹ nicht noch mal überdenken solltest?«, fragte Linda, während Mark sagte: »Was, *Grace*? So richtig mit der Faust? Dabei sieht sie aus wie ein Katzenbaby in Menschengestalt.«

Joaquin hatte keine Ahnung, was er damit sagen wollte, aber

er fragte nicht nach. Manchmal arbeitete Marks Hirn einfach auf seltsame, unergründliche Art. »Anscheinend hat einer aus der Schule was Gemeines über ihre Familie gesagt, also hat sie ihm eine verpasst.«

Später allerdings, als er oben in seinem Zimmer war, bereute Joaquin, was er alles erzählt hatte. Nicht das mit Grace, sondern dass er seinen Schwestern erklärt hatte, wie man am besten zuschlug. Nachher hielten sie ihn noch für gewalttätig oder wunderten sich, warum er sich mit so etwas überhaupt auskannte.

Dabei hatte Joaquin sich noch nie geprügelt. Aber als er zehn war, hatte er bei einer Familie gewohnt – mit zwei weiteren Pflegeschwestern und einer leiblichen Tochter, die die Älteste war. Die Mutter war Chefassistentin bei einer Firma in Long Beach und der Vater Amateurboxer. Zuerst hatte Joaquin sich deswegen Sorgen gemacht, aber der Mann war wirklich nett gewesen. Manchmal hatte er Joaquin sogar mit dem Boxsack in der Garage trainieren lassen, die zu vollgestopft mit Gerümpel war, um ein Auto darin zu parken.

»So geht das«, hatte er eines Nachmittags erklärt und Joaquins Daumen behutsam um dessen kleine Hand gelegt, sodass eine schöne, harte Faust entstand. »Und jetzt schlag gegen den Sack. Fest.«

Und Joaquin hatte fest zugeschlagen. Vermutlich hatte der Pflegevater es einfach genossen, einen Sohn zu haben, mit dem er so was machen konnte (die Mädchen waren nicht sonderlich daran interessiert gewesen, in der staubigen Garage auf Sachen einzudreschen). Es war insgesamt ein gutes Zuhause gewesen, eins der besten, bis einem der Sozialarbeiter auffiel, dass dort zu viele Kinder pro Quadratmeter lebten, und da Joaquin als Letzter gekommen war, musste er auch als Erster wieder gehen.

So war er bei den Buchanans gelandet.

In seinen siebzehn Lebensjahren hatte Joaquin bereits einiges an Erfahrungen gesammelt, nicht zuletzt wegen der vielen Umzüge von Familie zu Familie. Er hatte gelernt, sich anzupassen und wie ein Chamäleon mit der Umgebung zu verschmelzen, in der Hoffnung, wenn er nur alles richtig machte, würde niemand merken, dass er ein Pflegekind war. Nachbarn, Lehrer, der Tütenpacker im Supermarkt – alle würden ihn für eins der leiblichen Kinder halten, das, durch Blutsverwandtschaft abgesichert, niemals Gefahr lief, eingetauscht oder weggegeben zu werden.

In einer Familie hatte er also boxen gelernt. Außerdem konnte er Brot und großartige Schokokekse backen, weil ein anderer Pflegevater Patissier in einem schicken Restaurant in Los Angeles gewesen war. Eine weitere Mom brachte ihm Kalligrafie bei, und einmal hatte er einen älteren Pflegebruder gehabt, der auf frühen Punkrock stand und regelmäßig mit einem Album in der Hand und den Worten »Hör dir *das* mal an« in seiner Zimmertür stand.

Die viele Aufmerksamkeit hatte Joaquin gefallen, die Musik weniger. Die hatte ihn ganz kribbelig gemacht.

Es machte ihm nichts aus, sich irgendwo einzugliedern. Das war, wie in einem Videospiel von Level zu Level zu flitzen und unterwegs so viele Tricks wie möglich aufzuschnappen, um am Schluss gegen den Endgegner zu bestehen. Er registrierte, ob die Familien vor dem Essen beteten, ob sie sich ihre Servietten auf den Schoß legten und die Ellbogen vom Tisch nahmen. Egal, was sie machten, Joaquin machte es nach.

Was ihn jedoch nervte, waren Leute, die davon ausgingen, dass er etwas nicht kannte. Noch heute erinnerte er sich lebhaft an eine seiner Pflegemütter, eine ältere Frau, die nach irgendeinem widerlich süßen Puder roch, als hätte jemand Rosenblüten pulverisiert und über ihre Kleider gestäubt. Als Joaquin bei ihr ankam, war sie vor ihm in die Hocke gegangen, hatte ihn mit gelblichen Zähnen angelächelt und gefragt: »Na, mein Junge, weißt du, was *Eistee* ist?«

Joaquin war sofort klar gewesen, dass sie ihn das nur fragte, weil er mexikanisch aussah. Er kannte diesen Ton, die langsame Art zu sprechen (für den Fall, dass er kein Englisch konnte, als würde das dann auch nur im Geringsten helfen) und die Annahme, die dahintersteckte: dass er nicht mal so etwas Simples wie *verschissenen Eistee* kannte. Als er damals genickt und »Ja« gesagt hatte, war sie geradezu enttäuscht gewesen, als sei ihr schon jemand anderes zuvorgekommen und hätte seine Flagge in Joaquin gesteckt.

Seit jenem Tag hasste Joaquin Eistee.

Beim Abendessen warfen Mark und Linda einander immer wieder Blicke zu. Joaquin kam sich vor wie ein Zuschauer bei einem Tennismatch, so oft drehte er den Kopf hin und her.

Schließlich hielt er es nicht mehr aus.

»Was?«, fragte er und spießte ein Brokkoliröschen auf die Gabel. (Bei Mark und Linda hatte Joaquins Anpassung darin bestanden, bei jeder Mahlzeit Gemüse zu sich zu nehmen. Brokkoli und Spinat waren auch völlig in Ordnung; Rosenkohl dagegen war der Tod, selbst in Butter geschwenkt.)

»*Was*, was?«, erwiderte Mark, weil das ihr gewohntes Spielchen war.

»Ihr guckt euch immer so an«, sagte er und zeigte mit der Gabel von einem zum anderen. »Da ist doch irgendwas im Busch.«

Mark und Linda wechselten einen weiteren Blick.

»Da, schon wieder!«, rief Joaquin.

Linda lächelte. »Wir würden nur gern mit dir über das reden, was wir dir letzten Monat vorgeschlagen hatten.«

Joaquin legte die Gabel hin und zog seine Serviette (auf seinem Schoß) zurecht. »Ah«, sagte er.

Mark räusperte sich, woran Joaquin erkannte, dass er nervös war. Mark konnte unheimlich schlecht bluffen, durch irgendwas verriet er sich immer. »Wir würden gern wissen, ob du inzwischen Zeit hattest, darüber nachzudenken. Diesen Monat war viel los, mit Maya und Grace und allem, das ist uns klar.«

»Aber wir lassen dir auch gern noch mehr Zeit«, fügte Linda hastig hinzu, »wenn du noch ein bisschen länger überlegen möchtest. Wir wollen dich auf keinen Fall unter Druck setzen, Schätzchen.«

Joaquin hatte schon so viel überlegt, dass gar kein Gedanke mehr übrig war, den er noch nicht gedacht hatte.

»Ich denke immer noch nach«, sagte er. »Macht euch keine Sorgen.«

Mark räusperte sich abermals. Linda bemühte sich, nicht allzu hoffnungsvoll auszusehen, aber sie konnte den flüchtigen Ausdruck nicht verbergen, der über ihr Gesicht huschte.

Joaquin dachte daran, wie Grace ihre Familie verteidigt hatte, an Mayas Eltern, die sich scheiden ließen, und ihren Dad, der auszog. »Aber ich hätte eine Frage«, sagte er.

Mark und Linda richteten sich auf wie scheue Kaninchen, die Ohren gespitzt. »Klar«, erwiderte Mark. »Ist doch verständlich. Du weißt, wir beantworten dir alles, so gut wir können.«

»Und zwar ehrlich«, fügte Linda hinzu. Sie wusste, wie wichtig ihm das war.

»Okay«, sagte Joaquin und lehnte sich zurück. »Wenn ich Nein sage. Wenn ich nicht adoptiert werden will. Muss ich dann gehen?«

Linda schien förmlich dahinzuwelken, während Mark aussah wie der Heliumballon, den Joaquin einmal von einem Kindergeburtstag mit nach Hause gebracht hatte, als er sieben war. Er hatte sich so gefreut, dass er ihn behalten durfte, aber am nächsten Tag war er ganz eingefallen und schlaff gewesen und hing nur noch knapp über dem Boden. Marks Gesicht machte Joaquin genauso traurig, wie er es damals gewesen war, als er aufgewacht war und sein Blick auf den Ballon fiel.

»Ich sage ja gar nicht Nein«, schob er schnell hinterher. »Ich wollte nur … na ja. Das wollte ich bloß wissen.« Jetzt war Joaquin derjenige, der sich räuspern musste.

»Joaquin«, sagte Linda mit derselben sanften Stimme, mit der sie ihn immer nach seinen Albträumen tröstete, als bildete sie damit eine schützende Barriere zwischen ihm und allem Bösen. »Egal, wie du dich entscheidest, egal, was passiert, du hast hier bei uns immer ein Zuhause.«

Joaquin nickte und versuchte, die plötzliche Enge in seiner Kehle zu ignorieren.

»Hast du schon mit deiner Therapeutin darüber gesprochen?«, wollte Mark wissen.

Joaquin nickte.

Hatte er nicht. Er wusste, dass Ana hundert Prozent pro Adoption sein würde, und wollte sich nicht von ihr bequatschen lassen. Joaquin war schon früh klar geworden, dass er über manche Fragen erst mal selbst nachdenken musste, bevor er sie Ana vorlegte. Ansonsten brachte sie seine Gedanken derart durcheinander, dass er am Ende nicht mehr wusste, was *er* eigentlich wollte.

»Ich hab ihr gesagt, dass ich erst mal ein bisschen Bedenkzeit brauche«, antwortete er jetzt, was er als Halbwahrheit und damit nicht als echte Lüge empfand. »Ich wollte nur wissen, was passiert, wenn ich Nein sage, das ist alles.«

Mark schwieg ein paar Sekunden, bevor er fragte: »Hast du Angst vor dem, was passiert, wenn du Ja sagst?«

Wenn man sich zu sehr an eine Familie anpasste – auch das hatte Joaquin gelernt –, verriet man sich beim Bluffen manchmal mit genau denselben Reaktionen wie sie, sodass die anderen schon vor einem selbst wussten, was einem Angst machte.

»So oder so wäre es eine einschneidende Veränderung, stimmt's?«, erwiderte Joaquin und stemmte sich hoch. »Darf ich aufstehen?«

»Joaquin«, sagte Linda und er blieb wie erstarrt stehen. »Wir haben keine Angst davor, dich zu adoptieren, falls du das meinst. Mark und ich lieben dich. Wir kennen dich. Wir *vertrauen* dir. Blind.«

Joaquin fragte sich, ob Linda wohl an die Buchanans dachte, an die Krankenhausakte, das Röntgenbild von seinem gebrochenen Arm.

»Ich hab keine Angst«, beteuerte er und räusperte sich. *Verdammt.*

»Wäre aber völlig in Ordnung«, erklärte Mark, während gleichzeitig Linda sagte: »Wir wollen dich wirklich bei uns haben.«

»Ich weiß«, antwortete Joaquin an sie beide gewandt. »Das weiß ich.«

Und das stimmte. Aber gerade das machte ihm ja solche Angst.

Am nächsten Tag in der Schule begegnete Joaquin Birdie.

Natürlich bestand jeden Tag die Gefahr, ihr zu begegnen. (Kurz nachdem er mit ihr Schluss gemacht hatte, hatte Joaquin vorsichtig versucht, Mark und Linda einen Schulwechsel schmackhaft zu machen, ohne Erfolg.) Also hatte er stattdessen seine Routine verändert, ging jetzt über andere Flure und nahm die längere Strecke zu Englisch anstatt der Abkürzung über den Hof, wo er und Birdie immer Händchen gehalten und sich zum Abschied geküsst hatten. »Gutierrez«, hatte der stellvertretende Direktor oft mahnend gesagt, wenn er sie dabei erwischte, und Joaquin einen strengen Blick zugeworfen.

»Warum sagen Sie eigentlich nie *meinen* Namen?«, hatte Birdie einmal wissen wollen.

Danach hatte er sie in Ruhe gelassen.

Joaquin war mittlerweile ziemlich gut darin, ihr aus dem Weg zu gehen. An jenem Morgen in der Pause nahm er den Weg an der Rückseite der Sporthalle entlang, um pünktlich zu Mathe zu kommen und Birdie nicht zu begegnen, wenn sie zu Politik ging. (Manchmal wünschte er sich fast, ihr einen Peilsender in die Tasche schmuggeln zu können, damit er jederzeit wusste, wo sie war. Aber nur *fast*, denn dann hätte er sich selbst zu gruselig gefunden.)

An diesem Morgen allerdings war Birdie früh dran oder hatte länger mit dem gebraucht, was sie vorher gemacht hatte, denn Joaquin bog genau im selben Moment um die Ecke der Sporthalle wie sie. Sie stießen nicht zusammen – das wäre zu perfekt gewesen, zu filmreif –, blieben jedoch beide wie angewurzelt stehen.

»Hi«, sagte Birdie.

»Hey«, antwortete Joaquin, stopfte die Hände in die Taschen seiner Kapuzenjacke und blickte auf seine Füße. Birdie anzusehen, war einfach zu schwer, zu viel. Sie machte noch immer ein Gesicht, als würde sie ihn am liebsten erwürgen, was ihn nervös machte. Obwohl er es ihr nicht verübeln konnte. Manchmal wollte er sich ja selbst erwürgen für das, was er ihr angetan hatte.

Birdie rührte sich nicht vom Fleck und Joaquin wollte um sie herumgehen. »Nein, Joaq, warte mal«, sagte sie und hielt ihn fest. Ihre Hände waren kalt wie immer, das fühlte er durch seinen Ärmel.

Joaquin erstarrte unter ihrer Berührung, aber Birdie ließ nicht los. Als sie sich zum ersten Mal geküsst hatten, war er in Panik geraten, darüber, wie weich sie sich anfühlte, wie heiß ihr Mund war, und es erschien ihm vollkommen unmöglich, wie jemand mit so kalten Händen ein derart warmes Herz haben konnte. »Ich muss …«, fing er an, aber er musste gar nichts.

»Warte«, bat sie wieder. »Ich … du fehlst mir so, Joaq. Es ist …« Ihre Stimme versagte, und als Joaquin sich dazu brachte, hochzugucken, weinte sie.

In fast zehn Monaten Beziehung hatte Joaquin Birdie nie weinen sehen, nicht ein einziges Mal.

»Du fehlst mir auch«, gab er zu.

»Kannst du mir nicht wenigstens sagen, warum?«, flehte sie, während sie versuchte, ihre Gesichtszüge wieder unter Kontrolle zu bekommen. »Bitte. Wir waren doch immer ehrlich zueinander. Ich will nicht, dass das alles mit einer Lüge endet.«

Wieder senkte Joaquin den Blick. Er hasste dieses Gefühl, dass alles, was er sagen wollte, sich doch nur zu einem riesigen Knäuel verheddern würde, so fest, dass nichts entkommen konnte. Die Worte lasteten auf seiner Brust, drückten seine Lungen zusammen und nahmen ihm den Atem.

»Ich habe nicht gelogen«, brachte er schließlich heraus. Er wollte sie so gern berühren, sie in die Arme nehmen und ihre Tränen trocknen. Er wusste nur zu gut, wie es war, ganz allein zu weinen. Birdie sollte so etwas nicht durchmachen müssen.

»Also wieso dann? Ich gehe das alles immer wieder im Kopf durch, aber ich verstehe einfach nicht, warum!« Jetzt wurde sie wütend. So hatte er sie häufig erlebt und wusste, dass es selten gut für die Person ausging, auf die sie wütend war.

»Ich glaube nämlich, du hast wohl gelogen!«, schrie sie. »Du hast gesagt, dass du nicht mehr mit mir zusammen sein willst, aber ich glaube, du hast bloß Angst, und darum bist du weggelaufen, weil das einfacher ist, als wieder verlassen zu werden!«

Joaquin starrte weiter auf seine Schuhe und ließ ihre Worte an sich abprallen. Nichts kam an ihn heran, nicht mal Birdie, die sonst immer in der Lage gewesen war, das Knäuel in ihm zu entwirren.

»So ist es doch, oder?«, fragte sie und trat näher. »Ich hab recht. Du hast Schluss gemacht, weil du Schiss gekriegt hast.«

»Das ist –«, fing er an und wich dabei vor ihr zurück.

»Mich interessiert's nicht, ob du Schiss hast!«, rief sie und fing wieder an zu weinen. Joaquin hoffte, dass Birdies Freundinnen nichts davon erfuhren. Ansonsten würden sie ihm nämlich nach der Schule im Flur auflauern und ihn fertigmachen, so viel stand fest.

»Angst haben ist erlaubt!« Birdie schrie immer noch. »Kapierst du das nicht? So läuft das nun mal, wenn man sich liebt: Wenn man gerade selbst nicht tapfer sein kann, dann ist es der andere für einen mit! Ich kann doch tapfer sein – für uns beide!«

»Kannst du nicht«, erwiderte Joaquin leise lachend. Obwohl er gar nichts lustig fand. Kein bisschen.

»Doch, kann ich!« Birdie schloss die Lücke zwischen ihnen, zog seine Hände aus den Taschen und umschloss sie mit ihren. Sie waren eisig. »Du kannst mir vertrauen. Weißt du das denn nicht?«

Joaquin nickte. Er versuchte, sich dazu zu bringen, ihre Hände loszulassen, aber sie hielt seine zu fest, und er machte einen weiteren Schritt rückwärts.

Zum ersten Mal während dieses Gesprächs blitzte ein Hoffnungsschimmer in Birdies Augen auf – sie glaubte anscheinend, zu ihm durchgedrungen zu sein. »Also sag schon, Joaquin. Was ist los?«

Mit einem Mal drängten die Worte aus Joaquins Lungen heraus. »Ich traue mir selbst nicht«, sagte er und fühlte sich gleich leichter, befreiter. »Und daran kannst du nichts ändern, Birdie. Also lass mich bitte einfach in Ruhe.«

Als er schließlich ihre Hände losließ und ging, weinte sie noch immer.

Grace

Noch Tage nach ihrem Treffen mit Maya und Joaquin war Grace ein Wrack.

Sie war angespannt, konnte nicht schlafen, trank zu viel Kaffee. Sie träumte von Kiwi in ihrem kleinen Matrosenoutfit, die mit einem Boot davonsegelte und so durchdringend brüllte wie am Tag ihrer Geburt, und Grace konnte nicht zu ihr, konnte ihr Baby nicht trösten.

Keuchend schreckte sie hoch, die Arme ausgestreckt, noch immer Kiwis Geschrei in den Ohren.

Natürlich war Grace klar, woher all das kam. Sie war überzeugt davon, die falschen Eltern für Kiwi ausgewählt zu haben, dass Daniel und Catalina nicht zusammenbleiben, sondern sich scheiden lassen würden, genau wie Mayas Eltern. Sie hatte immer noch ein schlechtes Gewissen, weil sie Maya gefragt hatte, ob die Adoption damit ungültig wurde. Grace war klar, dass das absolut daneben gewesen war, aber in dem Moment hatte sie einfach nicht anders gekonnt. Die Vorstellung, dass sie sich für die falschen Eltern, das falsche Zuhause entschieden hatte, erfüllte sie mit einer Panik, die sich immer wieder von Neuem in ihren Rücken krallte, sobald sie allein und es einigermaßen ruhig um sie war. *Du hast alles falsch gemacht*, meldete sich dann eine Stimme in ihr und ließ Grace erzittern. *Du hattest als Kiwis Mutter nur eine Aufgabe und die hast du fürstlich in den Sand gesetzt.*

Vor Kiwi hatte Grace nie viel an ihre leibliche Mutter gedacht, aber jetzt ging ihr diese fremde Frau nicht mehr aus dem Kopf. Sie fragte sich, ob sie sich jemals Sorgen um sie machte oder um Maya oder Joaquin. Das musste sie doch, oder? Maya und Joaquin mochten da anderer Auffassung sein, aber Grace wusste nun mal mehr als sie. Sie hatte dasselbe durchlebt. Die beiden hatten keine Ahnung von diesem Sog, den Grace verspürte.

Sie wünschte, sie hätte ihre Mom danach fragen können oder auch ihren Dad. Zwischen ihnen hatte es immer die Übereinkunft gegeben, dass Grace nur fragen musste, wenn sie etwas wissen wollte, aber damit lag auch jegliche Initiative bei Grace, was sie sehr unter Druck setzte. Es gab Fragen, von denen sie nicht mal wusste, wie sie sie formulieren sollte, und manchmal dachte sie, wenn ihre Eltern wirklich wollten, dass sie etwas darüber wusste, dann würden sie es ihr von sich aus sagen. Warum musste sie überhaupt die Fragen stellen? Sie waren schließlich die Eltern. Und Grace war das Kind.

Aber sie war jetzt auch eine Mutter, in gewisser Hinsicht zumindest. Und sie hatte noch keine Ahnung, wie sie die Kluft zwischen diesen beiden Rollen überbrücken sollte.

Eins wusste sie jedoch: Nur bei ihren Eltern zu Hause zu hocken, trieb sie langsam, aber sicher in den Wahnsinn.

Grace war klar, dass die beiden sich alle Mühe gaben, sie zu beschäftigen, damit sie sich nicht so sehr von ihren Freunden alleingelassen fühlte, die nicht mehr anriefen. (Grace hatte den Verdacht, dass sie einfach keine Ahnung hatten, was sie zu ihr sagen sollten, und wenn sie ehrlich sein sollte, ging es ihr umgekehrt genauso.) Aber Eltern waren nun mal Eltern. Die waren langweilig und mussten in erster Linie arbeiten gehen. Daher saß Grace morgens allein zu Hause und sah sich Talkshows an, während ihr Geschichtsbuch unbeachtet vor ihr lag. Besonders mochte sie Gerichtssendungen. Die Probleme der Leute da wirkten immer viel schlimmer, wenn auch gleichzeitig leichter zu lösen als ihre eigenen.

Wenn ihre Eltern zu Hause waren, versuchten die sie in alles miteinzubeziehen. »Komm doch mit zum Yoga«, hatte ihre Mom sie eines Morgens aufgefordert, woraufhin Grace sich im Bett auf die andere Seite gedreht und die Decke über den Kopf gezogen hatte. »Willst du Golf spielen lernen?«, fragte ihr Dad an einem anderen Tag, was Grace nicht mal mit einer Antwort würdigte. (Als er sie allerdings später dazu verdonnerte, mit ihm die Autos zu waschen, wünschte sie, sie hätte »Ja« zu Golf gesagt.)

Einer der Gründe, warum Grace Kiwi aufgegeben hatte, war, weil sie nicht gewollt hatte, dass ihr Leben, so wie sie es kannte, vorbei war (»Du bist noch so jung«, hatten ihre Eltern sie wieder und wieder beschworen), aber niemand hatte sie gewarnt, dass ihr Leben so oder so zum Stillstand kommen und sie – wie eine Fliege im Bernstein – in diesem Zustand nach der Schwangerschaft erstarren würde, während sich die Welt um sie weiterdrehte.

Eines Nachmittags, als ihre Mom zu Hause arbeitete, steckte Grace den Kopf in ihr Büro. »Hey«, sagte sie. »Kann ich das Auto nehmen?«

»Darf man fragen, wofür?«, entgegnete ihre Mutter, ohne von ihrem Laptop aufzusehen.

Grace überlegte fieberhaft. »Äh, Janie hat angerufen. Sie will sich im Einkaufszentrum treffen.«

Jetzt sah ihre Mom doch auf.

Eine Viertelstunde später war Grace unterwegs zum Einkaufszentrum, sämtliche Fenster heruntergefahren, um so viel frische Luft wie möglich zu tanken. Nach der ersten Lüge hatte ihre Mom nicht mehr allzu viele Fragen gestellt und Grace hatte natürlich auch nur das Nötigste erklärt. Schließlich brauchte niemand zu wissen, dass sie seit ihrem unseligen Tag in der Schule nicht mehr mit Janie geredet hatte, dass Janie ihr kein einziges Mal mehr geschrieben hatte, seit Grace Max' Kumpel geschlagen hatte. Aber Grace konnte ihr deswegen nicht böse sein. Sie war Janie in letzter Zeit auch keine sonderlich gute Freundin gewesen. Sie hatte selbst nie angerufen oder geschrieben, und auch Janies Versuche, sie zu kontaktieren, ignoriert, weil sie einfach nicht hätte erklären können, wie es ihr ging und in welchem Rohzustand sich ihre neue Welt befand. Wäre es umgekehrt gewesen, hätte Janie sich wahrscheinlich genauso verhalten. Grace hatte keine Ahnung. Sie wusste nur, wer sie jetzt war: ein Mädchen, das keine Freunde mehr hatte.

Aber sie hatte Rafe.

»Hey!«, sagte er, als sie durch den Gang mit den neuesten Küchengadgets auf ihn zukam. »Lass mich raten – deine Mom konnte wieder nicht schlafen und hat diesen Lachsgarer für die Mikrowelle gekauft.«

»Hoffentlich nicht.« Grace verzog angewidert das Gesicht.

»Gut, der funktioniert nämlich null. Ich wollte erst nichts sagen«, fügte er hinzu, als Grace ihn anlächelte. »Immerhin arbeite ich hier, also sollte ich unsere großartigen Waren wohl nicht niedermachen, aber das Teil ist echt übel. Davon erholt sich eure Mikrowelle nie wieder.«

Grace lachte. »Wir haben gar keine Mikrowelle. Meine Eltern finden so was unnötig.«

Rafe riss die Augen auf, trat auf sie zu und legte ihr behutsam die Hände auf die Schultern. »Grace«, sagte er leise. »Ist das ein Hilferuf? Blinzele, wenn ich dich retten soll.«

Sie lachte wieder. »Hast du zufällig Hunger?«

»Ja«, antwortete er, nahm die Hände von ihren Schultern und damit auch seine Wärme. »Und wie. Ich musste heute in der Mittagspause einen Test nachschreiben. Hast du schon gegessen? Bitte sag mir, dass deine Eltern Mittagessen nicht auch für unnötig halten. Sonst muss ich nämlich leider das Jugendamt einschalten.«

Diesmal blieb Grace das Lachen in der Kehle stecken. Jetzt, wo sie Joaquin kannte, war so was irgendwie nicht mehr witzig. »Ich lade dich ein«, sagte sie. »Aber eigentlich hab ich nur genug Geld für mich selbst.«

»Na, bei so einem großzügigen Angebot …«, erwiderte Rafe und band seine Schürze los. »Kleinen Moment noch.«

Sie landeten in einem Sandwichimbiss in der Nähe des Ladens. (Grace versuchte, die Wege möglichst kurz zu halten. Das Letzte, was sie gebrauchen konnte, war, jemandem aus der Schule zu begegnen.) »Darf ich dich was fragen?«, nuschelte sie, während sie sich über ihre Sandwiches hermachten.

»Nein, du bekommst keinen von meinen Doritos«, erwiderte Rafe. »Hol dir selber welche.«

Grace rümpfte nur die Nase. Sie würde nie wieder Doritos essen können, nachdem sie während ihrer Schwangerschaft irgendwo gelesen hatte, wie viele Konservierungs- und Farbstoffe die Dinger enthielten. »Ich will deine Doritos gar nicht«, erklärte sie. »Bleib mir bloß weg mit diesem Käseimitat.«

»Wenn es nicht neonorange ist, ist es für mich kein Käse«, erklärte Rafe. »Aber wir schweifen ab.«

»Sind deine Eltern geschieden?«

»Jepp«, antwortete er, bevor er sich einen Chip in den Mund steckte und geräuschvoll zermalmte. »Und, mutiere ich schon?«

Grace warf ein Stückchen Kopfsalat nach ihm, das er auffing, bevor es auf dem Tisch landen konnte. »Reflexe wie eine Katze«, sagte er. »Schreib dir das hinter die Ohren.«

»Deine Eltern«, erinnerte ihn Grace.

»Jawoll, Ma'am. Haben sich getrennt, als ich fünf war. Die Menschheit hat ihr Überleben mit ziemlicher Sicherheit nur dieser Scheidung zu verdanken. Ansonsten hätten die beiden mit ihrem Geschrei wohl früher oder später den Planeten zum Explodieren gebracht.«

Das Konzept streitender Eltern war Grace völlig fremd. Ihre Eltern führten ihre Auseinandersetzungen stets hinter verschlossener Tür, und wenn am nächsten Morgen die Sonne aufging, war das Kriegsbeil begraben. Sie hatte die zwei noch nicht ein einziges Mal laut werden hören.

»Was ist mit dir?«, erkundigte sich Rafe.

»Nein, meine sind noch zusammen.«

»Welch Idyll.«

»Aber Maya –«

»Deine Schwester?«

Grace zögerte.

»Böse Stiefschwester?«

»Sie ist meine *Halb*schwester«, erwiderte Grace und stellte überrascht fest, wie scharf ihr Tonfall wurde. »Und böse ist sie schon gar nicht.«

»Entschuldige«, sagte Rafe und man sah und hörte ihm seine Zerknirschung an. »Das war ziemlich daneben. Fahr fort mit deiner Leidensgeschichte.«

Grace verdrehte die Augen. »Ist auch egal.«

»Nein, warte. Ach Mist.« Er legte seine Chips weg. »Tut mir leid, echt. Du wolltest mir was Ernstes erzählen und ich hab nur Quatsch gemacht. Lass uns noch mal von vorne anfangen, ja?« Er tat so, als drückte er auf eine Rückspultaste. »Uuuuuund wir sind wieder auf Sendung.«

Für den Einsatz hatte er sich echt ein paar Bonuspunkte verdient. »Okay«, sagte sie. »Also, Mayas Eltern –«

»Die Eltern deiner echten, wahren, tatsächlichen, hundertprozentigen Schwester, ja?«

» – lassen sich scheiden.«

»Verdammt. Kommt sie klar damit?«

»Ist bei ihr schwer zu sagen«, antwortete Grace und griff nach einem Apfelschnitz. »Sie tut meistens so, als würde sie das alles gar nicht an sich ranlassen.«

»Klingt nicht sehr gesund«, sagte Rafe. »Wahrscheinlich ist sie innerlich total fertig. Du solltest mal mit ihr reden.«

»Ich weiß immer noch nicht so richtig, wie. Und bei Joaquin geht es mir genauso. Sie sind einfach beide so … anders.«

»Da siehst du mal, wie das ist, wenn man Geschwister hat. Mein Dad hatte schon zwei Kinder, bevor er und meine Mom sich kennengelernt haben, darum sind mein Bruder und meine Schwester beide schon Mitte zwanzig. Ist manchmal, als hätte ich vier Elternteile. Nicht gerade zu empfehlen.«

»Aber glaubst du …« Grace versuchte, ihre Worte so sorgsam wie möglich zu wählen. »Meinst du … also, als deine Eltern sich haben scheiden lassen, hat das … Bist du …?«

»Ob mich das völlig verkorkst hat?«, fragte Rafe. »Meinst du das?«

»Ja.« Grace seufzte erleichtert. »Genau.«

»Tja, du solltest wohl lieber hoffen, dass es nicht so ist, schließlich hast du mich gerade zum Essen eingeladen.« Rafe klaute ihr einen Apfelschnitz. »Ganz ruhig bleiben, das brauche ich als Ausgleich für die Doritos.«

»Ich glaube nicht, dass das medizinisch belegbar ist.«

»Wenn du das sagst, Grace Anatomy.« Rafe steckte sich das Apfelstück in den Mund und kaute. »Und um deine Frage zu beantworten, nein, ich finde nicht, dass ich verkorkst bin. Manches ist durch die Scheidung natürlich schwieriger geworden, und ich muss immer noch doppelt Weihnachten und Geburtstag feiern und lauter so schöne Sachen, aber ansonsten geht's mir gut.«

»Aber glaubst du denn, es hätte irgendwie besser für dich laufen können?«

Rafe musterte sie interessiert. »Warum hab ich bloß das Gefühl, ich sollte dir lieber sagen, was du hören willst?«

»Weil es möglicherweise so ist«, gestand sie und merkte dann, dass sie ihren Strohhalm in zwei Teile gekaut hatte.

»Okay, warte, lass mich mal sehen, ob ich deinem Gedankengang folgen kann«, sagte Rafe und lehnte sich zurück. »Ich bin im Pädagogik-Leistungskurs, da behandeln wir Freud und alles, also bist du bei mir in guten Händen.«

»Na super«, seufzte Grace. »Mein Hirn fühlt sich sehr sicher.«

Rafe winkte nur ab und starrte sie bestimmt dreißig Sekunden lang an. Grace war nicht klar gewesen, wie lang dreißig Sekunden sein konnten.

»Du hast Angst, dass die Adoptiveltern, die du für Kiwi ausgewählt hast, sich scheiden lassen könnten«, sagte Rafe schließlich. »Darum stellst du mir diese ganzen Fragen. Du machst dir gar keine Sorgen um Maya, sondern um das Baby. Oh Mann, ich räume so was von ab im nächsten Pädagogik-Test!«

Allein den Namen aus Rafes Mund zu hören, ließ ihr wieder die Tränen in die Augen steigen. »Hundert Punkte«, krächzte sie mit zittriger Stimme.

Rafes Triumph über seine zukünftigen Klausurergebnisse wandelten sich in pures Entsetzen. »Oh nein, Scheiße«, sagte er. »Jetzt habe ich dich zum Weinen gebracht. Verdammt, das wollte ich nicht.«

»Nein, alles okay, alles okay«, wehrte Grace ab, aber Rafe war schon von seiner Sitzbank rüber in ihre gewechselt. »Schon gut, nur … außer mir hat sie bislang noch niemand so genannt. Ich bin die Einzige, die Kiwi zu ihr sagt.« Plötzlich verlegen nahm sie sich eine Papierserviette und tupfte sich die Augen trocken. Wahrscheinlich war das der Grund, warum es ihr so schwerfiel, mit ihren Freunden in Kontakt zu bleiben. Sie wollte nicht, dass sie dabei waren, wenn sie mal wieder losflennte.

Rafe saß dicht neben ihr und sein Oberschenkel presste sich an ihren. So nah war Grace keinem Jungen mehr gewesen seit der Nacht, in der Max und sie miteinander geschlafen und Kiwi gezeugt hatten, aber sie rückte nicht von ihm weg. »Ich weiß, dass ich dir das schon mal erzählt habe«, sagte Rafe sanft, »aber ich weiß immer gar nicht, was ich machen soll, wenn ich jemanden weinen sehe. Da bin ich echt total nutzlos. Ich würde es wahrscheinlich nur schlimmer machen, also meinst du, du könntest vielleicht einfach wieder aufhören, bevor das unsere wunderbare Freundschaft zerstört?«

Grace musste lachen, noch während sie ihre Tränen trocknete. »Nein, ist wirklich in Ordnung, das hat mich nur kalt erwischt. Ehrlich. Mir geht's prima.«

Rafe wirkte skeptisch, aber er beließ es dabei und reichte ihr nur eine frische Serviette. »Besser?«

Grace nickte. »Es ist nur so, dass ich als ihre Mom ja bloß diese eine Aufgabe hatte, verstehst du? Ich musste Eltern für sie finden, und ich dachte, ich hätte das auch ganz gut hingekriegt, aber – was, wenn nicht? Was, wenn sich Daniel und Catalina in fünfzehn Jahren trennen und dann ihr Leben ruiniert ist?«

»Aber warum muss es denn ihr Leben ruinieren?«, fragte Rafe. »Meine Eltern haben sich doch auch getrennt und mein Leben ist nicht ruiniert.«

»Ich will aber nicht, dass sie es in irgendeiner Hinsicht schwer hat«, gab Grace zu. »Und ich will sagen können, dass ich das Richtige getan habe. Mehr nicht.«

»Hast du doch auch«, entgegnete Rafe. »Und das weißt du. Das Leben ist nun mal nicht leicht, Grace. Meins nicht und deins erst recht nicht. Du hast mit sechzehn ein Baby bekommen, aber das heißt nicht, dass dein Leben ruiniert ist.«

»Ich hab keine Freunde mehr«, schluchzte Grace von Neuem. »Niemand schreibt mir oder ruft mich an oder kommt vorbei. Ich mache keinen Crosslauf mehr mit Janie –«

»Du hast Crosslauf gemacht?«

Grace nickte. »Ich war in der Schulmannschaft. Aber jetzt hänge ich den ganzen Tag nur mit meinen Eltern rum, und die behandeln mich, als würde ich zusammenbrechen, wenn sie nur mal das Falsche sagen –«

»Na ja, fairerweise muss man sagen, dass du gerade tatsächlich einen kleinen Zusammenbruch hast, weil ich das Falsche gesagt habe.«

» – und ich musste Eltern für mein Baby suchen und hab dabei alles falsch gemacht, und Max war verdammt noch mal Schulballkönig!«

Ein paar Leute sahen sich nach ihnen um. »Alles in Ordnung«, hörte Grace Rafe erklären. »Sind nur die blöden Kontaktlinsen. Dass man damit aber auch immer Ärger haben muss.« Dann lehnte er sich ein Stück vor, um ihnen die Sicht auf Grace zu versperren. »Hör mal«, sagte er. »Weißt du, was am Tag nach dem Schulball niemanden mehr interessiert? Wer der Schulballkönig war. Jeder, der sich darauf noch was einbildet, sobald die Veranstaltung vorbei ist, ist ein absoluter Vollpfosten, also mach dir darüber echt keine Gedanken.« Er schwieg kurz. »Max ist der Vater, ja?«

Grace nickte und nahm sich noch eine Serviette.

»Okay, damit hätten wir ja schon mal ein Problem gelöst. Was das Baby angeht –«

»Du kannst ruhig Kiwi sagen.«

Rafe guckte zweifelnd. »Was sie angeht: Sie wird es mit Sicherheit nicht immer leicht haben im Leben. Wenn sie es richtig angeht, kommen in jedem Fall auch mal harte Zeiten auf sie zu. Und wenn jemand sich schon so viele Gedanken dazu gemacht hat, was für Eltern sie kriegt, dann hat er ihr höchstwahrscheinlich ein Paar ziemlich gute ausgesucht.

Und zu der Sache mit den Freunden: Du hast immerhin mich, stimmt's? Ich meine, wir sitzen gerade hier und essen zusammen. So was machen Freunde. Und der einzige Grund, warum ich dir nie schreibe oder dich anrufe, ist, weil ich deine Nummer nicht habe.« Rafe zog eine Augenbraue hoch. »Du *hast* doch ein Handy, oder? Deine Eltern zwingen dich nicht, per Brieftaube zu kommunizieren oder so? Denn dann könnte es auch daran liegen, dass dich keiner anruft.«

Grace sah lächelnd auf ihr halb aufgegessenes Sandwich auf dem Tisch. »Handys sind okay«, sagte sie. »Wir leben ja nicht im Mittelalter.«

»Na wunderbar. Dann gib mir doch einfach deine Nummer, und ich schreibe dir, und du schreibst zurück. Bums, aus. Rein metaphorischer Bums natürlich, keine Angst.«

Grace sah ihn an. »Redest du zufällig viel, wenn du nervös bist?«

»Wenn ich nervös bin, kann ich dir ein Kotelett an die Backe labern.« Rafe grinste sie an. »Was hat mich verraten?«

»War nur so eine Ahnung. Aber … ich weiß nicht, ob ich gerade schon bereit für Dates bin.«

Rafe wich gespielt entsetzt zurück. »Jetzt mal im Ernst, Grace, warum behauptest du eigentlich ständig, ich wollte dich daten? Das ist sexuelle Belästigung, jawohl. Und dann auch noch an meinem Arbeitsplatz.«

Jetzt kicherte Grace. Sie konnte sich gar nicht mehr erinnern, wann sie das letzte Mal gekichert hatte. »Platonische Chat-Freundschaft?«, vergewisserte sie sich. »Das ist alles?«

Rafe hob die Hand. »Pfadfinderehrenwort«, sagte er. »Auch wenn ich nie bei den Pfadfindern war. Kannst mir vertrauen. Aber du musst echt aufhören, mir bei der Arbeit unmoralische Angebote zu machen, sonst gehe ich nämlich zum Betriebsrat und dann erstickst du in Papierkram.«

Grace streckte einfach die Hand nach seinem Handy aus und speicherte ihre Nummer darin ein. »Haben die bei Hot Pans überhaupt einen Betriebsrat?«, fragte sie.

»Tja, das wüsstest du wohl gern«, entgegnete Rafe und nahm sein Handy wieder entgegen. »Bist du jetzt fertig mit Weinen? Zusammenbruch abgeschlossen?«

»Aye, aye, Captain«, sagte Grace, und Rafe wuschelte ihr durchs Haar, bevor er wieder auf seine Seite der Sitznische zurückkehrte.

Eine Stunde später kam sie nach Hause, in der Hand eine Papiertüte mit dem Rest ihres Sandwiches. »Bist du das?«, rief ihre Mom aus dem Arbeitszimmer.

»Nein!«, rief Grace zurück. »Bloß ein Einbrecher!«

»Kannst du den bitten, mal nachzugucken, ob ich die Kaffeemaschine angelassen habe?«

Grace warf einen Blick auf die Kaffeemaschine. »Alles ordnungsgemäß ausgeschaltet.«

Sie versuchte, am Arbeitszimmer vorbeizuschleichen, jedoch ohne Erfolg. »Moment mal«, sagte ihre Mom und Grace machte einen halben Schritt rückwärts. »Hast du etwa geweint?«

»Nein, gar nicht«, sagte Grace und hielt auf die Treppe zu. »Sind nur die blöden Kontaktlinsen. Dass man damit aber auch immer Ärger haben muss.«

Maya

Maya hatte nicht vorgehabt, mit Claire Schluss zu machen.

Es … passierte einfach.

Maya konnte nicht aufhören, auf Claire wütend zu sein, weil sie an dem Abend, als Mayas Dad ausgezogen war, nicht auf ihre Nachrichten geantwortet hatte. Natürlich war ihr klar, dass das völlig bescheuert war, aber die Wut lastete auf ihren Schultern wie eine Jacke, die sich nicht abstreifen ließ.

Und dass Claire nicht im Geringsten kapierte, warum Maya sich so aufregte, machte es nicht besser.

»Ich hab's dir doch erklärt«, verteidigte sich Claire am nächsten Tag in der Mittagspause. Diesmal hatte Maya nicht den Kopf in ihren Schoß gelegt, sondern saß ihr gegenüber, das Essen wie eine Mauer zwischen ihnen, eine Barrikade aus Brotkrusten und Orangenschalen. »Ich war campen und hatte mein Handy nicht dabei, darum –«

»Wer hat denn bitte heutzutage sein Handy nicht dabei?«, fragte Maya gereizt. »Meins ist so gut wie an meiner Hand angewachsen! Wie konntest du dein Handy zu Hause lassen?«

»Okay, nehmen wir mal an, ich hätte es doch dabeigehabt«, erwiderte Claire und setzte sich etwas gerader auf. »Dann hätte ich da draußen mit meiner Familie gesessen, wo es kaum Empfang gibt, und du hättest mir geschrieben, dass dein Dad gerade ausgezogen ist. Wie hätte ich denn da deiner Meinung nach reagieren sollen?«

Maya hatte das Gefühl, als explodierte die Sonne hinter ihren Augen.

»Tja, ich weiß auch nicht«, sagte sie und war sich absolut im Klaren darüber, dass sie sich gerade wie Lauren anhören musste, schrill und übertrieben. »Vielleicht, indem du *zurückschreibst*? Nur so eine Idee.«

»Und was dann? Ich konnte nicht mal mit dir reden und zu dir kommen sowieso nicht. Maya, dein Dad ist ja schließlich nicht gestorben, sondern wohnt jetzt zehn Minuten weiter.«

Maya raffte ihre Sachen zusammen.

»Nein, warte. Hey.« Claire hielt sie am Handgelenk fest. »Tut mir leid, so hab ich das nicht gemeint.«

»Und ob du das so gemeint hast«, erwiderte Maya, aber sie blieb stehen, ihre Tasche in der Hand.

»Ich wollte nur sagen –« Claire seufzte und holte tief Luft. »Hör mal, du weißt doch, dass mein Dad sich komplett verdünnisiert hat. Und deiner ist wenigstens noch da. Wenn du wolltest, könntest du ihn immer noch jeden Tag sehen. Du könntest ihm jetzt schreiben und er würde wahrscheinlich innerhalb von dreißig Sekunden antworten.«

Das stimmte alles. Maya war immer ein bisschen stolz und zugleich peinlich berührt, wie schnell ihr Dad auf ihre Nachrichten reagierte. (Das Leben wurde ihr um einiges erschwert, als er die Emojis für sich entdeckte.) Maya wusste, dass sie kaum Grund zur Beschwerde hatte, weil sie immer noch wesentlich besser dran war als die meisten anderen. Das beste Beispiel war Joaquin. Der hatte nicht mal Eltern!

Aber das half ihr jetzt auch nicht.

»Das ist jetzt nur alles noch so neu«, fuhr Claire fort, die noch immer Mayas Handgelenk umklammert hielt, wie um sie an Ort und Stelle zu verankern. »Und es tut mir echt leid, dass ich an dem Tag nicht für dich da sein konnte. Wenn es irgendwie gegangen wäre, wäre ich innerhalb von einer Sekunde bei dir gewesen. Das schwöre ich dir. Okay? Okay?«, wiederholte sie, als Maya nicht reagierte. »Ich will mich nicht mit dir streiten. Lass uns lieber knutschen, das macht mehr Spaß.«

Mayas Mundwinkel zuckten. »Viel mehr«, stimmte sie zu. »Aber ich bin nun mal immer noch sauer.«

Claire zog sie wieder zu sich runter, und Maya ging auf die Knie, während ihre Tasche neben ihr zu Boden plumpste. »Komm, eine kleine Versöhnungsknutscherei?«, schlug Claire vor und ihre Lippen an Mayas verzogen sich zu einem Lächeln. »Wie ich höre, soll so was ziemlich scharf sein.«

Maya lächelte ebenfalls und ihre Zähne stießen gegen Claires. »Genau, nichts ist schärfer als Rumknutschen hinter der Sporthalle«, spottete sie und schlang die Arme um Claires Hals.

»Finden wir's doch raus«, erwiderte Claire und sie sanken ins Gras.

Die Trennung kam fünf Tage später.

Rückblickend erkannte Maya, dass keine von ihnen beiden wirklich die Schuld daran trug. Es war Samstag, und sie waren verabredet gewesen, aber Claire musste auf ihren kleinen Bruder aufpassen, und Maya steckte bis zum Hals in Physikhausaufgaben. Ihre Versöhnungsknutscherei im Gras war super gewesen, aber gelöst war dadurch rein gar nichts. Maya musste ständig an die Hello-Kitty-Pflaster denken, die ihre Mutter ihr und Lauren immer aufgeklebt hatte, als sie noch klein waren: niedlich, aber für größere Wunden leider null geeignet.

Als sie sich nachmittags schließlich doch noch trafen, war Maya genervt wegen der vielen Hausaufgaben und Claire erschöpft vom Babysitten. Der Plan war, ins Kino zu gehen, aber der Film, den sie sehen wollten, war schon ausverkauft, und auf einen anderen konnten sie sich nicht einigen.

»Was ist mit dem?«, schlug Maya vor und deutete auf die Anzeigetafel.

»Sieht dämlich aus«, sagte Claire, nachdem sie kurz nach oben geblinzelt hatte.

»Da steht doch nur der Titel. Wie kann der dämlich aussehen?«

»*Klingt* halt dämlich.«

Maya seufzte. »Okay, und wie wär's mit –«

»Keine Aliens.«

»Woher willst du denn wissen –«

»Da kommen doch im Titel schon Aliens vor.«

»Könnte doch metaphorisch gemeint sein.«

Claire sah Maya nur mit hochgezogener Augenbraue an.

»Na schön«, gab Maya sich geschlagen. »Dann gehen wir halt ins Café. Da sind keine Aliens.«

Aber Claire hatte miese Laune, weil sie den Film nicht sehen konnte, draußen herrschte eine unangenehme Hitze, bei der man nach fünf Minuten in der Sonne schon nass geschwitzt war, und obendrein hatte Mayas Dad ihr und Lauren geschrieben, seine Geschäftsreise nach New Orleans sei um zwei Tage verlängert worden – ob sie statt Sonntag auch Dienstag zusammen essen könnten? Es tue ihm furchtbar, *furchtbar* leid und er habe sie sehr lieb.

»War ja klar«, murmelte Maya und steckte das Handy wieder weg, ohne ihm zu antworten. Sollte Lauren das doch machen. Wozu hatte man schließlich eine kleine Schwester, wenn sie solche unliebsamen Aufgaben nicht für einen erledigte?

Claire schlürfte an ihrem Becher und musterte sie schweigend. *Da ist viel zu viel Sahne drauf*, dachte Maya und fragte sich gleich darauf, seit wann sie solche Kleinigkeiten an Claire störten.

»Was war klar?«, nuschelte Claire an ihrem Strohhalm vorbei. »Wer war das?«

»Mein Dad«, sagte Maya. »Er ist auf Geschäftsreise in New Orleans und kommt da nicht weg, darum kann er erst am Dienstag mit Lauren und mir zu Abend essen.«

»Ach, wie doof.«

Maya warf Claire einen Blick zu. Sie spürte bereits den Sonnenbrand, der sich auf ihren nackten Schultern ankündigte. Sie hatte sich nicht eingecremt, weil sie ja eigentlich ins Kino gewollt hatten. »Na los, raus damit.«

»Womit?«

»Sag, was du wirklich denkst.«

Claire überlegte kurz.

»Ja, wie gesagt, das ist doof, aber immerhin siehst du deinen Dad Dienstag, oder? Sind doch nur ein paar Tage. Vielleicht könnt ihr dafür nächstes Wochenende mehr Zeit miteinander verbringen.«

Es war, wie Maya bewusst war, eine völlig vernünftige Antwort und damit genau die Sorte Antwort, die sie fuchsteufelswild machte. Claire war zu pragmatisch, zu rational, zu *Claire*. Selbst ihr verdammter *Name* klang besonnen. Maya brauchte jemanden, der so wütend war wie sie, der mit ihr auf einem Level war, damit sie sich nicht so einsam fühlte auf der Spitze ihres Vulkans, während rot glühende Lava sie umwogte.

»Warum bist du immer so?«, fragte Maya. Sie hätte gern einen Schluck getrunken, aber ihr Becher war längst leer. Natürlich war Claire zusätzlich zu allem anderen auch in dieser Hinsicht sparsam und bedacht.

»Wie denn?«

»Immer so verschissen ruhig«, sagte Maya. Sie sprang von der Mauer neben dem Brunnen, auf der sie gesessen hatten. Sie war zu aufgebracht, um still zu sitzen. »Musst du immer so sein wie meine Mom?«

»Deine Mom?«, wiederholte Claire und fing an zu lachen. »Du findest, ich bin wie deine *Mom*? Das ist jetzt aber richtig krank.«

»Warum darf ich denn nicht einfach mal sauer sein?«, schimpfte Maya weiter. »Ich vermisse meinen Dad halt, okay? Ich. Vermisse. Meinen. Dad. Und mir tut's ja auch leid, dass du deinen gar nicht mehr siehst, aber nur weil ich es vielleicht besser habe, heißt das nicht, dass es mir nicht trotzdem mies geht!«

Claire setzte sich gerade auf. Es erinnerte Maya an eine Kobra, die sich zum Angriff bereit machte. »Du findest, du hast es *besser* als ich?«, sagte sie langsam.

»Das hab ich nicht –«

»Doch, hast du. Genau das hast du gesagt.« Auch Claire hüpfte nun von der Mauer, sodass sie sich Auge in Auge gegenüberstanden. »Pass mal auf, Maya, mach mich nicht für deinen Scheiß verantwortlich, klar? Ich weiß, die letzte Zeit war hart für dich – dein Dad ist ausgezogen, Grace und Joaquin und der ganze Kram –«

»Falls du meinst, dass ich rausgefunden habe, dass ich nicht nur eine leibliche Schwester, sondern auch einen leiblichen Bruder habe: Das ist kein Kram«, fauchte Maya.

»Und ich weiß auch, dass du dir Sorgen um deine Mom machst –«

»Fang jetzt nicht damit an!« Maya schrie jetzt. Sie wünschte, sie hätte irgendwas zum Werfen, etwas, das mit all der Wucht, die sich gerade in ihrem Herzen aufstaute, von den Gebäuden um sie abprallen würde. »Lass meine Mom aus dem Spiel!«

»Kann ich aber nicht, Maya! Genau das ist doch das Problem! Du bist wütend auf so viele Leute, denen du das aber nicht sagen kannst, also lässt du es an mir aus!«

»Ach so! 'tschuldigung, mir war nicht klar, dass du neuerdings meine Therapeutin bist. So eine Überraschung aber auch. Zahlt das die Krankenkasse?« Maya hatte keine Ahnung von Therapeuten und Krankenkassen, aber sie hatte ihre Eltern darüber reden hören. Ihre Mom war immer der Meinung gewesen, eine Paartherapie sei zu teuer, weil das die Krankenkasse nicht übernahm, aber ihr Dad hatte darauf bestanden, dann eben selbst zu bezahlen. Geholfen hatte es nicht.

»Maya!«, schrie nun auch Claire. »Gott, du kannst echt so bescheuert sein! Du benimmst dich wie ein Kleinkind!«

»Und du weißt immer alles besser!«, brüllte Maya zurück. »Du hast keine Ahnung von meiner Familie, okay? Also halt dich da raus!«

»Ich hab keine Ahnung, weil du mir nie was erzählst!«, rief Claire. »Ständig lässt du nur diese winzigen Brotkrumen fallen und erwartest, dass ich ihnen folge, aber es sind nie genug!«

Maya blinzelte. »Das ist ja mal eine selten beknackte Metapher.«

»Na schön, wie wär's dann mit Klartext? Du schließt mich aus, weil du nicht willst, dass ich mehr über dich rausfinde. Du hast Angst, wenn ich zu viel über dich und deine Familie weiß, verlasse ich dich.«

Maya fing an zu lachen. »Du liegst so was von falsch«, sagte sie. »Wie viel hab ich dir denn bitte von meinem Dad erzählt? Alles. Alles!«

»Und was ist mit deiner Mom?«, konterte Claire und Maya sah zur Seite. »Bitte, da haben wir's.«

»Das ist privat«, sagte Maya. »Dabei geht es um sie, nicht um mich.«

»Schwachsinn. Es geht um euch alle, das kapierst du nur nicht. Und wen interessiert's, ob das privat ist. Ich bin deine *Freundin*. Der erzählt man so was.«

Maya fühlte, wie sie immer schneller den Berg runterbretterte und sich langsam, aber sicher die Reifen von ihrem Wagen lösten. »Tja, wenn du findest, ich erzähle dir nicht genug, dann sollte ich vielleicht einfach nicht mehr deine Freundin sein.«

Claire hatte gerade noch etwas schreien wollen, aber Mayas Worte ließen sie abrupt verstummen. Auch Maya hielt die Luft an. Sie hatte selbst nicht vorhergesehen, dass sie so etwas sagen würde.

»Du willst Schluss machen?«, fragte Claire, ganz leise und ruhig.

»Klingt eher so, als wolltest *du* Schluss machen.« So klang es überhaupt nicht, nicht mal für Maya. Wer war bloß diese Fremde in ihr, die einfach für sie das Wort übernahm? Wer auch immer sie sein mochte, sie baute gerade kolossalen Mist.

»Das ist also deine Taktik?«, fragte Claire, deren Stimme nun einen gefährlichen Unterton angenommen hatte. »Du stocherst und stocherst und stocherst.« Sie trat auf Maya zu und stach ihr zur Untermalung mit dem Finger in die Schulter. »Wirst immer gemeiner, bis du mich dazu bringst, mit dir Schluss zu machen, weil du nicht den Mumm hast, es selber zu erledigen, ja?«

Maya sagte nichts. Sie starrte Claire nur an. Diesen Trick beherrschte sie perfekt, die Kunst, schweigend zuzusehen, wie ihr Gegenüber sich sein eigenes Grab schaufelte. Sie hätte nur nie gedacht, dass sie ihn einmal gegen Claire anwenden würde.

»Hast du dazu ernsthaft nichts zu sagen?«, fragte Claire. »Wir sind gerade dabei, uns zu trennen, und du machst einen auf stumm?«

Maya zuckte mit den Schultern. Das machte Lauren manchmal, wenn sie sich stritten, und brachte Maya mit ihrer Passivität zuverlässig auf die Palme.

»Oh Mann.« Claire fing an zu lachen. »Du verdammtes Baby.«

Sie trat einen Schritt zurück, nur um gleich wieder auf sie zuzukommen. »Weißt du, was? Von mir aus. Aber wenn du Schluss machen willst, dann musst *du* es zu mir sagen. Ich sage es mit Sicherheit nicht zu dir.«

Das war eine Herausforderung, und Maya war so wütend und frustriert und zornig auf sich selbst, dass sie den Köder schluckte.

»Ich mache Schluss mit dir«, sagte sie zu Claire und sah, wie Claire vor ihren Augen förmlich zerbrach.

»Meinst du das echt ernst?«, flüsterte Claire. »Scheiße, Maya. Musst du wirklich das Haus abfackeln, solange noch alle drin sind?«

Maya hatte keine Ahnung, wovon Claire da redete. Sie war zu sehr damit beschäftigt, den Mund zu halten und ihre Tränen zu unterdrücken. Zu Hause konnte sie weinen, aber niemals würde sie vor Claire zusammenbrechen.

Diese Genugtuung gönnte sie ihr nicht.

»In Ordnung«, sagte Claire. »Dann sieh zu, wie du nach Hause kommst. Ich bin weg.«

»Und tschüs«, erwiderte Maya nur. Bis nach Hause waren es nur ein paar Meilen. Sie hätte lieber den ganzen Weg Purzelbäume auf nacktem Schotter gemacht, als zu Claire ins Auto zu steigen.

Wieder stieß Claire ein Lachen aus, hart und bitter, dann drehte sie sich um. An der Ecke schleuderte sie ihren leeren Kaffeebecher mit solcher Wucht in den Müll, dass es Maya nicht gewundert hätte, wenn er zurückgeprallt und wieder herausgeschossen wäre, aber er blieb liegen.

Claire dagegen ging weiter.

Maya hatte recht gehabt. Sie hatte sich einen höllenmäßigen Sonnenbrand geholt.

Ihre Schultern waren leuchtend pink und ihre Nase hatte einen interessanten Roséton. »Hey, Rudolph«, scherzte Lauren, als sie Maya später am Nachmittag vor dem Spiegel im Badezimmer ihr Gesicht inspizieren sah.

»Klappe. Haben wir After-Sun-Lotion?«

Lauren griff an ihr vorbei ins Medizinschränkchen. »Hier«, sagte sie. »Ich glaube, da ist auch noch Aloe vera in Mom und Dads – ich meine, in Moms Bad.«

»Aloe vera ist mir zu schleimig«, antwortete Maya und ignorierte Laurens Versprecher.

»Warum bist du denn so verbrannt?«, fragte Lauren und setzte sich auf den Toilettendeckel.

»Bin zu nah zur Sonne geflogen«, murmelte Maya und trug eine dicke weiße Cremeschicht auf.

»Was?«

»Nichts. Ich war bloß draußen und nicht eingecremt. Hast du Dads Nachricht gekriegt?«

Lauren nickte und stützte die Ellbogen auf die Knie.

»Eine Frage«, sagte Maya. »Warum hängst du hier bei mir im Badezimmer rum?«

»Im Fernsehen läuft nichts Gutes.«

Maya warf ihr im Spiegel einen Blick zu. »Wo ist Mom?«

Lauren zuckte wieder mit den Schultern.

»Wo?«, bohrte Maya nach.

»Sie schläft«, sagte Lauren leise.

Maya seufzte. Sie schlief, nachmittags um halb sechs. Vermutlich Saufkoma. Fantastisch. Am Tag zuvor, als Maya aus der Schule gekommen war, hatte sie auch schon »geschlafen«. In dieser Woche hatte es mehr leere Flaschen gegeben als sonst, die Maya und Lauren entsorgt hatten, ohne ein Wort zueinander zu sagen. Das musste ihrer Mom doch aufgefallen sein. Oder?

»Was willst du heute Abend essen?«, fragte Maya Lauren stattdessen.

»Pizza.«

»Langweilig.«

»Du hast gefragt, was ich will. Und der Grieche liefert nicht.«

Maya seufzte. Sie hatte heute schon einen Katastrophenstreit hinter sich und einen zweiten konnte sie wirklich nicht gebrauchen.

»Okay«, gab sie schließlich nach. »Wir laufen einfach zum Griechen. Lass Mom ausschlafen, wir bringen ihr was mit.«

»Aber du fragst nicht Claire, ob sie mitkommt, oder?«

Maya erstarrte. »Wieso?« Ihre Stimme klang erstickt in ihren Ohren.

Lauren schien nichts davon zu merken. »Weil ihr sonst wieder total im Schmusi-Knutschi-Turtelmodus seid und ich dasitzen und zugucken muss wie so eine Spannerin.«

Der Riss in Mayas Herz vertiefte sich. »Kein Schmusi, kein Knutschi«, versprach sie. »Claire macht heute Abend was mit ihrer Familie.« Nichts davon war gelogen.

Lauren ging sich Schuhe anziehen, während Maya auf Zehenspitzen ins Schlafzimmer ihrer Eltern – ihrer Mom – schlich. Seit ihr Dad nicht mehr da war, wirkte es noch größer, das Bett leerer. Ihre Mom hatte sich ganz am Rand der Matratze eingerollt und atmete tief und gleichmäßig.

Maya betrachtete sie eine Minute, bevor sie ihr die Decke über die Schultern zog.

Dann trat sie an die Kommode, öffnete die oberste Schublade und tastete nach dem Bündel Zwanzigdollarscheine, von dem sie wusste, dass es sich darin befand. Sie nahm sich zwei davon und zählte den Rest. Für den Fall, dass ihre Mom auch die restlichen Abendessen diese Woche verschlief, konnten Lauren und sie sich noch mindestens vier Mal was beim Imbiss holen. Fünf, wenn Maya Laurens Pizzawunsch nachgab.

Beim Griechen saßen sie nebeneinander an der Theke mit Blick aus dem Fenster und aßen Pitabrot mit Zaziki und Souflaki. (Rind für Maya und Hühnchen für Lauren. Für Lamm waren sie beide nicht zu haben. Ein Schafbaby zu essen, erschien ihnen einfach nur falsch.) Maya fragte sich, ob Grace, Joaquin und sie auch irgendwann diese Fähigkeit entwickeln würden, einfach still zusammen dazusitzen, zufrieden in dem Wissen, dass, egal, was mit den Eltern oder der Freundin los war, die Geschwister immer für einen da sein würden, wie Buchstützen, die einen aufrecht hielten, wenn man das Gefühl hatte, es selber nicht zu können.

Als sie zurückkamen, war es immer noch dunkel im Haus. Maya machte das Licht in der Küche an und verstaute die Hühnchensouflaki für ihre Mom im Kühlschrank. »Mom?«, rief sie. Zumindest stand das Auto noch in der Einfahrt. So verrückt war ihre Mutter dann doch nicht.

»Mom!«, rief sie wieder. »Aufwachen! Wir haben dir was zu essen mitgebracht!« Insgeheim hoffte sie, der Gedanke an griechisches Essen würde bei ihrer verkaterten Mutter Brechreiz auslösen. Nur um sich im nächsten Moment zu fragen, wann sie eigentlich zu so einem bösartigen Menschen geworden war. »Mom!«

Oben herrschte immer noch Stille, dann hörte sie Lauren schreien. »Mom!«

Bevor sie es wusste, war Maya halb die Treppe hochgerannt.

»Mom!«, schrie Lauren immer wieder und Maya folgte ihrer Stimme den Flur runter und ins Elternschlafzimmer. Ihre Schwester kniete auf dem Boden neben ihrer Mom, die wie ein aus dem Nest gefallenes Vögelchen dalag und am Kopf blutete. Der Marmorboden, kalt unter Mayas nackten Füßen, war rot verschmiert.

»Ich hab sie so gefunden!«, weinte Lauren. »Wir müssen Dad anrufen!«

Maya riss Lauren das Handy aus der Hand. »Wir müssen einen Notarzt rufen!«, sagte sie. »Mann, Lauren, was soll Dad denn von New Orleans ausrichten?«

Sie brauchte drei Versuche, um die Nummer einzutippen, so stark zitterten ihre Hände.

Ihre Mom stöhnte. Lauren presste ihr ein Handtuch an den Kopf, um die Blutung zu stillen. Die Frau von der Notrufzentrale versprach, am Telefon zu bleiben, bis die Sanitäter eintrafen, und Maya stellte es auf Lautsprecher und legte es auf die Kommode.

»Maya?«, ächzte ihre Mom.

»Ich bin da«, antwortete sie, blieb jedoch stehen. Sie wollte ihrer Mutter nicht zu nahe kommen, nicht aus Versehen irgendetwas schlimmer machen. Stattdessen zog sie nun ihr eigenes Handy aus der Tasche und suchte nach Claires Nummer, bevor ihr mit einem eiskalten Schock klar wurde, dass Maya vermutlich der letzte Mensch war, von dem Claire gerade angerufen werden wollte.

»Scheiße«, flüsterte sie. Lauren strich ihrer Mutter mit der einen Hand übers Haar, während sie ihr weiter von unten das Handtuch an die Schläfe drückte, und Maya zwang sich, klar zu denken, nicht zu weinen, das Problem zu lösen.

Sie wählte eine andere Nummer. Zuerst hatte sie Angst, dass niemand drangehen würde, aber beim vierten Klingeln wurde abgehoben. »Hallo? Maya?«

»Grace«, sagte Maya, dann fing sie an zu weinen.

Joaquin

Joaquin hatte sich mittlerweile mehr oder weniger an Grace' willkürliche Nachrichten gewöhnt. **Wie war dein Tag?**, wollte sie manchmal nach der Schule wissen, oder, letztes Wochenende: **Hast du diesen neuen Film gesehen?** Er war sich nicht sicher, ob sie ernsthaft neugierig war oder einfach nur alle Kriterien erfüllen wollte, die ein gutes Verhältnis unter Geschwistern ausmachten, aber er freute sich in jedem Fall. Meistens schickte er nur die absoluten Standardantworten zurück – **Gut, und deiner?** oder **Nee, noch nicht** –, weil er nicht so recht wusste, was er schreiben sollte. Schließlich war Grace für ihn noch immer eine mehr oder weniger Fremde. Verwandt hin oder her, er hatte sie, genau wie ihre andere gemeinsame Verwandte/Fremde, erst zweimal gesehen. Da hatte sich zwischen ihnen noch nicht gerade das beste *Kuschelwuschelfeeling* eingestellt. (Joaquin hatte einmal eine jüngere Pflegeschwester gehabt, die dieses Wort ständig benutzte. Irgendwie war es bei ihm hängen geblieben, obwohl er es total idiotisch fand.)

Das alles änderte sich am Sonntag.

Es begann mit einer Nachricht von Grace – womit auch sonst? Joaquin drehte sich im Bett um und rieb sich die Augen. **Hey**, schrieb sie und schon an dieser Stelle dämmerte ihm, dass etwas an dieser Nachricht anders war. **Ich weiß, wir waren heute eigentlich im Café verabredet, aber könntest du stattdessen zu Maya kommen?**

Seltsam.

Klar, okay, warum?

Lange Geschichte. Kannst du möglichst bald da sein?

Joaquin dachte kurz nach, rollte sich zurück auf die andere Seite und kniff ein Auge zu, um besser das Display lesen zu können. **Okay**, schrieb er zurück. **Um zehn dann?**

Super. Danke, Joaq.

Er blieb noch ein, zwei Minuten liegen, dann tappte er aus seinem Zimmer. »Linda?«, rief er.

»Ja?«

»Darf ich mir das Auto ausleihen?«

Linda trat auf den Flur. »Mark und ich dachten eigentlich, wir gehen wieder einkaufen, während du dich mit Maya und Grace triffst.«

»Grace hat mir gerade geschrieben«, entgegnete er und hob sein Handy. »Sie wollen sich bei Maya treffen.« Er zögerte kurz und fügte dann hinzu: »Ich glaube, da ist irgendwas passiert.«

Eine Stunde später bog Joaquin mit Marks Wagen in Mayas extrem weitläufige Auffahrt ein. Grace' Auto parkte schon dort, und Joaquin schätzte, dass man noch einen Sattelschlepper hätte unterbringen können und trotzdem genug Platz zum Basketballspielen gehabt hätte.

»Scheiße«, murmelte er, als er durch die Windschutzscheibe zum Haus aufsah. Dass die Familie seiner kleinen Schwester ziemlich reich war, hatte er ja schon vermutet, und angesichts der hohen Eingangstür, der großzügigen Fensterfront und der Bougainvillea, die an einer Seite die Mauer emporkletterte, wurde ihm klar, dass er recht gehabt hatte.

Grace öffnete, bevor Joaquin auch nur nach dem riesigen pokalförmigen Messingtürklopfer greifen konnte. »Hi«, sagte er.

Sie sah schlecht aus.

»Du siehst ja …«

»Ich weiß, bin total k. o.« Grace trat zurück und ließ ihn ins Haus. »Ich wohne zwar nicht hier, aber ich bitte dich einfach mal rein. Willkommen bei Maya.«

Joaquin setzte einen Fuß auf den Marmorboden. Neben der Tür sah er einen Haufen Schuhe, also streifte er seine Sneakers ab und war froh, dass er wenigstens saubere Socken angezogen hatte. »Was machst du hier?«, wollte er wissen. »Wo ist Maya?«

Grace deutete mit dem Daumen über ihre Schulter. »Draußen, mit Lauren. Ihrer Schwester«, fügte sie hinzu, als Joaquin nur fragend guckte. »Du weißt schon, die direkt nach Mayas Adoption geboren wurde.«

»Ach ja, richtig«, sagte er, aber sein Blick war direkt zu der monströsen Treppe und der Unmenge Familienfotos an der Wand dahinter geschweift. Das Ganze war wie ein Querschnitt von Mayas Leben, angefangen beim Babyalter, über Schulaufnahmen vor einer Fototapete mit Waldmotiv, Urlaubsbilder, Schnappschüsse und professionelle Porträts. Auf jedem einzelnen davon erkannte Joaquin Maya binnen Sekunden. Sie war die kleine Brünette in einem Meer hochgewachsener Rothaariger, und zum ersten Mal war Joaquin froh, dass er keine Babyfotos von sich besaß. Auf so eine ständige Erinnerung daran, dass er anders war als alle anderen, konnte er wirklich verzichten.

Grace, die neben ihm stand, folgte seinem Blick. »Irre, oder?«, sagte sie nach einer Weile. »Stell dir mal vor, daran müsstest du jeden Tag vorbei. Hat mich bei meinem ersten Besuch auch total geschockt.«

»Meinst du, die wissen überhaupt, wie gruselig das ist?«, fragte Joaquin und beugte sich mit verschränkten Armen vor, um eins der Kinderfotos zu inspizieren, Baby Lauren in Kleinkind Mayas

Armen. Maya wirkte wenig begeistert. Joaquin fiel auf, dass sie noch heute dasselbe Gesicht zog, wenn sie schlecht gelaunt war.

Grace zuckte mit den Schultern. »Keine Ahnung. Vielleicht wollten sie ihr auch einfach versichern, dass sie eine von ihnen ist, egal, wie sie aussieht?«

Bevor er sich zurückhalten konnte, stieß Joaquin ein schnaubendes Lachen aus. Das war einer der ersten Sätze, die Mrs Buchanan zu ihm gesagt hatte, nachdem er bei ihnen eingezogen war. »Wir sehen hier keine Hautfarben«, hatte sie beteuert, ihm die Hand auf seine damals noch knochige Schulter gelegt und so breit gelächelt, dass Joaquin ihre Backenzähne sehen konnte. »Innen sind wir alle gleich.«

Er fand das damals ziemlich witzig, weil alle anderen Leute durchaus in der Lage zu sein schienen, Hautfarben zu erkennen.

»Glaub mir«, sagte er zu Grace. »Maya weiß, dass sie anders aussieht.«

»Tja, jetzt hat sie jedenfalls dringendere Probleme.« Grace seufzte. »Komm, die beiden sind draußen am Pool.«

Na klar, am Pool, wo auch sonst, dachte Joaquin, während er Grace folgte. Maya und ein rothaariges Mädchen, das dann wohl Lauren war, saßen einander am Beckenrand gegenüber. Lauren hatte sich in den Schatten unter einem Schirm verzogen, Maya jedoch lehnte rücklings auf die Ellbogen gestützt auf dem nackten Zement, eine Sonnenbrille auf der Nase und die Füße im Wasser. Als sie sie kommen hörte, setzte sie sich auf. »Hi.« Sie winkte Joaquin zu. »Willkommen zur neuesten Episode von ›The Real Housewives‹.«

Joaquin sah Grace an, die sich die Schläfen massierte. »Was?«, fragte er.

»Nichts«, sagte Maya. »Danke, dass du gekommen bist. Willst du ein bisschen die Füße in den Pool hängen?«

Und ob er wollte. Auf der Terrasse war es warm, wärmer als an Mark und Lindas Haus am Strand. Aber zuerst ging er auf die andere Beckenseite und streckte Lauren die Hand hin. »Hi«, sagte er. »Ich bin Joaquin.«

»Oh, tut mir leid«, sagte Maya. »Das ist meine Schwester Lauren. Lauren, das ist mein … das ist Joaquin. Ihr seid nicht verwandt und nicht verschwägert.«

»Hi.« Lauren schüttelte ihm die Hand. Joaquin fiel wieder ein, dass die beiden nur ein Jahr auseinanderlagen, aber Lauren wirkte viel jünger, viel zerbrechlicher. Und sie hatte eindeutig geweint. Ob Maya deswegen diese riesige Sonnenbrille trug?

»Moment«, sagte Maya. »Oder seid ihr doch verwandt?«

»Quatsch«, meinte Grace und setzte sich auf die Liege neben Laurens in den Schatten.

»Okay, nein, aber …« Maya grübelte weiter. »Hier kommt doch bestimmt irgendein mathematisches Gesetz zum Tragen, oder? Transitive Relation vielleicht? Der Bruder meiner Schwester ist auch mein Bruder?«

»Ich glaube, so funktioniert das nicht«, sagte Joaquin und zog sich die Socken aus.

»Mathe ist nicht gleich Bio«, stimmte Lauren zu. »Das weiß sogar ich, obwohl ich in beidem mies bin.«

Maya wedelte nur mit der Hand. »Na dann Glückwunsch zu deinen zwei neuen Freunden, Lauren. Und sag nicht, dass du mies in Naturwissenschaften bist; das ist so ein Mädchenklischee. Selbst wenn es wahr ist, dann lüg halt.« Sie seufzte tief, als wäre es gerade ihr schwerwiegendstes Problem, ob Lauren über ihre Intelligenz log.

Joaquin sah wieder Grace an, die nur den Kopf schüttelte.

»Okay«, sagte Joaquin, setzte sich neben Maya und versenkte die Füße im Pool.

Maya winkte wieder, ohne aufzusehen. »Und, wie ist das Wasser?«

»Schön«, antwortete er. »Blau.«

Jetzt schob sie die Sonnenbrille hoch und sah ihn an. »Das sage ich auch immer«, gestand sie mit weit aufgerissenen braunen Augen. »Fühlst du etwa auch in Farben?«

Joaquin hatte keinen Schimmer, wovon sie redete. »Willst du mir vielleicht verraten, warum wir hier in deinem Garten sitzen anstatt im Café wie sonst?«

»Weil es hier viel besser ist«, erklärte Maya und tätschelte ihm den Arm.

So hatte ihn lange niemand mehr berührt, nicht seit Birdie bei ihrem Streit vor ein paar Tagen. »Entspann dich einfach. Genieß das Blau.«

Das ließ sich Joaquin nicht zweimal sagen.

»Maya?«, rief Lauren nach ein paar Minuten. »Kann ich mit dem Fahrrad zu Melanie fahren?«

»Wieso fragst du mich?«, erwiderte Maya, einen Arm über ihre Augen gelegt. »Ich bin doch nicht Mom. Zum Glück«, murmelte sie gedämpft.

Lauren wartete ab. »Heißt das Ja?«

»Ja.«

Doch dann stemmte Maya sich hoch, ging zu Lauren und nahm sie in den Arm. Eng umschlungen standen sie da, länger als Maya Joaquin oder Grace je umarmt hatte. Nachdem sie einander wieder losgelassen hatten, strich Lauren, die fast einen Kopf größer war als Maya, ihrer Schwester übers Haar. »Ich bin um drei wieder da«, sagte sie.

»Das will ich dir auch geraten haben«, entgegnete Maya. »Oder ich überfahre dich mit einem Lkw. Und das ist nicht metaphorisch gemeint.«

»Du hast doch noch nicht mal ’nen Führerschein.« Lauren schien nicht allzu besorgt.

»Ich weiß. Und das macht es nur noch schlimmer. Stell dir mal vor, was für einen Schaden ich anrichten könnte.« Aber sie drückte Lauren noch einmal den Arm, bevor sie sich zurück neben Joaquin an den Beckenrand setzte.

Joaquin hatte das Gefühl, als sei er mitten in ein Theaterstück geplatzt. Er hatte keine Ahnung, was sich hier abspielte. Am liebsten hätte er Grace ins Haus gezogen und sie ausgefragt, aber die las gerade etwas auf ihrem Handy. Die Sonnenbrille ins Haar geschoben, spähte sie stirnrunzelnd auf das Display.

Na ja, wenigstens gab es einen Pool.

Sobald Lauren losgeradelt war, ging Maya ins Haus. Ein paar Minuten später kam sie zurück, irgendetwas in der Faust verborgen. »Ich hab Lauren echt lieb und alles«, seufzte sie und setzte sich wieder neben Joaquin, »aber das hier kann ich vor ihr nicht machen.«

»Ist das – ach du Scheiße«, fluchte Joaquin und starrte auf den Joint und das Feuerzeug in ihrer Hand. »Kiffen, im Ernst?«

»Zu rein medizinischen Zwecken«, witzelte Maya und steckte sich den Joint zwischen die Lippen. »Beruhig dich. Meine Eltern haben keine Ahnung.«

»Oh Gott, was hast du denn da? Ist das etwa Gras?«, fragte nun auch Grace und richtete sich auf.

»Bingo«, sagte Maya und tippte sich an die sonnenverbrannte Nase. »Mal ziehen?«

Grace kam zögernd näher. »Was ist mit dir?«, fragte Maya Joaquin, während sie den Joint anzündete. »Bist du dabei? So zum happy Sonntag?«

»Nee danke«, lehnte er ab. »Ich muss noch fahren.«

»Na schön«, sagte Maya, als Grace es sich neben ihr bequem

machte und ebenfalls die Füße ins Wasser baumeln ließ. »Aber ich zuerst, ist schließlich meiner.«

»Bist du nicht gerade mal – was eigentlich, zwölf?«, wollte Joaquin wissen. »Wo hast du das Ding überhaupt her?«

»Von meiner Freundin, ich meine natürlich, *Ex*-Freundin. Claire.«

Joaquin und Grace wechselten über Mayas Kopf hinweg einen Blick, und Joaquin hatte ein Déjà-vu, in dem er Mark und Linda genau dasselbe über seinen Kopf hinweg tun sah. »Ihr habt euch getrennt?«, hakte Grace nach, während Maya den ersten Zug nahm.

»Korrekt, Ma'am«, bestätigte Maya mit rauer Stimme und hielt ein paar Sekunden lang den Rauch ein, bevor sie den Joint an Grace weiterreichte.

Grace nahm ihn, zog jedoch noch nicht daran. »Ist echt ewig her seit dem letzten Mal.« Sie hatte ein seltsames Lächeln im Gesicht, und Joaquin konnte nicht sagen, ob es ein glückliches oder trauriges war. »Na los, dann produzieren wir mal ein bisschen ›Smoke on the Water‹.«

»›And fire in the sky‹«, antwortete Joaquin automatisch und war sehr zufrieden mit sich, als seine Schwestern kicherten. »So, erzählt mir jetzt vielleicht mal jemand, was wir hier machen?«, fragte er. »Oder muss ich raten?«

»Raten, raten!«, skandierte Maya.

»Hör auf«, sagte Grace und gab ihr den Joint zurück. »Puh, ist der stark.«

»Ja, Claire macht keine halben Sachen.«

»Also sind wir hier, weil zwischen Claire und dir Schluss ist?«, fragte Joaquin. Wenn sie sich unbedingt alles aus der Nase ziehen lassen wollte, bitte. Da hatte er schon heiklere Fragen gestellt. Er selbst hatte nach der Trennung von Birdie einfach nur sterben wollen und konnte sich nicht vorstellen, in so einem Moment Leute um sich zu versammeln, um ihn zu bemitleiden. Vielleicht tickten Mädchen in der Hinsicht aber auch einfach anders und scharten sich umeinander wie Pinguine, anstatt sich unter der Bettdecke zu verkriechen und den ganzen Tag Netflix zu gucken.

Maya lachte knapp. »Oh Mann, das mit Claire hatte ich gestern sogar kurz vergessen. So schrecklich war der Tag.«

Joaquin wartete auf weitere Erläuterungen. Als keine kamen, seufzte er. »Und was ist gestern passiert?«

Maya nahm Grace den Joint wieder ab. »Erzähl du's ihm«, sagte sie und gestikulierte in Joaquins Richtung. »Du bringst das bestimmt viel besser rüber.«

»Mann, was ist denn nun passiert?«, drängte Joaquin. »Und warum sind hier eigentlich nirgendwo Eltern?« Er hatte sich immer vorgestellt, dass Mayas und Grace' Eltern ihnen permanent nachliefen, hinter ihnen aufräumten und zugleich ständig ein Sicherheitsnetz gespannt hielten, damit ihnen nur ja nichts passierte. »Habt ihr das Regime gestürzt, oder wie?«

Maya fing an zu kichern und schließlich lauthals zu lachen, Grace jedoch guckte nur ernst, und Joaquin überlegte, ob er nun genau das Richtige oder genau das Falsche gesagt hatte.

Seine Frage beantwortete sich selbst, als Maya in Tränen ausbrach.

»Verdammt«, sagte er, während Grace den Arm um Maya legte. Maya hatte noch immer den Joint in der Hand, dessen Rauch in einer langen, geraden Säule aufstieg und sich erst ganz an der Spitze kräuselte. Grace' Bewegung durchschnitt die Linie und der Rauch zerstob. »Mist, ach, Maya«, sagte Joaquin. »Tut mir leid. Das war doch bloß ein Witz.«

»Lass nur, ist schon gut«, wehrte Maya ab, die jedoch noch immer schniefte. Joaquin war zwar noch blutiger Anfänger, was

Geschwister anging, aber er war sich ziemlich sicher, dass Seine-kleine-Schwester-zum-Weinen-Bringen ganz weit oben auf der Liste der Don'ts stand.

»Erzähl's ihm einfach«, sagte Claire leise, die Wange an Mayas Haar geschmiegt.

Maya holte tief Luft und zog dann wieder an ihrem Joint. »Okay«, fing sie an, heiser vor Tränen und Rauch. »Vielleicht wusstest du das ja schon, aber meine Mom ist eine ziemlich starke Alkoholikerin?«

Joaquin fühlte, wie sein Rückgrat sich so gerade aufrichtete wie die Rauchsäule vor ihm. Er hatte selbst mal einen Pflegevater gehabt, der alkoholsüchtig war. Schön war das nicht gewesen. Dass Maya nun so etwas durchstehen musste, fand er unerträglich.

Und Grace' Gesichtsausdruck nach zu schließen, ging es ihr genauso.

»Tja, und sie kommt mit der Scheidung nicht so gut klar?«, fuhr Maya fort. Ihre Stimme hob sich am Ende jedes Satzes, als müsste sie sich vergewissern, ob das, was sie sagte, tatsächlich der Wahrheit entsprach. Joaquin konnte das gut verstehen. »Und diese Woche hat sie wirklich viel getrunken, selbst für ihre Verhältnisse? Und dann waren Lauren und ich« – Maya deutete vage in die Richtung, in der Lauren verschwunden war – »gestern Abend kurz was essen, und als wir wiedergekommen sind, war meine Mom … sie lag auf dem Boden. Sie ist hingefallen und hat sich den Kopf gestoßen. Alles voller Blut. Wahrscheinlich immer noch. Kann sein, dass wir jemanden holen müssen, der das wegmacht. Sieht auf jeden Fall aus wie ein Verbrechensschauplatz. Guckt ihr manchmal auch diese Sendungen, wo sie die Tatorte von Morden rekonstruieren?«

»Maya.« Grace legte ihr die Hand aufs Knie. »Wir kapieren schon.«

Maya nickte. »Ja, jedenfalls musste sie über Nacht im Krankenhaus bleiben, Gehirnerschütterung.«

»Und dein Dad?«, fragte Joaquin. »Ist der bei ihr?«

»Nein, der ist in New Orleans. Oder wahrscheinlich gerade auf dem Heimflug. Grace' Eltern haben ihn gestern Abend angerufen.«

»Und weiß er Bescheid über … du weißt schon …?«

»… die Sache mit dem Trinken?«, ergänzte Maya und Joaquin nickte. »Mittlerweile ja, schätze ich. Ich glaube, er hatte keine Ahnung, wie schlimm es ist. Aber jetzt schon.«

»Maya hat mich gestern Abend angerufen«, fügte Grace hinzu. »Und wir – also meine Eltern und ich – sind direkt zum Krankenhaus gekommen.«

»Lauren und ich sind im Rettungswagen mitgefahren«, sagte Maya. »Mit Sirene und Blaulicht und allem. Man sollte meinen, das wäre total laut dadrin, war es aber gar nicht. Die Filme vermitteln einem ein komplett falsches Bild.«

Joaquin beobachtete, wie Maya den Joint an die Lippen hob, ihn jedoch wieder sinken ließ, ohne daran zu ziehen. Es war, als sähe er einem kleinen Kind beim Autofahren zu; zu kurze Beine, um die Pedale zu erreichen, zu klein, um übers Lenkrad gucken zu können. »Und wann darf sie wieder nach Hause?«, fragte er.

»Gar nicht«, erwiderte Maya knapp. »Zumindest nicht in nächster Zeit. Erst mal macht sie einen *Entzug.* Mein Dad hat eine Klinik in Palm Springs aufgetan, da bringt er sie heute Abend hin, wenn sie entlassen wird. Ach ja, und dann haben auch noch meine Freundin und ich gestern Schluss gemacht – scheint, als hätte ich gerade 'nen echten Lauf. Vermutlich sollte ich Lauren lieber in Polsterfolie wickeln, die Leute um mich fallen ja um wie die Fliegen.« Mit der Hand, in der sie den Joint hielt, deutete sie von Grace zu Joaquin. »Also immer schön nach rechts und links gucken, bevor ihr über die Straße geht, ihr zwei. Ich bringe anscheinend Unglück.«

»Quatsch«, blaffte Joaquin und die beiden Mädchen sahen ihn überrascht an. »Sag doch so was nicht. Um dich passiert einfach gerade viel Übles, aber das ist nicht deine Schuld.«

Mit einem Mal wirkte Maya gramerfüllt. (Dieses Wort hatte Joaquin mal irgendwo gelesen und nie wieder vergessen. Er musste dabei an Waisenkinder denken, an verarmte Witwen und im Regen ausgesetzte Welpen – der reinste Dickens-Roman.) »Nein, ich glaube wirklich, dass es an mir liegt«, sagte sie und wischte sich abermals die Augen. »Ich bin mir sogar hundertprozentig sicher, dass die Trennung mit Claire auf mein Konto geht. Ich hab sie regelrecht weggeekelt.«

»Und da gibt's kein Zurück mehr?«, fragte Joaquin. »Kannst du dich nicht entschuldigen?«

»Nein.«

»Blödsinn, klar kannst du«, meldete sich Grace zu Wort.

Maya fing wieder an zu weinen.

Joaquin und Grace warfen einander einen weiteren Blick zu, dann rutschte Joaquin näher zu Maya und legte ihr den Arm um die Schultern. Er wusste, was für ein schreckliches Gefühl es war, allein zu weinen. Als wäre man der letzte Mensch auf Erden. So sollte Maya sich nicht fühlen.

»Was, wenn sie das mit dem Entzug nicht durchzieht?«, schluchzte Maya. »Wenn sie sich für geheilt hält und selbst aus der Klinik entlässt, nur um sich dann wieder den Kopf aufzuschlagen?«

»Sie wird dableiben«, beruhigte Grace sie. »Dafür sorgt dein Dad schon.«

»Oder auch nicht«, entgegnete Joaquin und fügte dann hinzu, als er Grace' erbosten Blick auffing: »Was denn? Kann doch sein.«

»Grace ist der Sonnenschein und du die Regenwolke«, schniefte Maya. »Ihr seid echt ein super Team.«

Joaquin hatte sich lange nicht mehr als Bestandteil eines Teams gesehen, nicht seit Birdie. Hatte Maya vielleicht recht? »Hör zu«, sagte er. »Über das, was deine Mom tut, hast du keine Kontrolle. Aber über das, was *du* tust, schon.«

Maya wischte sich mit dem Arm über die Augen und sah ihn an. »Machst du … eine *Therapie*, Joaq?«

Joaquin zuckte zusammen. »Ich … Ja, mache ich. Mark und Linda zahlen dafür.«

»Ich hab mir solche Mühe gegeben, dafür zu sorgen, dass sie nüchtern bleibt – oder na ja, wenigstens weniger betrunken ist«, erklärte Maya. »Sie hatte überall im Haus Weinflaschen versteckt. Lauren und ich sind kaum mit dem Einsammeln hinterhergekommen.«

»Weiß dein Dad auch davon?«, erkundigte sich Grace. »Vielleicht solltest du es ihm sagen.«

»Wenn nicht, müsste er schon blind sein«, entgegnete Maya. »Und wenn doch, ist es ihm ganz offensichtlich egal. Ich meine, er hat uns schließlich mit ihr allein gelassen. Hat sich eine Wohnung gesucht und ist ausgezogen. Während meine Mom weg ist, wohnt er natürlich wieder hier, aber … ja.« Sie warf den Joint in den Pool, wo er sofort verlosch und dann auf dem blauen Wasser dahintrieb. »Was für eine Riesenscheiße. Meine Mom ist eine Säuferin und meine Ex hasst mich.«

»Tja, meine Ex hasst mich auch«, steuerte Joaquin bei, und beide Schwestern wendeten sich ihm abrupt zu, die Augen weit aufgerissen. »Falls das ein Trost ist.«

»Du hattest eine Freundin?«, fragte Grace.

»Warum habt ihr euch getrennt?«, wollte Maya wissen.

»Wie lange wart ihr zusammen?«

»Wie hieß sie?«

»Hast du Schluss gemacht oder sie?«

»Ich«, sagte Joaquin. »Und sie heißt Elizabeth, aber alle nennen sie Birdie.«

»Birdie«, wiederholte Maya wenig begeistert. »Klingt wie ein Manic Pixie Dream Girl. Kauft sie viel auf Etsy ein?«

Joaquin hatte keine Ahnung, was Etsy war. »Sie ist nach ihrer Großmutter benannt«, erläuterte er. »Was ist denn ein Manic Pixie Dream Girl?«

»Ach nichts«, winkte Grace ab. »Warum hast du mit ihr Schluss gemacht?«

Joaquin lachte ein bisschen und sah zu, wie der Joint hinunter auf den Grund des Pools trudelte. »Ist uninteressant.«

»Ist es gar nicht«, widersprach Maya. So sanft hatte ihre Stimme noch nie geklungen. »Du hast sie ja ganz offensichtlich immer noch gern.«

»Wie kommst du denn darauf?«

»Du bist rot geworden«, sagten beide Mädchen im Chor, und Joaquin wurde klar, dass sie recht hatten.

Verdammt.

»Na schön«, meinte er. »Da heute anscheinend der Tag der großen Geständnisse ist: Ich hab mit ihr Schluss gemacht, weil ich nicht gut genug für sie war.«

»Das hat sie *gesagt*?«, keuchte Grace auf.

»Die kriegt von mir eins in ihre blöde Vogelfresse«, knurrte Maya.

»Nein, nein, hat sie nicht … oh Gott.« Joaquin hob die Hände. »Darauf bin ich von allein gekommen. Sie hat so viele Träume und Ziele und so. Und die soll sie auch erreichen.«

Die Wut in den Gesichtern der Mädchen wich Verwirrung. »Moment mal«, sagte Maya nach ein paar Sekunden. »Heißt das, *du* hältst dich für nicht gut genug für sie?«

»Ach, Joaquin«, seufzte Grace.

So langsam gewöhnte Joaquin sich daran, dass ständig alle enttäuscht von ihm zu sein schienen. »Ihr versteht das nicht«, sagte er. »Ihr zwei seid mit Familien aufgewachsen. Wahrscheinlich wohnst du seit deiner Geburt hier, stimmt's? Stimmt's?«, wiederholte er, als Maya nicht antwortete, und sie nickte widerstrebend. »Okay, bei Birdie ist es genauso. Diese Fotowand an der Treppe, die gibt es bei ihr auch. Bei mir nicht. Ich habe gar nichts in der Art. Das ist wie ...« Joaquin versuchte, sich an etwas zu erinnern, was Ana einmal zu ihm gesagt hatte. »Wie ein Haus ohne Fundament, und man braucht nun mal ein Fundament, wenn man etwas von Dauer aufbauen will.« Das hatte Ana natürlich anders ausgedrückt, aber Joaquin hatte es dennoch so verstanden.

Maya sah ihn nur an. »Nicht dein Ernst, oder? Mein Fundament bröckelt mir gerade unterm Hintern weg: Meine Mom ist auf Entzug, meine Eltern lassen sich scheiden. Nur weil du keine Vorzeigefamilie wie aus dem Fernsehen hast, heißt das doch nicht, dass du kein guter Mensch bist, Joaquin.«

Und in dem Moment wurde Joaquin klar, dass er Grace und Maya niemals erzählen durfte, was wirklich passiert war. Warum er von den Buchanans weggemusst hatte, warum er alles andere als ein guter Mensch war. Stattdessen sagte er: »Ist halt schwer zu erklären. Birdie hat so viele Babyfotos.«

Grace setzte sich kerzengerade auf und ihr Mund formte eine dünne Linie. »Und du hast keine Babyfotos von dir«, sagte sie leise.

Mit einem Mal sah sie furchtbar traurig aus. Joaquin wollte

nichts lieber, als ihren Kummer vertreiben. Er hatte es so satt, dass er ständig die Leute um sich traurig machte, die er doch eigentlich beschützen wollte. »Nein. Und auch keine Schulfotos, die kosten schließlich Geld.« Joaquin zuckte mit den Schultern. »Wie gesagt, Birdie hat diese ganzen Fotos. Jemand hat sie für sie aufbewahrt. Und als ich sie gesehen habe, da dachte ich …« Joaquin verstummte bei der Erinnerung – es war als hätte sich bei dem Anblick sein Magen zusammengefaltet. »… wir wären niemals auf Augenhöhe. Sie hätte immer mehr als ich. Würde immer mehr brauchen. Sie sollte mit jemandem zusammen sein, für den das genauso selbstverständlich ist.«

»Joaquin.« Maya legte ihm die Hand auf den Arm. »Du bist echt ein Vollidiot.«

Grace hob den Blick zum Himmel. »Maya«, seufzte sie.

Maya ließ ihn nicht los. »Nein, ich mein's ernst«, bekräftigte sie, und Joaquin wusste nicht, ob sie total aufgebracht oder total high war, aber ihre Eindringlichkeit brachte ihn ein bisschen zum Schmunzeln. »Hast du dir die Fotos an der Treppe mal angeguckt? Also, *richtig* angeguckt?«

Joaquin nickte. »Ziemlich beeindruckend.«

Maya bekam schon wieder feuchte Augen. Sie war definitiv high. »Meine Eltern haben so viel über Adoption gelesen, über adoptierte Kinder und wie man sein Adoptivkind akzeptieren und lieben soll und so, aber ich hab sie nie auch nur ein einziges Buch über ihr leibliches Kind lesen sehen, kapierst du? Über *Lauren* müssen sie sich nicht extra informieren. Aber über mich schon. Weil ich anders bin. Ich mache *Arbeit* … Darum meine ich nur, mach doch nicht mit Birdie Schluss, weil du denkst, du könntest ihr nichts bieten. Vielleicht will sie ja gar nichts. Vielleicht will sie einfach nur *dich.* Fotos, das ist die Vergangenheit, mehr nicht. Aber du könntest ihre Zukunft sein.«

Joaquin überkam dasselbe zittrige Gefühl wie bei der Trennung von Birdie, als er in ihr fassungsloses Gesicht gesehen und gewusst hatte, dass die Schuld daran hundertprozentig auf sein Konto ging, wie Maya es zuvor über sich und ihre eigene Geschichte gesagt hatte. »Okay«, sagte er nach einer Minute. »Und was ist dann mit dir und Claire?«

Maya verdrehte die Augen. »Astreine Überleitung.«

»Nein, ehrlich«, beharrte Joaquin. »Du solltest sie anrufen.«

»Wahrscheinlich geht sie eh nicht ran.«

»Wahrscheinlich doch. Du findest, ich sollte mich mit Birdie versöhnen? Tja, ich finde, du solltest dich mit Claire versöhnen.«

»Das Ganze ist doch noch nicht mal vierundzwanzig Stunden her«, merkte Grace an. »Du musst ihr wenigstens erzählen, was gestern Abend passiert ist.«

Mayas Unterlippe bebte leicht. »Sie meinte, ich würde sie ausschließen und ihr nichts erzählen, weil ich Angst hätte, dass sie mich verlässt, wenn ich ihr die Wahrheit sage.«

Joaquin stieß die Luft aus. »Fuuuuck.« Er presste sich die Handballen auf die Augen und lachte leise vor sich hin. »Haben wir etwa dieselbe Störung geerbt?«

Auch Maya kicherte nun unter Tränen. »Warum rufst *du* nicht Claire an und *ich* Birdie?«, schlug sie vor. »Da hätten wir vielleicht mehr Glück.«

Joaquin lächelte. Er wusste, dass er Birdie nie wieder anrufen würde, aber es war trotzdem ein schöner Gedanke. Manchmal war der Bruch zwischen zwei Menschen einfach endgültig und ließ sich nicht mehr kitten. Birdie würde nie wieder so in sein Leben passen wie zuvor, und wenn sie es dennoch versuchte und scheiterte, würde er sich nur noch mieser fühlen.

»Was ist mit dir, Gracie?«, fragte Maya. »Warum hast du mit

deinem Freund Schluss gemacht? Wenn wir hier schon 'ne Gruppentherapie abhalten, ist jeder mal dran.«

Aber Grace' Blick wirkte so verloren, wie Joaquin es bislang nur bei ein paar anderen Pflegekindern gesehen hatte, die so oft die Familien hatten wechseln müssen, dass sie wie ruderlos auf stürmischer See trieben. Dann blinzelte sie und im nächsten Moment war sie wieder die Alte. »Lange Geschichte«, sagte sie und stand auf. »Ich hab Hunger. Habt ihr was zu essen da?«

Die beiden sahen ihr nach, als sie ins Haus ging. Maya hob die Füße aus dem Wasser und tappte hinterher. »Komm, Joaquin. Wir können ja Schnurrbärte auf die Familienfotos malen.«

Er lachte über die Vorstellung. Was für ein Luxus, solche Witze machen zu können. »Bin gleich da«, sagte er. Als sie drinnen verschwunden waren, schnappte er sich den Kescher, fischte den Joint aus dem Pool, warf ihn über den Zaun und folgte den Mädchen nach drinnen.

»Hey«, sagte Joaquin, »hättet ihr mal kurz Zeit?«

Mark und Linda sahen auf. »Klar«, antwortete Mark, die Hände im Seifenwasser. Er war dabei, die letzten Teller vom Abendessen zu spülen, während Linda den Müllbeutel zuknotete, damit Joaquin ihn rausbringen konnte. »Was gibt's?«

Joaquin lehnte im Türrahmen und klopfte mit den Fingerknöcheln dagegen, wie um sich Glück zu wünschen. »Ich wollte über, äh, die Sache mit der Adoption reden.«

Er sah, wie Marks Kiefer sich anspannte und Hoffnung in Lindas Blick trat. »Ja also, ich hab nachgedacht. Über das Ganze. Und, äh, vielleicht sollten wir es lieber sein lassen.«

Das Leuchten in Lindas Augen erlosch so abrupt, als hätte jemand eine Kerzenflamme ausgepustet. »Nicht weil ich nicht – Ich wohne wirklich, wirklich gern hier.«

»Wir haben dich auch wirklich gern bei uns, Joaquin«, sagte Linda. »Daran wird sich nie etwas ändern, das weißt du.«

Das wusste Joaquin tatsächlich. Zumindest sein Kopf. Nur der Rest von ihm vergaß es öfter. »Ich finde nur, gerade läuft doch alles so gut? Und vielleicht sollten wir darum lieber nichts verändern?« Seine Stimme machte mit einem Mal dasselbe wie Mayas zuvor – verwandelte alles in eine Frage.

Linda kaute auf ihrer Unterlippe, aber Mark nickte nur. »Na sicher, Kumpel«, antwortete er. »Hauptsache, du fühlst dich hier wohl. Wir richten uns ganz nach dir.«

Eine Last hob sich von Joaquins Herz. Er lächelte sogar ein bisschen. »Cool«, sagte er. »Super. Danke. Ich weiß das echt zu schätzen. Ungelogen.«

»Du bist kein Lügner«, bestätigte Linda mit erstickter Stimme. »Dafür würden wir dich nie halten.«

»Cool«, wiederholte Joaquin, weil er nicht wusste, was er sonst sagen sollte. »Dann bringe ich jetzt den Müll raus. Ist das alles?«

Fast wäre er durch die Hintertür entkommen, als Mark ihn noch einmal zurückrief. »Joaq?« Joaquin drehte sich um. Mark stand neben Linda, den Arm um ihre Schultern geschlungen, die Fingerknöchel weiß vor Anspannung.

»Ja?«

»Die Buchanans. Joaquin, wir würden nie … wir würden dir nie so was antun wie sie. Das ist dir doch klar, oder? Wir lieben dich. Du gehörst zu uns, egal, was passiert.«

Joaquin zwang sich zu nicken. »Ja, ich weiß«, sagte er. »Bin gleich wieder da.«

Draußen blieb er eine Minute länger als nötig neben den Mülltonnen stehen, um seinen Herzschlag wieder unter Kontrolle zu bekommen. *Die Kontrolle über das, was du tust, hast allein* du, hatte er vor ein paar Stunden zu Maya gesagt, und er wusste, er hatte recht. Er liebte Mark und Linda zu sehr, um zuzulassen, dass sie ihn adoptierten, und wenn die Entscheidung bei ihm lag, dann würde Joaquin die richtige treffen.

Als er wieder reinging, rief er sich in Erinnerung, dass es einfach besser so war.

Grace

»Und hier«, sagte Rafe so laut, dass seine Kollegen es auf jeden Fall hörten, »haben wir eine hervorragende Auswahl an Eiersollbruchstellenverursachern. Eier mit dem Messer köpfen ist schließlich was für Neandertaler. Und wenn Sie hier mal schauen wollen – sind sie weg?«

Grace spähte um die Ecke. »Äh … ja. Die Luft ist rein.«

»Puh.« Rafes Schultern entspannten sich sichtlich. »So tun, als ob ich arbeite, ist noch viel anstrengender, als wirklich zu arbeiten.«

»Verrückt«, sagte Grace und tippte einen Backofenhandschuh in Hühnerform an. »Die sind ja niedlich.«

»Das findet nicht jeder, aber okay«, entgegnete Rafe und nahm seine Schürze ab. »Danke übrigens, dass du mich von der Arbeit abholst.«

»Danke, dass du mir geschrieben hast«, erwiderte Grace. »War ein netter Grund, mal den Staub von meinem Handy zu pusten.«

»Ach, jetzt hör aber auf, ich weiß doch genau, dass deine Mom dir andauernd schreibt.« Rafe zwinkerte ihr zu. Er war einer der wenigen Menschen aus Grace' Bekanntschaft, die das Zwinkern tatsächlich beherrschten, ohne dass es bloß so aussah wie ein halbherziges Blinzeln. Das gefiel ihr an ihm. »Wo wollen wir essen gehen? Wie immer in der dunkelsten Nische im Sandwichladen um die Ecke, nehme ich an?«

Grace nickte. Natürlich schämte sie sich nicht für Rafe. Nur für sich selbst.

»Gut. Labbrige Sandwiches schmecken nämlich im Dämmerlicht viel besser.« Rafe faltete seine Schürze zusammen und deutete auf eine mit »Zutritt nur für Personal« beschriftete Tür. »Ich muss mich nur kurz ausstempeln, dann gehöre ich ganz dir.« Er wackelte vielsagend mit den Augenbrauen, woraufhin Grace ihm einen Boxhieb auf die Schulter versetzte. »Ich liebe Frauen mit einem gewissen Hang zur Gewalt«, sagte er und verschwand, bevor sie ernsthaft zulangen konnte.

»Wie es aussieht, ist Mayas Mom Alkoholikerin«, sagte Grace, als sie losgingen. Sie hatte sich zwischen Rafe und die Wand manövriert, damit hoffentlich niemand einen Blick auf sie erhaschte.

»Oh Mann«, sagte Rafe. »Hat sie dir das erzählt?«

»Ihre Mom ist gestürzt und hat sich den Kopf aufgeschlagen, da hat sie mich angerufen. Ich bin sofort mit meinen Eltern zu ihnen in die Notaufnahme gefahren.« Grace sah Mayas blasses Gesicht noch lebhaft vor sich, die Augen vor Schreck geweitet, die Finger um Laurens Arm gekrallt, selbst nachdem Grace und ihre Eltern eingetroffen waren. »Am nächsten Tag ist ihre Mom in eine Entzugsklinik eingeliefert worden. Ziemlich heftig, das Ganze.«

»Das kannst du laut sagen«, stimmte Rafe zu. »Lass mich raten. Jetzt machst du dir natürlich Sorgen, Kiwis Eltern könnten sich scheiden lassen *und* dem Alkohol verfallen?«

Grace nahm das so scherzhaft, wie es gemeint war, und stieß wie selbstverständlich die Hüfte gegen seine. »Nein«, rügte sie. Wieder musste sie an den Brief denken, an das Foto von Kiwi im Matrosenoutfit. »Die haben mir letzte Woche einen Brief geschickt. Ich weiß, dass Kiwi in guten Händen ist.«

Rafe zog eine Augenbraue hoch. Grace hatte noch nie jemanden mit so ausdrucksstarken Brauen kennengelernt. Oder das war bloß ein nervöser Tick. »Im Ernst?«, fragte er. »Einen Dankesbrief oder was?«

»So was in der Art. Sie wollten nur noch mal sagen, wie sehr sie es zu schätzen wissen, dass ich ihnen Kiwi gegeben habe, und wie sehr sie sie lieben. Fotos haben sie auch mitgeschickt. Auf einem hat sie ein Matrosenoutfit an.«

»Die klingen ja echt nett.«

»Sind sie auch. Sie haben versprochen, im ersten Jahr regelmäßig Briefe und Fotos zu schicken.« Grace konnte hören, wie ruhig und gefasst ihre Stimme klang. »Dadurch bin ich auf die Idee gekommen, meine leibliche Mom zu suchen. Unsere leibliche Mom.«

»Wollen Maya und Joaquin dabei mitmachen?«, fragte er.

»Nein, auf keinen Fall«, meinte Grace. »Die fühlen sich von ihr total im Stich gelassen, darum sehen sie auch keinen Grund darin, nach ihr zu suchen. Besonders Joaquin, nachdem er in so vielen Pflegefamilien war.«

Rafe war wie angewurzelt stehen geblieben und starrte sie an. »Das haben sie so zu dir gesagt?«, fragte er fassungslos. »Nach allem, was sie über Kiwi wissen?«

Sofort wünschte Grace, sie hätte das Thema nie angesprochen. »Hm, also … ehrlich gesagt, wissen sie gar nichts über Kiwi. Ich hab es ihnen noch nicht erzählt. Vielleicht lasse ich es auch ganz bleiben.«

Rafe schloss die Augen und fuhr sich mit der Hand übers Gesicht.

»Okay«, stöhnte er leise.

Dann öffnete er die Augen wieder, nahm Grace beim Arm und drehte sie um. »Die Sandwiches sind gestrichen. Dieses Gespräch verlangt nach Pommes.«

»So schlimm ist es nun auch wieder nicht«, protestierte Grace, ließ sich jedoch brav am Brunnen vorbeiführen.

»Oh doch«, erwiderte Rafe. »Glaub mir.«

»Und wie lange, glaubst du, kannst du deine Tochter – die du so liebevoll nach einem *Obst* benennst – vor deinen Geschwistern geheim halten? Soll ich dich von einem Freund fragen.«

Grace verdrehte die Augen und stippte ein paar Pommes in ihre Mayonnaise.

»Und übrigens: Igitt«, merkte Rafe an und deutete mit einer seiner eigenen Pommes auf ihre. »Mayo ist echt Teufelszeug.«

»Gut, dann bleibt mehr für mich«, sagte Grace, steckte ihre Pommes in den Mund und zwinkerte. Das konnte sie zwar nicht so wie Rafe, aber die Absicht zählte. »Maya und Joaquin mögen auch Mayo, nur dass du's weißt.«

»Muss ein rezessives Gen sein«, entgegnete Rafe und zog die Ketchupflasche näher zu sich.

»Ich mag den Namen Kiwi«, sagte Grace, was natürlich keine Antwort auf seine Frage war.

»Das ist keine Antwort auf meine Frage.«

»Wer mag denn bitte keine Kiwi?«, fuhr Grace fort. »Die sind super. Klein und rund und putzig. Genau wie sie.«

Rafe öffnete den Mund und klappte ihn wieder zu. »Ich weiß gerade nicht, wie ich mich dazu äußern soll, ohne dein Kind zu beleidigen, also lasse ich es lieber. Der Punkt geht also an dich.«

Grace zuckte mit den Schultern.

»Du willst es ihnen echt nicht sagen?«

»Findest du das so verkehrt?«

»Ich finde es komplett bescheuert. Geheimnisse kommen immer irgendwann ans Licht.«

»Aber es betrifft sie doch gar nicht.«

»Sie ist ihre Nichte.«

»Nicht mehr. Sie hat eine neue Familie.«

»Okay, vergessen wir mal kurz Kiwi. Was ist mit *dir*? Die beiden könnten dich unterstützen, aber du lässt sie gar nicht erst an dich ran.«

Grace lachte und bedeutete der Kellnerin, mehr Mayonnaise zu bringen. (»Buäh«, machte Rafe leise.) »Na ja, nachdem sie unsere Mom für eine Dämonin halten, weil sie uns weggegeben hat, möchte ich lieber gar nicht wissen, wie sie darüber denken, dass ich dasselbe mit Kiwi gemacht habe.«

»'tschuldige, jetzt muss ich doch fragen: Warum Kiwi?«

»So groß war sie, als ich rausgefunden habe, dass ich schwanger bin. Die Größe des Babys im Mutterleib wird oft anhand von Lebensmitteln veranschaulicht. Soundsovielte Woche: so groß wie eine Bohne. Limette, Kiwi, Apfel … Die Kiwi ist irgendwie hängen geblieben.«

Er nickte nachdenklich. »Ich glaube nur, wenn du es Maya und Joaquin erzählen würdest, wären sie viel verständnisvoller. Niemand von euch weiß, warum eure Mom –«

»Leibliche Mutter«, unterbrach Grace.

»Was?«

»Meine leibliche Mutter. Eine *Mom* habe ich. Die sitzt zu Hause und fragt sich vermutlich schon, warum ich nicht zurückschreibe.«

»Okay, kapiert. Also, niemand von euch weiß, warum eure leibliche Mutter damals so gehandelt hat, aber bei dir hätten Maya und Joaquin mit Sicherheit Verständnis. Du solltest es ihnen sagen.«

»Und wenn ich finde, dass es sie gar nichts angeht?«

»Wenn man danach ginge, würde keiner mehr irgendwem irgendwas über irgendwas erzählen.«

»Du würdest es also deiner Schwester beichten, wenn du schwanger wärst?«

Rafe grinste. »Wenn *ich* schwanger wäre, könnte ich das wohl kaum vor irgendwem geheim halten und vor meiner großen Schwester schon mal gar nicht.«

»Du weißt genau, wie ich das meine.« Grace warf ihm einen finsteren Blick zu.

»Ich weiß, ich weiß, war doch nur Spaß. Aber ja, ich würde es meiner Schwester sagen. Der erzähle ich alles. Und du kannst nicht einfach davon ausgehen, dass Maya und Joaquin so reagieren werden. Das ist nicht fair.«

Grace sah ihn über ihre Tabletts mit Pommes und Burgern hinweg an. »Das ist aber doch alles noch so frisch. Ich will nicht, dass sie mich schon hassen, bevor sie mich überhaupt richtig kennen.«

»Wenn sie dich richtig kennenlernen sollen, müssten sie dann nicht erst recht von einem der wichtigsten Ereignisse in deinem Leben wissen?«

Darauf hatte Grace keine Antwort.

»Du erzählst deiner Schwester wirklich alles?«, fragte sie stattdessen. »Im Ernst?« Sie versuchte, sich vorzustellen, wie es wäre, so jemanden zu haben.

»Alles«, bestätigte Rafe und klaute Grace ein paar Pommes. Schnell zog er die Hand weg, bevor sie daraufschlagen konnte. »Typisch Einzelkind«, tadelte er. »Ihr könnt alle nicht teilen.«

Grace musste wider Willen grinsen. »Und sie ist immer auf deiner Seite?«

»Natürlich nicht, was denkst denn du? Aber sie ist immer noch meine Schwester, und wenn es sein muss, redet sie eben eine Stunde mit mir über meine Probleme, auch wenn sie findet, dass ich mich bloß total blöd anstelle. Genau genommen ist das vielleicht überhaupt der Grund, warum sie so lange mit mir redet.«

»Ich glaube, du bist der Einzige, dem ich wirklich von Kiwi erzählt habe«, gestand Grace. »Alle anderen wussten es entweder einfach so oder haben mich gesehen, als ich schwanger war.«

»Und, war ich etwa nicht auf deiner Seite?«, fragte Rafe mit unschuldiger Stimme. »Voll und ganz, Madame.«

»Alle anderen aber nicht.«

»Grace.« Mit einem Mal war der scherzhafte Unterton aus Rafes Stimme verschwunden und er stellte seine Pommesschale ab. »Du *musst* es ja niemandem erzählen. Es wäre nur so schade, weil da all diese Leute sind, die dich unterstützen könnten, und du lässt sie einfach nicht.«

»Aber was, wenn sie das gar nicht tun würden?«

Rafe lächelte. »Was, wenn doch?«

Am selben Abend setzte sich Grace zu Hause vor den Computer. Ihre Haare rochen immer noch nach Frittenfett, und sie band sie zu einem Pferdeschwanz, bevor sie das Suchfeld öffnete.

Dann jedoch brauchte sie fast eine volle Minute, um den ersten Suchbegriff einzutippen.

MELISSA TAYLOR.

Das war natürlich viel zu allgemein und erzielte eine Million Treffer, bei denen Grace sofort wusste, dass *ihre* Melissa Taylor nicht darunter war. Sie versuchte es mit MELISSA TAYLOR LEIBLICHE MUTTER, aber auch das war ein zu weites Feld, und mit einem Mal fühlte Grace sich wieder wie Alice im Wunderland, die schrumpfte und in eine Flasche fiel und von der Strömung hinaus aufs Meer getragen wurde, ohne dass sie etwas dagegen tun konnte, zu klein, um über die Wellen vor ihr zu blicken, zu unbedeutend, um etwas ausrichten zu können.

Sie klappte den Laptop zu und lehnte sich zurück.

»Grace!«, rief ihr Dad. »Kommst du bitte mal runter?«

Das klang nicht gut. Nicht so schlimm wie damals, nachdem sie ihren Eltern ihre Schwangerschaft gebeichtet hatte, aber so schlimm würde sich wohl nie wieder etwas anhören, da war sie ziemlich sicher. Danach konnte es nur noch bergauf gehen.

»Was ist denn?«, rief sie.

»Komm jetzt!«, antwortete ihre Mom.

Alle beide. In solchen Momenten wünschte sich Grace immer, sie hätte Geschwister, irgendjemanden, der einen kleinen Ausgleich darstellte. Wenn man dann etwas angestellt hatte, konnte man wenigstens auf den anderen zeigen und sagen: »Aber wisst ihr auch, was *er* gemacht hat?« Grace stellte es sich schön vor, nicht immer die Einzige in diesem Haushalt zu sein, die Mist baute.

Sie ging ins Erdgeschoss und steckte den Kopf in die Küche. »Ja?«

»Wir müssen uns mal unterhalten«, sagte ihre Mom. »Elaine von unten an der Ecke hat angerufen. Sie hat dich mit einem Jungen im Einkaufszentrum gesehen.«

Grace runzelte die Stirn. »Ich wusste gar nicht, dass Elaine von unten an der Ecke neuerdings einen Polizeistaat unterhält.«

Grace' Dad zog eine Augenbraue hoch. (Grace dachte unwillkürlich, dass Rafe das viel besser konnte, fand es aber weiser, diese Info für sich zu behalten.)

»Das war Rafe«, antwortete sie schlicht. »Der arbeitet bei Hot Pans.«

Grace' Mom verschränkte die Arme. »Ist das dein neuer Freund?«

»Nein«, sagte Grace. »Nur *ein* neuer Freund.«

Ihre Eltern wechselten einen Blick und wieder wünschte Grace sich einen Komplizen.

Sogar ein Hund hätte gereicht.

»Wir finden, du solltest dich jetzt nicht mit einem Jungen einlassen«, erklärte ihr Dad. »Du brauchst Zeit, um dich auf dich selbst zu konzentrieren.«

»Dann ist es ja gut, dass ich mich mit niemandem einlasse«, erwiderte sie. »Wie gesagt, Rafe ist nur ein Freund.«

»Du musst das verstehen, Grace«, beharrte ihr Vater. »Wir wollen dich nur beschützen. Du hast wirklich ein paar harte Monate hinter dir –«

Grace spürte, wie die Wut ihr die Wirbelsäule entlangkroch und sie zwang, sich gerade aufzurichten. »Nein, nein, ich kapier schon. Die gute Elaine von unten an der Ecke hat nur aus purer Sorge angerufen, dass ich wieder die Stadtmatratze spielen könnte!« Grace' Gesicht fühlte sich zu heiß an, ihr Puls zu schnell. »Stimmt's?«

»Nicht in dem Ton«, mahnte ihre Mutter.

»Wieso nicht, sprechen wir doch einfach mal aus, was Elaine und alle anderen denken!«, explodierte Grace förmlich. »Ich bin schwanger geworden, hab ein Baby bekommen, und jetzt darf ich keinen Jungen mehr angucken, ohne dass jeder denkt, ich setze gleich drei weitere Bälger in die Welt!«

»Grace«, fing ihr Dad wieder an. »Wir machen uns nur Gedanken um dich, das ist alles. Wir –«

»Denn wenn mich meine Erinnerung nicht trügt«, redete Grace weiter, ohne ihren Dad zu beachten, »sollte ich Ki– *Milly* doch vor allem deshalb weggeben, damit ich mit meinem Leben weitermachen kann, oder? ›Ach, Grace, du hast dein ganzes Leben noch vor dir!‹ Wie oft habe ich das von euch zu hören bekommen? Und jetzt wird mir ständig vorgehalten, dass ich ein Baby bekommen habe, ich kann nicht zur Schule gehen, darf mich nicht mit einem Jungen anfreunden –«

»Natürlich darfst du dich mit einem –«, widersprach ihre Mutter, aber Grace ließ nicht locker. Sie fühlte sich wie ein Schnellkochtopf, bei dem jemand das Ventil geöffnet hatte.

»Okay, und was wäre, wenn er nicht bloß ein Freund wäre?«, fragte Grace. »Wenn Rafe ein Junge wäre, den ich mag? Dürfte ich dann nicht auf ein Date mit ihm gehen? Dürfte ich nie wieder jemanden küssen? Habe ich meine Chance auf die große Liebe und eine Familie verspielt, nur weil ich *einen* Fehler gemacht habe?«

»Grace«, sagte ihre Mom mit zitternder Stimme. »Du hast doch keinen –«

»Na, dann ist ja gut!«, schrie Grace. »Denn wenn ich jetzt doch nicht mit meinem Leben weitermachen und Freunde finden und – Gott bewahre! – mich wieder verlieben darf, kapiere ich nämlich nicht, warum ich mein Baby überhaupt weggeben musste! Es sei denn, das war nur, damit für *euch* wieder alles in Butter ist!«

Grace war gar nicht klar gewesen, dass sie weinte, bis sie sich das Haar aus dem Gesicht streichen wollte und ihre nassen Wangen bemerkte. Ihre Eltern wirkten völlig schockiert. Vermutlich hätten sie weniger verstört gewirkt, wenn sie sie alle beide geohrfeigt hätte.

»Ich glaube, wir sollten uns mal mit einem Therapeuten unterhalten«, sagte ihr Dad nach fast fünfzehn Sekunden Stille, in denen Grace' Atemzüge das einzige Geräusch im Raum zu sein schienen. Sie fühlte sich so wild und ungezähmt wie damals, als Kiwi sich aus ihr herausgekämpft hatte. Sie fühlte sich, wie ihr plötzlich klar wurde, lebendig.

»Na schön«, sagte sie. »Dann macht einen Termin aus. Ich habe nämlich noch eine ganze Menge zu sagen und es langsam satt, den Mund zu halten. Und«, fügte sie hinzu, »Elaine von unten an der Ecke könnt ihr mitteilen, dass das, was ich mache, sie einen Scheißdreck angeht. Das hättet ihr vor einem Jahr schließlich auch gemacht, oder?«

Grace wartete die Antwort nicht ab. Stattdessen drehte sie sich um und rannte nach oben, wo sie sich im Bad einschloss und bis zum Anschlag den Wasserhahn aufdrehte. Erst als sie sich sicher war, dass niemand sie hörte, fing sie an zu schluchzen.

Maya

Maya grübelte die ganze Zeit darüber nach, wie sie das Gefühl beschreiben sollte, dass ihr Dad wieder bei ihnen zu Hause wohnte, während ihre Mom in der Klinik war. Sie durchforstete ihr Vokabular, aber am Ende kam sie immer auf das eine Wort zurück.

Schräg.

Es war schräg, ihren Dad morgens Frühstück machen zu sehen, viel zu schleimige Rühreier, die Maya und Lauren trotzdem herunterwürgten. Abends waren sie alle zu müde, um sich noch mit dem Thema Essen auseinanderzusetzen, was in Pizzakartons auf dem Couchtisch resultierte, um den sie sich lümmelten und seichte Dokusoaps guckten.

Ihre Mom war direkt vom Krankenhaus in die Entzugsklinik überwiesen worden, mit bandagiertem Kopf und zitternden Händen. Maya fand, dass sie mit ihren großen Augen und den schmalen Schultern aussah wie ein verängstigtes Kind. Als sie sie zum Abschied umarmte, wusste sie nicht, ob sie sich wünschte, dass ihre Mom bald nach Hause kam oder dass sie für immer fortblieb.

Der Suchtberater im Krankenhaus hatte erklärt, es sei besser, wenn ihre Mom keinen Umweg über zu Hause machte. Dass sie in der gewohnten Umgebung womöglich beschließen könnte, sie bräuchte doch keinen Entzug, sondern könnte ja einfach weniger trinken, ohne jegliche Hilfe von außen. »Ha, na klar«, hatte Maya nur geschnaubt. Das alles hatte sich am Tag nach dem Unfall ereignet, nachdem morgens Grace und Joaquin da gewesen waren und sie zusammen am Pool gesessen und einen Joint geraucht hatten, der, wie Maya erst später klar wurde, eins der wenigen Dinge gewesen war, die ihr von Claire geblieben waren.

Der Broschüre nach zu schließen, ähnelte die Klinik eher einem Wellnesshotel. Aber wie ihr Dad ihnen versicherte, handelte es sich dabei um eine »ganz wunderbare Einrichtung, in der eure Mom endlich die Hilfe bekommt, die sie benötigt. Ist das nicht großartig?« Maya und Lauren, die nebeneinander auf einem Sofa in der Krankenhauslobby saßen, nickten nur. Was sollten sie auch sonst tun?

Ihr Dad war entsetzt gewesen über die vielen im Haus versteckten Weinflaschen, den Haufen Leergut am Grund der Recyclingtonne. Völlig perplex saß er zwischen Maya und Lauren im Wohnzimmer, während Maya ihm alles erklärte, mit einer monotonen Stimme, die gar nicht nach ihr klang. »Wie lange geht das schon so?«, wollte er wissen.

»Eine Weile«, antwortete Lauren schließlich. Ihr Dad stieß einen leisen, lang gezogenen Seufzer aus und vergrub den Kopf in den Händen. Maya war sich nicht sicher, ob sie ihn trösten sollte, also unternahm sie nichts.

»Okay«, sagte er irgendwann. »Hier muss sich einiges ändern.«

Nun geisterten sie zu dritt durch ein plötzlich viel zu großes Haus. Maya war zuvor nie klar gewesen, wie viel Raum ihre Mutter einnahm. Eines Nachmittags ertappte sie sich dabei, wie sie automatisch nach oben ging, um die neusten Weinreserven einzusammeln. Erst als sie den Schrank öffnete, fiel ihr ein, dass sie dort nichts mehr finden würde.

Ihr Dad wollte, dass Maya und Lauren ebenfalls eine Therapie machten. »Warum?«, fragte Maya. »Uns geht's blendend.« Insgeheim dachte sie, dass das ein weiteres Resultat aus dem egoistischen Verhalten ihrer Mutter war: Weil sie alkoholsüchtig war, sollte *Maya* eine Stunde pro Woche in der Therapie verschwenden?

»Dad ist echt schräg drauf«, bemerkte Lauren eines Abends. Sie waren zusammen in Mayas Zimmer und machten Hausaufgaben. Lauren lag auf dem Boden und Maya hockte im Schneidersitz auf dem Bett. Den Schreibtisch zu benutzen, war keiner von beiden in den Sinn gekommen, und selbst wenn doch, türmte sich darauf sowieso Mayas schmutzige Wäsche. Waschen kam ihnen mittlerweile fast wie ein Luxus vor, etwas, womit Menschen mit weniger Sorgen und mehr Zeit sich etwas Gutes taten.

»Weil er Angst hat, wir könnten ein seelisches Trauma davontragen«, antwortete Maya, den Stift zwischen den Zähnen, während sie zwischen Physikbuch und -übungsheft hin und her wechselte. »Außerdem sind Väter generell schräg drauf.«

»Machst du die Therapie?«, fragte Lauren vom Boden aus. Es klang, als wäre sie unendlich weit weg.

»Scheiße, nein«, antwortete Maya. »*Mom* hat ein Problem, nicht wir. Das kann sie mal schön selbst lösen und uns nicht auch noch unsere Zeit klauen.«

Lauren schwieg wieder ein paar Minuten, bevor sie fragte: »Wie kommt's eigentlich, dass du jetzt immer zu Hause bist?«

»Was?« Maya schloss ihr Buch und wandte sich wieder dem Heft zu. Warum konnten die eigentlich nicht alle Informationen in ein Buch drucken, anstatt einen zu zwingen, für jedes Fach mindestens drei mitzuschleppen?

»Wo ist Claire?«

Maya ignorierte den dumpfen Schmerz, der sie jedes Mal lähmte, sobald jemand Claire auch nur erwähnte. »Wir haben Schluss gemacht.«

»Was?« Lauren klang beinahe entrüstet. »Warum das denn? Ich dachte, ihr zwei wärt total ineinander verknallt gewesen.«

»Waren wir auch. Aber jetzt nicht mehr. Liebe ist vergänglich, alles ändert sich, bla, bla, bla.«

»Warum denn?«

»Weil wir uns gestritten und einander dabei ein paar ziemlich gemeine Sachen an den Kopf geworfen haben.« Dass die gemeinen Sachen größtenteils von ihr gekommen waren, während Claire einfach nur die Wahrheit ausgesprochen hatte, behielt sie für sich.

»Das ist ja mal blöd«, befand Lauren. »Ihr zwei wart so ein süßes Paar.«

»Schon gut, Grace und Joaquin haben mir schon verklickert, dass ich nicht mehr alle Tassen im Schrank habe, okay? Damit musst du mir nicht auch noch kommen.«

Kurz blieb es still auf dem Boden, dann fragte Lauren: »Grace und Joaquin? Denen hast du das erzählt?«

»Klar. Als sie neulich hier waren, nachdem du zu deiner Freundin gefahren bist.«

»Ich dachte, ihr hättet nur über Mom geredet.«

»Wir haben über viele Sachen geredet. Wie zum Beispiel Grace' Idee, nach unserer leiblichen Mom zu suchen.«

Maya hatte eigentlich nur vom Thema Claire ablenken wollen, weil es immer noch furchtbar wehtat, auch nur ihren Namen auszusprechen, und außerdem die düstersten Grau- und Schwarztöne in ihr heraufbeschwor, die ihr Geist auf Lager hatte – wie die erstickenden Rauchwolken nach einem Feuerwerk. Aber Laurens Reaktion zufolge hatte das Gespräch soeben eine völlig falsche Wendung genommen.

»Willst du deine Familie jetzt einfach im Stich lassen, oder was?«

»Häh?« Maya sah von ihren Physikaufgaben hoch. »Was redest du denn da?«

»Mom geht auf Entzug, und du beschließt gleich mal, sie gegen ein neueres Modell einzutauschen? Genau wie mit Grace. Sind wir dir zu anstrengend, sodass du dir lieber was Besseres suchst?«

»Lauren, was zum Teufel –«

»Ach, ist auch egal.« Lauren stand auf und raffte so hastig ihren Laptop und ihre Schulsachen zusammen, dass eins der Bücher auf den Boden fiel. Maya wollte sich danach bücken, aber Lauren trat ihr in den Weg. »Lass mich«, fauchte sie.

»Du bist in meinem Zimmer«, merkte Maya an. »Ich kann dich gerne in Ruhe lassen, aber dafür müsstest *du* abhauen, nicht ich.«

Lauren war schon immer unberechenbar gewesen, bereits als Kleinkind hatte sie Wutanfälle bekommen und gebrüllt wie am Spieß, wenn sie ihren Willen nicht bekam. »Rothaarige sind nun mal aufbrausend«, hatten ihre Eltern immer erklärt, während sie sie aus Kinos, Restaurants oder Buchhandlungen bugsierten und Maya, die Außenseiterin, grinsend als unerwartete Erbin einer Doppelportion Popcorn, Eis oder Bücher zurückblieb.

Diesmal jedoch ließ Lauren nach dem Davonstürmen nichts zurück, und was sich früher immer wie ein kleiner Sieg angefühlt hatte, war nun nichts als traurige Leere.

Am Donnerstag fing Claire Maya auf dem Weg zu Geschichte ab.

»Äh, dürfte ich mal?«, sagte Maya. »Sonst komme ich deinetwegen zu spät.«

Natürlich war das nicht das, was sie eigentlich zu Claire sagen wollte. Sie hatte sich tausend verschiedene Sachen zurechtgelegt: Entschuldigungen und Geständnisse, Tränen und Selbstbezichtigungen, ausführliche Erklärungen darüber, wie dumm sie doch sein konnte, wie stur.

Doch als sie Claire nun gegenüberstand, kochte ihre Verletztheit wieder hoch und überzog alles Kluge und Besonnene mit eifersüchtiger giftgrüner Wut.

»Warum hast du mir nicht erzählt, dass deine Mom einen Entzug macht?«

Maya blieb stocksteif stehen. Davon wusste doch eigentlich niemand. Oder doch? Sah etwa die ganze Schule abfällig auf sie herab? »Wie – was? Woher –?«

Claire hob ihr Handy. Sie überragte Maya um ein Stück, und zum ersten Mal empfand sie den Größenunterschied zwischen ihnen als einschüchternd statt beruhigend. »Weil Lauren mir geschrieben hat, daher. So was muss mir also erst deine kleine Schwester verraten.«

Maya sammelte sich wieder ein bisschen und kämpfte gegen die Nervosität an, die in ihrem Magen umherschwappte. »Geht dich ja auch nichts an.«

»Schwachsinn.«

Maya versuchte, einen Bogen um sie zu machen, aber Claire machte einen Schritt in dieselbe Richtung und versperrte ihr erneut den Weg. »Du und ich, wir unterhalten uns jetzt mal. Sofort.«

»Ich muss zum Unterricht.«

»Ach, auf einmal bist du die Musterschülerin, die nie blaumacht? Netter Versuch. Los, gehen wir.«

Maya stolperte Claire hinterher, vorbei an der Sporthalle und dem Schultheater, das alle nur das Kleine Theater nannten, obwohl es das einzige war, das sie hatten, und noch dazu für eine Schule ziemlich groß. Schließlich erreichten sie das Fleckchen Wiese, das Maya immer als ihr gemeinsames betrachtet hatte. Seltsam, dass das Gras dort noch immer so grün und üppig wuchs, obwohl sie Schluss gemacht hatten.

»Okay«, sagte Claire. Es hatte bereits zum letzten Mal geklingelt, und die Schule wirkte seltsam leer, als wären sie die einzigen beiden Menschen, die noch dort waren. Wäre das hier ein Film, dachte Maya, dann würde jetzt die Zombieapokalypse losgehen. »Raus damit.«

»Womit?« Maya wich geflissentlich Claires Blick aus. »Du weißt doch schon alles.«

»Ich weiß ein einziges Detail, mehr nicht.« Claires Miene wurde mit einem Mal ganz sanft und sie legte Maya die Hände auf die Schultern. »Maya«, sagte sie mit leiser Stimme, was Maya schlimmer traf, als wenn sie geschrien hätte. »Was ist passiert? Lauren hat erzählt, eure Mom ist ins Krankenhaus gekommen. Und dass ihr im Rettungswagen mitgefahren seid.«

Maya kaute auf ihrer Unterlippe und sah überallhin, nur nicht Claire in die Augen. »Sie hat sich den Kopf gestoßen, das ist alles. Darum hatte sie eine Gehirnerschütterung. Und dann hat mein Dad sie in die Entzugsklinik nach Palm Springs gebracht und ist wieder bei uns eingezogen.«

»Warum hast du mir denn nichts davon erzählt?« Claires Hände strichen ihr das Haar hinter die Schultern, und Maya wusste nicht, ob sie einen Schritt näher an sie herantreten oder lieber wegrennen sollte, ohne sich noch mal umzudrehen. Sie fühlte sich so entblößt, dabei ging es hier nicht mal um ihre eigenen Geheimnisse. Sondern um die ihrer Mutter, verdammt noch mal.

»Äh, weil wir uns getrennt haben?«, erwiderte Maya und ließ einen deutlichen Doofe-Frage-Unterton in ihrer Antwort mitschwingen.

Claire seufzte wie eine enttäuschte Erziehungsberechtigte. »Im Ernst, Maya? Gibt es bei dir denn nur ganz oder gar nicht?

Gut, wir haben uns gestritten. Aber bedeutet das denn, dass gleich alles vorbei sein muss?«

Maya musste an Joaquin und Birdie denken und daran, wie Joaquin gesagt hatte, sie hätten wohl dieselbe Störung geerbt. Sooft Maya über ihre leibliche Familie nachgedacht hatte, hatte sie sich doch immer nur gefragt, ob sie ihnen ähnlich sah, ob sie dasselbe Lachen oder Lächeln hatten oder ihre Zunge einrollen konnten. Nie wäre sie darauf gekommen, dass sie auch dieselben blöden Trennungsdramen durchleiden könnten.

»Ich will nicht darüber reden«, sagte Maya und versuchte wieder, sich an Claire vorbeizudrängen. »Ich mein's ernst, Claire. Ich muss los.«

»Lauren hat auch erzählt, dass ihr nach eurer leiblichen Mutter suchen wollt.«

»Sie hat *was*?« Maya, die schon einen Schritt an Claire vorbei war, wirbelte herum. Rot, überall Rot, wie eine frisch geschlagene Wunde, aus der das Blut direkt in den Himmel spritzte. »Damit eins mal klar ist«, fauchte sie Claire an. »Tratsch gefälligst nicht mit meiner kleinen Schwester über mich, okay? Wenn du irgendwas wissen willst, kannst du einfach mich fragen –«

»Nein, kann ich eben nicht, Maya!«, schrie Claire zurück. »Das ist ja das Problem! Du sagst mir nichts! Nicht das mit deiner Mom, nicht das mit deinem Bruder und deiner Schwester, und jetzt willst du auch noch nach deiner leiblichen Mutter suchen und hast es kein einziges Mal erwähnt?«

»Wenn ich darüber reden wollte, würde ich es tun!«

»Das glaube ich dir nicht! Ich glaube viel eher, du musstest so lange die Geheimnisse deiner Mom bewahren, dass sie jetzt schon *dein* Leben zerstören.«

Maya zitterte, die Wucht ihres Zorns brachte sie regelrecht zum Beben. Aber war es überhaupt Zorn? Fühlte der sich wirklich so an oder war das hier etwas viel Größeres, Verschlungeneres? War das das Gefühl, völlig nackt dazustehen, so als lägen all ihre persönlichsten Gedanken plötzlich offen vor dem einen Menschen, für den sie doch immer perfekt sein wollte?

»Hör auf, dich mit meiner Schwester zu verbünden!«, knurrte Maya jedoch nur, die Zähne so fest zusammengebissen, dass es in ihrem Kiefer zu pochen begann. »Ich mein's ernst!«

Damit wandte sie sich ab und stapfte zurück zum Unterricht.

»Maya!«, rief Claire ihr nach, aber sie presste nur ihre Tasche an sich und rannte los. Die Bewegung tat gut, das Brennen in den Lungen, das Heben und Senken ihres Brustkorbs. Sie wollte den Schmerz ihren Gefühlen anpassen.

Sie wollte, dass es richtig wehtat.

Beim nächsten Sonntagstreffen mit Grace und Joaquin waren sie alle genervt.

Ein Blick auf Grace' Strohhalm verriet Maya, dass sie mies drauf war. Wie konnte sie aus dem Ding überhaupt noch trinken, ohne sich in die Lippe zu schneiden? »Schon mal drüber nachgedacht, einfach direkt aus dem Becher zu trinken?«, konnte Maya sich schließlich nicht verkneifen.

Grace warf ihr einen finsteren Blick zu und sah sich dann um. Sie saßen auf der Terrasse eines Starbucks' in der Einkaufsstraße ganz bei Grace in der Nähe, und Grace benahm sich, als hätte ein Heckenschütze sie im Visier. Allein sie zu beobachten, machte Maya nervös. »Mann, Grace, jetzt entspann dich mal«, wetterte sie. »Dir pustet schon keiner die Rübe weg.«

Grace stieß ein schnaubendes Lachen aus, woraufhin Maya besorgt überlegte, ob ihre Schwester womöglich Verbindungen zur Mafia hatte.

Joaquin schmollte nur mit verhangenem Blick vor sich hin.

Nicht dass er sonst besonders redselig war, aber ein bisschen mehr war Maya inzwischen schon gewohnt, erst recht nach dem letzten Wochenende, wo sie tatsächlich mal über wichtige Dinge gesprochen hatten. »Also«, sagte sie nach fast einer Minute Schweigen. »Meine Mom ist jetzt in der Entzugsklinik.«

»Das ist super«, meinte Grace.

»Ja, echt gut«, stimmte Joaquin zu.

»Und mein Dad ist wieder bei uns eingezogen«, fuhr Maya fort.

»Ach super«, sagte Joaquin.

»Das ist gut, dass ihr ihn bei euch habt«, fügte Grace hinzu. »Wirklich gut.«

Mayas Augen wurden schmal. »Und Lauren hat endlich die Bewilligung für diese OP zur Entfernung ihrer Stirnhörner.«

»Klasse«, sagte Grace und spähte über Joaquins Schulter.

»Moment mal, was?«, fragte Joaquin. »Deine Schwester muss sich operieren lassen?«

»Na halleluja«, seufzte Maya. »Ihr zwei benehmt euch wie die totalen Zombies, ist euch das eigentlich klar? Wieso seid ihr denn so komisch drauf?«

»'tschuldigung«, murmelte Grace. »Ich … ich bin einfach nicht gern hier in dieser Gegend.«

»Und ich bin ein echter Zombie«, erwiderte Joaquin. »Jetzt ist es endlich raus. Oh Mann, bin ich erleichtert.« Er holte tief Luft und stieß einen theatralischen Seufzer aus, der Grace und Maya trotz allem zum Lachen brachte.

»Spinner«, sagte Maya.

Joaquin deutete auf seine Brust. »Nein, *Zombie.*«

»Das erklärt dann wohl auch den Gestank nach verfaulendem Fleisch«, sagte Maya und duckte sich, als Joaquin eine Serviette nach ihr warf.

Grace dagegen saß mit einem Mal stocksteif da. »So frisst dich der Zombie auf jeden Fall als Erste«, neckte Maya und stupste sie an.

»Klappe«, wisperte Grace nur, den Blick auf einen Punkt hinter Joaquin gerichtet, der sich nun umdrehte, um zu sehen, was los war.

Zwei Jungen hatten das Café betreten und sie schienen Grace zu kennen. Sie kicherten, und der eine sagte etwas, was sie beide in Gelächter ausbrechen ließ, bevor sie die Fäuste gegeneinanderstießen.

»Kennst du diese Würstchen?«, fragte Maya. Sie brachte null Sympathie für Typen auf, die ihre Baseballcaps verkehrt herum trugen und ständig damit prahlten, wie viele »Weiber« sie dauernd »abschleppten«, obwohl Maya sich ziemlich sicher war, dass sie noch nie auch nur ein Mädchen anrühren durften.

»Wir sollten lieber gehen«, sagte Grace.

»Warte doch mal«, beruhigte Joaquin sie und richtete sich auf. »Warum zitterst du denn so?«

»Hey, *Grace.*«

Jetzt standen die Jungen an ihrem Tisch. Der Außenbereich war fast leer, nur in der am weitesten entfernten Ecke saßen ein paar ältere Leute beim Tee, und die Stimmen der beiden schallten laut über die Terrasse. »Neuer Freund?«, fragte einer von ihnen, ein langer, dürrer Typ, bei dessen Anblick Maya sehr froh war, lesbisch zu sein.

»Hau einfach ab, Adam, okay?«

»Was denn? Hängt ihr hier ein bisschen ab?« Adam wirkte extrem zufrieden mit sich.

»Geht ja ganz schön fix bei dir«, meldete sich der andere Typ zu Wort. »Quasi gestern noch mit Max zusammen und heute …«

»Grace«, sagte Maya langsam. »Lass uns einfach gehen, ja?«

Joaquin saß mittlerweile kerzengerade. Maya hatte ihn noch nie dermaßen in Alarmbereitschaft erlebt, was das mulmige Gefühl, das sie angesichts der Situation schon hatte, nur noch verstärkte.

»Hast du deinem Neuen schon erzählt, was du in letzter Zeit so getrieben hast?«, fragte Adam, dessen Grinsen Maya an das der Katze aus »Alice im Wunderland« erinnerte, zu breit, um ehrlich zu sein, ein Halbmond mit scharfen Kanten. »Von den ganzen großen ... *Veränderungen* in deinem Leben?«

Grace stand so abrupt auf, dass ihr Stuhl gegen den Tisch hinter ihnen krachte. Das ließ die Jungen jedoch nur erneut in Gelächter ausbrechen, und bevor Maya und Joaquin irgendwas unternehmen konnten, beugte Adam sich vor und sagte: »Weiß er, was für eine Schlampe du bist? Oder steht er da vielleicht gerade drauf?«

Maya wollte etwas sagen, etwas tun, um den Druck zu lösen, der sich in ihrer Brust aufgebaut hatte, doch da war Joaquin schon aufgesprungen. Mit einer einzigen, blitzschnellen Bewegung hatte er Adam an die Wand gedrückt und den Unterarm gegen seine Brust gepresst. Adam machte so verängstigte Glubschaugen wie ein Fisch auf dem Trockenen.

»Pass mal auf, du Arschloch«, zischte Joaquin, während Maya Grace am Arm festhielt. »Das ist meine *Schwester*, klar? Findest du es in Ordnung, so mit meiner Schwester zu reden? Ja?!« Adam antwortete nicht. Maya spürte, wie der Druck in ihrer Brust sich auf ihr Herz ausweitete und sie mit plötzlicher heftiger Zuneigung zu ihrem Bruder erfüllte.

»Joaquin«, sagte Grace, oder zumindest versuchte sie es, denn es klang, als bliebe ihr das Wort im Hals stecken.

»Nein!«, wimmerte Adam. In dem Tumult hatte er seine Kappe verloren und sah mit einem Mal aus wie ein kleiner Junge.

»Nein, Mann! Tut mir leid, okay? Ich wusste nicht mal, dass sie einen Bruder hat!«

»Wenn du noch einmal mit ihr redest, wenn du sie auch nur schief anguckst –«, Joaquin presste seinen Unterarm fester gegen Adams Brust und schob ihn dann langsam hoch Richtung Kehle, »dann sprechen wir zwei uns noch mal. Kapiert?«

Adam nickte panisch. Seine Pupillen waren geweitet. Sein Freund stand einfach nur schweigend da.

Genau wie Grace.

»Und jetzt verpisst euch«, sagte Joaquin, oder eigentlich, dachte Maya, war es mehr ein Grollen, wie das eines angriffslustigen Bären. »Wenn ich dich noch mal irgendwo sehe, dann haben wir ein Problem.«

Adam nickte wieder. Joaquin drückte ein letztes Mal mit dem Arm zu und sah Adam eindringlich in die Augen, bevor er ihn losließ. Während die beiden Jungs davonstolperten, sackte Joaquin förmlich in sich zusammen. All seine Tapferkeit schien verpufft zu sein und nur eine leere Hülle blieb zurück.

»Joaquin«, sagte Grace. Sie atmete schwer. Genau wie Joaquin.

»Joaquin«, wiederholte Maya, als er nicht antwortete.

»Tut – tut mir leid«, brachte er keuchend hervor. Dann drehte er sich um und rannte los, die Straße hinunter, als sei er auf der Flucht.

Joaquin

Joaquin dachte, er müsste sich übergeben.

Er wusste gar nicht so recht, was passiert war. Im einen Moment hatte er noch mit Maya und Grace zusammengesessen und über Mark und Linda nachgegrübelt, und im nächsten war dieser Scheißkerl gekommen, der Grace angemacht und sie als Schlampe beschimpft hatte, und plötzlich war die Weißglut wieder da gewesen, der Joaquin seit Jahren zu entrinnen versuchte.

Zu behaupten, es hätte sich nicht gut angefühlt, den hektischen Puls dieses Typen an seinem Arm zu spüren, seinen abgehackten Atem zu hören, in seine aufgerissenen Augen zu blicken, wäre gelogen gewesen. Jemandes Schicksal buchstäblich in Händen zu halten, war eine eindrucksvolle Erfahrung – eine derartige Macht hatte Joaquin schon lange nicht mehr verspürt.

Das Problem mit Macht war allerdings, dass nicht immer nur die Guten sie hatten. Im Gegenteil, manchmal machte sie aus einem sogar den Bösen.

Joaquin rannte, bis er den Park hinter der Einkaufsstraße erreichte, in dem sich normalerweise nur kleine Kinder und ihre wachsamen Eltern tummelten. Erst als er stehen blieb, merkte er, dass seine Schwestern ihm dicht auf den Fersen waren. »Joaquin!«, riefen sie im Laufen. »Joaquin, warte!«

Er drehte sich um. Sein Brustkorb hob und senkte sich und er schnappte nach Luft. So war er schon lange nicht mehr gerannt. Und doch war es, als könnte er ewig weitermachen. »Lasst – lasst mich einfach, okay?«, sagte er zu seinen Schwestern und hob die Hand, wie um sie von sich fernzuhalten. »Tut mir leid, dass ich euch den Tag versaut hab.«

»Du zitterst ja«, bemerkte Grace, die selbst noch von Kopf bis Fuß schlotterte. Maya schien als Einzige die Ruhe bewahrt zu haben, nur ihre Augen funkelten wild. »Setz dich lieber mal hin.«

»Mir geht's gut«, blaffte Joaquin. »Ich war nur sauer. Tut mir leid.«

Grace schüttelte nur den Kopf. »Mir nicht«, widersprach sie. »Er hatte es nicht besser verdient.«

»Joaquin.« Jetzt trat Maya auf ihn zu. »Komm, wir setzen uns mal kurz, ja? Du siehst gar nicht gut aus.«

Joaquin fühlte sich auch gar nicht gut. »Okay«, gab er nach.

»Okay«, sagte auch Maya und legte ihm die Hand auf die Schulter. »So, schön hinsetzen. Sitzen ist super. Jeder sitzt gerne mal, sogar Supersportler. Sag mal, bist du eigentlich Profiläufer oder so? Du hast da echt einen Wahnsinnssprint über den Parkplatz hingelegt. Ich glaube, du hast dabei sogar einen Tesla überholt.«

Irgendwo ganz hinten in Joaquins Kopf, wo alles Mögliche durcheinanderschwirrte, stieg die Erinnerung an Mayas Geständnis auf, sie rede viel, wenn sie nervös sei. Es war *seine* Schuld, dass sie nervös war, und sofort fühlte er sich noch schlechter.

Als sie schließlich auf einer Bank saßen, Joaquin flankiert von seinen beiden Schwestern, kam er langsam wieder zu Atem. Grace dagegen wirkte immer noch ziemlich durch den Wind, und Joaquin fiel auf, dass sie die Fäuste auf ihrem Schoss ballte.

»Okay«, sagte Maya. »Also was zum Teufel war das denn da eben?«

»Er hat Schlampe zu Grace gesagt«, verteidigte sich Joaquin, der jedoch nichts Lauteres als ein Murmeln zustande brachte. »Hätte er lieber nicht machen sollen.«

»Nein, das meine ich nicht«, winkte Maya ab. »Sondern wie du über den Parkplatz gerast bist. Wie ein aufgescheuchter Hase.«

Das war nicht gerade das Bild, das Joaquin von sich selbst vor Augen hatte, aber vielleicht hatte Maya ja recht. Schließlich hatte er sich selbst noch nie rennen sehen.

Als er nicht antwortete, öffnete Grace ihre Fäuste und griff nach Joaquins Hand. »Joaquin«, sagte sie leise. »Was war los?«

Er umschlang ihre Finger mit seinen, drückte ein paarmal zu und ließ wieder locker, bis er das Gefühl hatte, sprechen zu können. Grace ging es gut, beruhigte er sich. Niemandem war etwas passiert. Er hatte niemandem etwas getan.

Maya schmiegte sich an seine andere Seite, ihre Hand lag noch immer auf seiner Schulter. »Alles gut, Joaq«, beruhigte sie ihn. »Alles okay. Einfach tief durchatmen.«

Er nickte, während er weiterhin versuchte, seinen Herzschlag unter Kontrolle zu bekommen, den Tiger zurück in den Käfig zu sperren. »Als ich zwölf war«, sagte er, bevor er sich bremsen konnte, aber dann wusste er nicht weiter. Diese Geschichte hatte er erst ein Mal in seinem Leben erzählt, Ana, Mark und Linda, aber das war bei Mark und Linda zu Hause gewesen, wo er von Leuten umringt gewesen war, die ihn liebten – oder denen er zumindest am Herzen lag –, und die Sonne hatte sanft ins Wohnzimmer geschienen, sodass er den Staub in ihren Strahlen hatte tanzen sehen.

Jetzt fiel die Sonne durch das Blätterdach der Bäume im Park, und Maya und Grace warteten darauf, dass er weiterredete.

»Als ich zwölf war«, fing er erneut an, »bin ich von einer Familie adoptiert worden. Den Buchanans.« Allein der Name fühlte sich seltsam in seinem Mund an, und er musste eine Pause machen, bevor er wieder sprechen konnte. »Bei denen war ich in Pflege, seit ich zehn war, und dann haben sie beschlossen, mich zu adoptieren.«

»Und wolltest du auch von ihnen adoptiert werden?«, fragte Grace, als er wieder verstummte. Er hätte nicht gedacht, dass sie so starke Hände hatte, aber sie hielt ihn fest und ließ nicht los.

»Das dachte ich jedenfalls«, sagte er. »Sie hatten noch andere Pflegekinder, die sie auch schon adoptiert hatten, und eine ältere Tochter und, äh, später kam noch ein Baby dazu.« Joaquin sah die Kleine wieder vor sich, mit ihren O-Beinen und den dunklen Löckchen, die ihr Gesicht umrahmten wie ein Heiligenschein. Schon bei dem Gedanken wurde ihm übel.

»Waren sie nett zu dir?«, wollte Maya wissen.

»Sie waren in Ordnung«, erklärte er. »Ob nett, kann ich nicht sagen. Jedenfalls waren sie nicht *nicht* nett. Manchmal reicht das ja schon. Ich hatte mein eigenes Zimmer, mein eigenes Bett. Wir sind einkaufen gegangen und ich durfte mir selber Bettwäsche aussuchen. Das war ziemlich aufregend für mich.«

Joaquins Herz schien noch immer in seiner Brust zu vibrieren. Wieder holte er tief Luft, spürte Mayas warme Hand auf seiner Schulter. »Es war schon in Ordnung bei ihnen, die anderen Kinder waren okay und alles. Die Kleine« – Joaquin bekam ihren Namen kaum heraus, »Natalie, war echt süß. Und ich dachte … Ich dachte, das wäre es jetzt, versteht ihr? Ich dachte, ich hätte meine Familie gefunden.«

»Was ist passiert?«, fragte Grace, und Joaquin hörte einen Hauch von Angst in ihrer Stimme, eine andere, tiefere Angst als zuvor, als Adam sie beschimpft hatte.

Joaquin biss sich von innen auf die Wange und wartete erneut, bis er weitersprechen konnte. »Ich hab … Ich weiß auch nicht, mit einem Mal hab ich solche Trotzanfälle bekommen. Sie nannten sie Ausraster, und es war immer, als würde ich kurz das Bewusstsein verlieren vor Wut. Als würde meine Haut explodieren, irgendwie, und ich könnte nicht mehr atmen. Und je näher wir der Adoption kamen, desto schlimmer wurde es. Ich fing mit allen außer Natalie Streit an und hätte nicht mal erklären können, warum. Aber die Buchanans haben es trotzdem durchgezogen.«

Joaquin fragte sich, ob sie es heute bereuten, ob sie manchmal nachts wach lagen und über den furchtbaren Fehler redeten, Joaquin in ihr Haus geholt zu haben.

»Aber ich wusste, dass irgendwas nicht stimmte«, sagte er. »Ich konnte sie nie Mom und Dad nennen. Nach zwei Jahren habe ich sie immer noch mit ihren Vornamen angesprochen. Es war, als ob …«

»Als ob was?«, hakte Grace leise nach.

Joaquin sackte ein bisschen zusammen und lehnte sich an die Mädchen. Ihm wurde klar, dass sie stark genug waren, um ihn aufrecht zu halten. »Als wäre alles gelaufen, sobald die Adoption durch war. Unwiderruflich. Ich dachte, wenn unsere Mom irgendwann doch zurückkommen würde, Scheiße, wenn sie tatsächlich zurückkommen und sehen würde, dass ich eine neue Mutter und einen neuen Vater hatte … dass sie dann denken würde, ich hätte sie ersetzt. Das ist Quatsch, ich weiß, so was von verschissen dämlich. Ich war ein totaler Idiot.«

»Nein, *nein*«, widersprach Maya und schmiegte sich noch näher an ihn. »Das ist überhaupt nicht dämlich, kein bisschen. Du warst doch noch ein Kind damals. Wie hättest du denn da durchblicken sollen?«

Joaquin lachte auf. »Warte, bei dem schlimmen Teil bin ich ja noch gar nicht angekommen.«

Die Mädchen schwiegen.

»Also, an einem Samstagnachmittag, ungefähr sechs Monate

nach der Adoption, da war Natalie schon fast zwei, hatte ich einen Mega-Ausraster.« Joaquin wollte sich nicht an den Teppich unter sich erinnern, an das Gefühl, wie sein Haar sich darin verfing, während er sich auf dem Boden wälzte und schrie, nach irgendetwas, irgendjemand Unerreichbarem. »Niemand durfte mich auch nur anrühren, ich hab keinen an mich rangelassen. Irgendwann hat Mr Buchanan versucht, mich hochzuheben. Einfach, um mich auf die Füße zu stellen. Und da hab ich angefangen, alles durch die Gegend zu schmeißen, was ich in die Finger kriegen konnte. Wir waren in seinem Arbeitszimmer und auf dem Schreibtisch stand ein Tacker …«

Joaquin verstummte. Er fühlte noch immer das kühle Metall in der Hand, das Gewicht des Tackers. Seine Hände fingen wieder an zu zittern und Grace drückte seine Finger fester.

»Was ist passiert?«, flüsterte sie.

»Ich hab ihn geworfen«, sagte er, und plötzlich strömten ihm Tränen über die Wangen, seine Kehle hinunter, versengten ihn von innen wie von außen. »Ich hab ihn geworfen«, wiederholte er und räusperte sich. »Eigentlich nach Mr Buchanan, aber er ist an ihm vorbeigeflogen, durch die Tür, und Natalie … Natalie kam gerade um die Ecke.«

Joaquin ließ den Kopf hängen, schloss die Augen, ihm war richtig schlecht vor Scham. »Ich hab sie getroffen.« Er deutete auf seine Schläfe. »Hier. Sie ist einfach umgefallen. Und Mr Buchanan hat ein Brüllen ausgestoßen wie … wie ein Löwe, und dann hat er mich gepackt und von sich weggeschleudert, gegen ein Bücherregal. Hab mir den Arm gebrochen.« Joaquin konnte noch heute den Knochen knacken hören, spüren, wie ein glühender Schmerz den Platz des anderen einnahm, aber nichts war so laut wie das Plumpsen, mit dem Natalie zu Boden gegangen war.

Joaquin weinte jetzt richtig. Damals, als er es Mark, Linda und Ana erzählte, hatte er nicht geweint. *Sie* schon, Joaquin dagegen hatte einen so nüchternen Bericht abgeliefert, als wäre das Ganze jemand anderem zugestoßen. »Ich hätte ihr nie absichtlich wehgetan«, schluchzte er. »Ich hatte Natalie so lieb. Ich wollte ihr nichts tun. Ich wollte niemandem was tun.«

Grace drückte ihn an sich, Mayas Arm lag um seine Schultern und Joaquin stützte die Stirn in die Hand. »Und was kam dann?«, fragte Grace.

»Die Notaufnahme«, sagte er. »Und noch am selben Abend haben sie die Adoption rückgängig gemacht.«

»Das geht?«, fragte Maya. Joaquin war sich ziemlich sicher, dass auch sie jetzt Tränen in den Augen hatte.

»Klar, das passiert ständig«, sagte er. »Sie meinten, ich würde eine Gefahr für die anderen Kinder darstellen. Und wenn man handgreiflich wird wie ich, stecken sie einen erst mal für ein paar Tage in die Geschlossene. Danach bin ich in ein Heim in Pomona gekommen. Da war ich ein ›Problemfall‹ – zu alt, zu unberechenbar.« Er dachte an die Worte seiner Pflegeschwester Eva. »Für die einen zu viel und für die anderen zu wenig. Ich glaube, damals hatten alle Angst vor mir.«

Grace räusperte sich. »Und Natalie …?«

»Sie hat sich wieder erholt«, sagte Joaquin. »Das war das Erste, wonach ich meine Sozialarbeiterin gefragt habe, als sie bei mir im Krankenhaus aufgetaucht ist. Es war nur eine Gehirnerschütterung, aber …« Joaquin konnte den Satz nicht zu Ende bringen. »Ihr geht es gut«, sagte er.

»Aber du hattest dir den Arm gebrochen?«

»War ein ganz glatter Bruch«, erwiderte Joaquin, als machte es das irgendwie besser. »Danach durften die Buchanans keine Pflegekinder mehr aufnehmen.«

»Gut so«, fauchte Maya.

»In der Zeit darauf bin ich erst mal von Heim zu Heim gewechselt«, berichtete Joaquin. »Ich durfte nicht mehr einfach so in irgendeine Familie. Die Pflegeeltern mussten zuerst einen Kurs machen, um zu lernen, wie man mit Kindern wie mir umgeht. Natürlich gab's dafür Gefahrenzuschlag, aber na ja.«

»Und Mark und Linda haben so was gemacht?«, erkundigte sich Grace.

»Nachdem sie mich kennengelernt hatten, ja«, antwortete Joaquin. »Als ich fünfzehn war, fast schon sechzehn, da gab es in dem Heim, in dem ich gerade war, so eine Art Adoptionsmesse. Sie mochten mich sofort. Haben sie zumindest gesagt.« Joaquin nahm ihnen das noch immer nicht ganz ab, aber es war trotzdem eine schöne Vorstellung.

»Ich würde eher sagen, sie *lieben* dich«, murmelte Maya.

»Darum willst du nicht, dass sie dich adoptieren?«, platzte es aus Grace heraus. »Weil du Angst hast, dass sie dich zurückgeben wie die Buchanans?«

Joaquin wischte sich die Augen und sah seine Schwestern an. »Mir ist total egal, ob ich wieder ins Heim komme«, sagte er. »Aber ich hab die beiden einfach zu gern, um sie – oder irgendwen anders – so zu verletzen. Einmal hat gereicht.«

Die beiden Mädchen schienen förmlich gegen ihn zu sacken. »Ach, Joaquin –«, seufzte Maya.

»Nein«, schnitt er ihr das Wort ab, bevor sie ihm erklären konnte, wie er sich fühlte und wie er sich fühlen sollte. »Ihr versteht das nicht, klar? Ihr habt doch gesehen, wie ich dieses Arschloch angegangen bin. Es ist einfach aus mir rausgebrochen – ich kann das nicht unterdrücken. Ich hätte ihm echt wehtun können.«

»Hast du aber nicht«, erwiderte Grace. »Hast du nicht, Joaquin. Du hast mich verteidigt. Er hat was total Gemeines gesagt, von dem er wusste, dass es mich so richtig hart trifft, und du hast mich verteidigt. Das ist was vollkommen anderes.«

»Und übrigens«, setzte sie hinzu, bevor er protestieren konnte, »wisst ihr noch, dieser Typ, den ich in der Schule geschlagen habe?«

Joaquin wartete darauf, dass sie weiterredete, und als sie es nicht tat, dämmerte es ihm. »Der war das?«

Grace nickte mit grimmiger Miene.

»Wow. Okay.« Joaquins schlechtes Gewissen wegen seiner Mordfantasien gegenüber Adam schrumpfte ein kleines bisschen.

»Dann ist der Kerl ein noch viel größerer Idiot, als ich dachte!«, befand Maya. »Wann darf *ich* mir den denn mal vorknöpfen?«

Joaquin musste lächeln und Maya zog ihn an sich und verbarg das Gesicht an seinem Arm. »Du bist kein schlechter Mensch, Joaq«, flüsterte sie. »Ganz bestimmt nicht.«

»Ich habe einen Metalltacker nach einem Kleinkind geworfen«, entgegnete er. Er hatte gehofft, wenn er es laut aussprach, würde das Ganze ein wenig von seinem Schrecken verlieren, wie wenn man sich ruckartig ein Pflaster abriss, doch das komplette Gegenteil war der Fall. Die Worte schnitten messerscharf in seinen Mund.

»Du hast mit einem Tacker geworfen, weil du Angst hattest«, berichtigte Grace. »Und das Kleinkind war zufällig da. Es war ein Unfall. Sie hätten dir nicht auch noch wehtun dürfen.«

»Du warst schließlich selbst noch ein Kind«, stimmte Maya zu.

Joaquin musste die Augen schließen, denn er hatte das Gefühl, als würde er unter Wasser gezogen und die einzigen rettenden Bojen wären seine Schwestern.

Seine *Schwestern*. Ach du heilige Scheiße.

»War es okay, dass ich das gesagt habe?«, fragte Joaquin und warf Grace einen schüchternen Blick zu.

Sie runzelte die Stirn. »Was gesagt?«

»Du weißt schon. Dass du meine Schwester bist.«

Grace' Mundwinkel verzogen sich zu einem wackeligen Lächeln. »Natürlich«, entgegnete sie. »Die bin ich doch schließlich.«

Maya auf der anderen Seite legte den Kopf an seine Schulter. »Und ich auch«, sagte sie leise.

Joaquin wischte sich mit dem T-Shirt-Ärmel über die Augen. Wäre Linda jetzt da gewesen, hätte sie ihm vermutlich ein Päckchen Taschentücher gereicht.

»Tja, jetzt wisst ihr's – ich bin ein Monster«, witzelte er im Versuch, sie alle wieder an die Oberfläche zu ziehen, nachdem sie fast in den Fluten ertrunken waren, aber selbst in seinen Ohren klang der Scherz gekünstelt.

»Ich glaube, jemand, der so viel durchgemacht hat, muss ein ziemlich großes Herz haben.« Grace klang nachdenklich. »Und Maya und ich geben dich so oder so nicht wieder her.«

»Nö.« Maya nickte. »Das Ding ist gelaufen, kein Umtausch, keine Erstattung.«

Joaquin lächelte schwach. »Aber was, wenn –«

»Nix da!«, sagte Grace. »Du hast Maya doch gehört.«

»Aber vielleicht –«

»Klappe!«, riefen beide Mädchen im Chor, und Joaquin lachte, klar und durchdringend hallte der Laut durch die kühle Luft und erfüllte sein Bewusstsein.

Grace

Grace saß im Wartezimmer des Therapeuten und wippte nervös mit dem Knie. Auf dem Tisch vor ihr lag ein halb fertiges Puzzle, aber sie hatte keine Lust, die restlichen Teile zusammenzusetzen. Sie wollte das Ganze einfach nur hinter sich bringen und dann nichts wie weg.

Grace' Mom beugte sich zu ihr herüber und legte ihr sanft die Hand aufs Bein.

Grace fing an, mit dem anderen Knie zu wippen.

Seit fast einer Woche fürchtete sie sich vor diesem Termin. Sie wusste, dass sie über Kiwi würde sprechen müssen, über ihre leibliche Mutter, ihre Geschwister. So ziemlich alles, was ihr Leben in den letzten paar Monaten aus den Fugen gebracht hatte, sollte nun von einem völlig Fremden zerpflückt werden, und Grace wollte nur die Beine in die Hand nehmen und sich zurück in die Einsamkeit ihres Zimmers flüchten. Ihr einziger Trost war, dass ihre Eltern sich offensichtlich genauso unwohl fühlten wie sie.

Wenn doch nur Rafe mit ihr hier wäre. Der würde sie wenigstens zum Lachen bringen.

Als sie aufgerufen wurden, fürchtete Grace ernsthaft, sich übergeben zu müssen. *Wie schafft Joaquin das bloß jede Woche?*, fragte sie sich. Sie musste an das letzte Mal denken, als sie ihn gesehen hatte, und wurde wieder traurig. Nachdem er Maya und ihr alles erzählt hatte, war Grace nach Hause gefahren, aber sie hatte zwischendurch rechts ranfahren müssen, weil sie zu sehr weinte. Sie wünschte sich so sehr, sie hätte Joaquin schon damals gekannt, ihr Leben lang, dann wäre er heute vielleicht nicht ganz so verloren. Wieder fiel ihr Alice im Wunderland ein, die in ihrer Flasche auf dem stürmischen Tränenmeer trieb.

Der Therapeut hieß Michael und wirkte eigentlich ganz nett. Seine Krawatte war zu einem perfekten Windsorknoten gebunden, weshalb Grace ihm gleich eine Winzigkeit mehr vertraute.

Nur eine Winzigkeit.

»Also, Grace«, sagte Michael, sobald sie sich gesetzt hatten, »deine Eltern haben mir schon ein bisschen was über dich erzählt, als sie angerufen und den Termin ausgemacht haben. Klingt ja, als hättest du ein ganz schön turbulentes Jahr hinter dir.«

Grace zog eine Augenbraue hoch. »Ich habe ein Baby aus mir rausgepresst, falls Sie das meinen.«

Grace' Mutter stöhnte auf.

»Was denn?«, ätzte Grace. »So war's doch, Mom, du warst schließlich dabei.«

Man musste Michael zugestehen, dass er sich nicht aus der Fassung bringen ließ, wodurch er Grace um eine weitere Winzigkeit sympathischer wurde. »Deine Eltern haben gesagt, dass du das Baby zur Adoption freigegeben hast?«

Grace nickte. »Ja, an Daniel und Catalina. Die sind wirklich gute Eltern.«

»Und du bist zufrieden mit deiner Entscheidung?«

Grace zuckte mit den Schultern. »Na ja, die Sache ist eh gelaufen, oder? Ist ja nicht so, als könnte ich sie zurückholen.«

»Also würdest du sie gern zurückholen?«

»Das hab ich nicht …« Grace atmete tief durch und zwang sich, die Hände im Schoß liegen zu lassen. »Ki– Milly fehlt mir sehr. Natürlich. Immerhin habe ich sie fast zehn Monate mit mir rumgetragen. Aber sie hat jetzt ein viel besseres Zuhause, eine bessere Familie. Ich habe das Richtige getan. Das finden meine Eltern auch.«

»Deine Mom hat auch erwähnt, dass du in letzter Zeit näheren Kontakt mit einem Jungen hattest, und als sie dich darauf angesprochen haben, hast du ein bisschen ungehalten reagiert.«

»Sie hätte fast das Haus auseinandergenommen«, stellte Grace' Dad klar, ließ es jedoch klingen, als machte er einen Witz.

Grace lachte nicht.

»Ich war wütend«, gab sie zu und warf ihrem Dad einen finsteren Blick zu, »weil Elaine von unten an der Ecke angerufen hat, um meinen Eltern brühwarm zu erzählen, dass ich mit einem Jungen mittagessen war, als wäre das ein Verbrechen oder so was.«

»Grace«, sagte ihre Mom. »Wir waren ja nicht böse auf dich. Wir machen uns nur Sorgen. Du bist … in letzter Zeit einfach nicht du selbst, Schätzchen.«

»Natürlich bin ich das nicht!«, rief Grace. »Ich hab ein Baby bekommen und es weggegeben! Ich erkenne mich selbst nicht mehr wieder! Ihr tut immer so, als hätte ich danach einfach wieder zurück zur Schule gehen können und auf Partys und zum Schulball und so weiter, aber so ist es eben nicht. Ich kann ja nicht mal einen Kaffee trinken, ohne dass die Leute hinter meinem Rücken über mich tuscheln oder mich gleich als Schlampe beschimpfen! Die Tochter, die ihr gerne zurückhättet, gibt es nicht mehr.«

»Liebes, wir wissen, wie sehr Max dir wehgetan hat«, fing ihr Dad an, aber Grace hob abwehrend die Hand.

»Hör mir auf mit Max«, sagte sie. »Ich will nicht mal seinen Namen hören. Ich hasse diesen Typen.«

»Wir wollen nur nicht, dass du wieder so verletzt wirst«, sagte ihre Mom. »Wir glauben einfach, du brauchst noch ein bisschen Zeit, um dich zu erholen.«

»Ihr kapiert gar nichts!«, schrie Grace. »Davon *kann* man sich nicht erholen! Ihr denkt wohl, wenn ihr es lange genug nicht erwähnt, vergesse ich mein Baby« – das Wort blieb ihr in der Kehle stecken und sie musste es regelrecht herauszwingen – »und alles wird gut! Wie immer! Ihr tut so, als wäre nichts passiert, und am Ende erinnert sich wirklich keiner mehr, dass *doch* was passiert ist. Genauso macht ihr es ja auch ständig mit mir!«

Das Schweigen, das auf diesen Ausbruch folgte, war ohrenbetäubend.

»Wie meinst du das, Grace?«, fragte Michael. Grace hatte beinahe vergessen, dass der Therapeut auch noch mit im Raum war. Ob er wohl schon bereute, dass er den Termin angenommen hatte?

»Das ist wie ...« Sie suchte nach den richtigen Worten, um ihre Gefühle zu beschreiben. »Na, zum Beispiel haben sie gesagt, wenn ich etwas über meine Adoption wissen will, soll ich einfach fragen. Aber warum muss *ich* dazu die Initiative ergreifen? Warum muss ich diejenige sein, die es anspricht? Warum können sie mir nicht einfach von selbst was darüber erzählen?«

Grace' Mom hatte Tränen in den Augen. »Wir wollten dich doch nur nicht mit zu vielen Informationen überfordern.«

»Nein!«, rief Grace. »Ihr dachtet, wenn ich über meine leibliche Mutter Bescheid weiß, mache ich mich auf die Suche nach ihr, und das hat euch eine Scheißangst gemacht.«

»Warum versteckst du die Fotos von Milly?«, fragte ihre Mom plötzlich.

»Was? Wo hast du die denn gesehen?«, fragte Grace.

»In deiner Schreibtischschublade. Ich hab ein paar von deinen Stiften weggeräumt, die in meinem Auto rumlagen, und da hab ich sie entdeckt.« Mit erstickter Stimme fügte sie hinzu: »Warum versteckst du sie vor uns? Wir wissen, dass deine Tochter dir fehlt, Gracie, aber uns fehlen unsere Tochter *und* unsere Enkelin. Wir wünschten, du würdest mit uns reden.«

Grace' Dad nickte.

Grace spürte, wie ihr etwas Feuchtes über die Wange rann, und wischte es hastig fort. »Und schon wieder soll *ich* mit *euch* reden!«, sagte sie. »Warum redet *ihr* nicht mal mit *mir*?«

»Weil wir nicht wollen, dass du traurig bist«, erklärte ihr Dad und klang dabei mindestens so traurig, wie er Grace nicht machen wollte. »Du sollst dich auf keinen Fall in die Ecke getrieben fühlen, und außerdem haben wir dich doch erlebt, als du aus dem Krankenhaus wiedergekommen bist. Wir wollen einfach nichts tun, wodurch es dir wieder so schlecht gehen könnte.« Er warf Grace' Mom einen flüchtigen Blick zu und sagte dann: »Ich fürchte, wir haben eine Menge Fehler gemacht. Aber wir lieben dich mehr als alles auf der Welt. Und glaub mir, Grace, wir bemühen uns so sehr, es dir leichter zu machen, aber wir wissen einfach nicht, wie.«

Grace versuchte verzweifelt, nicht ans Krankenhaus zu denken, an die Heimfahrt, auf der sie das Gefühl gehabt hatte, etwas würde ihr aus dem Körper gerissen, je weiter sie sich von Kiwi entfernte. »Ich will meine leibliche Mutter finden«, sagte sie. »Ich will sie wissen lassen, dass mit mir alles in Ordnung ist. Und ich will, dass das für *euch* in Ordnung ist.«

»Ist es«, versicherte Grace' Mom. »Oder wird es zumindest sein. Was immer nötig ist, Gracie. Wir sind für dich da, egal, was kommt.«

Grace erinnerte sich, wie fest ihre Mom während der Wehen ihren Arm umklammert hatte, wie sie ihr nie von der Seite gewichen war, wie ihr Dad stundenlang mit ihr Netflix geguckt hatte, ohne ein einziges Wort. Je älter sie wurde, desto menschlicher erschienen ihr ihre Eltern, und das machte ihr entsetzliche Angst.

Sie vermisste ihre Kindheit, als ihre Eltern noch als allwissende Götter über ihre Welt geherrscht hatten, aber zugleich erleichterte es ihr diese neue Menschlichkeit, auch ihre eigene zu akzeptieren.

»Grace, hast du dich schon mal mit anderen Mädchen unterhalten, die dasselbe durchgemacht haben wie du?«, fragte Michael. »In einer Selbsthilfegruppe vielleicht?«

Grace schüttelte den Kopf. Mit Fremden über Kiwi zu reden, erschien ihr unmöglich, fast wie Verrat.

»Es gibt viele andere, die in genau derselben Situation sind«, beharrte er sanft. »Wäre es okay, wenn wir zumindest mal darüber nachdenken?«

Grace nickte.

»Ich habe das Gefühl, wir können hier sehr gute Fortschritte miteinander machen«, befand Michael grinsend und Grace ließ sich gegen ihre Sessellehne sinken und schloss die Augen.

Fortschritte klangen anstrengend.

»Okay, jetzt noch mal Klartext«, sagte Rafe. »Elaine von unten an der Ecke hat mich *verpetzt*?«

»Dich und mich«, erwiderte Grace und schlürfte ihren Milchshake leer.

»Elaine von unten an der Ecke sollte sich mal dringend ein Hobby suchen«, murrte Rafe.

Rafe hatte ihr nachmittags nach ihrem Termin beim Therapeuten geschrieben. **Hast du Laufschuhe?**

Was?, antwortete Grace.

Lass uns laufen gehen. Treffen in einer halben Stunde hinter dem Park?

Nein danke, fing Grace schon an zu tippen, bevor sie es wieder löschte und stattdessen ein **Okay, bin dabei** zurückschickte.

Rafe war ein Laufpartner ganz nach ihrem Geschmack:

schweigsam. Ihre Schuhe passten noch, und sie war zwar nicht gerade in der Form ihres Lebens, aber das Seitenstechen und das Brennen in den Lungen, als sie einen Hügel hinaufrannten, verliehen ihr ein Gefühl wie früher, so als wäre ihr immerhin eines geblieben, das nach all den Veränderungen noch dasselbe war. Die Temperaturen waren kühl und endlich herbstlich anstatt wie zuvor ausdauernd spätsommerlich, und als sie und Rafe die Kuppe des Hügels erreichten, wandte Grace sich ihm lächelnd zu. »Gar nicht übel«, sagte sie.

»Gib mir den Gnadenschuss«, keuchte Rafe, die Hände auf die Knie gestützt.

Grace lachte nur.

Danach saßen sie nebeneinander auf der Motorhaube von Rafes Auto. Grace fühlte sich irgendwie gleichzeitig leichter und schwerer als zuvor, wie jemand, der seine Aufgaben bereits zur Hälfte erledigt, sich die schwierigsten aber bis zum Schluss aufgehoben hatte.

Aber mit Rafe auf dem Parkplatz zu sitzen, ließ die Last zumindest ein bisschen erträglicher wirken.

»Dir ist doch wohl klar, warum Elaine von unten an der Ecke deine Eltern angerufen hat, oder?«, fragte Rafe mit einem scharfen Unterton, den Grace noch nie in seiner Stimme gehört hatte.

»Weil sie denkt, ich lasse mich jetzt von jedem Typen nördlich des Äquators schwängern?«

Rafe lachte leise. »Ha. Kann sein. Aber komm schon, Grace. Du bist weiß und ich bin Mexikaner. Zähl mal eins und eins zusammen.«

»Meinst du echt?«

»Na ja, zu hundert Prozent kann man sich nie sicher sein, aber auf neunundneunzig würde ich mich definitiv festnageln lassen.«

»*Dir* ist aber auch klar, dass mir das total egal ist, oder?«, erwiderte Grace. »Scheiß auf Elaine von unten an der Ecke, wenn sie damit ein Problem hat.«

Nun zupfte doch ein Lächeln an Rafes Mundwinkeln. »Nee, lass mal, das ist mir zu unhygienisch.«

»Blödmann!«, kicherte Grace. Sie hatte keine Ahnung, warum Rafe sie dauernd zum Kichern brachte, und auch nicht, ob das etwas Gutes war. »Du weißt genau, was ich meine!«

»Ja, und du weißt auch, was *ich* meine«, antwortete Rafe. »Keine Sorge, ich bin deswegen nicht sauer oder so. Aber manche Sachen nimmst du eben nicht so wahr wie ich. Weil du nicht musst.«

Grace nickte. »Ich finde, wir sollten ein ›Zu verkaufen‹-Schild an Elaines Haus anbringen«, sagte sie. »Um ein bisschen die Gegend aufzuwerten.«

Jetzt lachte Rafe. »Mach du mal«, sagte er. »Ich stehe voll hinter dir.«

»Führ mich nicht in Versuchung.« Grace stellte die Füße auf die Stoßstange. Sie saßen ganz am Rand des Parkplatzes vor dem Einkaufszentrum, von wo aus sie die Stadt überblicken konnten. Aus dieser Perspektive wirkte sie fast wie ein großes Dorf. Fast.

»Darf ich dich was fragen?«

»Immer raus damit«, sagte Rafe und trank einen Schluck von seinem Milchshake.

»Mein Bruder Joaquin, von dem ich dir ja schon erzählt habe, also, der ist Halbmexikaner. Aber er ist bei ganz vielen verschiedenen Familien aufgewachsen. Glaubst du … ich meine, ich hab das Gefühl, das macht ihm zu schaffen.« Grace wusste nicht, wie sie es ausdrücken sollte – oder was sie überhaupt sagen wollte.

»Und dazu willst du jetzt meinen Kommentar als Mexikaner hören? Ganz schön rassistisch.«

Grace wartete eine Extrasekunde, bevor sie antwortete. »Ich weiß nie, wie man so was fragt«, gestand sie. »Aber Joaquin ist mein Bruder, und er leidet, und ich würde ihm so gerne helfen.«

Sie schwiegen einen Moment und Rafe ließ seinen Milchshake im Becher kreisen. So nachdenklich hatte Grace ihn noch nie erlebt. »Manche Leute halten dich nicht für einen vollwertigen Mexikaner, wenn du kein Spanisch sprichst, anderen ist das völlig egal. Dann kommt noch die Religion ins Spiel – in welche Kirche geht deine Familie? Wie feiert ihr Weihnachten? Woher genau stammt deine Familie? Bist du in der zweiten oder dritten Generation hier? Was für Traditionen habt ihr? Das spielt da alles mit rein, und wenn davon nichts auf einen zutrifft und der Rest der Welt das aber denkt, dann ist das echt hart.«

»Ich meine«, fuhr Rafe fort und hielt dann inne. »Nehmen wir mal die Sache mit Elaine von unten an der Ecke. Okay, die hat wahrscheinlich Vorurteile gegen mich, aber wenigstens kann ich nach Hause gehen und meinem Bruder davon erzählen, und dann lachen wir uns zusammen über ihre Beschränktheit schlapp. Ich bin stolz auf meine Herkunft und würde niemals jemand anders sein wollen, und wenn irgendwer mir querkommt, kann ich immer auf die Unterstützung meiner Familie zählen. Dein Bruder kann das nicht und das muss sauschwer sein.«

Grace überlegte einen Moment und rutschte dann ein Stück näher zu Rafe, bis sich ihre Beine berührten. Es war ein langer Tag gewesen und sie wollte sich einfach ein bisschen weniger allein fühlen. Rafe wich nicht zurück. »Meinst du, du könntest mal mit Joaq reden?«, fragte sie.

Rafe schmunzelte. »Wozu, soll ich ihm einen Mexikaner-Crashkurs geben?«

»Was? Nein! Nein, das würde ich doch nie –«

Rafe lächelte. »Entspann dich, war doch nur ein Scherz. Klar, gib mir ruhig seine Nummer, dann schreibe ich ihm. Vielleicht können wir uns ja mal treffen. Und ich muss ihm sowieso noch die Hand schütteln, weil er beinahe diesen Typen vermöbelt hat, der dich als Schlampe beschimpft hat.« Rafes Stimme klang jetzt wieder ernster. »So ein Arschloch.«

»Adam ist definitiv ein Arschloch«, stimmte Grace zu. »Und danke.«

»Kein Problem. Aber weißt du, was, Joaquin könnte wahrscheinlich eher weniger Leute gebrauchen, die ihm was erzählen wollen, und dafür mehr, die ihm zuhören.« Rafe stieß sie mit der Schulter an. »Und du bist eine ziemlich gute Zuhörerin.«

Sie nickte, obwohl sie sich nicht sicher war, dass das stimmte. Aber sie hoffte es jedenfalls.

»Okay, dann hätte ich jetzt auch gern, dass du mir einen Gefallen tust«, sagte Rafe und räusperte sich. »Was echt Wichtiges.«

»Klar, was du willst.«

»Kannst du *bitte* aufhören, auf diesem Strohhalm rumzukauen?« Rafe nahm ihr den Milchshake weg und inspizierte den Strohhalm. »Guck dir das mal an! Eigentlich müsstest du schon längst verblutet sein!«

»Gib her!«, rief Grace und versuchte lachend, ihm den Becher zu entreißen. »Ich hab eben nervöse Zähne!«

»Nervöse Zähne!«, johlte Rafe. »Was soll das denn heißen?«

»Klappe!«, schimpfte Grace, die jedoch immer noch lachte, und als sie wieder nach ihrem Becher griff, fiel sie gegen Rafe.

Sie verstummten beide.

Grace wusste, was sie in einer Fernsehversion dieses Moments tun müsste: Rafe küssen. Und sie wusste, was sie tun wollte: Rafe küssen. Aber sie wusste auch, was sie nicht tun durfte, jedenfalls noch nicht.

»Tut mir leid«, flüsterte sie. »Ich –«

»Ich weiß«, flüsterte Rafe zurück und strich ihr das Haar aus dem Gesicht, wie Max es nie getan hatte. »Ist schon gut.«

»Es liegt absolut nicht an dir«, sagte Grace. »Ich meine, es ist nicht so, als wollte ich nicht. Du bist ja nicht potthässlich oder so.«

Rafe grinste. »Das wollte ich schon immer mal von einem Mädchen hören. Danke, dass du diesen Traum wahrgemacht hast.«

»Du weißt doch, wie ich das meine.«

»Stimmt.« Die Arme noch immer etwas unbeholfen um sie geschlungen, drückte er sie behutsam an sich. »Soll ich dir hochhelfen?«

»Noch nicht«, sagte Grace.

»Alles klar«, erwiderte Rafe und verschob den Arm etwas bequemer um ihre Schultern. »Wir haben alle Zeit der Welt.«

Das hatten sie natürlich nicht, aber Grace wollte Rafe so gern glauben, und so blieben sie noch einen Moment sitzen und warteten, irgendwo auf einem Parkplatz am Rande der Zivilisation.

Maya

Knapp eine Woche später wollte Maya diesem Adam noch immer die Visage polieren.

Und auch Lauren stand weiterhin auf ihrer Abschussliste.

Seit Claire erzählt hatte, dass Lauren ihr das mit ihrer Mom geschrieben hatte, hatte Maya kein Wort mehr mit ihrer Schwester geredet. Lauren hatte sie freundlich gebeten, sie hatte geweint, gebettelt und am Ende sogar geschrien, aber Maya weigerte sich noch immer, sie in ihr Zimmer zu lassen, sie anzusehen oder in irgendeiner anderen Form ihre Existenz zur Kenntnis zu nehmen. »Wie lange willst du deine Schwester denn noch ignorieren?«, fragte ihr Dad schließlich. »Du hast schließlich nur die eine.«

»Diese Aussage ist nicht mehr aktuell«, erwiderte Maya steif. »Darf ich jetzt bitte weiter Hausaufgaben machen?«

Überhaupt war die Atmosphäre im Haus kaum zu ertragen. Zwar war Mayas Mom nicht da, aber ihre Sucht in gewisser Weise noch immer. Sie hing über ihnen wie eine Wolke und machte Maya all die Zeit bewusst, die sie an die Lösung eines Problems verschwendet hatte, das nicht mal ihr eigenes war. Lauren schien das Ganze mit stundenlangen Fernsehmarathons kompensieren zu wollen, sodass jedes Mal, wenn Maya nach unten ging, um sich etwas zu essen zu holen, dort irgendwelche überdrehten Hausfrauen, Heimwerkersendungen oder Gesangswettbewerbe über den Bildschirm flackerten. Einiges davon sah sogar ganz interessant aus, aber Maya fühlte sich noch immer verraten von ihrer Schwester, die hinter ihrem Rücken mit ihrer Exfreundin geredet hatte. Sie hatte sich lange Zeit darauf verlassen, dass Geheimnisse dieses Haus niemals verließen, und jetzt, da es doch passiert war, wusste sie nicht, was sie tun sollte. Ihre einzige Reaktion war es, die Mauern um sich noch dicker, noch höher zu bauen, sodass niemand mehr eindringen konnte.

Eines Abends beim Essen jedoch ließ sie die Bombe platzen.

Maya war mehr oder weniger bewusst, was sie da vorhatte. Ihr war mehr oder weniger klar, dass es keine gute Idee war, ihrer Familie auf diese Weise ihren Plan zu unterbreiten, zumal sie sich selbst nur mehr oder weniger sicher war, ob sie ihn überhaupt durchziehen wollte. Aber sie fühlte sich einfach klein und gemein an dem Tag und konnte dem Drang, um sich zu schlagen, nicht länger widerstehen.

»Grace, Joaquin und ich wollen übrigens nach unserer leiblichen Mutter suchen«, sagte sie.

Lauren verschluckte sich an ihrem Salat und ihr Dad musste ihr auf den Rücken klopfen.

»Ehrlich?«, fragte ihr Dad, nachdem Laurens Husten etwas nachgelassen hatte und man einander wieder verstehen konnte. Laurens Augen waren gerötet und tränten. Sie presste sich ihre Serviette vor den Mund und starrte Maya an. Maya wich ihrem Blick aus.

»Ja, denke schon«, sagte sie gespielt beiläufig und riss sich ein Stück Brot ab. Ihr Dad wurde immer besser – sie hatten seit fast einer Woche keine Pizza mehr bestellt. »Wir wollen sie einfach mal kennenlernen. Etwas mehr über unsere Vergangenheit erfahren.«

»Du hast doch eine Vergangenheit«, sagte Lauren. »Hier. Bei uns.«

»Vielleicht habe ich ja mehr als eine«, feuerte Maya zurück.

»Ganz ruhig, ihr zwei«, mahnte ihr Vater. »Maya, bist du dir denn sicher, dass das der richtige Zeitpunkt ist?«

»Klar, warum denn nicht? Was du heute kannst besorgen und so weiter.«

Die Lücke am Tisch, wo normalerweise ihre Mutter saß, wirkte noch klaffender als sonst.

»Ich meine nur … in den letzten Monaten ist so viel passiert. Die Sache mit eurer Mom. Grace und Joaquin. Vielleicht solltest du lieber noch ein bisschen warten, bis sich alles wieder beruhigt hat, bevor du dich ins nächste Abenteuer stürzt.«

»Abenteuer?« Maya starrte ihn herausfordernd an. »So siehst du das also?«

»Nein, Schätzchen, natürlich nicht, tut mir leid. Das meinte ich – ich hab mich falsch ausgedrückt, okay? Ich dachte bloß, vielleicht reden wir zuerst mal mit Mom darüber.«

Maya brach in Gelächter aus. Sie konnte einfach nicht anders. Erst nach einer geschlagenen Minute gelang es ihr, sich wieder zusammenzureißen. »Tja, Dad, nichts lieber als das. Im Ernst, ich kann mir nichts Schöneres vorstellen, als jetzt mit Mom zu reden, aber weißt du, was? Das *geht* gerade nicht. Erst am Familienbesuchstag, stimmt's? Wenn wir alle zu ihr in die *Entzugsklinik* fahren und so tun, als wäre alles in Ordnung?«

Lauren saß schweigend neben ihr. Ob sie wohl ihrer Meinung war?

»Wir tun doch nicht, als wäre alles –«, fing ihr Dad an.

»Ach, nein? Nur weil unsere Familie darin doch sonst so große Klasse ist.«

Ihr Dad holte tief Luft und stand auf. »Ich brauche mal kurz einen Moment«, sagte er und verließ das Zimmer.

»Was hast du eigentlich für ein Problem, verdammt noch mal?«, zischte Lauren, sobald sie allein waren. »Das kann doch nicht dein Ernst sein! Glaubst du, Dad fühlt sich gerade nicht schon mies genug?«

»Ja, meinst du? Dann geh doch und schreib Claire. Deine neue beste Freundin quatscht das sicher gern mit dir durch.«

»Mein Gott, Maya, jetzt komm mal klar. Ich hab ihr geschrieben, weil ich mir Sorgen um dich gemacht habe. Weil Claire dir guttut. Wenn du mit ihr zusammen bist, kann ich dich sogar einigermaßen *leiden.*« Jetzt erhob sich auch Lauren. »Also hör gefälligst auf, so zu tun, als hätte sich die ganze Familie gegen dich verschworen, okay? Du warst nicht die Einzige, die Weinflaschen aus Moms Schrank fischen durfte. Und du hast sie auch nicht halb verblutet auf dem Boden gefunden. Aber trotzdem kriegst du hier einen Wutanfall nach dem anderen, wenn dir irgendwas nicht passt. Tja, tut mir echt leid für dich: Ich weiß, du würdest am liebsten zu deiner tollen neuen Familie abhauen, aber uns hast du trotzdem noch an der Backe.«

»Aha.« Maya stand ebenfalls auf. »Dann sag mir doch mal eins. Als Mom und Dad uns verkündet haben, dass sie sich scheiden lassen, hast du da etwa auch Angst gehabt, dass sie dich nicht behalten?«

»Was soll das denn heißen?«, rief Lauren.

»Hast du dir schon mal die Fotos an der Treppe angeguckt und dich gefragt: *Ob sie mich dafür hassen, dass ich ihre perfekte Familie zerstört habe? Bin ich an all dem Schuld? Ich und meine verkorkste Existenz?* Lass mich raten, die Antwort auf alle diese Fragen lautet Nein. Also versuch du gefälligst nicht, mir ein schlechtes Gewissen einzureden, nur weil ich meinen Platz in der Welt suche. Du musstest dir schließlich noch nie über deinen Gedanken machen!«

Lauren weinte jetzt auf ihre schrecklich herzzerreißende Art. Maya machte auf dem Absatz kehrt und rannte nach oben.

Aber sie konnte nicht weit genug wegrennen. Nicht vor sich selbst. Dafür war keine Treppe der Welt lang genug.

In dieser Nacht konnte Maya nicht schlafen.

Ständig hatte sie Grace' Gesicht vor Augen, als Adam sie als Schlampe beschimpfte, Joaquins Gesicht, als er beschrieb, wie Natalie zu Boden gefallen war, Laurens Gesicht, als Maya von den Fotos an der Treppe sprach. Sie alle durchfluteten ihren Magen mit einem hohlen Gefühl, als sei er eine Grube, die sie niemals würde füllen können, egal, mit wie vielen guten Gedanken sie die schlechten auszugleichen versuchte.

Um zwei Uhr gab sie es auf und ging nach unten.

Dort traf sie auf Lauren, die wütend Oreo-Kekse auseinanderdrehte und die Cremefüllung in eine Schüssel kratzte. Maya blieb abrupt stehen und wollte gerade wieder gehen, aber Lauren hatte sie schon entdeckt.

Ein paar Sekunden lang rührte sich keine von ihnen.

»Konnte nicht schlafen«, sagte Lauren schließlich.

»Auch nicht«, antwortete Maya. Erst jetzt fiel ihr auf, wie müde Lauren in letzter Zeit aussah, aber dies war wohl kein passender Moment, um sie darauf anzusprechen. »Ich lasse dich mal in Ruhe.«

»Ich wollte die Füllung hier gerade wegtun«, sagte Lauren. »Falls du sie willst.«

Maya blieb stehen, dann drehte sie sich wieder um und setzte sich Lauren gegenüber an die Kücheninsel. »Ich meine, immerhin bist du ja hier die Spinnerin, die keine Schokolade isst«, fügte Lauren hinzu und kratzte einen weiteren Oreo aus.

»Oder du bist die Spinnerin, die Schokolade *isst*«, grummelte Maya (es war immerhin zwei Uhr nachts). »Das Zeug schmeckt wie Dreck mit Zucker.«

Lauren schnaubte nur und schob ihr die Schüssel hin. Stumm saßen sie eine Minute lang da, bis Lauren schließlich das Schweigen brach.

»Hasst du die Fotos an der Treppe wirklich so?«

»Nicht die Fotos«, sagte Maya. »Nur die Tatsache, dass ich so offensichtlich nicht aussehe wie ihr.«

»Hasst du *mich*, weil ich aussehe wie Mom und Dad und du nicht?«

»Warum sollte ich dich dafür hassen? Ist ja nicht deine Schuld. Du hast schließlich nicht darum gebeten, geboren zu werden.«

»Aber du weißt, dass sie niemals einen Unterschied zwischen uns beiden machen würden, oder?« Obwohl sie Maya direkt gegenübersaß, klang Lauren, als wäre sie weit weg. »Das ist kein Wettbewerb. Sie lieben uns beide.«

Maya seufzte. Sie wollte doch bloß in Ruhe ihre Keksfüllung essen. »Ich bin ja nicht unglücklich darüber, dass ich adoptiert bin. Ich habe Mom und Dad lieb und alles, aber manchmal sind da einfach Fragen, die mir nur Fremde beantworten können.«

»Wie Grace und Joaquin?«

Maya zuckte mit den Schultern. »Bei denen hab ich einfach das Gefühl, sie verstehen, was ich meine, wenn ich solche Sachen sage.«

Lauren traten Tränen in die Augen.

»Ach, Mann«, seufzte Maya. »Was hast du denn jetzt? Wieso weinst du?«

Lauren wischte sich die Augen, aber es brachte nicht viel. »Weil du Claire so geliebt hast und dann hast du sie fallen lassen, nach so einem blöden kleinen Streit –«

»Der war nicht klein.«

» – und jetzt hast du deine neuen Geschwister, deine neue Schwester, und Mom ist nicht hier und alles ist … Ich will dich nicht auch noch verlieren! Du bist meine große Schwester. Mir ist egal, wo du hergekommen bist und wie du aussiehst. Du gehörst zu mir, klar? Außer dir hab ich niemanden.«

»Lauren«, sagte Maya leise, »du verlierst mich nicht.«

»Aber du hast eine Woche nicht mit mir geredet!«, schluchzte Lauren. »Du hast mich nicht mal angeguckt. Genau wie mit Claire!«

Maya zögerte kurz, dann sprang sie von ihrem Barhocker und legte den Arm um ihre Schwester. »Ich hab … das ist doch nicht … ach Scheiße. Ich lasse unsere Familie nicht im Stich, okay? Versprochen«, fügte sie hinzu, als Lauren nur noch heftiger weinte. »Ich will nicht weg von euch. Ich will nur Grace und Joaquin besser kennenlernen. Und ich bin mir nicht mal sicher, ob ich meine leibliche Mom treffen will oder nicht, aber selbst wenn, dann heißt das doch nicht, dass ich euch nicht mehr lieb habe.«

»Das wäre leichter zu glauben, wenn du aufhören würdest, mich zu ignorieren«, schniefte Lauren.

»Okay, das tut mir ja auch leid. Ich war echt sauer, weil du Claire geschrieben hast. Das war –«

»Ja, du hast dich hintergangen gefühlt. Ich weiß. Kannst du mir aber vielleicht Bescheid sagen, wenn du anfängst, nach deiner leiblichen Mom zu suchen?«

»Mach ich.«

»Und du ignorierst mich nicht mehr?«

»Wenn du keine persönlichen Informationen mehr an meine Ex ausplauderst.«

»Das *eine* Mal! Aber in Ordnung.«

»Gut.«

»Ich hab dich lieb«, flüsterte Lauren. »Auch wenn du manchmal unmöglich bist.«

»Und ich hab dich lieb, auch wenn du sagst, ich wäre unmöglich.«

Es war nicht die beste aller Entschuldigungen, aber um zwei Uhr nachts, in einer Welt, die sich schneller drehte, als sie beide ertrugen, war sie immerhin ein Anfang.

Joaquin

Joaquins Wochenende fing nicht gut an.

Am Freitag in der Schule, als er sich gerade auf den Weg nach Hause machen wollte, steckte die Beratungslehrerin den Kopf aus ihrem Büro. »Joaquin?«, sagte sie. »Kann ich dich mal kurz sprechen?«

Joaquin drehte sich um, um sicherzugehen, dass nicht noch ein anderer Joaquin hinter ihm stand. Er hatte keine Ahnung gehabt, dass die Beratungslehrerin überhaupt seinen Namen kannte. Normalerweise kümmerte sie sich vor allem um die Schüler, die gerade an ihrer Collegebewerbung saßen. Joaquin hatte bisher immer nur aus der Ferne zugesehen, wie seine Mitschüler sich auf die nächste Phase ihres Lebens vorbereiteten.

Schon verrückt, dass alle anderen so wild darauf waren, ihr Zuhause zu verlassen, während er endlich mal in einem bleiben wollte.

»Mir ist neulich das hier in die Hände gefallen«, verkündete die Beratungslehrerin, als er schließlich das Büro betrat und sich bemühte, die vielen Motivationsposter nicht zu beachten, die ihn mit ihren »Du schaffst das!«-Slogans bombardierten. »Und da habe ich natürlich gleich an dich gedacht. Könnte nützlich sein, oder?« Sie lächelte ihn an.

Joaquin warf einen Blick auf den Zettel, den sie ihm in die Hand gedrückt hatte. Der Artikel war aus dem Internet ausgedruckt und fast fünf Jahre alt. »Tipps für die Zeit nach der Pflegeunterbringung« stand in fetten Buchstaben ganz oben, und darunter: »Alles, was du für den Start in ein erfolgreiches Erwachsenenleben wissen musst!« Daneben war ein Bild von einer Rakete.

»Und da haben Sie gleich an mich gedacht«, wiederholte Joaquin und versuchte, das Lachen oder Weinen oder was immer da gerade in seiner Brust hochblubberte und seine Lungen zusammenpresste, zu unterdrücken.

»Genau.«

»Klar«, sagte er.

Joaquin war nur zu bewusst, dass er in drei Monaten achtzehn werden würde. Daran brauchte ihn keine Beratungslehrerin zu erinnern. Er wusste auch, welche Unterstützung er bis zu seinem einundzwanzigsten Lebensjahr in Anspruch nehmen durfte: Zuschüsse für Miete und Lebensunterhalt, Stipendien, Hilfestellung bei der Arbeitssuche. Aber nachdem er buchstäblich sein ganzes Leben innerhalb des Pflegesystems verbracht hatte und ihm so vieles versprochen worden war, das sich doch immer wieder als knapp unerreichbar herausstellte, wollte er nicht auch noch die nächsten drei Jahre mit der Jagd nach dem weißen Kaninchen verbringen. Er war immer davon ausgegangen, dass er nach der Schule zum Militär gehen würde, aber wenn er auch nur daran dachte, Mark und Linda zu verlassen, zog sich sein Magen zusammen.

Kaum dass er das Büro der Beratungslehrerin verlassen hatte, warf er das Merkblatt in den Müll.

Als er sich anschließend mit Ana in ihrem gewohnten Diner traf, saß bereits jemand auf ihrem Stammplatz, Kinder tollten durch die Gänge, und Joaquins Haut fühlte sich so eng an, dass er sie am liebsten abgestreift hätte.

»Ich habe Mark und Linda gesagt, dass ich das mit der Adoption nicht will«, sagte er, sobald der Kellner ihre Getränke gebracht hatte. »So. Jetzt kannst du mich den Rest der Sitzung lang anschreien.«

Anas Augen weiteten sich, doch sie riss nur schweigend die Papierhülle von ihrem Strohhalm. »Ich habe nicht vor, dich anzuschreien«, sagte sie schließlich mit etwas *zu* ruhiger Stimme. »Wenn du das wirklich so willst, bin ich dir nicht böse. In dem Fall würde ich dir sogar dazu gratulieren, dass du deine Interessen durchgesetzt hast.«

»Aber …?«, fragte Joaquin.

»Aber«, fuhr sie fort, »ich glaube nun mal nicht, dass es das ist, was du willst. Sondern das, von dem du annimmst, dass Mark und Linda es wollen. Ich glaube, du hast Angst, sie zu enttäuschen und von ihnen enttäuscht zu werden, also hast du die Idee schon im Keim erstickt, bevor du ein Risiko eingehen und dabei verletzt werden könntest.«

»Ich hab keine Angst, verletzt zu werden«, widersprach Joaquin. »Sondern *sie* zu verletzen. Ich bin einfach zu unberechenbar, darum …« Er schob seine Hände symbolisch auseinander.

»Darum hältst du lieber Distanz?«, riet Ana.

Joaquin stieß immer wieder seinen Strohhalm auf den Tisch, bis die Hülle unten ganz zerknittert war. Er wusste nicht, woher dieser Drang kam, einen Streit mit ihr anzufangen. »Willst du wissen, was ich letztes Wochenende gemacht habe?«, fragte er.

»Immer«, antwortete Ana so ungerührt wie eh und je.

»Ich hab mich mit Grace und Maya getroffen. Im Café. Und als wir so dasaßen, ist irgendein Typ, den Grace kannte, gekommen und hat sie Schlampe genannt.« Joaquin rammte seinen Strohhalm mit mehr Wucht als nötig in sein Glas.

Jetzt blickte Ana wirklich mal überrascht. »Warum das denn?«, fragte sie.

»Keinen Schimmer. Bevor ich fragen konnte, hatte ich mir den Typen schon gekrallt.« Joaquin fühlte noch immer Adams Pulsschlag an seinem Unterarm, die Genugtuung, ihm genauso viel Angst eingejagt zu haben wie er Grace. »Wir haben uns aber nicht geprügelt. Ich hab ihm nur nahegelegt, dass er meine Schwester in Ruhe lassen soll, und dann sind er und sein Kumpel abgehauen.«

Ana nippte an ihrer Limo. »Hast du gerade *Schwester* gesagt?«

Joaquin nickte.

»Und was hast du dann gemacht?«

»Ich …« Joaquin hatte angefangen, unter dem Tisch mit dem Knie zu wippen, ein nervöser Tick, den er einfach nicht loswurde. »Ich bin weggerannt.«

»Wohin?«

»Einfach weg.«

»Und Grace und Maya?«

»Die sind mir hinterher, bis in den Park hinter der Einkaufsstraße. Ich war … meine Hände haben so gezittert. Ich konnte gar nichts dagegen machen.«

»Joaquin.« Anas Stimme war eigentlich zu leise für den Lärm im Diner, aber Joaquin hörte sie laut und deutlich. »Da hast du kurz ein bisschen Angst vor dir selbst bekommen, stimmt's?«

Joaquin nickte. Er hatte Ana mit der Geschichte erschüttern wollen, ihr klarmachen, dass er nicht zu retten war und sie sich lieber mit einem Jungen zu Salat und Limo treffen sollte, dem man noch helfen konnte, aber ihre Augen blickten so sanft und so traurig, dass ihm fast die Tränen gekommen wären.

»Ich hab … Ich hab es ihnen erzählt.«

Ana runzelte die Stirn. »Wem was erzählt?«

»Grace und Maya. Das mit Natalie.«

Ana legte die Hand auf seine und sagte nichts.

»Sie meinten …« Joaquin biss sich auf die Lippe und blinzelte. »Sie meinten, dass ich halt noch ein Kind gewesen wäre. Und dass es nicht meine Schuld war.«

»Und, hast du ihnen geglaubt?«

Joaquin schüttelte den Kopf und seine Unterlippe begann zu beben.

»Hättest du denn gern gewollt?«

Diesmal nickte er wieder. Ana drückte kurz seine Hand und stand auf. »Komm«, sagte sie. »Gehen wir ein Stück spazieren.«

Sie schlenderten durch die Gegend, bis Joaquin wieder atmen konnte. »Ich bin richtig stolz auf dich, weißt du das?«, sagte Ana, als sie die Hauptstraße entlangliefen. »Das ist ein Riesenschritt nach vorne für deine Beziehung zu Grace und Maya. Als wir das letzte Mal über sie geredet haben, warst du noch fest entschlossen, es ihnen niemals zu erzählen.«

Joaquin zuckte mit den Schultern. »Ist einfach so passiert. Ich hatte das nicht geplant.«

»Hast du diesem Typen, der Grace beschimpft hat, irgendwas getan?«

»Nein, hab ihn gehen lassen. Mir war nur so …« Joaquin krümmte pantomimisch die Finger, als wollte er etwas zerquetschen. »Ihr Blick, verstehst du? Als er das gesagt hat. Sie hat so traurig ausgesehen.«

»Und das hat dich auch traurig gemacht?«

»Nein. Wütend.«

Ana grinste ihn an. »Wut ist ein durchaus –«

»– legitimes Gefühl«, leierte Joaquin herunter. Das hatte er schon mindestens eine Million Mal von ihr zu hören bekommen. »Ich weiß, ich weiß. Aber es fühlt sich trotzdem beschissen an.«

»Und wie hat es sich angefühlt, als deine Schwestern *nicht* wütend waren wegen der Sache mit Natalie?«

Joaquin wusste nicht, ob es ein Wort gab, das das beschrieb. Es war keine Freude oder Erleichterung oder Fassungslosigkeit. Auch nicht Verwirrung oder Mitleid, weil sie so dumm waren, ihm zu vertrauen.

Nein, nichts davon passte.

»Als ich sechs war«, fing er stattdessen an zu erzählen, »bekamen alle Kinder in meiner Pflegefamilie Fahrräder zu Weihnachten. Auch die Pflegekinder, das war echt was Besonderes. Aber ich konnte noch gar nicht Fahrrad fahren, darum hat der Pflegevater Stützräder an meins geschraubt. Damit bin ich dann die Straße rauf und runter gedüst, und immer, wenn ich dachte, ich falle hin, haben mich die Stützräder davor bewahrt.«

Ana war stehen geblieben und sah zu Joaquin auf. Er wusste nicht, ob das ein gutes Zeichen war oder ein schlechtes.

»Irgendwann konnte ich dann fahren, aber ich wollte trotzdem nicht, dass die Stützräder abgeschraubt werden, weil ich mich damit so sicher fühlte, verstehst du? Genauso war es mit Grace und Maya. Als würde ich fallen, aber dann ist gar nichts passiert. Weil sie da waren.«

Zu Joaquins absolutem Entsetzen kullerte eine Träne über Anas Wange.

»Ach du Scheiße«, rutschte es ihm heraus. Joaquin wusste nicht, was es bedeutete, wenn man seine Therapeutin zum Weinen brachte, aber es war mit Sicherheit nichts Gutes. »Tut mir leid. Tut mir so –«

»Nein, nein, ist schon … *Mir* tut es leid, Joaquin.« Sie schob kurz die Sonnenbrille hoch, wischte sich über die Augen und lachte unter Tränen. »Ich bin bloß supersuperstolz auf dich, das ist alles.«

Joaquin musterte sie skeptisch.

»Ehrlich, alles okay«, sagte sie und rückte ihre Sonnenbrille wieder zurecht. »Ich hätte nur gern, dass du dir über eine Sache Gedanken machst.«

»In Ordnung«, sagte Joaquin. Er hätte Ana auch versprochen, Seelöwen für den Zirkus zu trainieren, wenn sie dafür mit dem Weinen aufhörte.

»Ich weiß, dass du es gerade nicht glauben kannst, und vielleicht wirst du das auch niemals, aber Mark und Linda sind auch wie diese Stützräder. Das, was du da eben beschrieben hast – genau das machen Eltern. Die fangen dich auf, bevor du hinfällst. Das ist die Definition von Familie.«

Joaquin dachte an Mark und Linda, daran, wie sie nach seinen Albträumen an seinem Bett saßen und die Dunkelheit vertrieben.

»Okay«, sagte er nur. Er hoffte, eines Tages die richtigen Worte zu finden, um zu beschreiben, was in ihm vorging, aber fürs Erste musste *okay* reichen.

»Okay«, stimmte Ana zu. »Ich bin am Verhungern. Magst du Frozen Yogurt?«

»Okay«, sagte Joaquin wieder und duckte sich dann grinsend, bevor Ana ihm einen Hieb auf die Schulter versetzen konnte.

Als Joaquin um die Ecke bog, stand ein fremder Wagen in der Einfahrt vor Mark und Lindas Haus. Abrupt brachte er sein Skateboard zum Stehen und trat auf das hintere Ende, sodass er es an der Vorderachse aufheben konnte.

Das war nicht der Wagen seiner Sozialarbeiterin, aber vielleicht hatte die ja einen neuen? Oder hatte er etwa eine neue Sozialarbeiterin? So oder so war ihm sofort klar, dass dieses Auto auf ihn wartete, um ihn fortzubringen. Über die Jahre hatte er viele fremde Autos in vertrauten Einfahrten gesehen, alle mit genug Platz auf dem Rücksitz für einen Jungen und einen Müllsack voll mit allem, was er auf die Schnelle zusammenraffen konnte.

Joaquin war nicht überrascht. Er hatte nicht erwartet, dass Mark und Linda ihn behalten würden, nachdem sie ihm die Chance geboten hatten, adoptiert zu werden, und er abgelehnt hatte. Wer wollte schon einen so undankbaren Jungen bei sich zu Hause? Immerhin hatte Joaquin ihnen jetzt zwei Jahre lang die Haare vom Kopf gefressen, sich einkleiden lassen und, und, und. An ihrer Stelle würde er auch langsam mal eine Gegenleistung dafür erwarten.

Er schärfte sich ein, die blaue Schleife vom Malwettbewerb in der vierten Klasse nicht zu vergessen. Das war immer das Erste, was er einpackte.

»Ach Mist!«, rief Linda, als Joaquin durch die Hintertür kam, und er blieb stehen, das Skateboard noch in der Hand. »Mark! So ein Mist!«

»Was?«, fragte Joaquin.

»Ist nicht deine Schuld, Schatz, komm ruhig rein. Wir dachten nur, du bleibst länger weg. *Mist!*«

Joaquin blieb im Türrahmen stehen. Linda beugte sich über das Treppengeländer, ihre Brille auf den Kopf hochgeschoben und in den Händen eine große rote Schleife. »Mark, er ist schon da! Ich hab's dir doch gesagt!« Dann wandte sie sich wieder an Joaquin. »Komm rein, mein Lieber, komm rein. Keine Sorge, alles okay.« Sie winkte ihn näher.

Nun kam auch Mark, leicht außer Atem, die Treppe heruntergepoltert. »Was machst du denn schon hier, du bist ja viel zu früh dran!«, rügte er, aber er lächelte dabei. »Linda wollte eine richtige Zeremonie daraus machen, mit Schleife und allem Drum und Dran.«

Linda seufzte nur frustriert.

Joaquin stand immer noch wie angewurzelt da. »Was?«, wiederholte er schließlich. Sollte er diese Schleife vielleicht um seine Mülltüte binden? »Ist das eine Überraschungs-Abschiedsparty oder so?«

Jetzt erstarrten auch Linda und Mark. »Eine was?«, fragte Mark.

»Na ja, das Auto?«, Joaquin deutete mit dem Daumen über die Schulter. »In der Einfahrt?«

Lindas Miene wechselte von Frust zu purem Entsetzen. »Du denkst, wir schicken dich weg?«

Wenn das ein Ratespiel sein sollte, dann verlor Joaquin gerade haushoch. »Äh.«

Mark und Linda wechselten einen Blick, bevor Linda auf Joaquin zuging und ihn den letzten Schritt ins Haus zog, sodass die Fliegengittertür hinter ihm zuklappte. »Joaquin«, sagte sie. »Das Auto ist für *dich.*«

Joaquin blinzelte nur. »Was?«

Sie legte ihm beruhigend die Hände auf die Schultern.

»Setz dich erst mal hin, Kumpel«, sagte Mark und schob ihm einen Stuhl hin.

Mit rasendem Herzen ließ Joaquin sich darauf plumpsen. Das alles kam ihm vor wie ein Trick, wie eine aufwendige Inszenierung, um ihn lächerlich zu machen, aber eigentlich glaubte er nicht, dass Mark und Linda ihm so was antun würden.

»Ihr habt ein Auto gekauft? Für mich?«, fragte er.

»Ja«, sagte Linda und legte ihm die Riesenschleife in den Schoß. »Du solltest aber eigentlich erst in einer Viertelstunde kommen. Wir wollten noch die Schleife auf die Motorhaube kleben wie in der Werbung.«

»Und dann wollten wir das ganze bei YouTube reinstellen«, scherzte Mark, der ihm nun gegenübersaß. »Du hast uns gerade Millionen von Klicks und damit beträchtliche Werbeeinnahmen gekostet, ist dir das klar?«

Joaquin betastete die Schleife, die sich ganz weich anfühlte.

»Eigentlich wollten wir bis zu deinem achtzehnten Geburtstag warten«, erläuterte Linda, die Hand noch immer auf seiner Schulter. »Aber jetzt, wo du Grace und Maya hast, möchten wir, dass du dich mit ihnen treffen kannst, wann immer du willst. Du sollst nicht davon abhängig sein, dass wir dich jedes Mal fahren.«

»Wir glauben nämlich, dass es wichtig für dich ist, deine Schwestern regelmäßig zu sehen«, fügte Mark hinzu, so behutsam, als spräche er mit einem verängstigten Tier. »Alles okay? Du guckst, als hättest du ein Gespenst gesehen.«

Joaquin nickte. »Alles in Ordnung«, sagte er. »Ich dachte nur … ich dachte, das wäre die Sozialarbeiterin.«

»Ach, Joaquin.« Linda rieb ihm den Nacken. Sie war nicht groß, aber in ihrer Berührung lag eine solche Kraft – eine Kraft, die Dinge zusammenhielt, nicht auseinanderriss. »So leicht geben wir dich nicht her.«

»Willst du es dir anschauen gehen?«, fragte Mark und erhob sich. »Es hat sogar eine Sitzheizung.«

Joaquin musste lächeln. »Ja«, sagte er nickend. »Klar.«

Es war gebraucht, silbergrau wie eine Fünf-Cent-Münze, und auf dem Beifahrersitz prangte ein Fleck, den Linda für geschmolzenen Lippenstift hielt. (»Kenne ich nur zu gut«, knurrte sie.)

Für Joaquin war es das tollste Auto, das er je gesehen hatte.

»Wir dachten uns, wir greifen dir mit der Zulassungsgebühr und der Versicherung ein bisschen unter die Arme, zumindest im ersten Jahr, und das Benzin kannst du locker von deinem Job im Kulturzentrum bezahlen«, erklärte Mark, nachdem er Joaquin den Wagenheber, die Wolldecke und den Verbandskasten im Kofferraum gezeigt hatte.

Joaquin umklammerte den Autoschlüssel so fest, dass er fürchtete, sich damit die Faust zu durchstoßen, direkt durch bis auf den

Knochen. »Okay«, sagte er. Er hatte keine Ahnung, was Benzin kostete, aber er hatte ein bisschen was gespart.

»Aber wenn du auch nur einmal während der Fahrt aufs Handy guckst, dann war's das, und du gehst für den Rest deines Lebens zu Fuß«, drohte Linda. »Zumindest, solange ich noch da bin.«

»Kapiert«, sagte Joaquin. »Willst du die Schleife noch draufmachen?«

»Ja!«, quietschte Linda.

»Nein, du musst jetzt eine Probefahrt machen«, protestierte Mark und zog Linda zurück. »Die Schleife kleben wir woandershin. Auf die Nachbarskatze vielleicht.«

»Also wirklich, Mark«, rüffelte ihn Linda. Mark hasste die Nachbarskatze, weil sie ständig in seinen Gemüsegarten pinkelte. In den zwei Jahren, die Joaquin nun hier wohnte, hatte er schon Schimpftiraden von epischen Ausmaßen über dieses Tier gehört.

»Los, los«, sagte Mark und öffnete die Fahrertür. »Dreh eine Runde. Du willst doch hier nicht mit deinen alten El– mit uns rumstehen.« Mark räusperte sich. »Benimm dich mal wie ein echter Teenager.«

Joaquin war sich nicht ganz sicher, wie das ging, aber er würde es versuchen. Für die beiden.

»Schön anschnallen!«, mahnte Linda. »Und in die Spiegel gucken! Auch in die Außenspiegel, die sind wichtig. Und denk an den Schulterblick!«

Mark nahm sie in einen sehr sanften Schwitzkasten und führte sie weg vom Auto. »Na, mach schon«, ermutigte er Joaquin. »Vielleicht klebe ich die Schleife auch Linda an.«

»Von wegen!«, war sie gedämpft zu hören, das Gesicht in sein Hemd gedrückt.

Joaquin schnallte sich an, guckte in Rück- *und* Außenspiegel und setzte das Auto vorsichtig aus der Einfahrt. Er war schon mit

Marks und Lindas Auto gefahren, aber das hier war etwas komplett und unfassbar anderes.

Nach ein paar Minuten fuhr Joaquin den Wagen rechts ran.

Seine Hände zitterten zu stark, um zu lenken.

Grace

Es war Grace' Idee gewesen, dass sie sich zwei Wochen später bei Maya zu Hause trafen.

Viel Überzeugungsarbeit hatte sie nicht leisten müssen. Seit dem Vorfall mit Adam war keiner von ihnen mehr sonderlich scharf darauf, zu Starbucks zu gehen.

»Die haben dir ein *Auto* geschenkt?«, drang Mayas Stimme in Grace' Grübeleien. »Im Ernst? Und das erzählst du uns erst jetzt?«

Joaquin, der verwirrt und ein bisschen verlegen wirkte, nickte. »Ja«, sagte er. »Zuerst dachte ich, sie wollten mich wegschicken. Ich hab das Auto für das von meiner Sozialarbeiterin gehalten.«

Grace rutschte das Herz in die Hose. Sie hoffte, dass Kiwi sich niemals so würde fühlen müssen, sie hoffte, dass sie nie so verloren aussehen würde wie Joaquin manchmal. Sie hoffte, dass die Freundlichkeit anderer Menschen für sie nie derart unerwartet kam.

Sie hoffte und hoffte und hoffte.

»Ob Mark und Linda wohl auch *mich* adoptieren würden?«, fragte Maya, die wieder die Füße im Pool baumeln ließ. Grace war froh, dass Maya nie vorschlug, eine Runde zu schwimmen. Ihr Körper war ihr nach dem Baby noch immer fremd und so was wie eine Bikinifigur lag in weiter Ferne. In ziemlich weiter. Sie hatte ein bisschen gegoogelt, aber alle Tipps, die sie online fand, waren für erwachsene Frauen, für richtige Mütter. Nichts darüber, was man als Sechzehnjährige gegen Schwangerschaftsstreifen unternehmen konnte oder wie man seinen Körper wieder in Besitz nahm, nachdem jemand anderes monatelang sein Lager darin aufgeschlagen hatte, während man noch zur Highschool ging.

»Vermutlich«, meinte Joaquin. Auch er hatte die Füße im Wasser, saß jedoch am entgegengesetzten Ende des Pools im Schatten. »Ein Zimmer haben sie jedenfalls noch frei.«

»Nehm ich.« Maya rückte ihre Sonnenbrille zurecht.

»Aber ich hab ihnen gesagt, ich will nicht adoptiert werden.«

Grace sah Mayas Kopf fast genauso abrupt zu Joaquin herumwirbeln, wie es ihr eigener tat. »Was?«, stieß sie hervor. »Warum nicht? Haben sie –«

»Ich finde einfach, es ist keine gute Idee. Nachdem es beim letzten Mal so schiefgegangen ist.« Joaquin zuckte mit den Schultern. »Ist doch alles wunderbar, wie es jetzt ist. Das will ich nicht kaputt machen.«

»Joaquin«, sagte Grace.

»Könnt ihr bitte alle mal aufhören, meinen Namen so zu sagen, als wüsste ich nicht selbst, wie ich heiße?«, unterbrach er sie. »Okay? Und können wir vielleicht über was anderes reden?«

»Bin dafür«, verkündete Maya, hob die Füße aus dem Wasser und stand auf. »Zum Beispiel über was zu essen. Genauer, Käse und Cracker. Noch genauer, Käse und Cracker in meinem Mund.«

Joaquin stand auf und folgte ihr ins Haus, Grace ging ein Stück hinter ihnen. Es war richtig warm, aber Grace fröstelte trotzdem. Während ihrer Schwangerschaft war ihr immer alles zehn Grad heißer vorgekommen, jetzt dagegen fror sie andauernd.

Die letzte Woche hatte sie fast ununterbrochen vor dem Computer gehockt und abwechselnd nach Melissa Taylor und Selbsthilfegruppen für minderjährige Mütter gesucht. Michael, der Therapeut, hatte Grace eine Reihe von Vorschlägen gemacht, aber als sie sich die Gruppen online ansah, kam ihr das alles zu gestellt vor, ein Haufen Fremder, die falsch in die Kamera grinsten. Grace konnte sich nicht vorstellen, mit denen zusammenzusitzen und über Kiwi zu reden.

Ihre Recherche nach Melissa Taylor verlief noch enttäuschender. Selbst mit der Hilfe ihrer Eltern kam sie nicht weiter. Alles, was die Adoptionsagentur an Informationen hatte, war entweder streng vertraulich oder komplett veraltet, und Grace fühlte sich langsam genauso wie damals, nachdem Kiwi mit ihren neuen Eltern nach Hause gefahren war, als hätte sie etwas verloren, das sie nie wiederbekommen würde.

»Grace?«

Sie hob den Kopf. »Was ist?«

Maya fuchtelte mit einer Schachtel Cracker vor ihrer Nase herum. »Willst du auch, du Traumtänzerin?«

»Klar«, sagte sie und setzte sich auf einen der Barhocker an der Kücheninsel. Joaquin wühlte im Kühlschrank nach wer weiß was und Grace nahm Maya die Cracker ab und arrangierte sie auf einem Teller.

»Neue Kette?«, fragte Maya, während sie ein Schneidbrett aus dem Schrank holte. »Wo hast du die her?«

Grace' Hand fuhr hoch zu ihrem Hals. Eigentlich hatte sie die Kette extra so lang gewählt, um sie unter ihrem Shirt verstecken zu können, aber anscheinend war sie daraus hervorgerutscht.

Sie hatte die beiden zarten Anhänger im Internet gefunden, ein winziges goldenes M und eine kleine, ovale Goldkugel mit strukturierter Oberfläche, die man mit etwas gutem Willen für eine Kiwi halten konnte, und sie von dem Geld gekauft, das noch von ihrem alten Job in der Boutique übrig war. Natürlich hatte sie sich zwischendurch gefragt, ob dieser Kauf nicht einfach nur dumm und sentimental war, aber seit sie sich die Halskette das erste Mal umgelegt und in den Spiegel gesehen hatte, war sie überzeugt, dass es genau richtig war.

»Ach, die ist von meiner Grandma«, sagte sie und ließ die Anhänger wieder unter ihrem Shirt verschwinden. »Meine Mom hat letztens einen Haufen alten Schmuck von ihr wiedergefunden.«

»Wofür steht denn das M?«

Grace schüttelte den Kopf. »Keine Ahnung. Grandma hatte anscheinend auch so ihre Geheimnisse.«

Die Kiwi landete genau auf ihrem Herzen und schmiegte sich dort an die Haut.

In dem Moment vibrierte ihr Handy. Grace warf einen Blick auf das Display.

Hey, hast du nächste Woche Zeit? Ich hätte hier ein paar Strohhalme zum Zerfetzen.

Das war natürlich Rafe. Grace versuchte, die Schmetterlinge zu beruhigen, die in ihrem Magen aufgeflattert waren. »Und, wer schreibt?«, fragte Joaquin.

»Genau, Grace, wer ist das?«, fiel Maya mit ein. »Du wirkst ein bisschen …«

»Du bist ganz rot geworden«, stellte Joaquin fest.

»Stimmt doch gar nicht«, wehrte Grace ab. »Das ist bloß ein Freund.«

Mayas Augen funkelten. »Oho, das ist nie im Leben ›bloß ein Freund‹. Niemand bezeichnet einen Typen so, wenn er wirklich bloß ein Freund ist. Hab ich nicht recht, Joaquin?«

Joaquin legte drei Stücke Käse auf die Arbeitsplatte. »Sie hat absolut recht.«

»Ach, hat sie das?«, fragte Grace an ihn gewandt.

»Keine Ahnung. Ich hab nur Angst, ihr zu widersprechen.«

»Sie ist deine kleine Schwester«, sagte Grace. »Du hast das Recht des Älteren.«

Maya plusterte sich auf. Da vibrierte Grace' Handy erneut. »Oooh, ist er das? Ist er das? Wie heißt er denn?«

»Geht dich nichts an.«

»Komischer Name«, erwiderte Maya. »Aber ich bin ja offen für alles. Zeig mal!«

»Nein!«, rief Grace. »Hey, Finger weg. Ich dachte, du willst Käse und Cracker.«

»Ich kann Käse und Cracker essen *und* dir dabei helfen, einem Jungen zu schreiben! Ich bin nämlich super im Multitasken!«

»Zurück!«, drohte Grace und benutzte die leere Crackerpackung als Schwert, um sich zu verteidigen. »Alte Nervensäge!«

»Schnapp dir ihr Handy, Joaquin!«, kreischte Maya und jagte der kichernden Grace um die Kücheninsel hinterher.

»Auf keinen Fall«, lehnte Joaquin ab und schnitt in aller Ruhe weiter Käse in Scheiben. »Ich hab mal den Fehler gemacht, das Handy meiner früheren Pflegeschwester anzurühren. Einmal und nie wieder.«

»Hör auf deinen großen Bruder, Maya!«

»Ha! Erwischt!«, triumphierte Maya, und Grace spürte, wie ihr das Handy aus der Hand stibitzt wurde.

»Wenn du ihm schreibst, bringe ich dich um.«

»Machst du nicht.«

»Dann verstümmle ich dich.«

»Damit kann ich leben.« Japsend fing Maya an vorzulesen: »›Liebe Grace, jetzt ist schon wieder ein Monat vergangen und Milly verändert sich so schnell.‹«

Grace fühlte, wie ihr alle Atemluft aus den Lungen wich.

»›Sie ist das Kostbarste in unserem Leben und natürlich denken wir jeden Tag an dich.‹«

»Hör auf«, wollte Grace rufen, aber sie brachte nicht mehr als ein Flüstern zustande.

Maya war stehen geblieben und ihr Gesichtsausdruck hatte sich von schadenfroh zu verwirrt gewandelt.

»Da ist ein Foto von einem Baby«, sagte sie voller Entsetzen. »Grace, was soll das –«

Grace zwang ihre Beine, sich vorwärtszubewegen, und riss Maya so hastig das Handy aus der Hand, dass es klappernd auf dem Boden landete. *»Hör auf«*, zischte sie. »Ich hab doch gesagt, du sollst die Finger davon lassen, Maya.«

Joaquin stand reglos daneben, noch immer das Käsemesser in der Hand, und blickte zwischen ihnen hin und her.

Das Schweigen war unerträglich.

»Wer ist denn Milly?«, fragte Maya schließlich. »Ist das dein Baby, Grace?«

Grace schloss die Augen und betete, dass sie nur träumte, dass sie in der Zeit zurückreisen und ein Jahr zuvor in ihrem Bett aufwachen könnte, und alles wäre wieder normal. »Sei still«, flüsterte sie.

»Du hast ein Baby?«, fragte Maya entgeistert. »Grace, antworte.«

»Das geht dich nichts an!«, schrie Grace und bückte sich, um mit zitternden Händen ihr Telefon aufzuheben.

»Du hast ein Baby bekommen und uns nichts davon gesagt?«, rief Maya. »Im Ernst jetzt? Ich hab dir alles über meine Mom und ihr Alkoholproblem erzählt und Joaquin über Natalie und den Unfall, und du verschweigst uns die ganze Zeit *so was*?«

»Warum hätte ich euch davon erzählen sollen?«, entgegnete Grace hitzig. »Damit ihr mir vorwerft, ich hätte sie im Stich gelassen, so wie unsere Mom uns? Oder damit ihr mich als Schlampe beschimpft wie Adam?«

Joaquins Blick wurde plötzlich ganz ernst. »Scheiße«, murmelte er. »Darum ging es dabei also?«

»Ich hab sie nicht im Stich gelassen, klar?«, rief Grace. »Ich hab ihr eine ganz tolle Familie gesucht. Die lieben sie und sie ist glücklich! Sie kann da in Ruhe aufwachsen und alles haben, was ich ihr nie bieten könnte! Hast du darüber mal nachgedacht, wenn du über unsere Mom ablästerst, Maya? Dass sie das vielleicht getan hat, weil sie uns *geliebt* hat?«

Maya war wie vom Donner gerührt. *»Grace«*, flüsterte sie.

Grace gab sich alle Mühe, nicht zu weinen. »Ich wollte doch bloß nicht, dass ihr zwei mich hasst oder so über mich redet wie alle anderen. Weil ich sie nämlich liebe, so sehr, und ich würde sie nie … nie einfach so im Stich lassen. Und das hab ich auch nicht gemacht, das schwöre ich, aber ich fühle mich so …« Grace rang nach Luft, und die Kette über ihrem Herzen verrutschte, was ihr beinahe körperliche Schmerzen bereitete. »Da, wo sie war, ist jetzt eine Lücke, und die kann ich nicht stopfen, sosehr ich es auch versuche, also laufe ich die ganze Zeit mit diesem Loch in mir herum, und sie ist nicht … sie ist nicht …«

Joaquin zog sie als Erster an sich, kurz darauf war Maya da, und zusammen nahmen sie sie fest in die Arme, während Grace' Tränen auf Mayas Schulter tropften. »Ist ja gut«, sagte Maya immer wieder und Joaquins Hand lag stark und sanft auf ihrem Haar. Grace presste ihr Gesicht an die beiden und ließ einfach los.

Sie wachte in einem fremden Zimmer auf. Dann sah sie die Polaroidbilder, die sich an einer der Wände hinunterzogen, und die rosa Vorhänge, die jemand geschlossen hatte. Dieses Zimmer hatte sie schon einmal gesehen, auch wenn es ihr vorkam, als wären seitdem Monate vergangen. Es war Mayas Zimmer und sie lag in Mayas Bett, zugedeckt mit Mayas Decke. Irgendwer hatte ihr sogar die Schuhe ausgezogen und sie ordentlich nebeneinander auf den Boden gestellt.

»Hey«, sagte Maya leise, und als Grace sich umdrehte, sah sie sie zusammengerollt neben ihr im Bett liegen. »Geht's dir besser?«

Grace versuchte, sich aufzusetzen, und rieb sich die Augen, die sich geschwollen anfühlten. Außerdem war ihr Mund ganz trocken. Jetzt erinnerte sie sich wieder, wie Maya und Joaquin sie schluchzend die Treppe hinaufmanövriert hatten, und wie Maya »Schhschh, ruh dich erst mal aus« gesagt hatte, während Joaquin die verschlissene Decke über sie gebreitet hatte.

Grace war sehr gerührt, aber gleichzeitig schämte sie sich in Grund und Boden.

»Ein bisschen«, antwortete Grace. »Wo ist denn Joaq?«

»Unten.« Maya deutete auf die halb offene Tür. »Hier, möchtest du einen feuchten Waschlappen?«

Grace nahm ihn dankbar an und presste ihn auf ihre verklebten Augen und Wangen. »Danke.«

»Keine Ursache.« Vorsichtig fuhr Maya Grace durchs Haar und entwirrte ein paar der Knoten. »Du, tut mir leid, dass ich dir das Handy geklaut habe. Ich dachte halt, dir schreibt irgendein süßer Typ, da wollte ich nur –«

»Ist schon gut«, sagte Grace, was der Wahrheit entsprach. »Ich weiß, dass du das nicht wolltest. Ich hätte es euch längst sagen sollen. Du und Joaquin, ihr wart so tapfer, und ich nicht.«

»Ich finde dich supertapfer«, meinte Maya und strich ihr wieder durchs Haar. »War er dein erster Freund?«

Grace nickte.

»Hast du ihn geliebt?«

»Dachte ich zumindest. Aber jetzt glaube ich, dass ich vielleicht nur das Verliebtsein an sich geliebt habe.«

Maya nickte. »Und er wollte sie nicht behalten?«

»In erster Linie wollten seine Eltern nicht. Und er hat sofort alle Rechte an ihr aufgegeben.«

»Jungs«, schnaubte Maya. »Das wäre alles nie passiert, wenn du lesbisch wärst wie deine entzückende kleine Schwester.«

Grace musste ein bisschen lächeln. »Danke, sehr hilfreich.«

»Ist mein voller Ernst«, bekräftigte Maya, aber ihr Tonfall sagte das Gegenteil. »Na, hoffentlich war wenigstens der Sex gut. Wenn du schon schwanger werden und ein Baby kriegen musstest, dann sollte der Sex dich aus den Socken gehauen haben.«

»War nett«, sagte Grace.

Maya rümpfte die Nase. »›Nett‹ ist so ziemlich die schrecklichste Beschreibung, die ich für Sex je gehört habe.«

Noch nie war Grace so glücklich gewesen, Joaquin zu sehen, als der in diesem Moment durch die Tür kam.

»Hallo«, sagte er vorsichtig. »Du bist ja wach.« Er hatte drei Flaschen Wasser dabei und reichte jeder von ihnen eine. »Wie geht's dir?«

»Beschissen«, gestand Grace. »Die ganze Zeit.«

Maya kuschelte sich an sie, während Joaquin sich neben sie auf die Bettkante setzte. »Entschuldige, wenn wir dir das Gefühl gegeben haben, du könntest es uns nicht erzählen«, murmelte Maya. »Tut mir echt leid. Uns beiden. Wir hatten einfach keine Ahnung.«

»Macht nichts«, flüsterte Grace und nippte an ihrem Wasser. Es schmeckte so gut und kalt und klar, dass es beinahe ausreichte, um alles fortzuspülen. »Ich hätte es euch viel früher erzählen sollen.« Sie sah Joaquin an. »Ich wollte nur nicht, dass du denkst, ich hätte sie genauso verlassen wie unsere Mom dich.«

Joaquin starrte sie an wie einen Marsmenschen. »Das würde ich nie denken«, erwiderte er. »Nicht in einer Million Jahren.«

»Darf ich was fragen?«, meldete sich Maya zu Wort.

»Klar.« Grace trank noch einen Schluck Wasser.

»Heißt sie Milly?« Maya klang ganz kleinlaut. »Das stand ja zumindest in der Mail.«

Grace nickte, griff in ihren Kragen und zog die Kette hervor. »Sie haben sie Amelía genannt, kurz Milly. Aber als ich mit ihr schwanger war, war sie für mich immer nur Kiwi.« Sie drückte den Daumen auf die beiden Anhänger und schob sie ein wenig auseinander. »Die hab ich nicht von meiner Grandma geerbt, sondern online gekauft.«

Maya nahm die Kette in die Hand.

»Superhübsch«, sagte sie. »Genau wie Milly übrigens. Auf dem Foto sah sie aus wie du.«

»Was ist mit dem Vater?«, erkundigte sich Joaquin. »Ist es Adam?«

»Oh Gott, nein«, stieß Grace hervor und setzte sich noch ein Stück weiter auf. »Mein damaliger Freund Max.« Grace schloss die Augen, als die Erinnerung ihr den gewohnten Stich versetzte, und Joaquin legte ihr die Hand auf den Arm, während Maya das Kinn an ihre Schulter schmiegte.

»Arschloch«, murmelte Maya.

»Der weiß gar nicht, was er verpasst«, befand Joaquin.

»Dabei hätte ich ihn echt gebraucht, wisst ihr?« Grace zwirbelte und zwirbelte die Anhänger, bis die Kette um ihren Hals ganz verdreht war. »Ich hätte ihn gebraucht, aber er war nicht für mich da. An dem Abend, als Milly geboren wurde, ist er zum Schulballkönig gewählt worden. Er war nicht mal mit im Krankenhaus.«

Maya brummte irgendwas vor sich hin, das nicht gerade freundlich klang.

»Was?«

»Nichts. Darfst du sie sehen? Ich meine, wenn ihre Eltern dir Updates schicken …«

»Wir haben uns auf zwei Besuche pro Jahr geeinigt, aber ich bin mir nicht sicher, ob ich das kann«, sagte Grace. »Ich weiß einfach nicht, ob ich es ertrage, sie wiederzusehen. Und ob das gut für sie ist.«

»Aber was ist damit, was gut für dich ist?«, fragte Joaquin. Seine Hand lag noch immer auf Grace' Arm, als fürchtete er, ihr könnten plötzlich Flügel wachsen und sie würde aus dem Fenster flattern.

Grace zuckte mit den Schultern. »Um mich geht es nicht.«

»*Darum* willst du unsere Mom finden«, sagte Maya leise. »Darum fängst du immer wieder davon an.«

Grace biss sich auf die Unterlippe, um nicht wieder in Tränen auszubrechen. Sie merkte, wie Maya und Joaquin über ihren Kopf hinweg einen Blick wechselten, und plötzlich kam sie sich klein vor, was ihr irgendwie gefiel, aber gleichzeitig auch nicht.

»Ich hab schon ein bisschen was versucht«, gestand sie. »Aber da ist nichts. Die Briefe, die meine Eltern über den Adoptionsanwalt geschickt haben, sind wieder zurückgekommen, und eine aktuelle Telefonnummer haben sie auch nicht. Sie ist ein Geist.«

Maya rutschte ein bisschen hin und her. »Nein, ist sie nicht.«

»Wie jetzt?«, fragte Joaquin. »Weißt du irgendwas?«

Maya sah sie an und stand dann vom Bett auf. »Kommt mal mit«, sagte sie.

»Maya«, fragte Grace, und der Klang ihrer eigenen Stimme machte ihr Angst, »was hast du vor?«

»Kommt«, wiederholte Maya nur. »Bevor Lauren und mein Dad wieder da sind.«

Joaquin half Grace vom Bett auf und hielt weiter ihre Schultern umschlungen, als sie Maya nach unten in ein Zimmer folgten, das nach Büro aussah. So ernst hatte Grace ihre Schwester noch nie erlebt und das machte ihr Angst. »Maya«, sagte sie wieder.

Maya winkte sie herein und schloss die Tür hinter ihnen ab, bevor sie an einen Aktenschrank trat. »Als wir noch klein waren«, erzählte sie, »haben Lauren und ich manchmal Detektiv gespielt. Wir haben uns irgendwo im Haus versteckt und nach Hinweisen gesucht und so ein Quatsch, ihr wisst schon. Aber einmal haben wir tatsächlich was gefunden.« Sie öffnete den Aktenschrank und zog ein schwarzes Kästchen mit einem Zahlenschloss hervor.

Grace fühlte, wie ihr das Herz aus der Brust bis rauf in die Kehle hüpfte.

»Ich wusste gleich, dass es um mich ging«, erklärte Maya und stellte das Kästchen auf den Schreibtisch. »Also bin ich nachts, als alle anderen geschlafen haben, wieder runtergekommen und habe so lange Zahlenkombinationen ausprobiert, bis ich es aufgekriegt habe.«

Sie drehte an dem Schloss, als hätte sie das schon eine Million Mal getan. Und vielleicht hatte sie das auch.

»Da«, sagte Maya, als das Kästchen aufsprang. Sie zog einen kleinen Stapel Papiere hervor und breitete sie auf der Granitplatte des Schreibtischs aus.

Warum, fragte Grace sich, war in Mayas Haus eigentlich alles aus so kalten Materialien wie Marmor und Granit?

Zu dritt beugten sie sich über die Papiere und begannen zu blättern. Grace sah Mayas Geburtsurkunde mit den nachträglich eingefügten Namen ihrer Eltern, ein Blatt Papier mit ihren Babyfußabdrücken. Ein paar offiziell aussehende Dokumente. Dann griff Maya nach einem Umschlag mit rotem »Unzustellbar«-Stempel. »Hier«, sagte sie und reichte ihn Grace.

Grace nahm ihn mit bebenden Händen entgegen. Zuerst wusste sie nicht, was daran so wichtig sein sollte, doch dann begriff sie.

Die Adresse.

»Deine Eltern haben ihr einen Brief geschrieben?«, keuchte sie. Mittlerweile zitterten ihre Hände so stark, dass sie Joaquin den Umschlag geben musste.

Maya nickte nur.

»Wie … wann hast du den gefunden? Wie sind sie überhaupt an die Adresse gekommen?«

»Da war ich zehn«, antwortete Maya. »Und ich weiß es nicht. Sie haben ja nicht mal eine Ahnung, dass ich ihn entdeckt habe.«

»Hast du die Adresse mal gecheckt? Hast du ihr geschrieben? Hast du …« Grace zwang sich zur Ruhe. Joaquin neben ihr drehte den Umschlag in den Händen, als suchte er nach irgendeinem Hinweis, als spielte auch er Detektiv.

»Nein«, sagte Maya. »Ich hab ihn einfach wieder zurückgelegt. Manchmal hab ich ihn rausgeholt und angeguckt, aber ich konnte einfach nicht. Vielleicht«, fügte sie nach einer Pause hinzu, »vielleicht hab ich ja auf euch gewartet.«

Grace legte die Hand auf Joaquins und zwang ihn so, innezuhalten. »Joaq«, fragte sie, »bist du dabei?«

»Na ja, du –«

»Nein, nicht ich. *Du*. Willst *du* es? Wenn nicht, ist das völlig in Ordnung.«

»Absolut«, stimmte Maya zu. »Du hast … wir wissen … ach Scheiße, ich weiß gar nicht, was ich rede.«

»Nein, ich will ja«, sagte Joaquin. »Ich will, dass sie mich sieht.« Seine Stimme erinnerte Grace an das Meer, an Sand, der ins offene Wasser gespült wurde. »Mit euch zusammen ist es einfacher.«

»Okay«, sagte Grace. »Sicher?«

Joaquin nickte. »Ganz sicher.«

»Dann bin ich auch sicher«, erklärte Maya.

»Ich fahre«, beschloss Joaquin. »Nächstes Wochenende?«

»Geht klar«, sagte Maya.

Grace hätte nie gedacht, dass es sich so gut anfühlen würde, einfach wieder atmen zu können.

Maya

Im Bewahren von Geheimnissen war Maya wirklich gut.

Übung machte schließlich den Meister.

Von dem Umschlag im Safe hatte sie niemandem erzählt, bis Grace und Joaquin kamen. Auch jetzt sagte sie keinem ein Sterbenswort davon, dass sie vorhatte, drei Stunden Autofahrt in Kauf zu nehmen, um nachzusehen, ob ihre leibliche Mutter noch unter derselben Adresse lebte. Das Geheimnis wand sich unter ihrer Haut, drängte mit aller Macht nach außen.

Und das ließ sie unweigerlich an Grace denken.

Obwohl sie sich bereits entschuldigt hatte, schrieb sie Grace seither jeden Tag und betonte, wie leid es ihr tue, ihr das Handy weggenommen zu haben.

Hab ich schon mal gesagt, wie leid es mir tut? Tut es nämlich.

Ist schon gut, Maya.

Beim nächsten Treffen geb ich dir einen Frozen Yogurt aus.

Eigentlich mag ich gar keinen Frozen Yogurt.

Mann! Nicht mal eine ordentliche Entschuldigung kriege ich auf die Reihe!!!!!!

Natürlich hatte Maya noch jede Menge Fragen. Sie wollte wissen, wann das Baby (Kiwi konnte sie die Kleine einfach nicht nennen, sosehr sie sich auch bemühte) geboren worden war, ob es so wehgetan hatte, wie es immer hieß, ob Grace Angst gehabt hatte, vorher und nachher. Sie fragte sich, ob sich Grace deswegen für immer schlecht fühlen würde, ob dieser Ausdruck, den ihr

Gesicht angenommen hatte, als sie ihnen von dem Baby erzählte, jemals ganz weggehen würde.

Und um drei Uhr nachts, wenn die alte Schlaflosigkeit sie überkam, fragte Maya sich, ob ihre Mom – die in der Entzugsklinik –, sie wohl genauso vermisste wie Grace ihr Baby.

Sie hatte online Bilder von der Klinik gesehen. Eigentlich sah es dort ganz nett aus, wenn auch ein bisschen karg. Die Betreiber warben mit Sonne, Palmen und Erholung, aber Maya fand, dass dieser Ort unter der hübschen Oberfläche einen ziemlich einsamen Eindruck machte. Die Vorstellung, ihre Mom könnte einsam oder traurig sein oder Angst haben, machte ihr zu schaffen, aber zugleich war sie so furchtbar wütend auf sie. War ihre Mom denn nicht selbst daran schuld, dass sie einen Entzug machen musste? Wenn sie Maya und Lauren wirklich so sehr liebte, wie sie behauptete, dann hätte sie doch wohl einfach aufgehört zu trinken. Sie hätte sich geändert, für ihre Familie.

Aber im Grunde war Maya bewusst, dass das Problem viel größer und komplexer war, und die Tatsache, dass sie keine Lösung wusste, machte ihr Angst.

Am Mittwochabend beim Essen (wieder selbst gekocht; ihr Dad legte sich echt ins Zeug) räusperte sich Mayas Vater und verkündete: »So. Dieses Wochenende darf eure Mom Besuch empfangen.«

Mayas Hand mit der Gabel erstarrte auf halbem Weg zum Mund und die Spaghettisoße tropfte zurück auf den Teller.

»Die haben da so ein Familienwochenende in der Einrichtung«, erklärte er. Nie nannte er es »Klinik«, immer nur »die Einrichtung«, als wohnte ihre Mom seit zwei Wochen im Wellnesshotel und machte täglich Wassergymnastik.

»Sie würde sich riesig freuen, wenn ihr zwei auch kommen würdet«, sagte er. »Ich fahre auf jeden Fall hin und fände es gut, wenn ihr dabei wärt, aber die Entscheidung liegt natürlich bei euch.«

»Klar komme ich mit«, sagte Lauren. Was Maya nicht überraschte. Lauren war das totale Mamakind. Gerade in der Woche zuvor hatte Maya sie vor dem Kleiderschrank ihrer Eltern erwischt, wo sie an einer Bluse ihrer Mom schnupperte. Maya hatte sich schnell weggeschlichen, bevor Lauren sie entdeckte, aber danach war sie selbst den ganzen Tag niedergeschlagen und komisch drauf gewesen.

Sie wünschte, sie hätte ihre Schwester nie so verwundbar erlebt. Es löste in ihr den Drang aus, Lauren in ihre Kapuzenjacke zu wickeln und sie vor dem Rest der Welt in Sicherheit zu bringen.

»Maya?«, fragte ihr Dad. »Fühl dich aber nicht unter Druck gesetzt.«

Maya zog eine Augenbraue hoch. »Ach nein? *Nicht?*«

Ihr Dad zuckte nur mit den Schultern und traktierte mit der Gabel seinen Salat (anders konnte man es nicht beschreiben). »Wie gesagt«, versicherte er, »wenn du mitkommst, freuen wir uns. Aber wenn du noch mehr Zeit brauchst, verstehe ich das völlig. Und Mom auch.«

Er blickte Maya sanft an und tätschelte ihr die Hand. »Ich weiß, das ist alles ziemlich viel, Schätzchen.«

Maya nickte nur. *Wenn du wüsstest*, dachte sie.

Sie hatte null Absicht, ihre Mom in der Entzugsklinik zu besuchen, wenn sie dafür ihre möglicherweise lebensverändernden Pläne mit Grace und Joaquin abblasen musste.

Genauso wie sie null Absicht hatte, ihrem Dad von besagten lebensverändernden Plänen zu berichten. Die würde er sowieso nur im Keim ersticken oder darauf bestehen, sie zu begleiten, oder dass sie erst einmal einen Brief schrieben, bevor sie einfach hinfuhren. Das alles kam für Maya jedoch nicht infrage.

Sie hatte keine Ahnung, ob Grace und Joaquin es ihren Eltern – oder wie auch immer man Mark und Linda bezeichnen sollte – erzählen würden. Maya verstand, warum Joaquin sich gegen die Adoption entschieden hatte. Die Natalie-Geschichte war beängstigend gewesen, aber die Vorstellung, wie Joaquin aus seinem Zuhause gerissen und in die Psychiatrie eingewiesen worden war, wie er *gelitten hatte*, war nahezu unerträglich. Allein beim Gedanken daran bekam sie Zahnschmerzen, also versuchte sie, nicht allzu oft daran zu denken.

Später am Abend klopfte Lauren an ihre Tür und kam dann einfach rein. »Willst du dieses Wochenende ernsthaft nicht mit?«, fragte sie, die Arme herausfordernd verschränkt.

»Warum klopfst du überhaupt an, wenn du eh gleich reinplatzt?«, schnauzte Maya und faltete ein Oberteil von ihrem Haufen sauberer Wäsche zusammen. »Woher willst du wissen, dass ich hier nicht gerade nackt rumtanze?«

»Tja, machst du ja ganz offensichtlich nicht, die Frage ist also obsolet.«

»Ui, neues Fremdwort gelernt?«

Lauren ging nicht darauf ein. »Du lässt mich echt alleine mit Dad losfahren?«

Maya hätte sie so gern eingeweiht. Sie wusste, dass Lauren sich ausgeschlossen fühlte und die zwei neuen Menschen in Mayas Leben ihr Sorgen bereiteten, aber ihr von dem Umschlag, der Adresse, der bevorstehenden Fahrt zu erzählen, war einfach keine Option. Maya war zu mindestens neunzig Prozent sicher, dass Lauren es ihrem Dad weitersagen würde, und selbst wenn nicht, würde Maya nicht von ihr verlangen, ein solches Geheimnis für sich zu behalten.

Also antwortete sie nur: »Genau. Kleiner Ausflug mit Dad, das wird doch bestimmt lustig! Vielleicht holt er dir ja sogar einen Slushie bei 7-Eleven.«

»Die heißen bei 7-Eleven *Slurpee*!«, berichtigte Lauren. »Nicht Slushie!«

»Oh Mann, Lauren, manchmal regst du dich echt über die unwichtigsten Sachen auf.«

»Okay, vielleicht ist das hier ja wichtiger: Ich rege mich darüber auf, dass meine große Schwester nicht mitkommt, wenn wir unsere Mom zum ersten Mal, seit wir sie halb verblutet auf dem Boden gefunden haben, besuchen dürfen.«

Seufzend legte Maya das Oberteil hin. »Ich brauche einfach noch ein bisschen Zeit, in Ordnung? Du kannst ja gern hinfahren, aber ich bin noch nicht so weit.«

»Bist du sauer auf Mom?«

»Ja«, sagte Maya. »Ich bin sauer, weil sie sich für den Wein anstatt für uns entschieden hat. Weil sie so besoffen war, dass sie aus den Latschen gekippt ist und du sie so finden musstest. Weil sie uns hier im Stich gelassen hat und wir lauter neugierige Fragen beantworten müssen. Wir müssen buchstäblich ihren Dreck wegmachen, Lauren. Ja, ich bin sauer.« Maya griff sich ein weiteres Oberteil und faltete es mit mehr Nachdruck als notwendig.

Lauren stand in der Tür und sah sie an. »Willst du ihr das nicht vielleicht sagen?«

Maya wollte eine Million Dinge. Sie wollte ihre Mom anschreien, sie schütteln, nie wieder ein Wort mit ihr reden, sich auf ihrem Schoß zusammenrollen und ausweinen.

»Ich sage ihr, *was* ich will, wenn ich dazu bereit bin«, erwiderte Maya. »Und keine Sekunde früher.«

»Dad findet, wir sollten eine Familientherapie machen.«

Maya runzelte die Stirn, sah aber nicht hoch. »Ach, da kommt

Dad aber früh drauf. Hätte ich ihm schon vor fünf Jahren sagen können.«

»Maya«, flehte Lauren und diesmal blickte sie hoch. »Lass mich nicht alleine fahren. Bitte.«

»Du bist ja nicht alleine, du hast schließlich Dad. Und deinen Slurpee!«

»Du weißt genau, was ich meine. Bitte, Maya. Du hast versprochen, dass du mich nicht im Stich lässt.«

Maya ging zu Lauren und legte ihr die Hände auf die Schultern. »Ich lasse dich nicht im Stich«, erklärte sie, »ganz bestimmt nicht. Unsere Wege haben sich vielleicht gerade kurz getrennt, aber bald kreuzen die sich wieder, okay? Versprochen«, sagte sie auf Laurens wenig überzeugten Blick hin. »Ich gehe Mom besuchen, wenn ich so weit bin. Und wenn du jetzt schon so weit bist, dann solltest du es auch jetzt machen.«

»Na toll«, fauchte Lauren und stürmte aus dem Zimmer. »Verräterin!«

»Alles klar!«, rief Maya hinterher. »Danke für das angenehme Gespräch!«

Zur Antwort knallte Lauren ihre Tür zu.

Schon am Freitagabend hatte Maya das Gefühl, jeden Moment zu platzen.

Das Problem mit Geheimnissen, das ging ihr nun immer deutlicher auf, war, dass sie irgendwann zu groß wurden, um sie allein mit sich herumzuschleppen. Als Maya noch klein war, hatte sie sich immer Lauren anvertrauen können, die das Geheimnis dann für sie mit bewahrt hatte, aber das ging jetzt nicht mehr.

Und nun, nachdem alle anderen ins Bett gegangen waren und das Haus lauter und leerer wirkte als tagsüber, wurde Maya klar, dass sie es eigentlich nur einem einzigen Menschen erzählen wollte. Denn es gab nur einen Menschen, der sie wirklich verstehen würde.

Sie griff nach ihrem Handy und schrieb Claire.

Bist du wach?

Das Warten war die Hölle. Maya drehte sich auf die Seite und das blaue Licht des Handydisplays erleuchtete den Raum. Sie schloss einen Moment die Augen, versuchte, sich zum Einschlafen zu zwingen, überzeugt, dass Claire sowieso nicht zurückschreiben würde.

Ihr Handy vibrierte.

Maya fiel beinahe aus dem Bett in ihrer Eile, die Nachricht zu lesen.

Nicht dein Ernst, mir jetzt zu schreiben, oder?

Ich sehe morgen meine leibliche Mutter.

Maya hielt die Luft an.

Hui.

Ja. Können wir uns treffen? Bitte?

Warum sollte ich mich mit dir treffen?

Maya zögerte, dann tippte sie:

Weil ich Angst habe. Und weils mir leidtut.

Bin in 20 Min im Park.

Maya sprang auf und zog sich an.

Fast hätte sie es unbemerkt aus dem Haus geschafft, doch auf der untersten Treppenstufe stieß sie mit Lauren zusammen.

»Wo willst du denn hin?«, fragte Lauren.

»Was machst du denn hier unten?«

»Eis essen. Wo willst du hin?«

»Du bist aufgestanden, um Eis zu essen, und hast mich nicht geweckt? Autsch, das trifft mich jetzt aber hart.«

»Wo willst du *hin*?«

Die ganze Unterhaltung fand in hitzigem Flüsterton statt, damit ihr Dad nicht aufwachte. Wenn die Umstände nicht so trostlos gewesen wären, hätte es vermutlich ausgesehen, als führten sie einen Sketch auf.

»Äh … weg.«

»Du schleichst dich raus?«

Maya nickte. »Sag Dad nichts, okay? Ich bin in einer Stunde wieder da.«

»Triffst du dich mit jemandem?«

»Ja … mit jemandem.«

Laurens Gesicht erhellte sich. »Etwa mit *Claire*?«

»Pssst!« Maya stürzte sich geradezu auf ihre Schwester, um sie zum Schweigen zu bringen. »Du bist die unbegabteste Heimlichtuerin der Welt.«

»So was hältst auch nur du für eine Beleidigung«, erwiderte Lauren, aber besonders getroffen schien es sie nicht zu haben. Sie grinste sogar. »Oh Mann, seid ihr zwei jetzt wieder zusammen?«

»Deck mich einfach, wenn Dad aufwacht, okay?«

»Wie soll ich das denn machen?«

Maya hatte den dringenden Verdacht, dass sie ihre Schwester in dieser Nacht noch umbringen würde. »*Lauren!*«, flüster-schrie sie. »Halt einfach die Klappe, und geh wieder ins Bett, ja? Ich schreibe dir, wenn ich wieder da bin.«

»Ist ja gut, ist ja gut.« Lauren wirkte regelrecht aufgedreht. »Entschuldige dich einfach für das, was immer du ihr angetan hast, und sorg dafür, dass sie dich zurücknimmt, klar? Du hockst seit Wochen rum wie ein Trauerkloß und sie genauso.«

Maya hatte keine Ahnung, ob das stimmte, aber sie würde jetzt mit Sicherheit keine Zeit verschwenden, um mit Lauren darüber zu diskutieren. »Gute Nacht«, sagte sie. »Und wehe, du isst das ganze Eis alleine auf. Lass mir was übrig.«

Lauren salutierte spöttisch und stieg dann die Treppe hoch, während Maya aus der Tür schlüpfte.

Als sie den Park erreichte, pulsierte es rot hinter ihren Augen, jede Farbexplosion perfekt auf ihren Herzschlag abgestimmt. Maya konnte nicht sagen, ob das Liebe war, Angst oder einfach schiere Dummheit, aber die Explosionen verstärkten sich, als sie Claire auf dem Parkplatz warten sah.

Claire hatte die Hände in den Jackentaschen und ihre Kapuze über den Kopf gezogen, sodass Maya nur ihr Gesicht ausmachen konnte. Für sie immer noch eines der schönsten Gesichter auf der Welt. »Hi«, sagte Maya, sobald sie nah genug war.

»Hey«, erwiderte Claire, distanziert und kühl. Sie strahlte Blau- und Lilatöne aus, das komplette Gegenteil von Mayas rotem Glühen.

»Hi«, sagte Maya noch mal und kam sich plötzlich so unbeholfen vor wie bei ihrer ersten Begegnung. »Ich wollte nur, tja. Also, ich wollte es dir nur persönlich erzählen. Das mit meiner leiblichen Mom.«

Claire nickte in Richtung der Picknickbänke. »Wollen wir uns setzen?«

Maya nickte und folgte ihr.

»Okay«, sagte Claire. »Dann erzähl.«

Jetzt wünschte Maya, sie hätte das Ganze besser geplant. Sie wusste weder, *was* sie sagen sollte, noch *wie* sie es sagen sollte.

Also erzählte sie Claire alles.

Von Grace und dem Baby, von Joaquin und Natalie und der gescheiterten Adoption. Von Lauren und ihrem Streit, von ihrer Mom, die mit blutendem Kopf auf dem Boden gelegen hatte, von ihrem Dad, der nach Hause geflogen war und im Krankenhaus beim Anblick seiner Töchter geweint hatte. Von dem Safe und dem Umschlag und der Adresse, von ihren Plänen, am nächsten

Tag zu der Adresse zu fahren, und dem Familientag in der *Einrichtung*, den sie deswegen verpassen würde. Sie erzählte Claire einfach alles, was ihr in den Sinn kam, und am Ende fühlte sie sich wie ausgewrungen, völlig erschöpft.

»Okay«, sagte Claire, als sie fertig war. »Aber Maya, wie geht es dir mit alldem?«

Maya blinzelte. »Was?«

»Deine *Gefühle*!« Claire wandte sich ihr zu. »Kapierst du denn nicht? Immer wenn du Angst bekommst oder zu viele starke Gefühle auf dich einstürzen, rennst du weg.«

»Ich –«

»Du hast mich von dir gestoßen.« Das Beben in Claires Stimme war nicht zu überhören. »Du kannst diese Tür nicht immer wieder öffnen und zuschlagen, wochenlang nicht mit mir reden und mir dann plötzlich mitten in der Nacht schreiben. Scheiße noch mal, Maya, du hast mir das Herz gebrochen!«

Maya kam sich sehr klein vor, wie sie dort im Dunkeln saß. »Ich wollte nichts zerbrechen«, murmelte sie und musste an Joaquin denken. Warum? Weil er nicht von den beiden Menschen adoptiert werden wollte, die ihn mehr liebten als alles auf der Welt und …

»Oh nein«, wisperte sie. »Ich bin genau wie er.«

»Wie wer?«, fragte Claire, aber Maya fing an zu weinen.

»Ich bin ganz genauso«, schluchzte sie. »Es tut mir so leid. Ich wollte nicht, dass du davon erfährst. Von dem mit meiner Mom, von allem. Da bin ich … einfach in Panik geraten. Dabei – dabei will ich gar nicht allein sein!«

»Maya, Maya, beruhig dich.« Claires Hände umfassten sanft ihr Gesicht, viel sanfter, als es Maya verdient gehabt hätte. »Du bist nicht allein. Du hast so viele Menschen, die dich lieb haben und denen du wichtig bist – wovon redest du denn da?«

»Es tut mir so leid«, wiederholte Maya. »So furchtbar leid. Du fehlst mir ganz schrecklich, und ich habe dir wehgetan, dabei dachte ich, ich tue nur mir selbst weh, aber das stimmt nicht, und es tut mir so leid …«

»Schon gut«, flüsterte Claire. »Ich verzeihe dir, ist in Ordnung.« Doch auch sie weinte jetzt, und als sie sich vorbeugte und Maya küsste, schmeckte Maya salzige Tränen, ihre und Claires, die sich miteinander vermischten. »Schon gut«, flüsterte Claire abermals. »Tu es nur nicht wieder, ja?«

»Ja«, flüsterte Maya zurück. Sie küsste Claire noch einmal und schloss sie fest in die Arme. »Ich will nie wieder weg von dir.«

»Dann bleib«, murmelte Claire in ihr Haar. »Ich hab's dir ja gesagt, *ich* gehe nirgendwohin.«

Maya hatte das alles nicht verdient, das war ihr klar, aber sie würde es trotzdem nicht mehr hergeben.

Joaquin

Joaquin sagte Mark und Linda nichts von der Fahrt zu seiner leiblichen Mutter.

Dabei hätte er durchaus gewollt. Er hätte es so gern jemandem – *irgendjemandem* – erzählt, aber er wusste einfach nicht, wie. Ana würde ihn nur wieder zwingen, über seine Gefühle zu reden. Seine Sozialarbeiterin Allison würde vermutlich von irgendwelchen Gesetzen und Dokumenten anfangen. Birdie – tja, Birdie stellte wohl keine Option mehr dar. Joaquin war sich zwar sicher, dass Mark und Linda ihm zumindest zugehört hätten, aber er wusste nicht, wie er zwei Menschen, die ihn gern adoptieren wollten, in die Augen sehen und verkünden sollte, dass er sich auf die Suche nach seiner leiblichen Mutter machen wollte. Und das auch noch mit dem Auto, das sie ihm geschenkt hatten.

Unmöglich.

Also beschloss Joaquin, die Sache für sich zu behalten.

Was sich als Fehler von gigantischen Ausmaßen entpuppte.

In der Schule war Joaquin in dieser Woche auf dem Flur um die Ecke gebogen, um zu Englisch zu gehen, und hatte plötzlich Birdie und Colin Maller gegenübergestanden.

Die sich küssten. Birdie hatte ihren langen, schlanken Arm genauso um Colins Hals geschlungen, wie sie es früher bei Joaquin gemacht hatte.

Wenn er zu lange daran dachte, spürte er noch immer ihre weiche Haut, ihren warmen Mund, roch ihren Duft – sie hatte immer so gut gerochen, nach Seife und Shampoo.

Joaquin hätte nicht gedacht, dass ihm jemals wieder etwas so wehtun würde wie der gebrochene Arm mit zwölf, aber selbst wenn er sich beide Arme und beide Beine gebrochen hätte, wäre der Schmerz nichts im Vergleich zu dem gewesen, was er fühlte, als er Birdie und Colin zusammen sah.

Er stolperte rückwärts, und es war ihm egal, ob er Englisch verpasste, den Rest des Schultags oder auch den Rest seines Lebens. Er musste hier weg und war schon fast aus der Tür, als jemand seinen Namen rief.

Es war Birdies Freundin Marjorie. »Joaquin, warte!«, schrie sie und kam ihm hinterhergerannt. Mit der Hand auf dem Türgriff blieb Joaquin stehen. Seine Brust hob und senkte sich genauso hektisch wie an dem Tag, als er Adam gegen die Wand gedrückt hatte – sein ganzer Körper war voller Adrenalin, das seine Sinne überwältigte.

»Warte«, wiederholte Marjorie, obwohl Joaquin sich gar nicht bewegt hatte. »Sie will dich bloß eifersüchtig machen. Sie kann ihn nicht mal wirklich leiden.«

Joaquin entfuhr ein Lachen. »Danach sieht's aber nicht aus«, sagte er und strich sich durchs Haar. »Richte dem glücklichen Paar meine herzlichsten Glückwünsche aus.«

Und damit verschwand er, ohne Marjorie zu beachten, die erneut versuchte, ihn zurückzurufen. Er verließ die Schule und rannte los.

Am Samstag darauf herrschte in Joaquin pures Chaos. Von außen betrachtet, wirkte er völlig normal. Er hatte geduscht, sich die Haare gewaschen und das Hemd angezogen, das Birdie ihm am Anfang ihrer Beziehung gekauft hatte, weil sie fand, es passe so gut zu seinen Augen. Joaquin, der dunkelbraune Augen hatte, verstand zwar nicht, wieso ein blau kariertes Hemd sie »zum Funkeln bringen« (Zitat Birdie) sollte, aber da Birdie sich mit solchen Dingen besser auskannte, vertraute er ihrem Urteil.

Er fragte sich, ob er diese Augen von seiner Mutter geerbt hatte. Ob sie noch Kontakt zu seinem Vater hatte. Ob sie ihn und seine Schwestern überhaupt würde sehen wollen, mit ihnen reden, oder ob Joaquin sie nur an die schlimmste Zeit ihres Lebens erinnern würde. Würde sie denken, dass er es übertrieb, wenn er sich so schick für sie machte? Zu ihrem letzten Treffen hatte er sein Lieblingsshirt mit Spiderman-Motiv angezogen (Spiderman hatte auch keine Eltern, genau wie Joaquin), aber da war sie nicht aufgetaucht, also spielte es vielleicht gar keine Rolle, ob er sein bestes Hemd trug oder nicht.

Joaquin warf einen letzten Blick in den Spiegel, richtete seinen Kragen und fragte sich, ob er eigentlich der größte Idiot auf der Welt war, weil er sich solche Mühe für eine Frau gab, die ihn so bedenkenlos verlassen hatte.

Mark und Linda saßen unten beim Frühstück und lasen Zeitung. (Joaquin vermutete, dass sie der einzige Haushalt in der Straße waren, der noch ein Zeitungsabo hatte.) »Wow, da hat sich aber jemand aufgebrezelt«, kommentierte Mark, als Joaquin in die Küche kam. »Kommt die Queen heute im Kulturzentrum vorbei?«

An einem normalen Tag hätten Marks Neckereien Joaquin nichts ausgemacht. Aber heute war kein normaler Tag. »Warum?«, fragte er verunsichert. »Ist das zu viel?«

»Nein, nein, du siehst super aus«, sagte Mark. »Sonst machst du dich bloß nicht so schick, das ist alles.«

Seit sie ihm das Auto geschenkt hatten, schien im Umgang mit Linda und Mark irgendetwas aus dem Lot geraten zu sein. Genauer gesagt: Joaquin selbst war aus dem Lot. In der Woche zuvor war er nur zweimal mit dem Auto gefahren, einmal zur Arbeit und einmal für Linda zum Supermarkt, die übrige Zeit stand es in der Einfahrt herum und rief Joaquin tonnenschwer und blechern alles in Erinnerung, was er seinen Pflegeeltern niemals würde zurückzahlen können.

Je mehr sie für ihn taten, desto größer kam ihm die Welt vor, und Joaquin hatte das Gefühl, einen Zaun oder eine Mauer zu brauchen, irgendetwas, das ihn davor bewahrte, über den Rand zu fallen. Jeder hatte schließlich seine Grenzen, und es machte Joaquin nervös, dass er nun schon seit über zwei Jahren bei Mark und Linda lebte und ihre noch immer nicht kannte. Als er die Adoption abgelehnt hatte, war er überzeugt gewesen, sie endgültig überschritten zu haben – dass er zurück ins Heim geschickt und damit endlich wissen würde, wie das Märchen ausging, aber was machten die beiden? Kauften ihm ein Auto.

Joaquin kam sich mal wieder vor wie der Held eines Videospiels, der von einem Stein zum nächsten hüpfte, sich von Liane zu Liane hangelte, auf der Suche nach einem Schatz, der immer knapp außer Reichweite war. Manche Kinder kamen gar nicht erst so weit. Ihnen gingen schon vorher die Leben aus oder das Glück oder die Hoffnung. Aber Joaquin war schon lange genug im Spiel, um zu wissen, dass mit jedem gemeisterten Level, mit jedem Fünkchen Hoffnung, das Mark und Linda in ihm entfachten, nur ein umso bedrohlicherer, riesigerer Endgegner auf ihn wartete. Joaquin war klar, dass er niemals den Schatz erobern würde, ohne zuerst den Drachen zu erschlagen.

Also forderte er sein Glück heraus. Anfangs ignorierte er nur das erste Mal, wenn Linda ihn um etwas bat, tat so, als hätte er sie nicht gehört, obwohl ihnen beiden klar war, dass das nicht stimmte. Er versprach Mark, am Mittwochabend mit ihm den Rasen zu mähen, blieb dann aber oben in seinem Zimmer und hörte

Musik. Freitag, nachdem die Atmosphäre bereits beim Abendessen angespannt war, stand Joaquin auf, ohne beim Abwasch zu helfen. »Willst du Linda nicht ein bisschen zur Hand gehen?«, fragte Mark.

»Nö«, antwortete Joaquin, worauf sie nichts entgegneten, und das machte ihn nur noch nervöser. Er fühlte sich außer Kontrolle, als stünde er schwankend am Abgrund, schon halb gewappnet für den Sturz.

Jetzt hingegen, am Samstagmorgen, den Bauch voller Schmetterlinge, war Joaquin bereit zum Kampf.

»Joaq?«, sagte Linda und sah von ihrer Zeitung auf. »Setz dich doch bitte mal. Mark und ich würden gern was mit dir besprechen.«

Bevor er sich bremsen konnte, merkte Joaquin, wie er die Augen verdrehte, aber Mark schob ihm einen Stuhl hin und klopfte auf die Sitzfläche, also nahm er Platz. »Was denn?«

»Du … tja, also um ehrlich zu sein, benimmst du dich in letzter Zeit ziemlich daneben«, sagte Linda. »Uns beiden gegenüber. Ist das … Haben wir dir irgendwas getan? Etwas gesagt, das dich verletzt hat? Wir würden uns nur wünschen, dass du mit uns über so was sprichst.«

»Warum denkt ihr eigentlich immer, es geht um euch?«, blaffte Joaquin. »Wie kommt ihr darauf, dass ihr irgendwas gemacht habt? Kann es nicht mal nur um mich gehen?«

Mark zuckte mit den Schultern und stieß sich ein wenig vom Tisch ab. »Okay, dann geht es jetzt um dich. Warum bist du so ein Blödmann?«

Es hätte wesentlich weniger wehgetan, wenn Joaquin ihnen nicht hätte recht geben müssen.

»Freust du dich über das Auto?«, erkundigte sich Linda. »Oder war das zu viel für dich?«

Joaquin zuckte halbherzig mit den Schultern und verschränkte die Arme. Allein beim Gedanken an das Auto schlug sein Magen einen Salto und den Schmetterlingen wurde schwindelig. »Eigentlich hab ich dazu keine Meinung«, sagte er. »Immerhin hab ich ja nicht darum gebeten oder so. Ihr habt es mir einfach gekauft.«

Mark drehte sich mitsamt seinem Stuhl zu ihm um, und Joaquin wünschte sich, er würde ihn schlagen, ihn bestrafen, ihn rausschmeißen. Alles, nur nicht dieser mitleidige Ausdruck, der jetzt auf seinem Gesicht lag. »Joaq«, sagte Mark. »Wir strampeln uns hier echt ab, aber du musst uns schon irgendwie entgegenkommen.« Als Joaquin noch immer nicht antwortete, bat er: »Rede mit uns, Kumpel. Was geht in dir vor?«

Er wollte ihm die Hand auf den Arm legen, doch Joaquin, der dachte, jetzt wäre es so weit, zuckte zurück. Sie erstarrten alle drei. Selbst die Wanduhr schien im Ticken innezuhalten, als hingen die Zeiger in der Zeit fest. »Joaquin«, hauchte Linda. »Schätzchen.«

»Ich würde dir nie wehtun«, sagte Mark, noch immer die Hand erhoben. »Das weißt du doch, Joaquin.«

Joaquin stieß ein schnaubendes Lachen aus. »Glaubst du vielleicht, das ist die einzige Art, wie man jemandem wehtun kann? Im Ernst?«

»Joaquin –«

Wenn er seinen Namen noch ein Mal hörte, würde sein Kopf in tausend Stücke zerspringen. »Aufhören!«, schrie er und sprang auf. »Aufhören, mit allem! Das Auto, die Klamotten, das Skateboard, hört einfach auf!«

Jetzt erhoben sich auch Mark und Linda, sodass sie gemeinsam ein Dreieck bildeten. Mark wirkte verwirrt, Linda dagegen einfach verängstigt.

»Ihr sagt ständig, dass ihr mir nie wehtun würdet«, spie Joaquin hervor und sein Puls flatterte wild unter seiner Haut. »Aber ihr kapiert gar nichts! Schlagen ist nur die einfachste Art, jemandem wehzutun! Ihr könntet mich so viel schlimmer verletzen!«

»Aber wir wollen dich überhaupt nicht verletzen!«, beharrte Linda. »Wir wollen dir helfen, für dich da sein, dich unterstützen. Wir wollen dir die ganze Welt zu Füßen legen, Joaq! Du sollst alles haben!«

»Ach ja? Denkt ihr, ich kriege nicht mit, wie die Leute uns angucken, wenn wir zusammen unterwegs sind?« Allein beim Gedanken zog sich Joaquins Brust zusammen. »Zwei Weiße, die einen armen mexikanischen Jungen gerettet haben?«

»Uns ist egal, was die Leute denken«, sagte Mark leise.

»Ja klar, dir ist das egal, dich betrachten sie ja auch als Helden! Aber mich, mich gucken sie an, als wäre ich …« Joaquin presste die Worte hervor. »… als wäre ich Abschaum.«

»Sag so was nicht«, stieß Linda hervor, die Fäuste geballt vor Wut. »Du bist kein Abschaum, Joaquin. Sag so was nie wieder.«

»Du hast leicht reden«, höhnte er. »Meinst du, wenn ihr mich adoptiert, hört das alles einfach auf? Könnt *ihr* mir vielleicht erklären, was es heißt, Mexikaner zu sein? Mir Spanisch beibringen? Mir sagen, wo ich herkomme?«

»Nein«, erwiderte Mark, irgendwo zwischen traurig und wütend. »Das können wir alles nicht. Aber wir können dir helfen, Leute zu finden, die sich damit auskennen! Wir wollen dir doch nichts vorenthalten!«

Was sie sagten, war alles richtig, und doch fühlte es sich grundfalsch an. Joaquin merkte, wie er immer weiter auf den Abgrund zurannte, ohne irgendetwas, was ihn vor dem Fall rettete.

Also entschloss er sich zum Sprung.

»Glaubt ihr, *ich* wäre eine Entschädigung dafür, dass ihr selbst keine Kinder haben könnt?«, fragte er.

Linda und Mark standen reglos da, während Joaquin stürzte und am Boden zerschellte. Mark machte einen Schritt auf ihn zu, aber Joaquin reagierte instinktiv, seine Füße schneller als sein Gehirn.

Er rannte aus dem Haus, hörte Mark und Linda nach ihm rufen, und dann saß er im Auto und war schon auf der Straße, als ihm klar wurde, dass er sein Handy vergessen hatte. »Scheiße«, murmelte er und sah wieder die Gesichter der beiden vor sich, hob die Faust und ließ sie auf das Armaturenbrett krachen.

Jetzt würden sie ihn nie wieder in ihr Haus lassen. Nur zu verständlich, nach allem, was er gesagt hatte.

Der Drache hatte gesiegt, und Joaquin war nichts als ein Häufchen Knochen und Asche auf verbrannter Erde, dem Zeit und Leben ausgegangen waren.

Game over.

Grace

Noch nie hatte Grace ein so großes Geheimnis vor ihren Eltern gehabt. Selbst als sie das mit der *Schwangerschaft* rausgefunden hatte, hatte sie es ihnen binnen vierundzwanzig Stunden gebeichtet. Aber ihnen jetzt von der geplanten Fahrt zu erzählen, ihrem Vorhaben, an die Tür einer Fremden zu klopfen, weil sie in ihr ihre leibliche Mutter zu finden hoffte? Grace hatte eine ziemlich lebhafte Fantasie, aber selbst sie konnte sich nicht annähernd vorstellen, auf wie viele Weisen ihre Eltern dazu Nein sagen würden.

Also erzählte sie es Rafe.

»Moment mal, nur damit ich auch alles richtig verstehe«, sagte Rafe. Sie saßen in, wie Grace es mittlerweile betrachtete, »ihrer« Nische ganz hinten in dem Imbiss nahe des Küchenladens. »Du willst da einfach klopfen und wenn sie aufmacht, sagst du ›Hi, Mom‹?«

»Na ja, nicht unbedingt so«, erwiderte Grace. »Bei dir klingt es eher, als wollten wir ihr einen Klingelstreich spielen.«

»Grace.« Rafe legte sein Besteck hin und sah sie an. »Hör mal, ist echt nicht böse gemeint, aber ich glaube nicht, dass das die beste Idee ist, die du je hattest.«

»Das ist nicht meine Idee, sondern *unsere*«, korrigierte Grace. »Joaquin und Maya und ich, wir fahren da zusammen hin.«

Rafe wirkte nicht überzeugt. »Und was macht ihr, wenn sie nicht zu Hause ist?«

»Einen Zettel hinterlassen?«

»Einen Zettel?«, wiederholte Rafe. »Und was soll da draufstehen? ›Huhu, wir sind's, deine drei leiblichen Kinder! Sind mal vorbeigekommen und wollten Hallo sagen, total schade, dass wir uns verpasst haben.‹?«

Grace verdrehte die Augen. So hatte sie sich diese Unterhaltung nicht vorgestellt. »Hey, wenn ich gewollt hätte, dass mir jemand in lebhaften Farben ausmalt, was dabei alles schiefgehen kann, dann hätte ich es meinen Eltern erzählt.«

»Du hast es deinen Eltern *nicht* erzählt?« Rafe ließ den Kopf auf den Tisch sinken und schlug wiederholt die Stirn auf die Platte. »Grace, Grace, Grace. Das steuert doch geradewegs auf ein Desaster zu.«

»Weißt du, du könntest mich ruhig ein bisschen mehr unterstützen!«, schimpfte Grace. »Das Ganze macht mir gerade ziemlich Angst. Ich dachte, du wärst mein Freund.«

»Ja, und manchmal muss man sich von seinen Freunden eben die Wahrheit anhören«, entgegnete Rafe. »Sag es wenigstens deinen Eltern.«

»Die würden das nicht verstehen.«

»Grace, du hast ein *Baby* bekommen – das haben sie doch anscheinend auch ganz gut verkraftet. Ich finde, du unterschätzt sie.«

»Wenn ich es ihnen erzähle, finden sie nur eine Million Gründe, warum es eine schlechte Idee ist.«

Rafe zog nur die Augenbraue hoch, wie um zu sagen: *Meine Rede.*

»Ach, vergiss es einfach«, fauchte Grace und schob ihren Teller mit Sandwich und Pommes von sich. Sie hatte ihr Essen kaum angerührt, das ging schon seit Tagen so. Allein beim Gedanken an Samstag wurde ihr dermaßen übel, wie sie es nicht mal während der Schwangerschaft erlebt hatte.

»Okay, aber darf ich wenigstens noch was fragen?«, bat Rafe.

»Wenn ich Nein sage, fragst du dann trotzdem?«

»Jepp.«

»Na schön, schieß los.«

Rafe beugte sich vor und legte die Hand vor Grace auf den Tisch. »Was, wenn eure leibliche Mom gar nicht gefunden werden möchte?«

Grace ließ sich gegen die Lehne ihrer Bank sinken. Das Leder fühlte sich plötzlich kalt unter ihren Beinen an.

»Ich meine ja nur, die Briefe sind alle zurückgekommen, die Telefonnummer stimmt nicht mehr, und sie hat nie von sich aus versucht, einen von euch zu finden, nicht mal Joaquin. Was, wenn sie einfach verschollen bleiben will?«

Grace zupfte an der Serviette auf ihrem Schoß. »Ich weiß es nicht«, gestand sie. »Keine Ahnung. Ich will sie doch nur wissen lassen, dass es mir gut geht. Ist das egoistisch?«

»Denke nicht«, sagte Rafe.

»Oder dumm?«

»Vielleicht, bin mir nicht sicher.«

»Was würdest du denn an meiner Stelle machen?«

Rafe dachte eine Minute nach und schob dann die Hand weiter auf Grace zu, bis sich ihre Fingerspitzen berührten. »Ich weiß nicht«, antwortete er. »Aber so oder so bekommst du wenigstens deine Antwort.«

Grace hob die Hand und legte sie auf Rafes. »Ich hab Joaquin und Maya von Kiwi erzählt.«

Rafes Augen traten hervor wie bei einer Comicfigur. »Im Ernst? Warum? Wie?«

»Maya hat zufällig eine E-Mail von Kiwis Adoptiveltern gesehen. Sie hatte mir zum Spaß das Handy geklaut und da kam gerade die Mail und … tja. Leugnen zwecklos.«

»Wow. Und wie kommst du damit klar?«

Erstaunlich gut, wie Grace sich eingestehen musste. Seit jenem Tag fühlte sie sich leichter, als hätte die dunkle Wolke, die so schwer über ihrem Kopf gehangen hatte, sich endlich in Regen aufgelöst. »Sie wollen, dass ich sie besuche.«

»Joaq und Maya?«

»Nein, Kiwis Eltern. Ich soll in ein paar Monaten kommen, wenn sie ein halbes Jahr alt ist. Vor der Adoption hatten wir mal zwei Besuche pro Jahr ausgemacht.«

Rafe wartete darauf, dass sie weiterredete, und drehte seine Hand unter ihrer um, sodass nun ihre Handflächen aufeinanderlagen.

»Ich weiß nicht, ob ich das kann.«

»Ist doch okay, du musst ja nicht.«

»Aber was, wenn sie mich gern sehen will? Nicht jetzt natürlich, aber irgendwann in Zukunft.«

»Du meinst, so wie du jetzt deine leibliche Mutter sehen willst?«

Grace nickte. »Sie soll nicht so viel Ungewissheit haben, verstehst du? Ich will nicht, dass sie sich ständig so viele Fragen stellen muss wie ich.«

Rafe zuckte mit den Schultern. »Dann geh sie besuchen. Egal, wie du dich entscheidest, es wird sicher nicht leicht, aber bislang hast du auch immer das Richtige für sie getan. Hör jetzt nicht damit auf.«

Grace sagte nichts. Sie war sich nicht sicher, ob sie etwas herausbringen würde.

»Willst du weiter darüber reden?«, fragte Rafe.

Sie schüttelte den Kopf.

»Willst du vielleicht lieber über das reden, was du da zum Umtauschen mitgebracht hast?«

Er nickte in Richtung des Päckchens neben Grace, einer Bestellung aus dem Onlineshop.

Sie lächelte, noch während sie versuchte, ihre Tränen zu unterdrücken. »Das hier toppt echt alles«, versprach sie.

»Deine Mom macht die besten Schlaflosigkeitskäufe«, stimmte Rafe zu. »Zeig her.«

Grace öffnete das Päckchen. »Eine Pfeffermühle, glaube ich«, sagte sie und hielt einen kleinen Gartenzwerg hoch. »Wenn man an der Zipfelmütze dreht, kommt der Pfeffer aus dem Bart.«

Rafe schlug sich die Hand vor den Mund. »Wow«, sagte er nur.

»Wollen wir ihm einen Namen geben?«, schlug Grace vor.

»Nein.« Rafe stand von seiner Bank auf. »Dann wächst er uns nur ans Herz. Na, komm, wenn wir uns beeilen, kannst du noch meine Schürze anprobieren.«

»Juhu«, erwiderte sie augenrollend, ergriff aber die Hand, die er ihr hinstreckte.

Am Samstagmorgen war es eine Nachricht von Rafe, die sie weckte.

Viel Glück heute, schrieb er. **Ruf mich nachher an, wenn du willst.**

Grace starrte eine ganze Weile auf die Zeilen und tippte schließlich: **O. k.**

Dann ging sie ins Badezimmer und übergab sich.

Ihre Eltern waren schon aus dem Haus, um den Tag bei irgendeiner Gartenschau zu verbringen. Sie hatten etwas zum Essen für sie aus dem Tiefkühler geholt und zum Auftauen auf die Anrichte gestellt und der Anblick der schwitzenden Tupperdose versetzte Grace einen schmerzhaften Stich. Die beiden hatten ihr im letzten Jahr so vieles verziehen. Hoffentlich konnten sie das auch in diesem Fall.

Maya fuhr gerade mit dem Fahrrad vor, als Grace fertig mit Anziehen war. Sie hatte mindestens zehn verschiedene Outfits ausprobiert. Schließlich wollte sie hübsch aussehen, aber nicht aufgetakelt. Lässig, aber auch nicht zu sehr, nicht als verbrachte sie ihre Wochenenden gewohnheitsmäßig damit, an die Türen fremder Frauen zu klopfen und zu fragen, ob sie zufällig ihre Mutter seien.

Wieder kamen ihr Rafes Worte in den Sinn, aber Grace scheuchte sie weg. Gute oder schlechte Idee, sie würde es durchziehen.

»Gott, ich glaube, ich muss gleich kotzen«, stöhnte Maya, während sie ihr Rad in Grace' Garage schob.

»Ich hab schon«, gestand Grace. »Zweimal.«

»Im Ernst? Bist du etwa wieder schwanger?«

»Ha. Nein.«

Mayas Grinsen hielt nicht lange an. »Ach, ich weiß nicht. Ist das richtig, was wir hier machen? Sind wir total bescheuert?«

»Ich weiß es auch nicht, und ja, vermutlich.«

»Oh Mann, mir kommt's echt gleich hoch.«

»Sag das nicht dauernd«, schimpfte Grace. »Wie sehe ich aus? Okay?«

»Du siehst fantastisch aus. Sehr nach *dir*. Und ich?«

»Super. Moment mal, wie meinst du das, nach *mir*?«

Maya lächelte. »So … sauber.«

»Und was heißt das nun wieder?«, rief Grace, die drauf und dran war, zurück nach oben zu rennen und Outfit Nummer elf anzuprobieren, doch da bog Joaquins Auto in die Einfahrt ein.

Schon bevor er ausstieg, wusste Grace, dass etwas nicht stimmte. Es lag an der Art, wie er parkte, in einer raschen Bewegung, die zu abrupt endete.

»Oha«, sagte Maya neben ihr.

»Ich fahre da nicht hin«, war das Erste, was Joaquin sagte, als er aus dem Wagen stieg.

»Haha, netter Versuch«, witzelte Maya. »Muss sonst noch wer pinkeln, bevor es losgeht?«

»Nein, ich mein's ernst«, sagte er. »Nehmt das Auto, wenn ihr wollt, ist mir egal. Aber ich komme nicht mit.«

Grace kam sich vor, als hätte sie den zweiten Akt eines Theaterstücks mit drei Akten verpasst. »Häh, was redest du denn da?«, fragte sie. »Ist was passiert? Warum bist du so komisch drauf?«

Joaquin tigerte vor dem Auto auf und ab. »Ich kann da nicht hinfahren. Ich mach's nicht.«

»Und warum nicht?«

»Darum!«, schrie er. »Weil ich immer alles versaue, verdammt!« Er fuhr sich mit der Hand durchs Haar, das ihm jedoch sofort wieder in die Stirn fiel. »Ich bin das Schlimmste, was euch passieren konnte. Euch beiden. Kapiert ihr das nicht?«

Maya verschränkte die Arme und sah zu, wie Joaquin auf und ab marschierte. »Bist du jetzt fertig?«, fragte sie schließlich. »Wir sollten nämlich langsam mal los.«

»Ich hab doch gerade gesagt, fahrt ohne mich.«

»Nichts da«, erwiderte Maya. »Entweder alle oder keiner.« Sie schnappte sich ihre Tasche und stapfte zum Auto, drehte sich jedoch wieder um, als Joaquin sich nicht rührte. »Komm, Grace«, sagte sie.

Grace blieb, wo sie war. »Was ist denn los, Joaq?«, fragte sie wieder. »Du zitterst ja richtig.«

»Ich … ich kann nicht mehr zurück zu Mark und Linda.«

»Was? Wieso nicht?«

»Wir haben uns gestritten. Ich hab alles kaputt gemacht. Niedergebrannt. Pulverisiert.« Joaquin lachte leise, aber Grace fand, dass es mehr wie ein Schluchzer klang. »Die lassen mich nie mehr rein.«

»Haben sie das gesagt?«, rief Maya, die nun an der Beifahrertür stand.

»Mussten sie gar nicht.«

»Tja, ohne dich fahren wir auf keinen Fall«, erklärte Grace. »Komm schon – wir können doch unterwegs drüber reden.«

»Nein!«, rief Joaquin. »Hört ihr mir eigentlich zu? Ich will das hier nicht auch noch versauen. Nicht für euch.«

»Machst du jetzt mal bitte die Tür auf?«, forderte Maya.

Joaquin beachtete sie nicht. »Hier«, sagte er und warf Grace den Autoschlüssel zu. »Schreib mir einfach, wenn ihr wieder da seid.« Dann verzerrte sich sein Gesicht. »Ich hab mein Handy bei ihnen liegen lassen. *Scheiße*.«

Grace kam sich vor, als versuchte sie verzweifelt, vor einem Tornado zu fliehen. »Joaquin«, sagte sie und legte ihm die Hand auf den Arm. »Wenn du unsere Mom nicht kennenlernen willst, dann ist das in Ordnung. Völlig okay. Aber falls du nur darum nicht fahren willst, weil du Schiss hast, dass du es versaust, dann ist das *nicht* in Ordnung. Und außerdem totaler Quatsch.«

Joaquin schüttelte den Kopf. »Ihr zwei seid meine Schwestern. Meine Familie. Ich will euch nicht wehtun.«

»Verfluchte Scheiße, Joaquin!«, brüllte Maya auf einmal, und als sie sich zu ihr umdrehten, stand sie da, die Hände in die Hüften gestemmt.

»Ganz genau das bedeutet Familie doch!«, schrie Maya ihn an. »Egal, wo du hingehst, egal, wie weit du wegläufst, du gehörst zu Grace und mir, und wir gehören zu dir! Schau uns doch mal an! Wir haben fünfzehn Jahre gebraucht, um einander zu finden, aber am Ende haben wir es geschafft! Und manchmal tun Familienmitglieder einander eben weh. Aber danach pustet man sich gegenseitig auf die Wunden, klebt ein Pflaster drauf und macht weiter. Gemeinsam. Du hältst dich vielleicht für einen einsamen Wolf, aber das bist du nicht! Du hast jetzt uns, ob es dir passt oder nicht, und wir haben dich. Also steig jetzt in das verdammte Auto, wir fahren los!«

Grace sah Joaquin an.

Joaquin sah Maya an.

Und dann stieg er in das verdammte Auto.

»Danke«, seufzte Maya, bevor ihr Blick zu Grace wanderte. »Ach so, eins noch.«

»Was ist?«, fragte Grace und hob ihren Rucksack auf.

»Ich sitze vorne!«

Der größte Teil der dreistündigen Fahrt verlief schweigend. Grace hatte es sich auf dem Rücksitz bequem gemacht, und Maya lehnte eingerollt am Beifahrerfenster und schoss hin und wieder ein Foto von der Landschaft, während Joaquin fuhr. Er hielt das Lenkrad fest umklammert, aber seine Schultern hingen traurig herunter. Einmal wandte sich Maya vom Fenster ab. »Willst du drüber reden?«, fragte sie.

»Nein.«

»Okay«, sagte sie und lehnte die Schläfe wieder an die Scheibe.

Eine Weile lang hörten sie Radio, Popsongs, die Grace grässlich fand, aber trotzdem aus irgendeinem Grund mitsingen konnte. Je näher sie der Wüste kamen, desto mehr knisternde Störgeräusche mischten sich unter die Musik, und schließlich schaltete Joaquin sie aus. Sie passierten die Raststätte mit den riesigen Betondinosauriern und fuhren anschließend durch ein Meer von Windrädern, bei dem Grace an »Don Quijote« denken musste. Sie fragte sich, ob Maya, Joaquin und sie sich gerade in ein ähnlich aussichtloses Abenteuer stürzten, unterwegs zu etwas, das ganz anders sein würde, als sie es sich vorgestellt hatten, und nur in Enttäuschung, Demütigung, Scheitern enden konnte.

Neben ihr auf dem Sitz vibrierte ihr Handy. Sie warf einen Blick darauf.

Wie läuft es?, wollte Rafe wissen.

Es läuft, schrieb Grace zurück.

Angst?

Aber hallo.

Das klappt schon. Am Ende wird immer alles gut.

Sie war sich nicht sicher, ob das der Wahrheit entsprach, war jedoch froh, dass wenigstens einer so dachte.

Als Joaquin in die Zielstraße einbog, hatte Grace feuchte Handflächen. Maya hing nicht mehr am Fenster, sondern saß kerzengerade, die Sonnenbrille ins Haar geschoben. »Da, das ist es«, sagte sie und deutete auf ein kleines Haus.

Joaquin parkte auf der anderen Straßenseite und dann saßen sie stumm da, atmeten im selben Rhythmus und betrachteten das Haus. Offenbar hatte es erst vor Kurzem einen frischen Anstrich bekommen, blaugrau mit strahlend weißen Simsen, und neben der Tür stand ein Kübel mit Geranien. In der Einfahrt parkte ein dunkelblaues Auto.

»Sieht nett aus«, sagte Grace nach einer Minute.

»Ja«, stimmte Joaquin zu. Er regte sich nicht, nicht mal, als Grace ihm die Hand auf die Schulter legte und Anstalten machte auszusteigen.

»Warte, warte, warte«, hielt Maya sie zurück. »Noch nicht. Sind wir … wir sind uns doch einig, oder? Egal, was hier gleich passiert, wir drei halten zusammen, stimmt's?«

Joaquins Kiefer arbeiteten, aber schließlich nickte er, und Grace sagte: »Stimmt.«

Maya guckte wieder aus dem Fenster und atmete tief durch. »Okay«, sagte sie. »Los geht's.«

Später überlegte Grace, wie sie drei wohl ausgesehen hatten, als sie auf die Eingangstür zumarschierten, dicht aneinandergedrängt wie eine verängstigte Entenschar. Ihr Herz pochte so wild, dass es richtig wehtat, und sie hatte größere Angst als damals, als sie ihren Eltern gestehen musste, dass sie schwanger war, oder als der Arzt sie aufgefordert hatte zu pressen oder als Kiwi zum ersten Mal in den Armen ihrer neuen Eltern lag.

Vielleicht war Melissa ja nicht zu Hause.

Vielleicht wohnte sie gar nicht mehr hier.

Was, wenn niemand aufmachte?

Was, wenn doch?

»Klopf du, Grace«, flüsterte Maya. Joaquin stand hinter ihnen, wie um sie zu schützen, und Grace straffte die Schultern und griff nach dem angelaufenen Messingtürklopfer in Löwengestalt, der so aussah, als wollte er sie mit gefletschten Zähnen verjagen.

Grace hoffte, dass das kein schlechtes Vorzeichen war.

Es kam ihr vor, als hallte das Klopfen die ganze Straße hinunter. Schon bald öffnete eine Frau die Tür. Sie trug eine Krankenschwesternuniform, hatte das dunkle, lockige Haar zum Pferdeschwanz gebunden und lächelte sie freundlich an. »Zeitschriften oder Plätzchen?«, fragte sie.

»Was – Entschuldigung, wie bitte?«, stammelte Grace. Sie fühlte, wie Maya neben ihr zitterte, während sie ungläubig diese Frau anstarrte, die Joaquins Nase und Mayas Augen hatte.

»Oh, tut mir leid!« Die Frau lehnte sich in den Türrahmen. »Hier kommen so oft Schüler vorbei und verkaufen irgendwas für einen guten Zweck. Ich habe denen von der Highschool schon gesagt, dass ich auch einfach so etwas spenden würde, aber die Leute kaufen nun mal gern ein.« Ihr Lächeln wurde breiter, und

Grace meinte, Kiwi darin wiederzuerkennen. »Ich hatte ja auf Plätzchen gehofft, hier liegt nämlich noch ein ganzer Stapel ungelesener Zeitschriften rum.«

»Wir sind nicht, äh …« Mit Entsetzen wurde Grace klar, dass sie das Ganze wohl besser vorher hätte einüben sollen. »Sind Sie Melissa Taylor?«

Das Lächeln der Frau erlosch, als hätte Grace es ihr aus dem Gesicht geschlagen. »Nein«, sagte sie. »Melissa lebt schon lange nicht mehr. Ich bin ihre Schwester Jessica.«

Grace hatte gar nicht gemerkt, wie sehr sie schwankte, bis Joaquin einen Schritt nach vorn machte und den Arm um sie legte. Verzweifelt durchforstete sie das scheppernde Chaos aus Lärm, Schmerz und Schock in ihrem Hirn nach einer Antwort, als die Frau plötzlich aufkeuchte und sich die Hand vor den Mund schlug.

»Oh Gott«, flüsterte sie und brach in Tränen aus. »Ihr seid ihre Kinder. Ihr seid *Melissas Kinder.*« Und im nächsten Moment machte sie einen Schritt nach vorn und zog sie alle drei in ihre Arme.

Da fing auch Grace an zu weinen.

Maya

Von innen war Jessicas Haus genauso gepflegt wie von außen.

Maya saß zwischen Grace und Joaquin am Küchentisch, während Jessica herumwuselte, Limonadendosen aus dem Kühlschrank holte und sie auf Servietten vor ihnen abstellte. »Wir hätten ja vorher angerufen«, entschuldigte sich Grace, deren Stimme vom Weinen noch immer ganz erstickt und trocken wie Papier klang, »aber wir hatten keine Telefonnummer.«

»Ach, das macht doch nichts«, sagte Jessica. Sie lächelte wieder, auch wenn auf ihren Wangen noch Tränenspuren zu sehen waren und ihre Mascara unter den Augen verschmiert war. Gelegentlich erkannte Maya Joaquin in ihren Zügen wieder oder Grace, und sogar manchmal sich selbst. Es war wie der Blick in einen Zerrspiegel, in dem man sich bei jeder Bewegung wandelte. Maya war fasziniert. »Ich habe seit ein paar Jahren kein Festnetz mehr«, erklärte Jessica, die nun ihnen gegenüber Platz nahm. »Hatte keinen Sinn, weil ich sowieso immer nur mein Handy benutze. Die rufen zwar immer wieder an und bieten mir irgendwelche tollen Sonderangebote, aber ich hab gefragt, warum sollte ich –« Jessica unterbrach sich und grinste verschämt. »Tut mir leid. Wenn ich nervös bin, fange ich immer an zu faseln.«

»Ich auch«, sagte Maya.

Joaquin saß mucksmäuschenstill neben ihr, aber Maya entging nicht, wie er jede von Jessicas Bewegungen verfolgte.

»Also«, sagte Jessica mit immer noch wässrigem Blick. »Ich wette, ihr habt eine Menge Fragen.«

»Wie ist sie gestorben?«, flüsterte Maya. Sie fühlte sich, als hätte sie einen Verlust erlitten und zugleich einen Gewinn von gewaltigen Ausmaßen gemacht. Melissa war nicht mehr da, dafür aber Jessica. Eine Tür hatte sich geschlossen, eine andere sich geöffnet.

Jessica nickte und starrte in ihr unangetastetes Glas Wasser. »Ein Lkw-Unfall«, murmelte sie. »Mit einundzwanzig. Sie ist über die Straße gegangen, und dabei hat sie ein Lkw erwischt, der eine rote Ampel überfahren hatte. Der Fahrer sagte, er hätte sie nicht gesehen. Es hieß, sie sei sofort tot gewesen und habe nicht gelitten. Darüber habe ich mir am meisten Sorgen gemacht, aber so wurde es uns erzählt.«

»Hast du unsere Väter gekannt?«, fragte Grace.

»Vielleicht fange ich besser ganz von vorn an«, sagte Jessica und sah ihnen allen nacheinander in die Augen, während ihre eigenen wieder feucht wurden. »Tut mir furchtbar leid«, wisperte sie. »Ich habe Melissas Gesicht nur so lange nicht gesehen, und jetzt habe ich gleich drei Versionen davon vor mir, das ist …« Sie rang nach Worten. »Ihr seid alle so hübsch. Genau wie sie.«

Maya spürte, wie Grace' Hand nach ihrer tastete, und schlang fest die Finger darum. Sie fürchtete, dass sie zu weinen anfangen würde, wenn sie nichts zum Festhalten hatte, und Maya wollte kein einziges Wort aus diesem Gespräch verpassen. Sie wollte jede Erinnerung an ihre Mutter einsaugen, bis sie komplett davon erfüllt war und an einem zartrosa getönten Himmel schwebte.

»Hast du«, fing Joaquin an und räusperte sich. »… hast du, äh, vielleicht Fotos? Von Melissa?«

Jessica schüttelte den Kopf, ihre Unterlippe bebte. »Euer Großvater, unser Dad, hat sie rausgeworfen, als sie mit dir, Joaquin, schwanger wurde. Sie war damals erst siebzehn und unsere Eltern waren außer sich. Unserem Dad hat es das Herz gebrochen, glaube ich. Da hat er alle Bilder von ihr verbrannt.«

Maya dachte an ihr eigenes Zuhause, an ihre Eltern, ihr Zimmer, die Fotos an der Treppe. Sie konnte sich nicht vorstellen, das alles zu verlassen. Und wohin hätte sie auch gehen sollen?

Joaquin beugte sich vor, und Maya legte ihm unwillkürlich die Hand auf den Arm, wie um ihn mit ihr und Grace zu verankern. »Hast du meinen Dad gekannt?«, fragte er.

Jessica nickte und ein Leuchten trat in ihre Augen. »Eins musst du wissen: Deine Eltern waren sehr verliebt ineinander. Sie haben sich auf der Highschool kennengelernt und waren so unzertrennlich, dass einem davon manchmal fast schlecht werden konnte.« Jessica kicherte ein bisschen und wischte sich die Augen. »Melissa hat in ihren Freistunden schon die Hochzeit geplant. Er hat sie angebetet, regelrecht auf Händen getragen.«

»Aber dann wurde er aus heiterem Himmel nach Mexiko abgeschoben. Melissa wusste damals noch gar nicht, dass sie schwanger war. Ich habe sie jede Nacht im Bett weinen gehört, und dann fing sie plötzlich an, sich zu übergeben. Zuerst dachten wir, das läge daran, dass sie so traurig war, aber irgendwann, na ja …«

Joaquin nickte, die Lippen zusammengepresst, die Schultern bis zu den Ohren hochgezogen. »Okay«, sagte er. »Erinnerst du dich vielleicht noch an seinen Namen?«

Jessica sah ihn an. »Das wusstest du nicht? Dein Dad hieß Joaquin. Melissa hat dich nach ihm benannt.«

»Oh«, machte Maya leise und drückte seine Schulter. Sie konnte nicht sagen, was das für ihn bedeutete, denn Joaquin regte sich noch immer nicht.

»Hatte er, äh, eine Familie?«, fragte er.

Jessica nickte. »Ja, seine Eltern und eine kleine Schwester. Sie haben Melissa auch geliebt – sie war ständig dort. Und dann wurden sie allesamt abgeschoben, von einem Tag auf den anderen.« Maya sah, dass Jessica sich sehr bemühte, nicht wieder zu weinen. »Eure Mom, sie … sie war am Boden zerstört.«

Maya beobachtete, wie Joaquins Kiefer sich anspannte und wieder lockerte. Sie versuchte, nicht darüber nachzudenken, wie Joaquins Leben wohl bei dieser anderen Familie verlaufen wäre, die ihm Wurzeln und ein sicheres Zuhause hätte geben können.

»Was hat Melissa gemacht, nachdem euer Dad sie rausgeworfen hatte?«, wollte Grace wissen.

»Tja, sie hat in dem Restaurant, in dem sie gekellnert hat, einen anderen Jungen kennengelernt, und dann wurde sie schwanger mit dir, Grace. Ich war damals erst vierzehn, aber ich war oft dort, weil ich dann immer Gratis-Cola bekam. Die beiden einigten sich darauf, das Baby – dich – zur Adoption freizugeben. Ich glaube, er ist überhaupt nur bei ihr geblieben, weil deine zukünftigen Adoptiveltern die Miete und Nebenkosten und so bezahlt haben, während Melissa schwanger war. Und als du dann weg warst, wurde alles schlechter, das Jugendamt schaltete sich ein und … ja. Das war einfach kein gutes Zuhause mehr für dich, Joaquin.« Jessica sah auf die Tischplatte und ihre Finger fuhren ein unsichtbares Muster nach.

»Und da hat sie mich weggegeben?«, hakte Joaquin nach. »Nach dieser Geschichte?«

Jessica nickte. »Sie wollte erst mal etwas Ordnung in ihr Leben bringen und dich anschließend zurückholen, aber dann hat sie Mayas Vater kennengelernt, der nicht besonders nett war –« Maya hatte den Verdacht, dass Jessica ein paar wesentliche Details ausließ, um sie zu schonen. – »Und als sie schließlich schwanger mit Maya wurde, ist alles von Neuem den Bach runtergegangen. Sie konnte keinen von euch behalten, sie hatte ja nicht mal ihr eigenes Leben im Griff. Und ich glaube, als sie euch verloren hat, ist sie einfach endgültig zusammengebrochen.« Jessica wischte sich die Augen, und Maya stellte sich vor, wie Lauren dermaßen litt und den Mut verlor. Grace neben ihr schniefte gedämpft und Maya umklammerte ihre Hand noch fester.

»Bist du damals in eine nette Familie gekommen?«, fragte Jessica Joaquin hoffnungsvoll. »Haben sie dich adoptiert?«

Joaquin rutschte auf seinem Platz hin und her. »Ähm, nein. Einmal hätte es fast geklappt, aber dann ist die Frau kurz vor Abschluss der Adoption schwanger geworden, und sie wollten nur ein Kind, darum … tja. Ich hab dann eine Weile zwischen verschiedenen Heimen und Pflegefamilien gewechselt.«

Maya sah, wie sich auf Jessicas Gesicht Enttäuschung ausbreitete. »Wie lange?«

»Mein ganzes Leben.«

»Aber jetzt ist er bei einer wirklich tollen Familie gelandet«, unterbrach Maya, als Jessica nun doch wieder zu weinen begann. »Die sind ganz verrückt nach ihm. Sie haben ihm sogar ein Auto geschenkt!« Maya war sich selbst nicht sicher, wem sie das erzählte, Jessica oder Joaquin, aber sie hatte den Eindruck, dass sie es alle beide dringend hören mussten. »Mark und Linda sind total liebe Menschen.«

»Mir geht's gut«, bestätigte Joaquin. »Ehrlich, alles in Ordnung.«

Jessica stand auf und kam mit einer Packung Taschentücher zurück. »Die sind für uns alle, obwohl ich fürchte, dass ich sie auch allein aufbrauchen könnte«, sagte sie. »Ich kann es einfach nicht fassen, dass ihr hier seid. Sie hätte euch so gern kennengelernt. Ihr Wunsch war ja, dass deine Eltern, Grace, auch Maya nehmen, aber das ging wohl nicht.«

»Nein, meine Grandma ist an Krebs gestorben, kurz vor Mayas

Geburt«, erklärte Grace. »Aber sie haben mir geholfen, sie und Joaquin zu finden, nachdem …« Grace versagte für ein paar Sekunden die Stimme. »Ich habe vor ein paar Monaten ein Baby bekommen, ein kleines Mädchen. Und ich habe sie auch zur Adoption freigegeben.«

Alles schwieg, während Jessica Grace anstarrte.

»Aber meine Eltern sind toll«, beeilte sich Grace zu beteuern. »Sie haben mich wirklich wahnsinnig unterstützt, das war ganz anders als bei Melissa. Ich habe großes Glück mit ihnen. Sie lieben mich sehr.«

»Ach, Gott sei Dank!«, seufzte Jessica.

»Und mit den Adoptiveltern läuft es auch gut«, sagte Grace. »Sie schicken mir regelmäßig Fotos.« Sie öffnete auf ihrem Handy das Bild, das Maya in der Woche zuvor gesehen hatte, und hielt es Jessica hin.

»Ist die süß«, sagte Jessica, und Maya sah, wie Grace vor Stolz erstrahlte, als wäre sie plötzlich von Sonnenlicht erfüllt.

»Was ist mit meinem Dad?«, fragte Maya. »Hast du den auch gekannt?«

»Nein, den habe ich nie getroffen. Ich glaube, nachdem Melissa Grace und Joaquin verloren hatte, fühlte sie sich einfach so wurzellos, versteht ihr? Nach Hause durfte sie nicht mehr; unsere Eltern haben nicht einmal ihre Anrufe entgegengenommen. Vermutlich war sie einsam, und sie hat immer nur Männer kennengelernt, die ihr das Blaue vom Himmel herunter versprachen und es nie eingehalten haben.«

»Aber sie hat von dir immer als von ›ihrer Kleinen‹ gesprochen«, fügte Jessica hinzu. »Und sie hat nie einen eurer Geburtstage vergessen.« Jessicas Augen wurden wieder feucht. »Ich weiß, es sieht nicht danach aus, ganz besonders nicht für dich, Joaquin«, flüsterte sie. »Aber sie hat euch geliebt. Von ganzem

Herzen. Ich kann euch gar nicht sagen, wie viel es ihr bedeuten würde, euch drei hier so nebeneinandersitzen zu sehen.«

»Was ist mit deinen Eltern?«, fragte Joaquin. Maya kannte ihn mittlerweile gut genug, um das Zittern in seiner Stimme ausmachen zu können. »Leben die noch?«

»Nein, sie sind beide vor ein paar Jahren gestorben. Herzinfarkt beziehungsweise Schlaganfall, im Abstand von einem Jahr. Ich glaube, nach Melissas Tod hat mein Dad sich nie verziehen und viele seiner Entscheidungen bereut. Die Briefe, die eure Eltern ihr geschrieben haben, hat er alle zurückgeschickt.«

Maya griff in ihre hintere Jeanstasche und zog den Umschlag hervor, den sie aus dem Safe mitgenommen hatte. »Den hier zum Beispiel?«, fragte sie und schob ihn Jessica über den Tisch zu.

Jessica lächelte wehmütig. »Ja, zum Beispiel.«

»Und sonst?«, fragte Grace. »Hast du noch mehr Geschwister?«

»Nein, ich bin als Einzige übrig«, sagte Jessica mit einem leisen Lächeln.

Maya schossen die Tränen in die Augen. »Du bist ganz *allein*?«, keuchte sie.

»Ach, Schätzchen, nicht doch«, sagte Jessica und hielt Maya die Taschentücher hin. »Ich bin doch nicht allein. Ich habe einen Lebensgefährten und viele gute Freunde. Ich habe dieses Haus von unseren Eltern geerbt und ein bisschen renoviert. Ich bin wirklich das Gegenteil von allein – bitte, du musst dir keine Sorgen um mich machen.«

Grace weinte jetzt auch und Maya reichte die Taschentücher weiter.

»Und außerdem«, fügte Jessica hinzu und ihre Mundwinkel zuckten ein bisschen, »bin ich ab jetzt *Tante*. Ich habe jeden Tag an euch drei gedacht. Ich wusste nicht, wie ich euch finden sollte, aber vergessen habe ich euch nie.«

Nun liefen auch Joaquin Tränen über die Wangen und Maya schob ihm die Taschentücher zu.

»Eine neue Tante zu haben, wäre toll«, sagte Maya. »Wir können gut eine gebrauchen.«

Jessica stand auf und umfasste nacheinander mit beiden Händen ihre Gesichter. Bei Joaquin verweilte sie am längsten. »Sie hat dich *geliebt*«, flüsterte sie ihm erneut zu. »Dich und deinen Vater, wie verrückt. Ich weiß, es ist schwer zu glauben, aber so war es. Das verspreche ich dir, Joaquin. Sie wollte dir die Welt zu Füßen legen.«

Joaquin umfasste Jessicas Handgelenke und sie wischte mit den Daumen seine Tränen weg und gab ihm einen Kuss auf den Scheitel. »Ach!«, stieß sie dann hervor. »Mensch, wie konnte ich das bloß vergessen? Bin sofort wieder da.«

Sie eilte aus dem Zimmer und ließ die drei Geschwister tränenüberströmt und benommen zurück. »Du bist nach deinem Dad benannt!«, raunte Maya Joaquin zu. »Wie abgefahren ist das denn?«

Er schüttelte nur den Kopf und wischte sich die Augen an seinem Hemdsärmel ab.

»Alles in Ordnung?«, fragte Maya.

»Denke schon«, antwortete er und räusperte sich. »Ist nur … eine Menge zu verarbeiten.«

Grace nickte. Kiwi sah noch immer von ihrem Handyfoto zu ihr hoch.

»Okay«, sagte Jessica, als sie zurückkam. »Hat ja lange genug gedauert, bis es mir wieder eingefallen ist, aber der hier ist für dich, Joaquin.« Sie drückte ihm einen Schlüssel in die Hand. »Der ist für ein Bankschließfach. Melissa hat es gleich nach deiner Geburt angemietet, und nachdem sie gestorben ist, habe ich weiter dafür bezahlt. Sie hat immer gesagt, es sei für dich, Joaquin. Ich habe es nie geöffnet – keine Ahnung, was drin ist. Ich fand, das geht nur dich etwas an.«

Joaquin sah blinzelnd auf seine Handfläche hinunter, dann wieder hoch zu Jessica. »Für mich?«, fragte er.

»Ja. Für dich. Mehr hat sie nicht gesagt.«

Maya spürte, wie sich ihre Nackenhärchen aufrichteten.

»Wie sieht's aus?«, fragte Jessica dann in die Runde. »Habt ihr Hunger? Wie wär's mit einem Happen zu essen, während wir weiterplaudern?«

Maya war sich nicht sicher, ob sie irgendetwas runterbringen würde, aber als sie Jessicas Gesichtsausdruck sah, antwortete sie für alle drei.

»Essen und plaudern klingt super«, sagte sie.

Ihre Geschwister nickten.

Joaquin

Am Ende fuhr Grace sie zur Bank, weil Joaquin es sich nicht zutraute.

Dafür zitterten seine Hände zu stark.

Bei Jessica zu Hause war alles noch mehr oder weniger in Ordnung gewesen, dort wo einst seine Mutter zu Abend gegessen, ferngesehen, geschlafen hatte. Sie hatten sich mit Sandwiches und einer Tüte Chips in den Garten gesetzt. Jessica war unglaublich nett.

Ihr Lachen klang wie das von Grace, hell und unbekümmert, und sie hatte ein Grübchen in der Wange, genau wie Maya. Ein paarmal hatte sie die Hand ausgestreckt und seine genommen, nur für ein paar Sekunden, und wenn Joaquin es sich nur fest genug vorstellte, war das beinahe, als hielte er die Hand seiner Mutter, als wäre sie irgendwo da draußen im Universum und beobachtete ihn.

Was er davon halten sollte, wusste Joaquin noch nicht.

Sie umarmten sich zum Abschied und versprachen einander, in Kontakt zu bleiben. Jessica strich jedem von ihnen noch einmal über die Wange, bevor sie ins Auto stiegen, und in Joaquins Tasche steckte nun neben dem mysteriösen Schlüssel ein Zettelchen mit ihrer Nummer.

»Wenn ihr lieber direkt nach Hause wollt –«, fing Joaquin an, als Grace den Wagen auf die Straße lenkte.

»Quatsch«, rief Maya von hinten. (Sie hatte für die Rückfahrt nicht mal Anspruch auf den Beifahrersitz angemeldet, was Joaquin nur noch mehr durcheinanderbrachte.) »Erst mal gehst du schön zur Bank.«

Dagegen hatte Joaquin nichts vorzubringen.

Den Rest der Fahrt verbrachten sie schweigend, dann stiegen sie aus und betraten im Gänsemarsch die Bank, Joaquin vorneweg. »Hallo«, sagte er zu der Schalterbeamtin. »Ich, äh, es soll hier ein Schließfach auf meinen Namen geben? Jessica Taylor müsste vorhin angerufen haben und …«

»Ihr Name, bitte?«

Er schluckte schwer und nannte seinen Namen, den Namen seines Dads. »Joaquin Gutierrez.«

Die Frau gab ihn in den Computer ein. »Den Schlüssel haben Sie dabei?«

Joaquin zog ihn aus der Tasche und versuchte, seine zitternden Hände zu ignorieren. »Hier.«

Die Beamtin wollte ihn einen Flur hinunterführen, doch Joaquin blieb stehen und winkte Grace und Maya zu sich, die sich bereits in den Wartebereich gesetzt hatten. »Nein«, sagte er. »Wir drei halten zusammen, egal, was passiert, stimmt's?«

Also standen die beiden wieder auf und folgten ihm. Joaquin griff hinter sich und nahm ihre Hände.

Der Raum war klein, ganz anders als in Filmen, wo die Leute immer riesige Marmorhallen betraten, wenn sie an ihre Reichtümer wollten. Außerdem flackerte das Licht ein bisschen, aber das interessierte Joaquin nicht. Er und die Bankangestellte drehten gleichzeitig ihre Schlüssel um, und dann fuhr eine Metallkiste aus der Wand, lang und schmal und ungefähr so groß wie eine Seite aus einem Notizbuch.

»Hier drin können Sie hineingucken«, sagte sie und lotste die drei in ein noch kleineres Zimmerchen, bevor sie sie allein ließ und die Tür hinter sich schloss. Die Kiste stand zwischen ihnen auf dem Tisch.

Joaquin atmete tief durch, dann noch einmal. »Und, was wettet ihr, was da drin ist?«

»Lauter Geldbündel«, sagte Maya.

»Apple-Aktien«, spielte Grace mit.

»Eine Stickersammlung.«

»Ein Pony.«

Joaquin musste lachen. »Ihr Verrückten«, sagte er. »Okay, Trommelwirbel bitte.«

Er hob den Deckel an.

Zuerst dachte er, er hätte einen Haufen Postkarten vor sich, mit Bildern von Menschen, die er nicht kannte, von Orten, an denen er nie gewesen war, doch dann stieß Grace genau in dem Moment ein ersticktes Keuchen aus, als Joaquins Blick auf das Bild einer lachenden Frau fiel, die einen ebenfalls lachenden kleinen Jungen mit dunklen Locken in den Armen hielt. Die beiden hatten dieselben Augen, und Joaquin begriff, dass es keine Postkarte war, sondern ein Foto von ihm und seiner Mutter, und dass die ganze Kiste voll davon war.

Die Tränen fingen an zu fließen, ohne dass er etwas dagegen tun konnte, während er in den Bildern wühlte, sie eins nach dem anderen umdrehte. Eins zeigte ihn als Neugeborenes im Krankenhaus, rot und schrumpelig wie eine Rosine, auf einem anderen saß er in einem Laufställchen und strahlte in die Kamera.

Mit jedem neuen Foto überrollte Joaquin eine Welle von Emotionen, eins nach dem anderen erfüllten sie ihn mit Glück und zerrissen ihm das Herz. Seine Mom sah aus wie Grace und Maya, fröhlich und mit leuchtenden Augen, und erst als seine Tränen auf die Bilder platschten, dachte er daran, sich das Gesicht abzuwischen. Neben ihm schluchzte Grace leise an Mayas Schulter, während Maya die Wange an Joaquins Schulter schmiegte. Er schlang den Arm um sie beide und zog sie an sich, während ihre Vergangenheit ausgebreitet vor ihnen auf dem Tisch lag wie eine Einladung zu etwas Besserem, etwas Wahrem.

»Guckt mal«, flüsterte Maya und griff nach einem Foto. »Hier.«

Joaquin nahm ihr das Bild ab. Darauf hatte seine Mom ihn auf dem Arm und deutete in die Kamera. Ihr Bauch war deutlich gerundet. »Das ist Grace«, sagte er und lächelte.

Grace beugte sich vor. »Wow.«

Joaquin begann wieder, die Bilder durchzugehen und das Baby, *sich selbst*, darauf zu betrachten. Wer sollte einem solchen Baby, mit diesen großen Kulleraugen und rosigen Wangen, irgendetwas übel nehmen? Joaquin musste sich immer wieder in Erinnerung rufen, dass das auf den Bildern er war und dass jemand ihn genug geliebt hatte, um die Fotos fast achtzehn Jahre lang aufzubewahren. Sie mochten an keiner Wand hängen und in keinem Album kleben, aber jemand hatte sie behütet.

Jemand hatte gefunden, dass er es wert war, behütet zu werden.

Auf einem der Bilder war jedoch kein Baby zu sehen. Es wirkte, als wäre es von einem Profifotografen bei einer Veranstaltung aufgenommen worden, und ihm wurde klar, dass es sich um ein Foto von seiner Mom und seinem Dad beim Schulball handelte. Sie waren beide etwa gleich groß und trugen steife, billig aussehende Kleidung, aber sein Dad blickte seine Mom genauso verliebt an, wie Jessica es beschrieben hatte. Auf die Rückseite hatte jemand »Melissa ♥ Joaquin« geschrieben.

Joaquin spürte, wie in seiner Brust etwas aufbrach, während sich ein anderer Riss schloss. Es war, als löste er sich auf und fügte sich gleichzeitig wieder zusammen, und er ließ sich auf einen der Stühle sinken, flankiert von seinen Schwestern, die immer noch schweigend ihre gemeinsame Vergangenheit betrachteten.

Es war das größte Geschenk, das ihm je irgendwer gemacht hatte.

Erst als die Bank schloss, erhoben sie sich zum Gehen und ließen sich von der Schalterangestellten eine Papiertüte geben, um die Fotos zu transportieren. »Wollen Sie das Schließfach weiter behalten?«, fragte sie Joaquin.

»Nein«, sagte er. »Ich habe alles, was ich brauche.«

Grace fuhr sie nach Hause, und Joaquin saß auf dem Beifahrersitz, die Tüte mit den Fotos zwischen ihnen. Hin und wieder spähte er hinein, um sicherzugehen, dass die Bilder noch da waren.

Und jedes Mal spähte sein jüngeres Ich zurück.

»Ein guter Tag«, murmelte Maya, die sich auf dem Rücksitz vorgebeugt hatte, sodass sie den Kopf auf Grace' Schulter legen und den Arm um Joaquin schlingen konnte. Grace brummte zustimmend und die untergehende Sonne und der Wind ließen die Haare der Mädchen um ihre Gesichter züngeln wie dunkle Flammen. Joaquin fand sie wunderschön, genau wie ihre Mutter.

Er umfasste Mayas Handgelenk, und dann fuhren sie nach Hause, alle drei zusammen, ganz wie sie es einander versprochen hatten.

Doch als sie die Autobahn verließen, fing Joaquin an, sich Sorgen zu machen. Der Streit mit Mark und Linda kam ihm vor wie eine Million Jahre her, nicht, als wäre er erst an diesem Morgen passiert, und jetzt wusste er nicht, was er machen sollte. Würden sie ihn vielleicht wenigstens lange genug reinlassen, damit er seine Sachen packen konnte? Oder waren das jetzt sowieso *ihre* Sachen? Schließlich hatte Joaquin nichts davon selbst bezahlt. Er hatte keinen Anspruch darauf. Vielleicht war es am besten, wenn er sich ein Handy borgte und Allison anrief, um sie vorzuwarnen, dass er eine neue Pflegefamilie brauchte. Vielleicht könnte er, nur für ein, zwei Nächte, bei Grace oder Maya unterkommen, bis er wusste, wie es für ihn weiterging.

Über all das grübelte er so angestrengt nach, dass er Mark und Linda zuerst gar nicht in Grace' Einfahrt stehen sah.

»Äh?«, sagte er, als er sie schließlich entdeckte. »Moment mal, was ist denn hier los? Was machen die hier?«

Maya gab sich nicht mal Mühe, einen reuevollen Blick aufzusetzen. »Wir haben auf deinem Handy angerufen«, erklärte sie. »Als du bei Jessica auf der Toilette warst. Die beiden sind rangegangen, und wir haben ihnen gesagt, dass du mit uns unterwegs bist. Sie haben sich echt Sorgen um dich gemacht.«

Joaquin war so schockiert, dass er nicht mal aus dem Auto steigen konnte. Er hatte schon so viele Häuser, so viele Familien verlassen, aber niemand hatte sich je auf die Suche nach ihm gemacht. Nicht einmal, wie ihm plötzlich klar wurde, seine Mutter.

Er blieb so lange sitzen, dass schließlich Mark kam und die Tür öffnete. »Hey, Kumpel«, sagte er. »Hab gehört, du hast ein ziemliches Abenteuer hinter dir.«

Joaquin hatte eigentlich gedacht, er hätte genug für ein ganzes Leben geweint, aber als Mark nun vor ihm stand, war das einfach mehr, als er ertragen konnte. »Es tut mir leid«, schluchzte er. »Mark, es tut mir so leid.«

Aber Mark löste bereits Joaquins Sicherheitsgurt und zog ihn auf die Füße, dann kam Linda dazu und schlang die Arme um sie beide. Mark hielt ihn aufrecht und sagte: »Ist ja gut, ist ja gut, wir sind dir nicht böse«, und Joaquin klammerte sich so krampfhaft an sie, dass ihm die Schultern wehtaten. So, dachte er, so musste sich Vergebung anfühlen, ein dickes Knäuel aus Schmerz und

Angst und Erleichterung, das mit solcher Macht auf sein Herz presste, dass es zu platzen drohte.

»Dad«, flüsterte er. »Mom.«

Joaquins Eltern drückten ihn noch fester an sich.

Und sie ließen nicht los.

Landung

Maya

Nach der warmen Spätfebruarsonne von Palm Springs ist es in der Entzugsklinik kühl. Mayas Augen entspannen sich, als sie das Gebäude betritt und dem grellblauen Himmel entrinnt. Es ist so still in der Lobby, dass sie überlaut ihre eigenen Schritte hört, während sie sich dem Empfangstisch nähert.

»Ich bin Maya«, sagt sie. »Ich würde gern meine Mutter Diane besuchen.«

Mayas Dad hat sie vor der Klinik abgesetzt, nachdem sie ihm mehrfach geschworen hatte, dass er nicht mit reinkommen müsse, und wartet nun im nächstgelegenen Starbucks auf sie. »Schreib mir einfach, wenn du mich brauchst«, hat er ihr mindestens fünfzehn Mal versichert. »Dann bin ich in fünf Minuten da. Gar kein Problem.«

Lauren ist zu Hause geblieben.

Sie hat ihre Mutter bereits dreimal besucht, aber Maya war bislang einfach noch nicht so weit. Auch jetzt ist sie sich alles andere als sicher, selbst nach monatelanger Familientherapie und Einzelsitzungen und Gesprächen mit Claire, Joaquin und Grace – aber es ist nun mal ihre Mutter. Sie kann ihr nicht für immer aus dem Weg gehen.

Der Mann vom Empfang führt Maya einen mit Linoleum ausgelegten Flur hinunter in eine Art Gemeinschaftssaal. Dort stehen ein Billard- und ein Kickertisch und außerdem diverse Sofas mit einem verräterisch üppigen Vorrat an Taschentüchern.

Ihre Mutter sitzt in einem Sessel am anderen Ende des Raums, und ihre Augen leuchten auf, als sie Maya sieht. *Sie hat zugenommen*, denkt Maya überrascht. Ihre Wangen sind etwas voller, ihre Haare länger. Sie sieht gesund aus. Es ist lange her, seit sie das über ihre Mom sagen konnte.

»Schätzchen«, ruft ihre Mutter. Sie steht auf und breitet die Arme aus, aber Maya weicht zurück. Für eine Umarmung ist sie noch nicht bereit. Es sind jetzt drei Monate vergangen, aber sie ist immer noch wütend, kann ihrer Mutter noch nicht ganz vergeben. Ihre Therapeutin sagt, so etwas kann lange dauern, und Maya hat beschlossen, ihr zu glauben.

»Wie groß du bist!«, staunt ihre Mom und umfasst Mayas Hände mit ihren. »Bist du etwa gewachsen, mein Mayamädchen?«

»Mensch, Mom, du tust ja so, als hättest du mich seit Jahren nicht gesehen.«

Doch ihre Mom verzieht keine Miene.

»Ich kann es gar nicht glauben, dass du schon fast sechzehn bist.«

»Glaub's ruhig«, sagt Maya und errötet.

»Lauren hat mir ein bisschen was erzählt. Du bist also wieder mit Claire zusammen?«

Maya nickt. »Seit drei Monaten. Ich liebe sie so sehr, Mom.«

»Wie schön, das freut mich so für dich. Und für Claire natürlich auch.«

»Wollen wir uns setzen?«, fragt Maya. »Hier stehen ja tausend Sofas rum.«

Sie entscheiden sich für eines im hinteren Bereich des Raums und setzen sich. Das Schweigen zwischen ihnen ist unangenehm, das spüren sie beide. Es ist lange her, dass sie richtig miteinander geredet haben, selbst bevor ihre Mom hierhergekommen ist.

»Ich wollte dir sagen –«, fängt ihre Mom an.

»Was ich dir noch sagen wollte –«, beginnt Maya im selben Moment, und sie müssen beide lachen. »Du zuerst«, sagt sie. »Bitte.«

»Na gut. Also, ich wollte dir gern sagen …« Die Stimme ihrer Mom bricht ein bisschen, und sie blickt in ihren Schoß, bevor sie Maya wieder in die Augen sieht. »Ich wollte dir sagen, dass es mir sehr, sehr leidtut, was du und unsere Familie meinetwegen durchmachen mussten. Lauren und du, ihr habt so tapfer mein Geheimnis bewahrt, aber ich will, dass du weißt, dass es nie wieder so sein wird. Ich habe hier hart an mir gearbeitet und eine Menge erreicht, und ich bin bereit, nach Hause zu kommen und alles wiedergutzumachen.«

Maya nickt, während ihr Tränen in die Augen steigen. In keiner Familie der Welt wird so viel geheult wie in ihrer, da ist sie sich ziemlich sicher. »Ich weiß«, sagt sie. »Ist schon gut.«

»Nein, Liebes, ist es nicht.« Ihre Mom dreht sich zur Seite und legt Maya die Hände auf die Schultern. »Es ist nicht gut, aber wir, Dad und ich, bemühen uns, damit es wieder besser wird. Das sind wir dir und Lauren schuldig. Ich will nicht« – ihre Stimme zittert wieder – »ich will nicht, dass du dich später mal so an mich erinnerst. Ich will, dass du stolz auf mich sein kannst.«

Maya nickt wieder, zu überwältigt, um sprechen zu können. »Ich bin doch stolz auf dich, Mom«, sagt sie schließlich. »Du hast so gekämpft.«

»Okay, jetzt aber genug von mir«, erklärte ihre Mom und tupft sich lachend mit der flachen Hand die Wangen trocken. »Was wolltest du denn sagen?«

Maya holt tief Luft, um ihre Nerven zu beruhigen. Sie will alles richtig machen, denn eine zweite Gelegenheit wird sie nicht bekommen.

»Ich habe Dad noch nicht davon erzählt«, fängt sie an. »Oder Lauren. Ich wollte, dass du es als Erste erfährst. Ich bin vor ein paar Monaten mit Joaquin und Grace losgezogen, um unsere leibliche Mutter zu besuchen.«

Ihre Mutter wird kreideweiß und schlägt sich die Hand vor den Mund.

Aber Maya lässt sich nicht beirren.

»Ich habe vor langer Zeit einen Umschlag in eurem Safe gefunden, also sind wir zu der Adresse gefahren, die darauf stand«, sagt sie. »Und sie – Melissa – ist gestorben, schon vor Jahren. Bei einem Autounfall.«

»Ach, Schatz.« Ihre Mom umklammert ihre Hände jetzt so fest, dass ihr Ehering sich in Mayas Haut gräbt. »Ach, Schatz, wie schrecklich.«

»Nein, nein, ist in Ordnung«, wiegelt Maya schnell ab. »Ich bin nicht – ich meine, klar bin ich traurig darüber, aber sie hat eine Schwester, Jessica, und die ist echt nett. Und Fotos habe ich auch gesehen. Und ich …« Mayas Unterlippe bebt, was sie ärgert. Es gibt ihr das Gefühl, als hätte sie gar nichts unter Kontrolle, nicht einmal ihren eigenen Körper.

»Ich wollte es dir nur als Erstes sagen«, fährt sie fort, und jetzt bebt auch ihre Stimme. »Weil du meine Mom bist, okay? *Du. Du* bist meine Mom. Ich liebe Melissa dafür, dass sie mich zur Welt gebracht hat, aber dich, weil du mich aufgezogen hast. Und du sollst wissen, dass du, obwohl ich immer noch ziemlich sauer auf dich bin, noch eine Million Mal mehr Mist bauen kannst, und ich liebe dich trotzdem, egal, was kommt. Genau wie du mich. Stimmt's?«

Ihre Mom weint jetzt still vor sich hin. Tränen strömen ihr über die Wangen und sie nickt. »Ja, Schätzchen.«

»Also … wann kommst du nach Hause?«, fragt Maya und hält die Hand ihrer Mutter fest, als könnte sie sich sonst in die Luft erheben und davonwehen.

»Bald«, flüstert ihre Mom. »Ich bin bald wieder bei euch, versprochen.«

»Bei uns zu Hause«, murmelt Maya und lächelt in sich hinein. »Wo du hingehörst.«

Joaquin

Am Ende feiern sie eine Kombination aus Adoptionsparty und achtzehntem Geburtstag.

Joaquin hatte dagegen nichts einzuwenden.

Morgens beim Gericht sind sie nur zu dritt gewesen, abgesehen von dem Fotografen, den Linda angeheuert hatte. Joaquin trug einen neuen Anzug, in dem er sich furchtbar erwachsen vorkam, und dazu eine Krawatte, die zu Marks passte. Linda hatte ein Kleid in derselben Farbe ausgewählt, und bevor sie das Haus verließen, betrachteten die drei sich noch einmal im Spiegel.

»Oh Mann, wir sind ja mal ein richtig cooler Haufen«, spöttelte Joaquin.

Mark lachte nur. »Tja, mein Lieber, in einer Stunde bist du mit uns verwandt. Jetzt gibt es kein Zurück mehr.«

Auch dagegen hatte Joaquin nichts einzuwenden.

Während der kurzen Zeremonie fing Linda an zu weinen, und auch Mark bekam feuchte Augen, behauptete jedoch später, das sei eine allergische Reaktion gewesen. Joaquin glaubte bis zum Ende nicht ganz daran, dass es wirklich passieren würde, dass nicht in letzter Sekunde ein Blitz ins Gerichtsgebäude einschlagen würde, doch der Himmel blieb blau, und nichts ging schief, und schließlich sagte der Richter: »Herzlichen Glückwunsch, junger Mann«, der Fotograf schoss unzählige Bilder von ihnen, und Joaquin tat den ganzen Nachmittag das Gesicht weh vom vielen Lächeln.

Als die Sonne untergeht, ist die Party in vollem Gang. Am Tag davor haben Mark und Joaquin Lichterketten in den Bäumen aufgehängt (und dabei nur leichte Verletzungen davongetragen), die den Garten in ein regelrechtes Zauberland verwandeln. Die Bougainvillea und die Prunkwinde blühen, genau wie der Jasmin, der alles so gut duften lässt, wie es aussieht. Die Pflanzen haben Joaquin und Linda vor einem Monat gesetzt (fast ganz ohne Verletzungen).

Natürlich sind Mark und Linda da, sie tanzen zur Musik der Mariachi-Band, die in einer Ecke spielt. Auch die Nachbarn sind gekommen – Mark und Linda haben sie aus Angst eingeladen, sie könnten wegen Lärmbelästigung die Polizei rufen, aber sie scheinen sich wirklich zu amüsieren. Gerade plaudern sie mit den Eltern von Bryson, dem unermüdlichen Bleistifthalterproduzenten aus dem Kulturzentrum, während Bryson selbst ein bisschen zu dicht vor der Band steht und fasziniert zu den Musikern hochstarrt.

Joaquin hofft, dass er nicht versehentlich eins mit der Trompete überkriegt.

In einer anderen Ecke stecken Maya und Claire die Köpfe zusammen, während Lauren und ihr Dad das Buffet begutachten. Zuerst sieht es aus, als führten Claire und Maya ein ernstes Gespräch, aber dann erhellt ein Grinsen Mayas Gesicht, und in diesem Moment sieht sie Melissa so ähnlich, dass Joaquin die Kehle eng wird.

Jessica – die sie mittlerweile Jess nennen – und ihr Lebensgefährte sind auch da. Joaquin weiß immer noch nicht so genau, was Letzterer eigentlich macht, irgendwas mit Zahlen und Mathe und dem Geld anderer Leute, aber er ist nett, daher hat Joaquin entschieden, dass er gut genug für Jess ist. Sie hat ihr Haar zu einer Hochsteckfrisur aufgetürmt und sagt gerade etwas zu Linda, die mit Mark im – ja, was? Foxtrott? Oder soll das Salsa sein? Joaquin hat keinen Schimmer – an ihr vorbeitanzt.

Grace steht bei den Getränken. Ihre Eltern unterhalten sich mit den Nachbarn von der anderen Seite, während Grace Rafes Hand hält. Joaquin und Rafe haben sich schon ein paarmal getroffen, und Joaquin hat entschieden, dass er gut genug für Grace ist. Das wären nicht viele Menschen, aber Rafe schon. Nächste Woche wollen sie zusammen skaten gehen.

Auch Dr. Alvarez ist da, Joaquins Dozentin aus dem »Einführung in die Soziologie«-Kurs, den er am örtlichen College belegt. Er spielt nämlich mit dem Gedanken, Therapeut zu werden, so wie Ana, oder vielleicht auch Sozialarbeiter, so wie Allison. Sicher ist er sich noch nicht, aber es kann ja nicht schaden, schon mal seine Möglichkeiten auszuloten. Mittlerweile denkt er gern über solche Sachen nach. Auch an die Familie seines Dads denkt er oft, fragt sich, wo sie wohl sein mögen und ob sie sich freuen würden, ihn kennenzulernen. Er stellt sich Großeltern vor, vielleicht eine weitere Tante und einen Vater, der nie die Gelegenheit hatte, ihn zu sehen. Schon komisch, noch vor einem Jahr hatte er kaum *eine* Familie, und jetzt hat er gleich drei: Maya, Grace und Jess, Mark und Linda, und diese Menschen jenseits der Grenze, verschollen, aber nicht komplett verloren. Drei Äste an seinem Stammbaum, die nicht brechen und ihn fallen lassen werden.

Nach seinem Kurs hat er sich schon oft mit Dr. Alvarez darüber unterhalten, wo die Familie seines Vaters sein könnte, und Mark und Linda helfen ihm, die Berge an Dokumenten zu durchforsten, um ihn vielleicht doch noch ausfindig zu machen. »Das ist ja wie die Nadel im Heuhaufen«, hat Mark einmal geseufzt und frustriert in den Computer gestarrt, aber Joaquin macht das alles nichts aus. Wenn man nur gründlich genug sucht, dann kann man alles finden, das weiß er inzwischen.

Außerdem lernt er am College jetzt Spanisch. Es läuft nicht so reibungslos, wie er es sich gewünscht hätte, aber er gibt sich Mühe, und das ist schon mal viel wert.

Ana steht unter einem Baum und plaudert mit ihrem Mann und Gus vom Kulturzentrum. Joaquin will eigentlich nur schnell vorbeiflitzen, um Getränkenachschub zu holen, aber sie verwickeln ihn in ein Gespräch übers College und seinen Geburtstag und den Wildwasser-Rafting-Ausflug, den Mark und Linda letzten Monat mit ihm gemacht haben. Auf seinem Handy zeigt Joaquin ihnen Fotos davon, ganz besonders das, auf dem Linda brüllt wie am Spieß. Mark hat vor, dieses Bild extragroß auf eine Leinwand drucken zu lassen und es ihr zum Geburtstag zu schenken, aber wenn er das tut, fürchtet Joaquin, endet Linda wohl als alleinerziehende Mutter.

Endlich schafft er es nach drinnen. Dort hört er Stimmen und sieht um die Ecke. Grace und Maya sitzen auf der Treppe, und Maya hat den Arm um Grace gelegt, die verweint zu ihm hochsieht. »Alles okay«, beruhigt Maya Joaquin. »Sie ist nur so gerührt.«

Grace nickt und deutet auf das Foto von Joaquin und Melissa, das nun an der Wand neben der Treppe hängt. Linda und Mark haben es zusammen mit ein paar weiteren aus dem Bankschließfach rahmen lassen, sodass Joaquin sich nun jedes Mal selbst begegnet, wenn er nach unten oder nach oben geht, am Kühlschrank vorbei oder aus der Haustür.

»Das ist einfach so ein tolles Bild«, schnieft Grace und Joaquin lehnt sich neben den beiden ans Geländer.

»Ja«, stimmt er zu.

»Sie ist aufgeregt wegen morgen«, erklärt Maya, während Grace sich mit dem Ärmelsaum die Augen trocken tupft.

»Ach, stimmt ja!«, sagt Joaquin. »Bist du bereit? Brauchst du Verstärkung?«

Grace lacht nur und schüttelt den Kopf. »Nein, ich komme schon klar. Da muss ich alleine durch. Und danach treffe ich mich mit Rafe.«

»Seid ihr zwei jetzt eigentlich richtig zusammen?«, will Maya wissen. »Claire und ich haben da eine Wette laufen.«

»Du wettest auf mein Liebesleben?«, keucht Grace.

»*Liebes*leben? Juhu!« Maya reckt triumphierend die Fäuste in die Luft. »Claire schuldet mir zwanzig Dollar!«

Joaquin grinst nur und achtet darauf, nicht von Mayas Siegesfäusten ausgeknockt zu werden, während Grace stöhnend das Gesicht in den Händen vergräbt. »Wir arbeiten dran«, antwortet sie. »Es ist ein langsamer Prozess.«

Aber Mayas Sitztänzchen endet so abrupt, wie es begonnen hat, und auch Grace hebt überrascht den Kopf. Als Joaquin sich umdreht, steht vor ihm Birdie mit ihrem kleinen Bruder und ihren Eltern und sieht genauso nervös aus, wie Joaquin es plötzlich ist. »Wir wurden eingeladen«, sagt sie. »Hoffe, das ist okay.«

Zuerst bekommt Joaquin gar nichts heraus. »W-wer?«, stammelt er dann.

»Hallo«, sagt Grace und geht auf sie zu. »Ich bin Grace und das hier ist Maya.«

»Hi«, erwidert Birdie, doch sie sieht immer noch Joaquin an.

»Habt ihr etwa –«, wendet Joaquin sich an seine Schwestern, doch die lotsen bereits Birdies Eltern und ihren Bruder raus in den Garten. »Hier entlang, bitte«, erklärt Maya. »Haben Sie schon die Lichterketten in den Bäumen gesehen? Wunderschön, oder? Wie in einem Feengarten!«

Die Party draußen lässt das Haus nur noch stiller wirken. Joaquin steht einfach nur da und sieht Birdie an. »Hi«, sagt er schließlich.

»Hi«, wiederholt sie und streckt ihm dann ein Geschenk hin.

»Ach entschuldige, fast vergessen. Das ist für dich. Alles Gute zum Adoptionsgeburtstag.«

»Danke«, sagt Joaquin. »Darf ich …?« Er ist so aufgeregt wie an dem Tag, als er in der Schule zum ersten Mal mit Birdie geredet hat. Das kommt ihm jetzt vor, als sei es vor Ewigkeiten passiert, einem völlig anderen Menschen in einem anderen Leben.

»Natürlich«, antwortet Birdie, und Joaquin löst vorsichtig die Schleife und das Geschenkpapier. Zum Vorschein kommt ein gerahmtes Poster. »AN DIESEM TAG«, steht in riesigen Buchstaben obendrauf.

»Das hab ich online gefunden«, erläutert Birdie. »Das listet alles auf, was an deinem Geburtstag gerade so los war, welche Bücher auf der Bestsellerliste standen, welche Hits in den Charts waren, welche Filme im Kino liefen. Irgendwie musste ich dabei an dich denken, darum …« Sie verstummt und umklammert mit einer Hand die andere.

»Ich find's großartig«, sagt er, weil das die Wahrheit ist. »Danke, Birdie.«

»Gern«, sagt sie und setzt dann zögernd hinzu. »Scheint eine tolle Party zu sein.«

»Joaquin!«, ruft jemand von draußen. »Komm schnell, wir machen ein Gruppenfoto!«

Joaquin sieht Birdie an und sie ihn.

»Tut mir leid«, flüstert er.

»Du hast mir wehgetan, Joaquin«, flüstert sie zurück. »*Verdammt* weh.«

»Ich weiß«, sagt er. »Tut mir echt wahnsinnig leid.«

»Immer wenn ich daran denke, dass du kein Teil meines Lebens mehr bist, dann fühlt sich das so falsch an, weißt du? Als wäre da eine Lücke.« Birdie ringt die Hände, und Joaquin fragt sich, ob sie wohl genauso kalt sind wie früher. Am liebsten würde er danach greifen und seine eigenen darumlegen. »Ich weiß nicht, welchen Platz du wieder in meinem Leben einnehmen kannst, ob als Freund oder *mein* Freund oder was auch immer, aber ich weiß, dass darin Platz für dich *ist.*«

Joaquin nickt. »In Ordnung«, sagt er, denn das ist es. Oder wird es sein. »Vielleicht können wir ja mal reden? Morgen?«

»Joaquin!«, ruft Mark von draußen. »Wo bleibst du denn? Gruppenfoto!«

Ihre Köpfe rucken gleichzeitig zur Hintertür herum.

»Na los«, entlässt ihn Birdie. »Das ist deine Party – wir unterhalten uns später.«

Aber Joaquin streckt ihr die Hand hin. »Komm«, sagt er nur.

Sie lächelt, als er sie nach draußen auf den Rasen führt. Der Fotograf weist allen ihre Plätze zu, selbst den Mariachis, und Joaquin steht zwischen Birdie und seinen Schwestern und seiner Tante und seinen Eltern und denkt an Melissa.

Er hofft, dass sie ihn sieht, denn er kann sie mittlerweile sehen. Jeden Tag.

Er hofft, sie ist stolz auf ihn.

»Okay, auf drei!«, ruft der Fotograf. »Eins, zwei –«

»… drei!«, schreien sie alle im Chor.

Joaquin hat so das Gefühl, dass dies ein Foto für die Treppe sein könnte.

Grace

Grace biegt zwei Minuten zu früh auf den Parkplatz ein.

Ihr Handy vibriert. Rafe.

Die haben 20 Dollar auf uns gewettet?!?!?!

Frechheit, oder?, schreibt Grace zurück.

Ich will eine Gewinnbeteiligung.

Ich sags Maya.

Bist du schon da?

Gerade angekommen.

Okay. Ruf mich nachher an, wenn du willst.

Okay. Hab dich lieb.

Ich dich auch.

Grace schiebt das Handy in ihre Hosentasche. Sie weiß nicht, ob sie nur nervös ist oder eine Heidenangst hat, aber jetzt gibt es kein Zurück mehr. Vor ein paar Tagen hat sie ihrer Selbsthilfegruppe für Mädchen, die ihr Baby zur Adoption freigegeben haben, mit fester Stimme von dem bevorstehenden Treffen erzählt. Bis dahin dachte sie immer, sie könnte niemals mit Fremden über Kiwi reden, aber die Mädels in der Gruppe verstanden sie.

Zuerst hat es ihren Eltern die Sprache verschlagen, dass sie sich auf die Suche nach Melissa gemacht hatte, ohne ihnen davon zu erzählen. »Wir haben doch gesagt, wir helfen dir!«, riefen sie, nachdem Joaquin mit Mark und Linda verschwunden und Maya, die sich weigerte, sich von irgendwem fahren zu lassen, davongeradelt war.

Aber dann hatten sie angefangen, miteinander zu reden, und Grace' Verteidigungshaltung wurde immer mehr aufgeweicht durch Erschöpfung, Erleichterung und Dankbarkeit. Aus Joaquins Sammlung hatte sie ein Foto von Melissa mitgenommen, und als sie es auf den Tisch legte, verflog der Ärger ihrer Eltern, und sie betrachteten einfach nur stumm das Bild.

Und danach redeten sie weiter.

Grace' Eltern erzählten ihr, wie es gewesen sei, sie als Neugeborenes nach Hause zu bringen, und was für Angst sie gehabt hätten, dass Melissa sie sich zurückholen würde. »Damals mussten wir neunzig Tage warten, bis die Adoption gültig war«, erklärte ihre Mutter, und Grace fiel zum ersten Mal auf, dass der Strohhalm in ihrem Eistee zu Fetzen zerkaut war. »Nachdem wir dich endlich bekommen hatten, wollten wir dich auf keinen Fall wieder hergeben.«

Das konnte Grace gut verstehen. Mittlerweile weiß sie jedoch auch, wie es ist, wenn man etwas verliert und dafür etwas anderes bekommt. Sie weiß, wie fest sie das halten wird, was sie gewonnen hat, den Bruder und die Schwester, die nun einen wichtigen Platz in ihrem Leben einnehmen. Kiwis Platz ist immer noch leer, aber in ihrem Herzen hat sie neue Winkel zum Füllen entdeckt und fühlt sich so vollständig wie seit Langem nicht mehr.

Jeden Abend schickt sie Melissa ein kleines Dankeschön dafür, dass sie diese beiden Menschen als ihre Eltern ausgewählt hat.

Max hat sie seit Monaten nicht mehr gesehen und auch nicht viel von ihm gehört. Es fällt ihr immer noch schwer, an ihn zu denken, aber hauptsächlich tut er ihr leid. Oft fragt sie sich, was sie wohl zu ihm sagen würde, und manchmal unter der Dusche denkt sie sich epische Tiraden aus wie: »Irgendwann kommt sie dich vielleicht suchen und sie wird viele Fragen haben. Dann kannst du ihr alles erklären, also spar dir deine Entschuldigungen – ich hab keine Verwendung dafür, aber du könntest sie eines Tages brauchen!« Manchmal weint sie, und manchmal wird sie wütend, aber eigentlich fühlt es sich einfach gut an, Max loszulassen und nach vorne zu schauen.

Grace sitzt im Auto auf dem Parkplatz und blickt hinaus auf die weite Rasenfläche vor ihr. Wieder vibriert ihr Handy. Diesmal ist es eine Nachricht von Maya in ihrem Gruppenchat.

Viel Glück!, schreibt sie und lässt zwei Daumen-hoch-Emojis folgen.

Ja, von mir auch!, meldet sich gleich darauf Joaquin. **Ruf später mal an.**

Mach ich, antwortet Grace. Ihre Finger zittern leicht und tippen ein paarmal daneben. Sie schließt mit drei Herzchen und steigt aus dem Wagen. Die verschwitzten Hände wischt sie schnell an ihrer Jeans ab, bevor sie mit wackligen Knien auf den Park zugeht. Zumindest ist es ein schöner Tag. Grace könnte schwören, noch nie einen derart blauen Himmel gesehen zu haben.

Der Park ist riesig, aber ganz am anderen Ende sieht sie Daniel und Catalina warten. Catalina erspäht sie als Erste und winkt sie heran. Die letzten Meter kommt Catalina auf sie zu gejoggt und fällt ihr um den Hals. »Grace! Ich freue mich so, dass du gekommen bist!« Grace erwidert die Umarmung und eine Welle von Dankbarkeit erfüllt sie, dass Kiwi nun jeden Tag jemanden hat, der sie so an sich drückt. »Du siehst toll aus.«

»Danke.« Grace lächelt. »Tut mir leid, ich bin bloß so nervös.«

Catalinas Lächeln ist warm und beruhigend. »Ist doch klar«, sagt sie. »Aber das musst du gar nicht sein.«

Grace holt tief Luft, lässt sie langsam wieder entweichen und nickt. Daniel kauert in ein paar Metern Entfernung am Boden und redet leise, doch als er Grace hört, steht er auf und dreht sich um.

Zuerst sieht Grace ihr Haar, dunkelbraune Löckchen. Die Sonne scheint durch die Bäume und tanzt auf ihren Schultern. Sie trägt ein blau kariertes Kleid mit Strumpfhose und einer kleinen weißen Strickjacke. Schon von hier aus erkennt Grace Mayas Augen, Joaquins Nase und Kinn, Melissas Mund.

Grace nimmt allen Mut zusammen und findet schließlich ihre Stimme wieder.

»Milly?«, sagt sie.

Kiwi hebt den Kopf.

Sieht Grace.

Und lächelt.

Danksagung

Wie immer bin ich meiner Familie unendlich dankbar für ihre stetige Ermutigung während meiner Arbeit an diesem Buch. Ihr seid so tapfer und ich bin euch jede Menge Kaffee schuldig.

Danke an meine Agentin Lisa Grubka, die mit mir so geduldig jedes einzelne Kapitel durchgesprochen hat, auch die unbrauchbaren. Ihre Überzeugung, dass ich irgendwann tatsächlich mit dieser Geschichte fertig werden würde, war manchmal das einzige Licht am Ende eines sehr dunklen Tunnels, und ich werde es ihr nie vergessen, wie viele Seiten sie gelesen, Kommentare sie geschrieben und verzweifelte E-Mails sie beantwortet hat. Danke, dass du schon seit zehn Jahren meine Komplizin bist.

Die Idee für dieses Buch ist mir auf dem Parkplatz vor einem Costco gekommen, von wo aus ich sofort eine wirre Mail an meine Lektorin Kristen Pettit geschrieben habe. Sie antwortete: »Tolles Thema. Ich. LIEBE. Es.« Wir ahnten nicht, dass es ein weiteres Jahr dauern würde, bis daraus eine stringente Geschichte wurde, aber Kristen hat mich auf jedem Schritt dieses Weges begleitet, auch als ich nicht nur den Faden, sondern dazu auch noch sämtliche Handlungsstränge verlor und wieder ganz von vorn anfangen musste. Danke, dass du mir den Rücken freihältst und mir immer genug Zeit lässt und dass du mich noch am Wochenende vor Weihnachten anrufst, nur um zu hören, wie es mir geht. Ich schulde dir eine Menge mehr als nur Kaffee.

Ich danke dem Team bei Harper, insbesondere Elizabeth

Lynch, Jen Klonsky, Kate Jackson, Sarah Kaufman, Gina Rizzo, Renée Cafiero, Kristen Eckhardt, Bess Braswell und Claire Caterer, dass sie meine Worte in ein echtes Buch verwandelt haben. Vielen Dank auch an Philip Pascuzzo und Pepco Studio für das traumhafte Cover.

Ohne eine Reihe von Menschen, mit denen ich über meine Figuren und deren Geschichten sprechen konnte, wäre dieses Buch niemals zustande gekommen. Sie haben mich so liebenswürdig aufgenommen und mir von ihren Familien, Berufen und Erfahrungen berichtet, und ich bin noch heute sprachlos vor Dankbarkeit über ihre Großzügigkeit: Noemi Aguirre, Dr. Linda Alvarez, David H. Baum, Marie Coolman, Roy, Trevor und Jacob Firestone, Jessica Hieger, Kate Lamb und Kim Trujillo. Ebenfalls danken möchte ich denjenigen, die hier nicht namentlich genannt werden wollten – auch eure Freundlichkeit werde ich nie vergessen. Jegliche Fehler und Ungenauigkeiten in diesem Buch gehen ganz allein auf mein Konto.

Ich habe das riesige Glück, Teil einer unglaublich großzügigen, talentierten und saukomischen Gruppe von Jugendbuchautoren hier in Los Angeles zu sein. Ohne unsere Schreibtreffs säße ich jetzt wahrscheinlich immer noch an meinem ersten Entwurf, also herzlichen Dank an euch! Danke auch an Brandy Colbert, Ally Condie, Jordanna Fraiberg, Gretchen McNeil und Amy Spalding, die verschiedene Entwürfe gelesen, mir Ratschläge gegeben und bei der Recherche geholfen haben, und nicht zuletzt an Morgan Matson für die Idee für den Küchenladennamen. Ihr seid alle wunderbar.

Ungefähr zwei Drittel dieses Buchs sind an der Theke von Dinosaur Coffee in Los Angeles entstanden, darum danke ich dem Personal für den hervorragenden Kaffee und das behelfsmäßige Büro, in dem ich den Großteil eines Jahres verbracht habe, und außerdem dafür, wie nett sie darüber hinweggesehen haben, als ich einmal weinend hinten in der Ecke saß.

Ein superbesonderes Dankeschön geht an meine Mom, die unbeirrt an dieses Buch und mich geglaubt hat, als ich selbst es nicht mehr konnte. Sie hat mich über etliche Versionen dieser Geschichte hinweg unterstützt, meinem stundenlangen Gefasel zugehört (Entschuldige, dass ich das Ende gespoilert habe!) und nie eine Sekunde daran gezweifelt, dass ich es schaffen würde. Sie ist die Allerbeste und ich habe sie furchtbar lieb.

Und schließlich danke ich Joaquin, Grace und Maya. Mit ihnen habe ich mehr Zeit verbracht als mit all meinen anderen Figuren, und auch wenn sie fiktional sein mögen, erscheinen mir ihre Probleme und Erfolge unglaublich real. Ich fühle mich geehrt, dass sie mich ausgewählt haben, um ihre Geschichte zu erzählen, und ich hoffe, es geht ihnen gut, wo immer sie auch sein mögen.

Natürlich magellan©

FSC
www.fsc.org
MIX
Papier aus verantwortungsvollen Quellen
FSC® C083411

Wir pflanzen Bäume
Für unsere Umwelt
www.magellanverlag.de

Gedruckt auf FSC®-Papier
Lösungsmittelfreier Klebstoff
Drucklack auf Wasserbasis
Hergestellt in Deutschland

1. Auflage 2018

Die Originalausgabe erschien 2017 unter dem Titel „Far from the Tree“ bei HarperTeen, einem Imprint von HarperCollins Publishers, New York.
Aus dem Englischen von Jessika Komina und Sandra Knuffinke
Umschlaggestaltung: Christian Keller
unter Verwendung eines Motivs von Hulinska_Yevheniia
ISBN 978-3-7348-5032-5

www.magellanverlag.de